只有香如故

袁影红　著

安徽师范大学出版社
·芜湖·

图书在版编目(CIP)数据

只有香如故 / 袁影红著. — 芜湖:安徽师范大学出版社,2019.10
ISBN 978-7-5676-4332-1

Ⅰ.①只… Ⅱ.①袁… Ⅲ.①长篇小说 – 中国 – 当代 Ⅳ.①I247.5

中国版本图书馆CIP数据核字(2019)第219563号

只有香如故

ZHIYOU XIANG RUGU　　袁影红◎著

责任编辑:李　玲
装帧设计:朱石金　张　玲
出版发行:安徽师范大学出版社
　　　　芜湖市九华南路189号安徽师范大学花津校区 邮政编码:241002
网　　址:http://www.ahnupress.com
发 行 部:0553-3883578 5910327 5910310(传真) E-mail:asdcbsfxb@126.com
印　　刷:江阴金马印刷有限公司
版　　次:2019年10月第1版
印　　次:2019年10月第1次印刷
开　　本:700 mm × 1000 mm　1/16
印　　张:18.75
字　　数:285千字
书　　号:ISBN 978-7-5676-4332-1
定　　价:58.50元

目　　录

楔　子

探寻　穿越

岁月无声，转瞬很多年过去了。记忆中，梅花山古窑厂（梅花窑）几乎一直保持着低矮一片的窑工作坊。那碎陶片、石子、泥土混杂的道路，土砖、土墙，还有用豆腐乳坛子砌就的房子及院落，似乎就在眼前。古窑厂最美好的青春时光已然逝去，留下的是岁月刻下的印记。或许岁月老去了它的身子，但无法腐朽它的灵魂。古窑厂成就了一段段厚重的人文历史，那大缸、小缸以及大大小小的坛坛罐罐里盛满着多少窑工的故事，留下了多少凄美的传说……

梅花山位于安徽省芜湖市南陵县西十里处，偏大工山东麓，是一座不起眼却别具一格的小山。每到冬季，这里漫山遍野的梅花飘香，犹如人间仙境，让人沉浸在幸福温馨里。梅花山古窑厂煅烧出的陶器，早在同治年间就在四乡八野很火，到二十世纪五六十年代，就远销东北三省，每每出一批窑货总是被抢购一空。

母亲在梅花山古窑厂的老宅住了60多年，直到2003年父亲离世，母亲才离开老宅与子女们一起居住。老宅就要被拆了，2011年10月，我和姐妹们陪同年迈的母亲去老宅看看。

抵达老宅，记忆中用毛竹编制的两扇院子大门已消失得无影无踪。那些用陶器瓦罐、豆腐乳坛子围起的院墙，也早已被洗劫一空，只留下一个敞开着的、无人看管的院落。被一大片一人多高的蒿草围住的老宅，空落落地端坐在那里，此刻更显寂寞沧桑。一丝愁绪涌上心头。一切都在变，原先热闹的家园、鸟语花香的院子，已然一片荒凉。曾经的繁华景象，早已成了过眼云烟。

白发苍苍的母亲像一个指挥官，急切地指挥堂哥袁从洲拿来镰刀砍去一些蒿草。很快，一条窄窄的通往家门的小道出现在我们面前。我抓着相机到处拍，拍完老宅，再去拍摄已经被岁月风化了的古窑，生怕这一丝古迹马上就要消失了似的。

老宅有一百多年的历史，还是爹爹（爷爷）、奶奶创下的基业，土墙、瓦盖，白色的石灰墙虽已斑驳发黄，但还像山一般稳稳地立在那里。一把锈迹斑斑、锁住童年记忆的大锁，从洲哥哥费了好半天的力气才打开。

小时候觉得这个家很大，一排房屋共有十几间。房屋里曾住着爹爹、奶奶和他们的儿孙们。树大分枝，后来大伯袁美琪和三叔袁少明一家搬到五里陶瓷厂，这里就留下小叔袁少信和我们一家。那会儿这还算是大户人家房舍，现在怎么也看不出当年的恢宏气势了。

母亲在屋子里转了一圈，满脸忧郁地站在大门口愣神，毕竟这是她住了大半辈子的地方。“妈，我给你与老宅拍一张合照留念吧。”母亲稍微挪动了一下身子，挺了挺已经微躬的腰，一脸严肃地站在老宅前。我迅速地连拍，相机镜头里瞬间出现了魔幻般的情景。我看到了母亲年轻时漂亮的容颜和幼年时的自己。小时候在庭院里纳凉的景象，一幕幕地在镜头里浮现……

几个小姐妹躺在两张并拢在一起的竹床上，伯伯（湖北地方称父亲为伯伯）和母亲分别坐在竹床的两边，用芭蕉扇给孩子们扇着风，时不时地赶着蚊子。哥哥紧靠在父亲的身旁坐着，手执一把折叠扇扇着风。

我家有八兄妹，哥哥袁从新是家中的老大，也是唯一的男孩。言语不多的哥哥突然说：“伯伯，今晚再给我们讲几个故事好不好？”伯伯端起旁边凳子上的茶水喝了一口，说：“细伢们（湖北地方对孩子的称呼），你们要不要听啊?”孩子们叽叽喳喳地嚷着:“伯伯,要听、要听。”伯伯可是个讲故事高手,这也是他最能镇得住孩子们的法宝。孩子们不再为躺在竹床上你挤我,我挤你而吵闹了,常常在故事中迷迷糊糊地睡去。

此刻我有些莫名的感觉,伯伯袁少棠很受当地人的尊敬与爱戴,人称二爷,已经辞世十几年,难道这世上真的有穿越?我还在愣神,似乎又听到伯伯在说话:“红儿,怎么坐起来了,你在发什么呆呢?好好躺着,我给你们说说梅花窑的故事。”父亲饶有兴致地说起梅花山陶瓷厂的由来。

“南陵县西,蜿蜒起伏的七座山岭重嶂叠翠,景色秀美,古时有七朵梅花之称。梅花山陶瓷厂地处南陵县西十二里的地方,占有三朵梅花,故名梅花山陶瓷厂。

“要说起这梅花山陶瓷厂,它最早的名字叫梅花窑。一百多年前,一群湖北手艺人逃荒来到这里,搭棚为屋,挖地为灶。他们站稳脚跟后,研究土质,寻找陶土,勘察地形,纷纷建窑。他们自己动手制作陶车,生产陶坯,烧制陶器,后来都过上了安逸的生活。梅花窑里流传着很多带有传奇色彩的凄美故事……”

小妹们早已习惯了听故事入眠,发出均匀的酣睡声。只有大姐、二姐和我睁大好奇的眼睛,生怕错过后面精彩的片段。大姐性子急,追问了一句:“那后面的故事呢?”伯伯说:“霞儿,不早了,你小妹们都睡着了。梅花窑的故事有趣得很,还长着呢,我以后再慢慢说给你们听。”后来,关于梅花窑的前尘往事,父亲一直说了很多年……

第一章　历经艰辛的梅花窑创始人

“婉蓉，你抓紧收拾一下，明早我们就离开这里。老天灭人，咱再不走，恐怕就要被老天收了去了！”曹颜吉急切地吩咐着妻子艾婉蓉。婉蓉身材微胖，清苦的日子让她的脸色略显苍白。她脸上挂着一丝苦笑，用那双漂亮的丹凤眼扫了一眼胡子拉碴的丈夫说：“你就别再穷操心了，家里哪还有什么值钱的东西可收拾，带上几样穿的用的就行了。”曹颜吉看着爱妻，心里有说不出的滋味。同治元年（1862年），湖北闹了几场特大洪灾，乡人们纷纷逃荒到别处。曹颜吉也要带上家人离开，去江南那边讨生活。

曹颜吉知道，家里能够变卖的东西早已被父亲曹志敏拿去卖掉，换回一些粮食给家人保命。可在灾年，保命又何尝是一件容易的事情？曹颜吉的外公肖安然是一个养鹿人，妻子英年早逝，肖安然辛辛苦苦地把女儿肖明玉带大。明玉出嫁那年，肖安然精心挑选出自己最宝贝的四只梅花鹿，让女儿带去曹家。可肖明玉嫁出去没多久，肖安然就突然去世了。四只梅花鹿，成了肖安然留给女儿肖明玉最后的遗物。

闹饥荒时，肖明玉忍痛割爱，让丈夫曹志敏卖掉了其中三只梅花鹿，换回一些食物。留下的最后一只梅花鹿，就再也不忍心卖了。后来，曹颜吉的父母在饥荒中双双饿死家中，这对曹颜吉来说如同天塌了。他痛不欲生，觉得自己空有一番好手艺，却因荒年献艺无门，没有照顾好父母，竟让他们这般悲惨地离世了。

曹颜吉没有回天之力，草草地安葬了父母，然后带着妻子和年幼的弟弟曹颜利一起出发了。他们牵着梅花鹿，带着简单的行囊直奔江南，说是落魄逃难可能更为确切。一家人途中走走停停，走了近半个月的时间。也许是冥冥之中天注定，行至南陵西郊十来里大工山下一岭处，只见白雪皑皑中寒梅竞相开放，甚是美丽。梅花鹿就此驻足，怎么也不愿挪动步伐了。曹颜吉心中大悦，直呼："天意，天意，此乃宝地，我们到达目的地了。"从此，一家人落户梅花山。

曹颜吉先是给乡绅苏志宏家打工，勉强维持着一家人的生计。曹颜吉原本是湖北省大冶市一名出色的陶器工人，打工不是他的初衷，只是权宜之计。他满腹心事，一有空闲，就扛着锄头、拿着铲子，去有黄土的地方察看，一琢磨就是好半天。曹颜吉太渴望粮食了，他把这些黄土抓在手中，就像抓着稻谷米粒般饶有兴致。那年的特大洪灾，给他造成的阴影实在是太大了。

同治二年（1863年），曹颜吉发现周边一个名叫桃园山的地方附近悬崖下，有可以烧制陶器的陶土。他乐得像个孩子，抬头看看湛蓝的天，似乎漫天的云彩都在冲着他笑。一朵白云也跟着慢慢地散开，变成了一匹骏马。"哇！马到成功！老天爷显灵了，这可是好兆头。我曹颜吉吉人自有天相，终于要脱离苦海咯！"曹颜吉兴奋地叫出了声，他要把这个好消息赶紧告诉妻子。此刻，他脚步轻快，似乎就骑在那匹"云马"坐骑上往回赶。

曹颜吉人未到，声音便先到了家："婉蓉，我找到了，我可找到了。"婉蓉手上抓着一把大锅铲子，匆忙从灶屋里冲了出来问："大仙（曹颜吉的绰号），你找到什么了？看你一惊一乍的，像个细伢子。"曹颜吉看到妻子惊讶的模样，突然把到嘴边的话给憋回去了。他脸上洋溢着神秘的色彩，只嘿嘿地冲着妻子婉蓉笑。"你就憋着吧！看你可能忍得住。我先去把锅里煎的咸鱼给翻个身。"说完，婉蓉转身进了灶屋。婉蓉心想，颜吉可是很少会有这样的状态。

婉蓉回转到堂屋，从桌子上的大茶壶里倒了一杯茶水递给曹颜吉说：

“别一个人偷着乐了，快说来听听。”婉蓉的笑容一直挂在脸上就没有收回去，她等着丈夫给她分享喜悦。曹颜吉咕咚咕咚一口气把一杯茶水几乎是倒进了喉咙，他用手抹了一把挂在嘴角边的水渍说：“婉蓉，我找到了一块金地。你刚说什么来着？哦，咸鱼，对，就是咸鱼翻身。婉蓉，你说得太对了，咱家真的是咸鱼要翻身了！”曹颜吉说到这里，起身去房间拿出他的大烟杆，舒心地摸了摸烟杆，然后点燃烟，嘶的一声吸了一口，很得味地吐出一个又一个欢乐的烟圈。

婉蓉见状说：“疯疯癫癫的，还在我跟前卖关子。人家喊你大仙，你还真成大仙了不成？我看你是穷疯了，尽神经鬼舞地扯些白日梦来哄我。地里还真能长出金子来不成？”“婉蓉，我的富态相的傻婆娘哎，我说的是陶土，这可比金子珍贵。桃园山那边有陶土，我可以做自己的老手艺了。日后啊，你就是一个名副其实的富态婆娘咯！”

婉蓉的眼里随着丈夫曹颜吉的兴奋也放着光，苍白的脸上因一时激动染上了一层淡淡的红晕。婉蓉是人们常说的那种喝水都能长胖的人，虽然日子清苦，但她依旧是一副白白胖胖富态的模样。曹颜吉常打趣地夸她是有旺夫相的大美人，将来家里一定会过上好日子。“大仙，你就哄我开心，还富态婆娘呢，跟你这些年，苦可没少吃。”“婉蓉，今天我当着你的面发誓，日后我的婆娘一定能过上好日子。”婉蓉咯咯地笑出了声：“好好好，大仙，酒瘾犯了吧？我这就去张家肉铺子称几两肉回来，给你添一道下酒的荤菜。今晚，咱爆竹店失火先自贺自。”这夫妇俩真像家里有了喜事一般。小颜利在一旁看了，也跟着偷笑，他好久没看到家里有这样的热闹气氛了。

自从来到梅花山，曹颜吉还没有喝过酒。从湖北老家带过来的一套酒具，被搁置在一边快落地生根了，这可是他亲手做的比较满意的一套酒具。曹颜吉解开捆着纸盒子的绳子，小心翼翼地从盒子里拿出酒具。“颜利，来，帮我一起洗酒海、酒杯。”颜利年岁尚小，他一蹦一跳地去水桶里舀出一瓢水放在洗菜盆里，帮着递酒具。

曹颜吉边清洗酒具边小声言语：“小颜利，以后哥教你手艺，你得好好做窑。”颜利拍着手说：“哥，好啊，好啊，我喜欢做窑。”曹颜吉用手戳了一下酒海说：“今天你也高兴吧？老兄，看来，日后咱们要多见面咯！与你见面准有好事，今晚我们把酒言欢正当时哦！”

曹颜吉此刻心里亮堂堂的，他似乎看见了曙光，找到了方向，整个人豁然精神起来。没有读过书的他，今天说起话来文绉绉的，嗓音也似乎提高了八度。婉蓉提着用稻草系着的几两猪肉，在灶屋外就听到曹颜吉在喊老兄，于是问：“颜吉，你跟谁说话呢？”曹颜吉不好意思地赶紧打岔：“没，洗酒海呢！婉蓉，你明早随我一起出去转转，看在哪儿建小圆窑合适，你的眼光好。”婉蓉笑道：“你就哄我，我去把青椒肉片给炒了，一会儿陪我家大仙喝几盅。”

曹颜吉托人写信给湖北麻城的兄弟袁继文，让他叫上邹宏汉、刘明兴、叶爱陶、钟智慧几个一道带几个窑工来西乡，一起光复窑业。这些都是颜吉的拜把子好兄弟，在湖北老家可都是个个有名号的。曹颜吉处事不惊，遇事总能逢凶化吉，兄弟们都叫他“大仙”。袁继文很斯文，一肚子墨水，人称“袁夫子”。邹宏汉练就一手九节鞭，得号“邹老九”。刘明兴说话一贯先声夺人，威力十足，被称为“刘大炮”。叶爱陶练就一手小红拳，人称“叶飞人”。钟智慧人如其名，皮肤黝黑，满脑子主意，被称为“钟黑鱼”。后来这些绰号都被叫习惯了，人们几乎忘了他们的真名。

离开这些兄弟也有些时日了，曹颜吉心里空落落的。不过说好自己先到江南这边探路子，有好消息就给兄弟们捎信，眼下，兄弟们很快就要聚在一起了，曹颜吉兴奋得几个晚上都失眠了。

曹颜吉带着婉蓉在梅花山转悠了好几天，寻找了几个适合的方位，最后曹家窑确定建在梅花岭的西北角。在此建窑顺应了地理优势，等兄弟们到来再确定他们几个建窑的时间和方位。小圆窑在湖北老家到处都是，曹颜吉对建小圆窑很有经验。他画了图纸，等着兄弟们一到就立刻开始建窑。

袁夫子带着信与刘大炮、叶飞人、邹老九、钟黑鱼哥儿几个碰面，几位年轻的窑师听袁夫子念完信中内容，商议决定三日后赶赴江南西乡。

几位好兄弟到达曹颜吉处，前期就打着稻草地铺在曹颜吉处落脚。曹颜吉号召大家多托些土基，准备建房和建窑用。年轻的窑师们都是手艺人，干起活来麻利，一批批土基晒干后直接用来建房。土基墙，茅草房，几间简陋的房屋很快在人烟稀少的梅花岭落成。曹颜吉画图纸，几位乡人齐心协力先把曹家窑给建了起来。接下来是用棕毛、陶泥和辘轳制作陶车。在几位窑师的共同努力下，几处崭新的小圆窑诞生了。原本荒凉的梅花岭炊烟袅袅，呈现出一片欣欣向荣的景象。

曹颜吉在梅花岭掀起轰轰烈烈的建窑热，引起了周边人的注意，更引来了地方恶霸傅来宝的注意。傅来宝住在桃源村，出游了一阵子刚回来，听说这里来了一批湖北人，疯狂地在桃园山附近挖土做窑。这块有陶土的土地本是荒山野岭，如果真的能用来烧制陶器，这可是地里长金子的无本生意。桃源村的人眼红了，哪能让这些外地来的湖北人给白白地得了便宜。傅来宝本是地方一霸，聚集了十几个家丁拿着锄头棍棒守在桃园山附近的悬崖边。几家窑主派去的挖土工人无法入内挖陶土，就回来禀报几位窑主。

曹颜吉急召几位兄弟一起商量：“他们这是给我们下马威，欺负咱外乡人。不过一块荒地而已，是我发现了崖底有陶土，才动了做窑的念头。”叶飞人忍不住发话了：“依我说，都欺负到咱头上了，不让他们尝一下我的小红拳的厉害，这个窑怕是在这里做不稳妥。”刘明兴的外号“刘大炮”也不是白来的，他气咻咻地大着嗓门发火：“老虎不发威还被当成病猫了不成，真是不知道小爷几个的厉害，这般地霸门框子狠？我们这就去给他一点颜色看看。”邹老九一字一顿地说：“想称狠人，还要问问我这九节鞭答不答应。是时候活动活动筋骨了。谁规定那块地是他们的？”钟黑鱼说：“莫慌，看他们能使出什么招，咱见招拆招。”几个窑主中，袁窑主是斯文人，他慢条斯理地说：“其实我是最不赞同武斗的，我们初到这边来，人生地不熟的。但他们这也是做过头了，我们还是要商量一个法子，去理论理论，让他们知道咱湖北人不是好欺负的。”曹颜吉听了兄弟们各自表态，起身说：“这样吧，我们窑家手艺人还是靠手艺吃饭，不要动真格的把事情闹大就好，也就是吓唬吓唬他们。”于是，曹颜吉和几个兄弟领着挖土工人带着工具直奔桃园山。艾婉蓉跟在后面连连叮嘱：“大仙，你让兄弟们把握一些分寸，不能闹出事来。”

傅来宝见一批人带着锄头、筐和斗车过来了，就抄起锄头挡在下去挖土的路口说：“谁敢下去，我的锄头可没长眼睛。”叶飞人上前说：“看来你就是领头闹事的那个傅霸主了。你的眼睛倒是雪亮的！”叶飞人客气地把恶霸的“恶”字给省略了，看似轻描淡写地推了一把傅来宝，暗里却是用了内功的。这一点傅来宝感受到了，他看面前这帮人来势汹汹，心想：“我傅来宝是一方出了名的狠人，还被你们这几个外乡人给灭了气焰不成？”

傅来宝梗着脖子低沉着嗓音冷冰冰地说：“你们想打架，我奉陪到底。”他手一挥，后面的十几个家丁一拥而上，挡在傅来宝的前面。叶飞人拉了一把挡在傅来宝前面的家丁说：“让开！我的小红拳可真的没长眼睛。”一时间叶飞人以一敌十的打斗开始了。邹老九手握九节鞭与几个窑主在一旁冷眼观望。叶飞人舞起小红拳各个击破，三下五除二就把十几个家丁打倒在地。傅来宝也就是一个欺负弱小的恶霸，仗着财大气粗，雇用了一些打手罢了。他看到这湖北人一个人就把十几个家丁都打倒了，就不敢再造次了。

好汉不吃眼前亏，傅来宝领着一帮家丁走了，边走边回头撂下一句狠话：“你们等着瞧！”曹颜吉看着这一队人仓皇而逃，不屑地说：“一群纸老虎，就是霸门框子狠。土是大自然的，倒成了你们的了。在我们手上是金子，在你们手上不还是荒土一堆。”几位窑师率队下去挖陶土然后送到崖上的斗车里，装满十几个斗车后，拉着陶土回梅花山了。他们就像打了一场大胜仗，缴获了敌人的器械似的凯旋。

第二日，傅来宝领着受伤的家丁及其家属直奔梅花岭曹颜吉处。曹颜吉见他们来者不善，摆明了是来找事的，可把人家打了，还是要妥善解决问题的，遂上前客气地招呼为首的傅来宝：“你先请坐，打架闹事也不是个法子，我们也是出来混口饭吃，今天，你有什么话就摆到明面上来讲，何须大动干戈上门来挑衅？你知道我的几个兄弟脾气都不太好，闹出事情来对谁都不好。”

傅来宝也听人说过，湖北人都精明得很。这一批来到这里的湖北人不仅团结，而且身上都有一点功夫。傅来宝见曹颜吉态度温和，便放下了先前的虚张声势。他声音稍稍柔和了些：“这是我们的土地，你们这么做是挖我们桃园山人的墙角，总得给个说法。”曹颜吉知道傅来宝就是想贪点便宜，便说道：“那你想要个什么说法？”傅来宝说：“我出资，你帮我也建一个小圆窑，再帮我请几个窑工做窑，我也过过窑老板的瘾。还有那个陶土，你多少给几个银子，不能白白地给用了。”曹颜吉想了想说：“帮你建窑这个问题不大，我和几位窑师商量一下。”

曹颜吉把几位兄弟叫到里屋说：“窑艺‘传内不传外，传男不传女’是我们湖北人的规矩。他要建窑可以，不传他手艺便罢。我们湖北手艺人多，安排一些过来做窑，也解决了一些窑工的生活困难。你们看呢？”兄弟几个觉得曹颜吉说得有理，而且也只有这样才能息事宁人了。

曹颜吉和几位兄弟来到堂屋坐下。曹颜吉说：“帮你建小圆窑可以，我们再给你安排窑工。陶土要钱这条不行，这原本就是荒地，荒山野岭的，是我寻来的。”傅来宝见曹窑主答应帮他建窑，已经很满意了，忙说：“那好吧，我们算是各让一步，大家都和气生财。”说罢，傅来宝领着一干人等走了。

第二章　梦见龙窑

曹颜吉及几家窑主原先主要做一些小货，烧制黄钵、炊壶、一升坛子、二升坛子、一升火罐等十多个品种。曹家小圆窑年产量基本能达到三千件，其他几家也有两千件左右，保全家大小生活绰绰有余。大家都很开心，这可是一炮打响的好事情，更给附近乡民们的生活带来了很多方便。这些陶器罐子各有妙用，在湖北就享有腌菜不酸、装菜不臭的盛誉。这边的乡民们使用后更感到了陶器的妙处，摆脱了一直以来腌菜总是霉烂、发臭的苦恼。

说来也怪，曹颜吉不愧有曹大仙之号，他的窑出品率总是最高的。就这样，曹家窑制作的窑货一下子在四乡八野火了，受到了乡民们的青睐。曹颜吉成为梅花山第一个创建黄货小圆窑的人，更是一位出色的窑主。第一次建窑成功，给了他很大的信心。湖北乡人听闻曹大仙和他的几位兄弟在西乡发展得很好，也纷纷南下，一下子建立了十几座黄货小圆窑，共有曹家、钟家、叶家、刘家、袁家、余家、郑家、邹家、傅家、杜家等十几家窑厂。

这么多人建了小圆窑，曹颜吉担心资源缺乏，所以一有空还是习惯性地带着铲子、锄头和筐到处察看。第二年春天，他发现桃园山另一块黄土底层有大量的陶土可长期使用。陶土黏性强、土粒细、泥质密，是烧制陶器的好原料。一日，曹颜吉邀来叶飞人、邹老九、袁夫子、刘大炮、钟黑鱼兄弟几个喝酒，言谈中说起要建一座小龙窑。大家也知道曹大仙的能耐，他做窑本是能手，做大了也好。袁夫子说：“你就放心大胆地去建窑，兄弟们还是会帮你的。我们几个做好小圆窑就够了，也能让家人吃饱穿暖。”叶飞人表态道：“你是大哥，怎么做都行，我也支持你。说实话，我也就一个光杆司令，能做好小圆窑就好。”邹老九、刘大炮、钟黑鱼也跟着点头：“建龙窑就建吧，这也是我们窑家人的精神。湖北人干事就干大的，大哥建龙窑就代表了我们。”曹颜吉见兄弟们都支持，心里特高兴。小龙窑还没有烧起来，曹颜吉内心的那团希望之火已经燃烧得炽热。他要把这团火用在刀刃上，用在发展窑业上。

曹颜吉用他那双粗糙的大手，把陶泥变魔术般地捻成了一朵朵透着馨香的梅花，粘在七成干的泥坯上，一枝枝梅花在他的手下温柔地盛开着。又到了小圆窑出窑货的日子，曹颜吉在窑眼处拆下一块砖。他微眯起一只眼睛，另一只眼睛紧盯着窑身内。他的内心被美丽的温柔抚慰着，窑身内是一个七彩的世界，内壁金光闪闪。那一枝枝梅花在烧成的器皿上绽放光彩。黄钵、炊壶、围钵罐、小火坛等一些粘着梅花的小车货品争相媲美，它们在窑身似长龙形状的舞池里跳着优美的舞蹈。而此刻的曹颜吉俨然是一个拥有众多妃嫔的国王。“天啊，太神奇了，太神奇了！”曹颜吉连声大叫，吓醒了熟睡在身旁的妻子婉蓉。

“颜吉，大仙，你怎么了？”曹颜吉被妻子叫醒，道：“婉蓉，我这是在做梦啊！跟真的似的。婉蓉，我跟你说，这做王者的梦啊，一定是有讲究的，我肯定能在这里干出一番事业来。”曹颜吉索性坐了起来，他因这个梦兴奋得睡意全无。婉蓉埋怨道：“你啊，还像个细伢子似的没有一点自控力，大半夜这一惊一乍的你要吓死人啊！”

自从来到梅花山，曹颜吉似乎就有些疯癫。梅花山里的人看曹颜吉的眼神也是怪怪的，总觉得他哪里不太对劲，但又说不出来。曹颜吉这些日子心思都放在建小龙窑上，说话走神是常有的事。他心不在焉地天上一句，地下一句，几个拜把子兄弟有时候也跟着诧异。

曹颜吉继续和妻子说着梦：“婉蓉，这个梦可不是一般的梦，这可又见喜兆了，我们家的窑一定会有更大的发展。我要把陶器小货类做出特色美。

对了，就以梅为主题，或许这又是老天爷托梦显灵呢！”

听着曹颜吉大半夜说梦，婉蓉虽有些嗔怪，可还是满心欢喜地应着话：“你啊，就是一个活脱脱的泥呆子。一提到陶土，不知哪儿来的疯癫劲。这才四更天，你还让不让人睡觉啊！”曹颜吉嘿嘿地笑着说：“让让让，我的富态婆娘，这几天我得去一趟湖北老家，找庆奇老弟过来帮咱建一条龙窑。仅靠一个小圆窑只能糊口，也做不出什么名堂。”婉蓉有些困乏地应着声：“是是是，看你这说风就是雨的性子。你就是心大，一口也不能吃成一个胖子。”

曹颜吉被这个美梦招惹得已然睡意全无，索性起床去院子里活动活动筋骨。他感觉早上空气中的养分特别足，吸进来的每一口都使人舒心。曹颜吉想做的事情一刻也不能耽搁，他要在最短的时间里建一条小龙窑。

两天后，他动身赶往湖北麻城市龙井湾，请好兄弟俞庆奇技师来帮他完成这一宏伟计划。家里前不久买的一辆新马车刚好派上用场。曹颜吉日夜兼程，快马加鞭地赶往湖北。这回曹颜吉是实实在在地坐着马车去的，而不是天上那团浮云变幻的马，他要踏踏实实地做一番事业。曹颜吉怀揣着一颗炽热的心，抵达了湖北。

可欲速则不达，不巧庆奇刚好出远门了，曹颜吉好生郁闷，但还是要耐着性子等庆奇回来。庆奇的父亲见状，安慰道：“大侄子，好事可不在忙中起。你莫急，就当给自己放个假。”庆奇媳妇巧珍也跟着安慰：“我伯说的是，大仙哥，你离开湖北也有些日子了，就当回来玩几天。”曹颜吉连连点头说：“是哦，俞伯、弟媳，你们说的是。我这也是急性子，说来就来了，也没给庆奇老弟先捎封信。”

直到第四天傍晚，庆奇才回来。曹颜吉像看到了大救星一样，一把抓住庆奇的手说：“好兄弟，可把你给盼回来了。”庆奇突然看到曹颜吉，有些诧异：“大仙兄，你怎么来了？出了么子事?”庆奇脚跟还没有站稳，就被曹颜吉拉着一口气说完了他此次回乡的目的。“大仙兄，你真行，让那么多窑工都去了西乡，这么快就又要建龙窑了。这个计划要得，兄弟我一定帮你完成。建窑，可是一件大事情。”“庆奇，那就宜早不宜迟，我出来也有好几天了，你嫂子和小弟颜利在家我也不太放心，明天天一亮我们就赶往梅花山吧？”

庆奇看着一脸焦急的曹颜吉，心想：能让大仙兄在这里耐着性子等了几天，已经够难为他的了。他理解地点点头说：“那好吧！大仙兄，你今晚好生歇着，明早我随你去梅花山。”

古龙窑头一

第三章　祭窑神

庆奇根据梅花山得天独厚的地势，画出了建窑的图纸，曹颜吉看后很是满意。一个好汉三个帮，有了庆奇的参与，曹颜吉底气更足了。轰轰烈烈的建窑场面很快拉开了序幕，梅花山一下子又进入了忙碌中。飞人、老九、大炮、夫子、黑鱼也过来帮忙建窑。小工和师傅们用板车拉来砖头。瓦匠们和好稀泥，又用砌刀把砖头四周稍做修理，然后将稀泥抹在砖头上，按照图纸，在一个坡度约四十五度的地面上开始垒砖、砌窑。从窑的底部开始，一截一截地往上砌，大家忙得不亦乐乎。一座身如长龙、头似龙头的窑就要从图纸上走出来，落成在梅花山这片神奇的土地上。

曹颜吉这些天心情特别好，看什么都顺眼，看什么都是美美的。路上迎面碰见与自己不太对光的傅来宝，曹颜吉主动上前打招呼："来宝子，最近你的窑货销量也还不错吧？我给你请的几个窑工手艺都是顶呱呱的，呵呵！"曹颜吉乐呵呵、自顾自地笑着，也没有顾及傅来宝的反应。他的突然热情，让傅来宝觉得有些别扭。"呵呵，好，好。"傅来宝应付着干笑了两声，脚步并没有停下来半拍。他的笑声干巴巴的，几乎是从鼻腔里面哼出来的，面部没有太多表情。

傅来宝皱了皱他那标志性的八字眉，回头斜眼看着曹颜吉的背影，小声地嘀咕："哼，什么销量不错？你曹家就是想独吞，也不怕吃撑了。小圆窑做得好好的，又建什么小龙窑，我们的销量哪儿还能好得起来？"

窑上的人也觉得曹颜吉最近有些怪怪的，见人总是主动上前打招呼，一改往日的不苟言笑。曹颜吉确实有重生的感觉，这些年他空有一身好技艺，却没有做出什么像样的事情，没有给家里积攒下一点积蓄，没有让父母过上一天好日子，他的心里一直很愧疚。

曹颜吉边走边想着心思，面部表情逐渐变得僵硬起来，他又想到了在湖北饿死家中的父母。父母离世这件事，是曹颜吉心中永远打不开的一个结，是他这辈子无法弥补的憾事，他也因此常常陷入自责与苦恼中。如今，曹颜吉发现了这里的资源，发现了这里是他的立命之本，他不能再安于现状，他要顶起曹家这个门楣，非继续从事他的老手艺不可。

窑在坡面上一天天地成型，曹颜吉的心情也一天比一天急切。可是欲速则不达，奇怪的事发生了。窑砌到一半，在一天夜里突然坍塌了。曹颜吉被这突如其来的状况击得有点晕头转向。或许是期望太高，失望尤其大，曹颜吉都灰心了。他让飞人、老九、夫子、大炮、黑鱼、庆奇几个分析一下到底是哪儿出了问题，可他们也说不上来。

曹颜吉说："难道是砌窑的砖头和泥巴没有粘连好？或者是窑身的弧度和角度没有掌握到位？庆奇的设计没有问题，也都是按照图纸一步一步砌的啊！"小工和师傅们也在七嘴八舌地议论：兴许龙窑本就不简单，不是随便就能建的；兴许还有什么没有做到位；兴许有什么说法……曹颜吉见状，心想还是要先打消大家的胡乱猜疑，于是说："你们也别再乱猜了，塌了便塌了，重建便是，后面越发要细致一些。"大家听毕，手忙脚乱地又开始重新建窑。

到了第四日早晨，瓦工小林来报，重建的窑又塌了。曹颜吉叫上庆奇一道急匆匆赶往建窑地，飞人、夫子、老九、大炮、黑鱼和小工们也都到了。大家纳闷，这到底是怎么回事，总是砌到一小半就塌了。心直口快的龚师傅在一旁突然说："大仙师傅，你是不是要考虑一下祭窑神？我们给人家造房子、建桥什么的，都要杀一只公鸡或杀一头猪来祭神灵。"龚师傅话音刚落，庆奇瞥了一眼龚师傅，神秘地把身子靠近曹颜吉。他对着曹颜吉耳语道："建一座桥总要死人的，叫垫桥梁。祭窑神，本是省不掉的一道仪式。祭窑神是有说法的，你不能不信，更要谨慎。你第一次正式建龙窑，原本就该举行祭窑神仪式。也怪我，看你着急，慌忙帮你建窑，倒是疏忽了这个重要环节了。"

庆奇一席话说得曹颜吉皱起了眉头，他在原地来回地踱着步子，然后蹲在一旁便一言不发了。曹颜吉从口袋里摸出旱烟袋，用手指慢慢梳理着烟杆，似乎在梳理着自己那颗郁闷的、皱巴巴的心。他抽起了闷烟，一圈一圈的烟雾缠绕着曹颜吉。这些天算是白忙活了。

曹颜吉陷入了沉思，活着难，想好好地做件事更难。在湖北老家，连年的特大洪灾让人无法安身，父母在那场天灾中活活饿死。而今，逃难至此，刚有一点起色，又遭不顺。这要到哪里去找适合祭窑神的祭品呢？祭品如不合适更会招来麻烦。曹颜吉突然想到了在湖北老家建窑就有过死人的事，他的心里如悬着十五个吊桶七上八下，焦躁不安。曹颜吉那对充满智慧的剑眉又习惯性地紧锁起来。他沉思半晌，起身说："大家今天先歇着，明早再过来。"

婉蓉老远就瞅见曹颜吉拉着阴沉沉的苦瓜脸，猜想准是窑上的事情不顺心，便故意大声说："你们回来啦！菜刚端上桌子呢!"庆奇接过话茬："嫂子，今天提早回来是商量祭窑神的事情，建窑又出了点小偏差，这几天又是瞎子点灯白费蜡了。""看你们两个人脸上都像挂着一层冰凉的霜，我还当出了么子事？塌了就再建呗！建窑本来就是一件大事情，遇到一点小岔子也是正常的，后面还是要考虑周详些好。来，先吃饭，休息一会儿再商量。"

曹颜吉哪里还有心思休息，他敷衍了事地胡乱扒了几口饭，拔腿就往外走。庆奇见状忙喊："大仙兄，你等我一下。"庆奇嘴里含着米饭追着曹颜吉出去了，两个人又跑到坍塌的建窑处。曹颜吉直看着坍塌一地的泥砖愣神，庆奇宽慰道："大仙兄，好事不在忙中起，祭窑神的东西要对路，不能老是出岔子，不吉利。"曹颜吉无助地看了一眼庆奇说："我知道不能总是出岔子，这不是心里头着急吗?"说完便一声不吭了。

天黑了，哥儿俩回家，老远就闻到灶屋里飘出来的香喷喷菜肴的味道。

婉蓉有上好的厨艺，她精心做了几道下酒菜，让颜吉和庆奇晚上好好地喝几杯解解闷。婉蓉一边把热腾腾的菜肴端上桌子，一边说笑：“先把肚子填饱，脑子就好使咯！看这些天的折腾，可累坏了我们家大仙。你可得先保重好身体，不能事没做，身体就先垮了，这可就划不来了。呵呵，我把你的‘老兄’也给请来了，让你们好好叙叙旧。”曹颜吉一脸狐疑地看着婉蓉：“你请了夫子、大炮他们了？”婉蓉指着桌子上的酒具说：“是说你的酒海、酒杯，你一高兴就对它们说话，有苦也让它们分担一下呗！”

婉蓉很会说笑宽慰人，说得曹颜吉和庆奇都笑了。色香味俱佳的菜肴，让曹颜吉有了酒兴。他忽然如释重负地说：“来，庆奇，咱哥儿俩今晚好好喝几杯。你一来到这边，就忙着建窑，是该歇歇了。哦，婉蓉，你快去把飞人、夫子、老九、大炮、黑鱼他们都请来，这些天兄弟们也跟着白忙活一场，让大家一起来喝几杯。”“好好好，我这就去请。”婉蓉应着话，转身出去了。

不一会儿工夫，几位好兄弟都到了。大家围坐在一起，好一番畅饮。席间几位兄弟谈到建窑的事，曹颜吉挥挥手说：“今天不谈建窑的事，只喝酒，咱兄弟几个叙叙旧。”几位老友只好作罢，大有不醉不休的架势。曹颜吉比这几位兄弟都年长一些，他们一起学艺，一起结拜，是要好的师兄弟。如今，他们都在西乡为了谋生而打拼，庆奇也不计报酬地来到这边鼎力相助，大伙儿又能在一起重温友情，这是人生一大快事。几位兄弟兴致都很高，酒足饭饱还不忍离去，便猜拳行酒令直至深夜方才散去。

曹颜吉把庆奇送到西厢房，顺势就坐在床沿边说话：“庆奇，你对老哥也算是帮了大忙了，咱兄弟情义一直都好。今天咱哥儿俩来个约定，咱们的媳妇将来头胎要是龙和凤，我们就定个娃娃亲怎么样?”“大仙兄，就这么说定了，日后不许反悔说话不算数。”两个人用湖北乡音聊着酒话，说着说着都没了声音。

没过一会儿，曹颜吉就被梅花鹿叫醒。梅花鹿急切的声音让曹颜吉好生奇怪，他睁大眼睛盯着梅花鹿，只听梅花鹿急切地说：“主人，你别用这样奇怪的眼神盯着我，你也别用酒灌醉自己，借酒浇愁愁更愁，这样会对身体不好，更何况事情出来了，总是要解决的。你要建龙窑我早就知道了，我说出来，可别吓着你。饥荒三年，你母亲都舍不得把我卖掉，一直把我留在你的身边，就是为你今天所用。养兵千日用兵一时，到了我报答你们的时候了。我来到曹家的最终目的，就是为了今天帮你建这座龙窑的，这是我这辈子的使命。帮你建完了窑，我就能投胎转世为人了，下辈子继续为你效劳。”

“小鹿，你怎么会说话了？”曹颜吉觉得好奇怪，但他的喉咙根本发不出声音。梅花鹿继续说：“主人，我和你说话的时间不多了，你还是先听我说完。你必须用我的鲜血祭窑，天亮就要去做这件事，否则你的小龙窑不可能建成。这也是主人你在做善事，是为地方乡民造福，为我超度啊！千万要记住，否则会误了建窑的最好时辰，也会误了我投胎转世为人。”

曹颜吉急得满脸的汗珠子：“小鹿你别乱说，你可是我母亲留给我的遗物，我怎么可能用你的血去祭窑？你不要劝我这样做，你不要陷我曹颜吉于不仁不义。我们曹家早把你当成家中的一分子了，千里迢迢来到这里也是为了逃生，我怎么舍得让你命丧这里？”“颜吉兄，大仙，大仙兄，你怎么了？快醒醒，你在和谁说话？”庆奇被曹颜吉方才一阵胡言乱语吵醒。曹颜吉刚刚这一席话声音总算是发出来了，可吓坏了躺在他脚头的庆奇。

曹颜吉惊魂未定，从床上弹跳起来，直呼：“哎哟，我的娘哎，可吓死我了。庆奇，快帮我把灯盏火捻亮一些，我这是怎么了？”庆奇赶紧捻亮灯盏火问：“颜吉兄，你的酒还没有醒吧？”曹颜吉用手抹了一把满额头的汗珠子说：“庆奇，我做了一个梦，还好还好，虚惊一场，只是一场梦。”颜吉话音刚落，心立刻便提到了嗓子眼儿，他被自己突然的清醒吓了一跳，“这不像是梦，是真的。庆奇，你快帮我一起找找，它一直就站在我的床头前说话。”曹颜吉说话间，迅速跳下床，趴在床边的脚踏板上，连床底下都仔细地搜查了一遍。

曹颜吉怪异的举动让庆奇直发瘆，胳膊上的汗毛都竖起来了。他连问：“大仙兄，你这到底是怎么了？”曹颜吉没有搭理庆奇，继续搜寻，嘴里还在不停地嘀咕：“到底跑到哪去了呢？怪事，刚才还在和我说话，让我给它超度，说要投胎转世为人了的。庆奇，你别光站在那里，快帮我一起找找啊！我们家那只梅花鹿，刚才就站在床头前。”

庆奇总算是听明白曹颜吉的胡言乱语了。“哎呀，大仙兄，你这分明是在做梦，那么高的梅花鹿能藏到哪里啊？梅花鹿还会和你捉迷藏不成？”庆奇看着行为怪异的曹颜吉，突然反应过来了，他猛地一击掌，“有了，这个梦好，是好事情。哈哈，这可是天大的好事情！窑明天就可以继续建了。就用梅花鹿祭窑神，这是天意，天意啊！真叫踏破铁鞋无觅处，得来全不费工夫。梅花鹿给你托梦了，你杀之不为过，名义上杀了它，实际上是在给它超度。”

庆奇的一席话，终于把曹颜吉从梦魇中给拉了出来，曹颜吉停止了搜寻。庆奇兴奋地说：“颜吉兄，我来给你分析一下。你知道为什么梅花鹿走到梅花山就不走了吗？为什么这只梅花鹿跟随在你们身边不离不弃？为什么你的父母硬是饿死在家中，也舍不得把这只梅花鹿给卖掉？为什么它就像你家中的一个孩子那样温顺？这其中的玄机和原因，你现在该明白了吧？你成大器，非这只梅花鹿不可。”

庆奇像个逻辑推理大师，说得曹颜吉也有些将信将疑了。曹颜吉说：“庆奇，小鹿跟我这么些年有感情了，它就像我的亲人，我怎么忍心……”庆奇看了一眼似乎还在晕乎乎做梦的曹颜吉说：“哎呀，我的大仙兄，这可不是你忍不忍心的问题，梅花鹿也说它要投胎转世啊！或许小鹿没有这一劫难是不能投胎转世为人的。你快去叫嫂子过来，咱们一起商量一下。今天我们得抓紧行事，建窑可是一件大事情，不要耽搁最好时辰。”曹颜吉被庆奇这一点拨，似乎有些明白了。

“颜吉，颜吉。”婉蓉不请自到地一脚跨进屋来。她纳闷地看着丈夫和庆奇问：“你们莫非一夜都没睡？大清早的都杵在这里干吗？”颜吉看着婉蓉，声音比平日低了几分：“莫瞎说，婉蓉，我和庆奇都睡了，正说一件怪事。看你慌慌张张的，又出了么子事？”婉蓉一脸严肃地说：“颜吉，昨晚可真吓死人了，你也不回那屋。我梦到小鹿说话了，它就在我的床边跟我说话，说它要走了，让我多保重身体，还说它很快就会来陪我。说了许多，一觉醒来我竟忘了大半。”

婉蓉一口气说完梦，曹颜吉和庆奇对视了一眼。“婉蓉啊，小鹿半夜也到这间屋里来了。”“颜吉，你大清早的净说些胡话，门是关着的，小鹿怎么进来的?”“婉蓉，我是说小鹿半夜也到我梦里来了。它让我用它来祭窑神，说这是给它超度，它要投胎转世为人了。”婉蓉眼里满是惊恐：“净瞎说，好好地养了几十年的梅花鹿怎么就要投胎转世了?”

看着曹颜吉、婉蓉夫妇二人你一言我一语地说了半天的梦，庆奇在一旁忍不住发话了：“大仙兄，依我看这就是天意，你看嫂子也做了同样的梦。你们也不要多想了，这梅花鹿是一定要祭窑神的。这就是天意，它已经给你们夫妇托梦了。你们若不这样做，会毁了小鹿。你们家这只梅花鹿如今快二十岁了吧？一只梅花鹿的寿命大概也只有二十年，它也到了寿终正寝的年龄。梅花鹿很快要离开你们的，不抓紧时间就来不及了。你不拿它祭窑神，它将来还不知道投胎成什么呢。让一个跟随你们多年的小鹿，不能投胎转世为人，或者投胎到畜生道，你们忍心吗？颜吉兄，这是定数，宜早不宜迟，不要耽误了建窑的最好时机，也耽误了小鹿投胎转世。”

婉蓉一边抹眼泪一边说：“庆奇，这只梅花鹿是颜吉母亲留下的一份念想，跟在我们身边这么些年，我们早把它当成自己家的一分子了，怎么忍心让它去祭窑神啊？我们还是想想用别的什么去祭窑神吧。”曹颜吉心情复杂地数落着妻子：“婉蓉，这不正商量着吗？一大清早的，你一把鼻涕一把眼泪的多不吉利。”婉蓉赶紧扯下别在腰间的绣花帕子，擦了一把眼泪，说：“好，我都听你们的，你们说说，这到底该咋办啊?”

庆奇发话了：“依我说，你们千万不要以为杀了小鹿祭窑神是在作恶。你今天的恶即是善，善即是恶。你让梅花鹿投胎转世是在做善事，你建窑更是能造福一方乡民。它为你成大事去祭窑神，也是在积德行善，值得。万物皆有因果，你不让小鹿祭窑神它也会离开，那它这些年算是白白修行了，会无功而归，这样它的命运就不好说了。”

庆奇相信生命有轮回，有前世今生的因果之说。他认为，这只小鹿绝不是凡物，它是来人间历劫的。庆奇急性子地又添了一句："窑要赶快建，今天我们就做这件事。"曹颜吉、婉蓉觉得庆奇说的有几分道理，这件事情确实有些蹊跷，似乎就是上天冥冥之中的安排。听了庆奇的话，曹颜吉半天没有吱声。沉思中的曹颜吉突然说："婉蓉，小鹿也告别过了，你赶快点上香炉，我们一起来祈祷小鹿投胎到一户好人家，幸福地过一生吧！"婉蓉泪汪汪地看着曹颜吉说："就没有什么别的法子了吗？"曹颜吉挥挥手说："婉蓉，别再多想了，就这么定了。"

天刚刚泛白，婉蓉从菜园子里摘回几颗嫩绿菜和一堆胡萝卜，让小鹿吃个饱，嘴里不停地小声念叨："小鹿，小鹿，你莫怪，我们的缘分尽了。你是上天派来祭窑神的，就安心地上路，投胎转世到一户好人家享享福吧！"婉蓉给小鹿用温水擦洗了一下身子，再用干净棉布轻轻擦干。一大清早曹颜吉就通知了飞人、夫子、老九、大炮、黑鱼早点到建窑处，趁早上吉时举行祭窑神仪式。

曹颜吉夫妇和技师俞庆奇一道，牵着梅花鹿来到建窑的地方。飞人和龚师傅把小鹿的腿脚捆绑好后，拴在一块大石头上。小鹿很安静，没有挣扎之势。它的眼里满含坚定，等着为主人效力。婉蓉分明看见，小鹿在依依不舍地看着主人，看着它的亲人，它的眼角有两行泪在流。它知道它必须要为主人做点事情了，这是它活到现在的真正价值所在。婉蓉用丝绸把小鹿的眼睛给蒙上，她和曹颜吉都把脸背了过去，他们实在不忍心看到这一幕。

随着龚师傅 声长长的吆喝声"祭——窑——神——咯——"，梅花鹿的鲜血洒了一地。整个梅花岭的梅花含笑，竞相曼舞。瞬间粉白色的梅花似乎被染成了血红色，那梅花花瓣似乎红得在滴血。一月，梅花岭漫山遍野的梅花都绽放了。一阵风吹过，馨香弥漫在整个梅花岭的上空。龚师傅用红绸子把梅花鹿的脖子系好，扎成一个漂亮的蝴蝶结放在香案上。大家齐拜窑神，喊着"祭窑神"。祭窑神仪式完毕后，小工们赶紧动手建窑。曹颜吉和婉蓉看着闭上眼睛的小鹿，心在滴血。天意难违，他们也实属无奈，只有默默地祈祷小鹿早日投胎转世。

同治三年（1864年），一条长约四十米，两旁各有个四十个龙眼的小龙窑顺利建成。后来，曹颜吉将一个梅花树根雕刻成自家梅花鹿的模样，用它作为镇窑之宝守护着小龙窑。曹颜吉给小龙窑起名梅花窑。窑厂一下子建大了，需要的窑工就多了。而湖北手艺人祖上都是有规矩的，手艺传内不传外，传男不传女。曹颜吉知道庆奇的岳丈在老家很有影响力，便托庆奇回湖北麻城市老家帮着招一些窑工过来做窑，自己就少跑一趟了。

庆奇回去后帮曹颜吉招了窑工秦汉民、汪海青等十四人，他们匆匆赶往梅花窑，这让曹颜吉很欣慰。这些窑工都是熟练工，窑厂产量、品种一下子大增，出产缸、坛、罐、壶等二十多个品种的陶器，年产量达两万件左右。产品质地坚硬，质量优良，畅销邻邑，供不应求，梅花山小龙窑一下子在四乡八野红了。

曹颜吉一路的发展整个厂子里的人都看在眼里，十几家小圆窑的窑主可是既佩服又有点妒忌。窑主傅来宝是唯一的本地人，本就开了一家油坊，又硬逼着曹窑主帮他建窑、请窑工做窑。但这人不思感恩，一肚子坏水，见不得曹颜吉发展。

傅来宝与窑师叶飞人日久成了赌友，他知道叶飞人年纪尚轻，就告诉叶飞人等其到了婚娶年龄就让自己的小妹嫁于他，于是两个人的关系就更近了一些。一日，他跟叶飞人说："飞人，我最相信你了。曹窑主是不是太贪了，这满塘的水他曹家一家也喝不完吧？这样的独霸岂不是要断了我们的生路？惹火了我，我就毁了他的窑！"叶飞人瞪了一眼傅来宝，心想：如不是你有意把你的小妹许配给我，我的拳头早上了你的头了。他说："你赶快打住，别又打歪主意。曹家窑发展凭的是本事，这是井水不犯河水的事情，各凭手艺七饭（即吃饭）。你要是敢动我大哥的窑一下，别怪我翻脸无情，对你不客气！"

傅来宝白了叶飞人一眼说："我也就是这么随口一说，听你这语气，火星子直炸的，是把我当外人看呢！依我说，曹家就是想吃独食。把窑做大，哼，发扬窑家人精神，只是说得好听罢了。他也没有想着带你们几个拜把子兄弟一起发扬呢？"

第四章　梅仙之恋

小鹿离开不久，婉蓉就在家里闹病了。曹颜吉以为是梅花鹿走得凄惨，婉蓉受惊吓落下了病根，遂带她去夏金星郎中那里去看病。夏郎中给婉蓉一搭脉便乐了：“恭喜曹窑主，你内人这哪里是病，是喜脉。”曹颜吉嘿嘿地笑着：“夏郎中，太谢谢您了，我们就光晓得着急，以为是害病了，哪知道是害喜了！”夫妇二人谢过夏郎中一路说笑着回家了。

婉蓉怀孕期间总是梦见那只祭窑的梅花鹿。一日，小鹿又出现在婉蓉的梦中。小鹿说：“我很快就可以转世为人回到你的身边了。”婉蓉听了小鹿说的这番话，吓出了一身冷汗，直喊颜吉。曹颜吉被婉蓉惊恐的声音叫醒，连忙安慰道：“你定是平时想多了，日有所思，夜有所梦。梅花鹿对咱曹家可是有大恩的，就算是真的来了，也不用担心。”曹颜吉一番开解，使婉蓉的心情稍稍平复了一些。

腊月，梅花开得正旺的季节，婉蓉生下一女。孩子一出生，只咯咯地笑，浑身散发着蜡梅的馨香，整个曹家大院香气扑鼻。曹颜吉夫妇俩相互对视了一眼，心想：此乃仙女驾到啊！不过谁也没敢说出来。

“来，我们快想想给女儿起个名字。婉蓉，你看就叫爱梅好不好？”婉蓉的脸上漾着幸福，她开始称呼曹颜吉为“细伢她伯”：“细伢她伯，这个名字好，就听你的。”

爱梅出生两个月后，曹颜吉收到庆奇从湖北寄来的信，赶紧拿着信让袁夫子给念念。夫子看着信乐了："大仙，曹、俞两家的娃娃亲算是落到实处了。庆奇媳妇生了一个大胖小子，名叫思远，说待到长成就过来入赘，做你的上门姑爷。"曹颜吉咧着嘴嘿嘿地又发出了他那标志性的笑声："要得，要得，曹家添人进口，门庭兴旺啊！"婉蓉瞅着曹颜吉说："看把你给乐的，还是两个小伢子，这八字还没一撇呢。"

爱梅身上有一股奇香，常引来一群蝴蝶围着她跳舞，这也成了梅花窑的一大奇闻。爱梅自打会跑，几个叔叔的窑棚就是她最感兴趣的地方。即便是冬天，外面刮着刺骨的寒风，也阻挡不了她叫上几个小伙伴去窑棚里玩耍。

爱梅领着夫子的闺女小雅、飞人的闺女叶子、大炮的闺女盼盼、黑鱼的闺女巧儿直奔窑棚。爱梅比几个小伙伴大一些，几个小妹妹都很自然地听命于她。爱梅用力地掀开几层用草编的厚实门帘子，领着几个小伙伴进入暖和的窑棚。窑棚里一堆用松树枝烧的火堆火苗正旺，爱梅冲着正忙着做泥坯的伯伯曹颜吉做了一个鬼脸，然后便指挥小伙伴们围成一圈蹲在火堆旁添柴加火。她在旁边的小柴堆里选了几根松树枝分给几个小伙伴，自己则拿着一根稍粗一些的松树枝拨开一个个小火炕，又拿出从家里带来的生山芋和马铃薯，把它们埋进火灰堆里，其他几个小伙伴也跟着照做。

爱梅负责掌握火势的大小，不断地添加松树枝、松毛草。小伙伴们眼睛盯着红红的火苗，把小手伸向那温暖的火堆边，就像触摸一个又一个童话故事。山芋、马铃薯在爱梅和小伙伴们的叽叽喳喳中慢慢地变香。当几个小脸蛋被火堆烤得红彤彤时，她们就能吃到香喷喷的熟食了。

爱梅边吃边看伯伯有条不紊地变戏法般，让一堆堆陶泥成为各类艺术坯胎。稚嫩、好奇、欣喜的眼神常常在那儿定格许久。

转眼十六个年头过去了，窑家姑娘初长成，爱梅出落得如出水芙蓉般美丽。她先在城里跟在先生后面读过一点私塾，后来就跟在父亲后面学习窑艺知识。爱梅主攻印花艺术，且一点就通。她对陶艺知识了解得很全面，后来的陶艺理论课大部分都是由爱梅主讲。爱梅的美吸引了厂子里许多年轻人的眼球，她的每节课都座无虚席。

傅来宝的儿子傅吉高也把爱梅看对眼了，嚷嚷着让傅来宝托媒婆说亲。之前，傅来宝虽多次想毁了曹家小龙窑，但他打心眼儿里还是佩服曹颜吉的。其妹子嫁给了叶飞人，倒也算是打破了窑家人手艺传内不传外的规矩，儿子傅吉高跟在叶飞人后面也学了这门手艺。现在儿子看上了曹家闺女，倒让他也生了一些心思，如果两家联姻，就最好不过了。

傅来宝找了媒婆去曹家提亲，曹颜吉告诉媒婆，爱梅早已定下了娃娃亲。傅来宝虽然心中不悦，但也无可奈何。傅吉高小声嘟哝着：“就是不同意这门亲事，却拿娃娃亲来搪塞。不行，我得亲自找爱梅说。”傅吉高性格有点横，说到做到，这也是得到其父傅来宝的真传。

一日，傅吉高着装体面地在爱梅家附近一棵大树后面等着。远远地，他看到爱梅出来了。他缓解了一下紧张的情绪，想大大方方地向爱梅表白。他正要上前说话，却见秦良仁嗖的一下从他眼前过去了。秦良仁停在爱梅的面前没一会儿，似乎往爱梅手心里塞了一个什么东西，然后转身又飞速地走了。傅吉高有些纳闷，难道自己求亲不成是因为他俩有染?

爱梅打开秦良仁塞到她手心里的纸条，上面写着“喜欢你”。爱梅抿嘴一笑发出了声：“真是痴人，特意送来一张字条，就写这三个字。”爱梅知道良仁喜欢她，但她更知道自己是有婚约的人。

中午在家吃饭时，爱梅故意试探着说：“伯，娘，我不要和俞思远成亲，没处，哪来的感情。”曹颜吉着急地说：“这可不行，你是有婚约的，我们不能做背信弃义的人。”婉蓉也慌了，忙说：“伢子，你可不要犯糊涂。你庆奇叔对咱家有恩，悔婚是万万要不得的。”爱梅看到父母情绪都这么激动，不想惹他们不快，就立刻转移话题说：“逗你们玩的，我心里有数。”曹颜吉说：“你这孩子，自小就调皮，这个也好拿来开玩笑?”爱梅一笑而过。

良仁心神不宁，他不知道爱梅是怎么想的。一日，下了课，良仁悄悄走到爱梅身旁说：“爱梅老师，我有话对你说。”良仁欲言又止，脸上一阵发烫。他摸了摸脸颊干脆不说话了，又塞给爱梅一个小纸条，转身飞也似的不见了。看着秦良仁远去的背影，爱梅恍惚了一下。她打开手心里那张折叠成小方块的纸条，两行字清晰地出现在眼前：“爱梅老师，晚上窑头上见”。爱梅心头一阵发热，有甜甜的滋味飘过。她心想，这良仁也是机灵聪明，用纸条说话，就算自己回绝他，也不会尴尬。

傍晚，良仁穿戴整齐，看到父亲秦汉民在喝酒，破天荒地要了一窑碗足足有二两的酒喝。良仁狼吞虎咽地吃饭，直噎得脖子伸多长。良仁母亲凤英见状，有些不解地问：“仁啊，你大晚上的穿戴这么整齐，吃饭像没长喉咙似的吞，这是要赶着去见谁啊？”良仁躲开母亲犀利的眼神，生怕被母亲看出他的那点小心思：“娘，没事，今晚约了几个兄弟出去走走，平时做事这衣服也不方便穿。”其实良仁是在母亲做饭的时候，翻箱倒柜地找出了这件淡蓝色的绸缎暗花长袍。这是他最喜欢的一件衣服，还是之前他母亲过四十岁生日家里大摆酒席时穿了一回。

说话间，良仁放下碗筷走进了母亲的房间。他对着母亲的梳妆镜，用梳子在已经梳得光溜溜的头发上来回地梳着，手不停地抹着额角的一缕自来卷头发。他就要去见他朝思暮想的女神爱梅了。良仁对着梳妆镜伸了一下舌头，扮了一个鬼脸，一溜烟儿地快步出门了。

爱梅吃了晚饭赶往窑头，远远地就看见良仁等在那里了。爱梅见良仁的这副打扮眼前豁然一亮：“良仁啊，你穿这身蓝绸缎长袍挺儒雅的，像个做学问的先生。”良仁被爱梅这么突然一夸赞，脸上一阵发烫红到了耳根。他有些做贼心虚，连忙解释：“平日穿布衣做事方便、不心疼。这不是男为悦己者容嘛!”良仁的俏皮话，逗得爱梅咯咯地笑。

“爱梅老师，我想问一下，窑为什么要建成拱形而不能建成平的？”良仁有些尴尬，故意岔开话题。爱梅乐了，心想，还真有问题要问。她说：“良仁，你喜欢听故事吗？我还是先给你讲一个美丽的传说吧!”良仁心中一阵暗喜，忙说：“好啊，爱梅老师，你说什么我都爱听。”爱梅的磁场强大，受到梅花窑很多人的爱戴和仰慕。此刻，仙女只属于他一个人，良仁想着想着，神情微醉，有些飘忽了。

爱梅看着愣神的良仁，忍不住发笑：“良仁，良仁，你想到什么美事了，一个人偷着乐?”良仁猛地回过神来，尴尬地说：“哦，没，没有，听，听，我听爱梅老师给我讲美丽的传说，我是听得入神了。”看着良仁这慌乱的模样，爱梅真的乐了：“呵呵，我还没说，你就开始犯傻了。你可不是入神，你是走神，呵呵，你太逗了!”爱梅压低了嗓音一阵咯咯地笑，她是怕引来梅花窑的人，尽管晚上几乎无人会去窑头上逛。

“良仁，小时候，我伯伯常和我说关于窑神的故事，完整版的我还是在书上看到的。传说窑神林炳在进行窑炉改造时，曾经历了无数次失败。高温窑火一冲窑炉便塌顶，屡试屡败，他非常苦恼。有一次，在再次倒塌的窑炉旁边，林炳由于劳心劳力多日，疲惫得不知不觉昏昏睡去。睡梦中，他看到一位仙女翩翩而至，立在他的面前。林炳还在恍惚中，仙女拉着他的手，解开自己的衣衫。林炳就像着了魔似的，听从着仙女的指引。当解到仙女最后一件白色绣花肚兜时，他停下了颤抖的手，羞愧地倒退几步。仙女见状也不说话，只冲着他笑，然后用自己的玉指亲自揭开了最后一层薄纱。瞬间，仙女两个高高隆起的、雪白的……”

良仁见爱梅说话有些吞吞吐吐，便迫不及待地问了一句：“雪白的什么?”良仁这猛不丁的一问，羞的爱梅脸上一阵发烫：“看你着急的，这不正在给你讲窑神的故事嘛!”爱梅说话声音又压低了一些：“是雪白的乳房挺立在窑神林炳的眼前，看得他眼珠子都快要掉下来了。如此美艳的仙女，林炳眼睛直勾勾地盯着，哪里还舍得眨眼，生怕她一瞬间就消失了。他满脸憋得通红，正迷惑着自己怎么如此好色时，仙女却只是笑而不语，对他示意似的指了指败窑，又指了指自己那对漂亮的乳房，然后便飘然而去，消失在云雾之中。

“林炳看到仙女突然离去，慌乱地叫出声来：‘别走，仙女，我的仙女。’他死死地抓住了仙女的裙角不放。林炳从梦中惊醒，醒来后发现手中抓了一把窑边的杂草。他把杂草放在鼻下嗅了再嗅，似乎真是仙女的裙角一般。林炳觉得奇怪，自己平日忙得连妻子都顾不上陪伴的人，怎么会做这样的梦，且如此逼真。这个梦有什么含义？仙女纤细的手指为什么直指那里？

为什么又指了指那败窑？难道两者之间有什么关联？为什么会出现这一幕？在一连串的问号里，林炳终于脑中灵光一现，恍然大悟。

“于是他将主窑房砌成乳房状的圆拱形大窑，两旁再砌小奶窑（亦称狮耳）护住主窑房，这样烧窑时就不再塌顶了，而且烧成的陶器质优量多。后来，林炳又利用山坡地形，把几个窑房串联起来，这样既能充分利用热能，增加产量，又能使窑体更加牢固，也为此后演变发展成龙窑（亦称蛇目窑）奠定了基础。”

爱梅一口气说了许多，良仁只有欣赏的份儿，他一点也不敢打岔，认真地听。爱梅说的故事确实让良仁听得出了神，他的眼睛直勾勾地盯着爱梅，似乎要把爱梅给看穿。良仁此刻有些不能自控，他想着爱梅会不会如那位仙女一样美？这个小女子不仅貌美如花，而且上知天文下知地理，太厉害了。良仁很佩服眼前这个才女，他此刻整颗心都被爱梅给占去了。他今天来此地的目的，绝不是简单地询问知识，那是课堂上可以做到的。这样的大好时光，这样的浪漫时刻，岂容自己轻易错过。良仁似乎被勾了魂，他抓腮绕耳地有些焦躁不安。

“良仁，你怎么了？看你今晚神秘兮兮的，有什么事情吗？”爱梅佯装什么也不知道。良仁道：“爱梅，今天我出门之前，特意喝了一大窑碗的酒壮胆，想借着酒胆，对你说几句话。”爱梅诧异地问：“什么话那么稀奇，还要用酒来壮胆，莫不是你本就好酒？还要壮胆才说的话，那不说也罢，我们还是来讲故事听。”爱梅显然是在故意岔开话题。

“爱梅，你别不让我说啊！我说出来你可不许生气，你不同意的话就当耳旁风算了。爱梅，我喜欢你，你做我的媳妇好吗？”良仁抢着表白，生怕酒兴过了，就没有勇气说出心里的话。爱梅一时语塞地看着良仁：“你在胡说什么啊？别乱开玩笑！”

“爱梅，我整日脑子里全是你的影子，我日夜都在想你、念你，心里憋得慌，猫抓心似的难受。请你帮帮我，只有你能给我解药。”良仁其实也被自己脱口而出的这番话吓了一跳，他不敢正视爱梅的眼睛，壮着胆子背书一般地说完这些甜言蜜语。

爱梅被眼前这位英俊男子的真情，甚至有些语无伦次的表白给打动了。她万万没想到，平日言语不多的良仁会突然向她表白，一股幸福的热流涌上心头，但她还是尽量保持原先的一份不失优雅的矜持：“良仁，我对你的印象也很好，不过……”

良仁抢过话说：“不要说什么不过，爱梅，你真的对我的印象很好吗？你终于说出这样一句话了。你知道你这句话对我有多重要吗？我喜欢你，一直压在心里很久了，不敢说出来一个字。我怕一说出来就会从此失去你，怕惊扰了你。”良仁说着话，顺势一把拉住爱梅的手，紧紧地拥住爱梅，“我的好爱梅，你终于答应我了。”爱梅有些傻眼，她用力挣脱良仁：“良仁、良仁，放手，别、别这样，我答应你什么了？我只是说出对你的印象。哎呀！你今天这是怎么了？秦良仁！”

良仁听到爱梅压着嗓门近乎怒吼的埋怨声，愣了一下，旋即放开了爱梅：“爱梅，我知道你也喜欢我，只是你过不了心中的那一道坎。你是大窑师的千金，我只是一个普通窑工，我配不上你。”爱梅表情严肃，少了刚才的欢欣：“良仁，不是你想的那样，你别胡乱分析。请你给我一点时间考虑，你真的有些鲁莽了。”

良仁愣了一下，还是继续表达：“爱梅，我已经生病了，自那日听你讲第一堂课，我的心就丢在你那里了。你就是让我心甘情愿、倾尽一生只为你人的那个人。我在想，如若世间所有的相遇都是久别重逢，那么你一定是前世那个对我说过山无陵，天地合，乃敢与君绝的爱人。”

爱梅的眼前似乎出现了一个在摇头晃脑地背诵课文的学生，她扑哧一下笑出声来：“你在背诵诗词啊？说这么多好听的话，嘴上抹了蜜似的。”

良仁平时不太会说话，不会表达自己的感情，这段话确实是他在书上看到背下来的，就为有朝一日说给心仪的爱梅听。不过此刻这段甜言蜜语，确实注入了真心、真情。

爱梅似乎被良仁这一番真情告白、这一连串糖衣炮弹给俘虏了。她的语气一改之前的娇嗔怒气，更没有了课堂上那一本正经的老师味道。她温言软语、眼波流转，自有一股妩媚地说：“良仁，你真会说甜言蜜语。我的意思是你太突然了，我一点思想准备都没有。”

良仁见爱梅这样说话，似乎看到了一线转机，忙说：“爱梅，我不是花言巧语，我的脑子里、心里装满了你，全是你的影子。”良仁说话间目不转睛地盯着爱梅看，此刻，他越发感觉爱梅像一滴露珠，纯洁透明得让人一眼就能望得到心底，这种美丽就像清晨中一朵含苞待放的花蕊，愈发诱惑着他的心，让他的心蠢蠢欲动。

他再也控制不住自己此刻越来越高涨的情绪，全然不顾爱梅的顾虑，再次拉爱梅入怀。一阵温柔的热浪瞬间漫过爱梅丰润如桃的香唇，良仁今晚用他那抹了蜜的唇，堵住了爱梅接下来想要说的话。爱梅被良仁的糖衣炮弹和那近乎疯狂的吻给震慑住了，顷刻间，整个身心被良仁的柔情融化。平日温文尔雅的良仁竟如此多情浪漫，甚至有些粗鲁地狂吻她，爱梅无法推开，也没有再做强烈的反抗，半推半就地陶醉在爱的海洋里。他们就像神仙下凡似的，突然感觉人世间是这般的美妙，爱情是这样的甜美，双双一并坠入了爱情海。

良仁抱起爱梅在原地转了一圈，然后轻轻地放下：“爱梅，你等我一下。”说完，良仁朝窑下走去。爱梅正在纳闷时，却见良仁抱着窑下方一堆散落在地上的稻草把子回来了。他把稻草把子散开，铺在烧窑剩下来的一堆松毛草柴堆上说：“好了，爱梅，你可以坐在上面了，这样软和一点。”良仁这一番动作，是那样的细心体贴。爱梅深情地看着良仁，似乎用眼睛在说：“看来，你是真心喜欢我。”

其实良仁一方面是担心枝丫会扎着爱梅，另一方面也是有意让自己冷静下来。幸福似乎从天而降，他有些心慌。坐在软软的稻草把子上，爱梅把头搭在良仁的肩膀上。此刻，美美的滋味直逼良仁的心房。良仁的心被这股馨香温润着，这可是他渴望已久的画面。他再也控制不住自己此刻高涨的情绪，搂紧心仪的姑娘，轻轻解开爱梅的衣衫。当露出白色绣花肚兜时，他的手停在了半空，就像被谁点了穴似的，僵持在那里。良仁暗想：这莫不就是和那位仙女一模一样的乳房？爱梅莫不就是那位仙女转世？此刻，他忽然有些不敢品尝仙女的禁果，甚至觉得自己这是在亵渎仙女。

爱梅见良仁僵持在那里，问道："良仁，你怎么啦？"良仁没有说话，他低下头，用他那抹了蜜的唇再次堵住爱梅的唇。良仁吻着爱梅漂亮的白色绣花肚兜，爱梅已然被浓浓的爱意淹没了。她一把拉住良仁，搂住他的脖子，揪住良仁那梳得顺溜溜的头发，再也无法保持一贯的矜持。

爱梅压低嗓门说："良仁，良仁，我也喜欢你。"良仁见爱梅这般模样，简直幸福得要死。当然，此刻他哪里舍得死去。他就像一个孩子，喜欢的东西舍不得吃掉，又像一个爱孩子的父亲，对孩子含在嘴里怕化了，捧在手里怕掉了。但他毕竟不是一个孩子，更不是爱梅的父亲，他们是一对彼此爱慕的恋人。他更像一个幸运儿，做梦似的与爱梅相拥，这是良仁始料不及的。

这里似乎是世外桃源，这里与俗尘无关，良仁把爱梅当成了故事中的仙女。他幸福又兴奋，脸色煞白，满头满脸都是汗珠子。良仁差点因爱的突然降临而窒息。他仰头做了几次深呼吸，然后继续搂住他心爱的爱梅。此刻，他浑身每个细胞都被激活了，浓烈的感情就像开了闸的洪水，从他的眼底、唇边、头发、身上溢了出来。而此时爱梅那张漂亮的脸蛋上，也满是幸福的神情。柔情在方寸之间萦绕，眉眼成了静美的月牙，弯着笑意。

爱梅躺在良仁的怀里，良仁更是紧紧地抱住爱梅。良仁说："梅，你记住，今生今世你是我唯一的女人，你可不许跑掉了。"爱梅娇嗔地推了一下良仁说："坏死了，我还能往哪里跑啊？"良仁抓住爱梅的手说："爱梅，我这不是在做梦吧？你掐一下我的大腿试试，看疼不疼。"看着良仁一副调皮的样子，爱梅使劲掐了他一把，娇嗔地说："你这个坏蛋，得了便宜还卖乖，不会下了窑头，就不承认对我做过什么了吧？"

良仁那抹了蜜的嘴巴又开始煽情了："我的仙女，那你现在就要了我的命算了。今晚我的骨头里都灌满了对你的爱，没有你，我还能活得下去吗？我今生只为你而来，为你而活，生生世世只爱你。"良仁不仅人长得帅气，这张抹了蜜的嘴，今晚竟说了一堆的甜言蜜语。爱梅知道，自己已经掉进了良仁的蜜罐子里，再也无法自拔了。但是她的心里同时也装了一个大大的愧疚，她可是有婚约之人啊。

就在爱梅与良仁双双坠入爱河之时，远处一个身影再也沉不住气了。他大喊一声："你住手！"爱梅和良仁都被吓了一跳。这个人正是傅吉高，他心情郁闷，晚饭后来这黑灯瞎火的窑头转转，恰好看到两个人偷情的一幕。他万万没有想到，那位女子是他的心上人爱梅。爱梅害羞地跑了，良仁怔怔地站在那儿一动不动。傅吉高爬上窑头，一拳头砸到良仁身上，良仁差点跌下窑头。傅吉高瞬间有受辱的感觉，曹家回了傅家的提亲，爱梅却在这里偷情。他气愤地冲着良仁说："请你远离爱梅，否则我对你不客气。"良仁莫名其妙地受了一拳，生气地说："傅吉高，你太无礼了。爱梅与你有什么关系？"傅吉高又吼了一句："爱梅是仙女，你这个土包子也敢来亵渎？你再碰爱梅，我打断你的腿。"说完，傅吉高愤愤地走了。

又到了窑货出窑的日子，曹颜吉带着颜利，率领众徒弟来到窑头。曹颜吉满脸喜悦，摆上香案祭拜了窑神，准备开窑。他用瓦刀、锤子打开窑门的第一块砖，然后大家就开始把堵在窑门口的砖头全部移开。窑工秦汉民手里抓着一把大钉锤和錾子，迫不及待地第一个走进窑内，准备撬开粘在一起的陶器，然后把它们搬运出来。可进了窑内，秦汉民傻眼了，窑内陶器坍塌成一片。这还了得，这是从来没有过的现象。

秦汉民迅速跑了出来，大喊："师父，师父，大事不好了。"曹颜吉瞪大眼睛盯着秦汉民问："怎么了？"秦汉民吓得不敢继续往下说了，只说："师父你还是自己进去看看吧！"曹颜吉三步并作两步跑到窑内一看，也傻眼了："这是怎么回事？好好的窑，烧的时候看火技师吴先知一直盯着窑，没有任何问题啊！"曹颜吉转身出来说："汉民，你快去把吴师傅叫来。"秦汉民火急火燎地叫来了吴先知，曹颜吉再次询问看火的情况。吴先知一脸狐疑地回话："烧窑的时候没有问题，烧每一个窑眼我都不敢眨眼，一直盯着里面的火势，告诉烧火的人何时大火，何时小火。"查不出原因，曹颜吉也无奈，他让大家把窑内的次品及碎片全部搬出来作废品处理。

爱梅那日虽然从窑头另一边跑了，但是她的心里始终是不安的，父亲要是知道，可没法交代。好在傅吉高到底没有把事情说出来。傅吉高也是太喜欢爱梅了，他把这件事就装在心里，装成了一个秘密，死心塌地地还是想娶爱梅。那晚他在窑头撞见爱梅和良仁，心里像打翻了醋坛子，很不是滋味。回家后，只气咻咻地告诉他爹傅来宝，爱梅不愿意嫁给他，是与秦良仁在相处。傅来宝听后，皱了皱他的八字眉，冷笑了几声说："曹家说有娃娃亲在湖北，竟是糊弄我傅家！看来，不给你点颜色瞧瞧，你还真不知道我傅来宝是谁了！"傅来宝话中含着恨与狠。

爱梅是一个聪慧的女子，对祭窑神、建桥、造屋方面的一些玄机都听说过，也明白其中的玄妙。出了废窑可了不得，她心虚了。莫非那些暧昧的事情惊扰了窑神，这是惩罚吗？爱梅想到这里，不由得打了一个冷战。

废弃老窑棚一

第五章　窑变

废窑现象一连出现了几次，曹颜吉实在有些招架不住了。飞人、老九、夫子、大炮、黑鱼都来安慰曹颜吉："出废窑也没有办法，肚子货，识不破，只有出了窑才知道优劣。你也莫着急，再查查。"曹家窑这样的情况，使其他几家窑的窑货生意一下子吃紧起来。

曹颜吉硬撑着安排工作："颜利，你和汉民、海青去处理一下，赶紧把做好的泥坯，就着窑内的余温装进窑内去烧。这次一定不能再出岔子了。"泥坯接着装窑、焓窑、烧窑、闭窑、出窑五个步骤，七天后出窑的日子又到了。曹颜吉怀揣着一颗不安的心，带着颜利和几个徒弟来到窑门口，依照老规矩，上香拜祭窑神。曹颜吉拿开第一块封住窑门口的砖后，手就停下来了。他这次有点心有余悸，没往下继续开窑。"颜利、汉民、海青，你们把窑门打开先进去探探情况。"说完，曹颜吉便蹲在窑门口，掏出随身带的烟卷，划了几根火柴，可半天都没点着火。他干吸了几口，等着里面的人出来通报情况。

颜利他们三人进去好半天都没有出来，一点声音都没有，他们似乎进入了一个无声的世界。一定是又出现怪事了。窑内的陶器和上次一模一样，都坍塌在窑里，几个人都傻眼了。曹颜吉看半天没有人出来，有些着急。他正要起身，却见汉民跑了出来说："师父，这次窑又不好。"曹颜吉二话没说，直接冲入窑内。他见到一窑瘪肚子、歪脖子倒塌一地的窑货，突然两膝发软，眼前一阵发黑地瘫倒在窑内，起不来了。曹颜吉这次是真的生病了，他不是害怕失败，也绝不是受不起打击，他是被这怪异的现象击倒的。窑就像中了邪一样，就如当地的一个说法，他的窑一定是沾上了什么不好的东西。

颜利、汉民赶紧把颜吉扶回屋，让他躺在床上好生休息。颜利又跑去老河那边请来了夏郎中。夏郎中背着药箱匆忙赶到曹家。他给曹颜吉搭了脉，说："曹窑主也没什么大碍，是思虑过重所致。我开几副安神的方子，抓几副药调理一下，静养几日，便无大碍。"

颜利安顿好哥哥后，随夏郎中去抓药了。爱梅在外面听说父亲在窑上晕倒的事情，就知道这次又出废窑了。连续出现废窑，这是从未有过的现象。她已经完全确定是自己和良仁在窑上惹的祸端，得罪窑神了。

爱梅内心纠结得在疼，而这种疼是无声的，更是无法向别人倾诉的。小小年纪的她不知道该如何是好，这疼就装在了心中，随着一次次废窑的发生而愈发严重。爱梅眉心隆起，寝食难安。忧愁就像蜘蛛网似的紧紧地缠住了她的心。她整个人都变了，娇媚的脸上少了以往的光泽，像笼罩了一层抑郁的面纱。

爱梅佩服父亲，他是一位了不起的窑师，她为有这样的父亲而感到骄傲。她爱她的父母，爱这个温馨的家，爱良仁，爱这个温暖的世界。她认为自己犯下了天大的错误，毁了父母定的娃娃亲是大不孝，冲撞了窑神毁了窑是大不敬，窑可是父亲的命根子。爱梅思来想去，思绪完全陷入绝望的深渊中。不知不觉爱梅已走到家门口，她没有急着进屋，却坐在院子里的石凳子上发呆。

爱梅抬头刚好看到秦汉民、王海青从屋子里出来，她略迟疑了一下说："汉民叔、海青叔，你们先不要走，我有话跟你们说。"秦汉民、王海青疑惑地看着爱梅问："爱梅小姐，你有事吗？""二位叔叔，你们一会儿先去带领窑工们把窑内破损的陶器处理干净，停一天再装窑，等我去一一检查那些泥坯。这次一定要出上品窑，而且是必须的，否则窑就完了。另外，让窑工们继续加班加点地做窑货，让每一批泥坯都能跟上出窑、装窑的时间差，不要被废窑影响了。”

爱梅坚定的语气让秦汉民、王海青心里有了底气。他们一直佩服爱梅的聪慧过人，在他们眼里，爱梅就是仙女下凡。他们甚至认为，目前的怪异现象只有神仙才能改变，此次仙女爱梅一定有妙招。秦汉民、王海青是曹颜吉的爱徒、最得力的助手，也是被委派的两位小组长。他们俩爽快地应着爱梅的话：“好，我们这就去让大家迅速处理废窑，发动窑工们加班加点继续干活。”

曹颜吉听到爱梅在院子里召唤他的两个爱徒，知道女儿一定是有招了，就问：“梅啊，你刚刚在外面说什么呢？你想出了什么金点子、妙招赶快告诉你伯，大事情千万不能一个人擅自做主啊！”爱梅走近被废窑怪异现象击倒的父亲说：“伯，你放心，我有办法，而且这个办法必须实行，否则小龙窑就没救了。”

曹颜吉见女儿这般肯定地说话，越发生疑：“伢子，你快说来听听，别让你伯担心。”爱梅面露难色：“伯，你先不要着急，还是先让我保密。这不是窑有问题，也不是泥坯的问题，是一个玄机。伯，你只需静心休养。只要有窑在，什么都会有。梅花窑倾注了你全部的心血，做女儿的怎么能坐视不管？只是此妙招不能事先告诉任何人，这是天机，不可泄露也！”

爱梅说完这一番话，还故意调皮地扮了一个鬼脸。爱梅知道，此刻她的笑一定比哭还难看，或许还带有一丝惨烈的表情，不过她瞬间给调整了。曹颜吉看着爱梅说：“你这个鬼细伢，你伯都病成这样了，你还不赶紧告诉我是什么法子，好让我宽宽心！”“伯，真的不能说，说出来就不灵了。”

曹颜吉知道爱梅的脾气跟他一样执拗，不想说的话怎么问也是白费口舌。婉蓉听到女儿说有招，满脸的愁容似乎一下子云开雾散了：“爱梅，你有招就给你伯分分担子。你看你伯最近给窑烦的，夜夜睡不眠。”“娘，你放心，女儿自有办法。”婉蓉捉摸不透女儿，苦笑着说：“就知道你会耍些小聪明，快去外面看看你颜利叔叔可把药给抓回来了，都走好半天了。”

婉蓉故意支开爱梅，跟颜吉说：“她伯，爱梅会有什么招呢？这闹玄乎我也是怕了，真不能再出什么岔子了。”“这细伢神秘兮兮地说天机不可泄露。不行，她娘，你一会儿再套套这鬼细伢的话，看她想的是什么法子。”“嗯，我一会儿再来问问。她伯，你也别太着急，我们家的窑不会有问题。之前一直不都是出的上品窑吗？说明窑本身肯定是没问题的。不过，难道是焓窑、烧窑时出的故障？不应该啊，都是些老师傅了。”婉蓉嘴里虽然这样念叨，可心里总感觉怪怪的直发毛。自从来到梅花山，发生了一系列奇怪的事情后，婉蓉就特别相信天意。

这天夜里，曹颜吉又做了一个梦。梦中，爱梅来到他的身旁坐下说：“伯，你千万要保重身体，劳累过度、思虑过多会伤神伤元气的。你可是这个家的主心骨、顶梁柱，更是梅花窑的主人，是造福这一方水土的大善人。不就是出了几次废窑吗？不碍事，问题总会解决的。伯，有一件事我必须告诉你。我是梅花仙子，是家里之前那只梅花鹿投胎转世来报恩的，报完恩仙界就要招我回去了。”说完，爱梅眼泪忍不住地流，哭得很伤心。曹颜吉一句话都说不出来，他用手去拉爱梅，可怎么也够不着。曹颜吉拼命发声，悲凉的声音终于冲破喉咙。他放声大哭：“爱梅，你不要乱说，你是我曹家的宝贝，你不是梅花仙子。我宁可不要窑，也不能失去宝贝女儿你啊！爱梅，爱梅，爱……”

婉蓉听到梦中哭得如此厉害的曹颜吉，赶紧推了推曹颜吉的胳膊喊：“颜吉，大仙，她伯啊，你快醒醒，你又在做噩梦了。这个窑，也是让你太劳神了！”曹颜吉浑身起着鸡皮疙瘩说：“婉蓉，爱梅她娘，要出大事了。你快去里屋，看看爱梅在不在屋里。”

这是婉蓉心中高大的曹颜吉第二次这样无助地大哭。第一次是颜吉父母饿死在湖北的家中，颜吉撕心裂肺地大哭过。婉蓉知道这次颜吉是受了废窑的刺激，压力太大造成的，失眠多梦也属正常。她浑身直打哆嗦，颤巍巍地端来一盆水，心疼地说：“我给你擦擦，看你出一身的冷汗，衣服都湿透了。”

曹颜吉瞪着婉蓉道：“你怎么还在这里磨磨唧唧的？还不赶紧去看看爱

梅在不在那屋里。”曹颜吉忽然放大嗓门，几乎是吼着在说话。婉蓉颤抖了一下说：“你这不是在做梦吗？怎么又神经鬼舞地吓人？”颜吉直叹气，语气有些低沉：“你先别在这里啰唆，赶紧过去看看，回来再说话。”婉蓉被曹颜吉不着边际的一番话说得心发慌，胆怯加生气地说：“你总这样一惊一乍的，早晚会被你吓死。”

婉蓉撂下一句话，不敢有半刻耽搁，慌慌张张地直奔爱梅睡的里屋。她轻轻地推开房门，踮着脚尖走近女儿。微弱的灯盏火照在爱梅的脸上，爱梅正在熟睡。爱梅黛眉紧锁，面部表情严肃，她把那些无法吐露的心事隐藏得密不透风，存放在她一个人的世界里。婉蓉看到爱梅的眼角挂有泪珠。她用手轻轻地抹去了爱梅眼角的泪珠，心想，这孩子八成是做了什么伤心的梦了。

婉蓉悄悄地掩上房门，回转到曹颜吉身边说：“她伯，不是我说你，你这是生病糊涂了，还是怎么了？半夜瞎折腾人。”曹颜吉干咳了几声，手挥了挥说：“你先别啰唆，快告诉我，爱梅在不在床上。”婉蓉看着大半夜一惊一乍的丈夫，没好气地说：“爱梅晚上不在床上，又能上哪里去？不过，爱梅可能做了什么伤心的梦，眼角还挂着泪珠。”

曹颜吉见婉蓉一番探查，爱梅在安睡，总算稍稍心定了一些。他说道：“婉蓉，你快去给我整一个热毛巾把子擦擦身子，我浑身都湿透了。”婉蓉往桌子上那盆水里添了一些热开水，埋怨道：“一会儿擦，一会儿不擦的，活摆弄人。你到底梦见什么了？跟中邪似的。”

曹颜吉总算是轻松了一些，言语也缓和了许多：“婉蓉，你是不知道刚才我做了一个什么样的噩梦，爱梅差点儿把我给吓死了。”婉蓉紧张地看着曹颜吉，她感觉有些不妙，忙说：“她伯，你又来了，你不要吓唬我，要么等天亮了再说。”曹颜吉看着半夜被他折腾来折腾去的妻子说：“我现在必须说出来，爱梅果真是梅花鹿转世。她托梦说她要走了，还说她是梅花仙子下凡，是来帮助我们曹家的。”

婉蓉那双漂亮的丹凤眼里蓄满了埋怨：“她伯，你不要说什么疯话。爱梅是我十月怀胎生下来的，是我身上掉下来的一块肉，你别大半夜的鬼扯。你最近在窑的事情上烦神，思虑过度，做梦也正常。梦都是反的，赶紧睡觉吧!”婉蓉在曹颜吉面前强作镇定，她故意发怒，但其实她的内心害怕极了。

曹颜吉被婉蓉一番说道，似乎清醒了一些：“婉蓉，兴许只是一个梦。不过，我们得找个法师回来驱驱邪。明天我们先去庙里给菩萨烧烧高香，让菩萨保佑爱梅平安无事。”“好吧，颜吉，我们再睡一会儿，天亮还早。”婉蓉吹熄了灯。

后半夜，夫妇二人哪里还有一点睡意，他们的心都悬着，各自压抑着情绪也不敢多外露，生怕吓着对方。他们盼着天快些亮，希望这一切只是一场梦而已。

古龙窑头二

第六章　归去

第二天一大早婉蓉就起床了，她特意做了一锅汤圆，嘴里念叨着："汤圆汤圆，团团圆圆，家人吉祥，诸事安宁。"爱梅见母亲下汤圆还像念经一样地祈祷，忍不住咯咯地笑出声来："娘，我来吃团团圆圆。"婉蓉看到爱梅和往常一样活泼，神采飞扬地说着俏皮话，提着的一颗心总算是稍稍放下了一些。"爱梅，你小心烫着，慢点吃。""嗯，知道了。吃完我去给学生们上最后一节课，上完后这个阶段就告一段落了。"爱梅吃完便匆匆出去了。

婉蓉看着女儿远去的背影，叹了一口气："都是她伯压力太大做的噩梦，本来就没事。爱梅是我怀胎十月吃苦生下来的，哪来什么梅花仙子投胎转世一说？老东西，出了几次废窑，就神经兮兮地鬼扯一些没影子的事吓唬人。还绰号大仙呢，我就不信曹家与梅花仙粘上了。"

曹颜吉刚好来到灶屋前，听到婉蓉在叽叽咕咕地暗自撒气，下意识地放慢了脚步。少顷，曹颜吉忍不住发话了："婉蓉，你一个人在灶台前念叨大仙、大仙的，说我什么坏话呢？"婉蓉回头看见颜吉站在那儿，吓了一跳。她见曹颜吉的气色越发难看，也不忍心再去指责他："她伯，你站在那里有多久了？""我刚来，也没听明白你说些什么。""本就没说什么。汤圆是早上现做的，你快趁热吃吧！爱梅早上出门前笑嘻嘻的，她告诉我她把要上的课全都安排好了，这细伢干事情有条有理的让人放心。这个家好得很，你别没事造些事情来戳心窝子！"曹颜吉心疼地看着被自己一个梦折腾得一夜没有睡好、有些肿眼耷泡的妻子说："是的是的，婉蓉你说的对，这个家好得很。那我们抓紧吃，一会儿就去庙里进些香。"

曹颜利带着秦汉民和窑工们在做窑货。泥坯已经晾到七八成干，该到印花的时候了。爱梅拿出了自己的绝活，在泥坯上用泥捻出了梅花。一枝枝梅花像是给泥坯注入了生命，大货、小货上全是。

烧窑的那天，两个烧窑师傅林一笑、郝安心各站在窑身的一边，对着两边的窑眼往窑上烧。两个兄弟柯欢欣、柯欢娱小师傅跟在他们后面，每每烧完一对窑眼，他们会及时用土基把窑眼给封上。看火技师吴先知目不转睛地盯着火苗，爱梅也一直在盯着火看。

两个人都是在看火，但心思各不同。技师吴先知是看火头烧的程度，掌握好火候，是烧窑最关键的一步。他看火几十年，从没有看走过眼。而最近连续出了几次废窑，让他少了些信心。吴先知不敢有一丝怠慢，他根据里面泥坯成器的过程、局部颜色的变化来指挥火势的大小。而爱梅看火，却是在想这火将是自己的归属，这里将是点燃她美丽身躯的源头，她将把自己完完全全地献给梅花窑。

窑一截一截地快烧到顶了，爱梅忽然叫住了林一笑和郝安心说："一笑、安心，你们也是老烧窑工了，要带好欢欣、欢娱他们兄弟俩。他们是新手，经验还不足。千万要记住，烧好的窑必须要封好洞口，不管遇到什么情况你们都要坚持自己的职责，一定要把窑眼封好，这次一定要烧出上等窑！"一笑、安心被爱梅这突然的发话，说得有些丈二和尚摸不着头脑。他们只顾点头："嗯，嗯，我们会烧好窑、封好窑眼的。"

吴先知看窑烧到最后一对窑眼了，也放松了大脑里紧绷着的那根弦。看了这些年的窑火，这是他最紧张的一次。吴先知从口袋里摸出一支自己用烟叶卷的烟，蹲在窑边有些懈怠地抽起烟来。爱梅趁他们几个不注意，搬来事先准备好的木头梯子，爬到窑顶的大烟囱处。林一笑刚好抬头看见了，吓得直打哆嗦："爱梅小姐，你爬到大烟囱顶上做什么？危险!"吴先知抬头看见也吓一跳："爱梅，赶快下来，呛着、熏着了！"

爱梅笑着大声说："我在这里看看里面的火势，还没有从这儿看过里面呢！没事，这次我们一定要出好窑，要保护好窑，一定得把窑眼封好啊！"可爱梅的话音刚落，只见她开玩笑似的，就像小孩子捉迷藏一样，一头就钻进了窑的大烟囱里。林一笑、郝安心吓得大叫："救命，快救命啊！"欢欣、欢娱两兄弟直接吓得骨软筋酥，脸色煞白地瘫坐在窑边说不出话来。"不得了，赶快救命啊！"吴先知扔掉手中的烟卷，站起来大喊救命，凄惨的呼救声在窑顶上空回荡。

林一笑和郝安心想着刚刚爱梅交代的一番话，这才明白原来爱梅早已准备好了去祭窑神。她叮嘱他们一定要封好窑洞口，算是爱梅留给林一笑和郝安心的最后一句话。林一笑这时候哪里还能笑得出来，郝安心再也不能安心。他们哭喊着："爱梅小姐，你怎么好好的就钻了大烟囱了？"林一笑和郝安心边哭边把窑洞口用砖头封严，然后就跪在窑洞口哭喊着爱梅的名字。这哪里是烧窑，完全像是在举行一个祭祀仪式。吴先知流着泪埋怨自己粗心："我这叫什么先知啊？早该发现爱梅今天反常了啊！"

梅花窑厂的人蜂拥似的朝窑上奔跑，边跑边说："不得了，出大事了，爱梅没了。"不一会儿工夫，窑边挤满了人。大家站在窑边，有的咂舌，有的唏嘘叹息，有的在抹眼泪，有的在数落爱梅这闺女太自私了，就这么不顾父母，不顾爱她的人，转身就不见了。

梅花窑上空忽然狂风大作，接着一阵香风弥漫整个梅花窑，这阵香风和爱梅出生的时候散发出的奇香一样。香风在大家心头轻轻地拂过，似乎是爱梅在向大家道别。爱梅出生的时候，那阵香风带给了很多人喜悦。可此刻这一阵香风没能让大家心情愉悦，所有人的表情都变得僵硬、严肃起来。大家都在七嘴八舌地说："爱梅升天了，仙女真的走了。"

飞人、老九、夫子、大炮、黑鱼跑到窑边，但任凭几兄弟有一身武功，遇见这样的情况也只能叹气。夫子大喊着曹颜利："颜利，你赶紧去找你大哥大嫂，这天都塌下来了，也不见他们两个人。"

婉蓉与虚弱的曹颜吉一大早就去庙里烧香，刚返回窑厂大门，就听见厂子里传来沸沸扬扬的喧闹声。夫妇二人好生奇怪，正纳闷呢，就看见颜利气喘吁吁地哭着在跑。婉蓉连忙叫住颜利：“颜利，你这是怎么了？”颜利低着头正匆匆地准备往附近的乌霞寺庙方向跑，猛然看到大哥大嫂，急忙收住了脚大哭：“哥、嫂，不得了，爱梅跳窑头烟囱了。”婉蓉近乎怒吼：“颜利，你胡说什么？”颜利哭着大喊：“爱梅跳窑头烟囱了！”婉蓉号啕大哭：“我的心肝宝贝爱梅啊，你怎么能做傻事啊！”曹颜吉脸色煞白，只说了声：“快回去救爱梅！”他拉着婉蓉就跑，可婉蓉双腿发软，曹颜吉根本拉不动。

曹颜吉夫妇早上在庙里抽了下下签，本就心里有些堵，这下害怕的事情还是发生了。婉蓉只顾哭，无法走路了。曹颜吉见状说：“颜利，你扶你嫂子回窑上。”说完，他撒腿就跑。

曹颜吉跑到窑边，看见黑压压的人群围在窑边。他抓着几个拜把子兄弟说：“赶快救爱梅。”飞人、夫子、老九、大炮、黑鱼无助地看着曹颜吉：“大仙兄，这没法救啊！”曹颜吉听罢，一口鲜血喷在窑门上。他捶打着窑门哭着：“傻爱梅啊！这就是你想的好办法？我让你告诉我想的什么好法子，你偏说是玄机，说出来就不灵了。你就这个好招数啊！我就知道要出大事，那晚你给我托的梦，差点把我给吓死。你干脆把我也带走吧！”

曹颜吉最近身体本就很虚弱，这下更是伤心欲绝，在哭喊中晕了过去。婉蓉凄惨的哭声在梅花窑上空回荡，让人心碎。她几乎是被颜利架着过去的，刚到小龙窑旁边见曹颜吉晕倒了。她撕心裂肺地哭喊着：“颜吉，爱梅她伯啊！这个时候你怎么能晕倒啊？你快想办法救爱梅啊！”婉蓉一口气没接上，也晕了过去。这下可吓坏了窑边的人，老九、夫子、大炮、黑鱼手忙脚乱地把曹颜吉夫妇扶起到一边通风处，飞人和夫子赶紧上前分别给他俩掐人中。

良仁也发了疯似的跑来，他硬要扒开窑门往窑里面钻，被林一笑、郝安心死死地抱住了。“你不要扒开窑门，我们答应了爱梅小姐这次一定要出好窑，这是爱梅小姐临走前跟我们说的话。”此刻的良仁哪里听得进他们的话，他挥起拳头就打，林一笑被当场打得鼻孔流血。林一笑一手捂着出血的鼻孔，一手死死地抓住良仁不放。他绝对不让良仁破坏堵得严实的窑门：“守好窑，是爱梅小姐交代我们的话。”大伙儿也上前劝良仁：“窑门不能开，否则后果不堪设想。进去自己伤着了，也找不到人。爱梅可是从窑的烟囱进去的，在窑顶上面呢!”

爱梅认为自己毁了婚约是大不孝，与良仁一番胡作非为被傅吉高看见也是无颜面对，更甚的是冲撞了窑神毁了窑是大不敬，无法被原谅。为了不葬送窑业，为了窑业的发展，为了报答父母的养育之恩，不让父母因她悔婚蒙受背信弃义的名声，她必须承担所有责任，让所有厄运随着她的消失而消失。

窑闭上几天后又到了出窑的日子，曹颜吉不忍心去窑边。在他的内心，爱梅仍然毫发未伤地在窑里面。他躺在家中，窑烧得好歹似乎与他没有了关系，他整个人都消沉下去了。这一连串的突发事件，把曹颜吉伤得几乎体无完肤，他的身体越发虚弱了。飞人、老九、大炮、夫子、黑鱼几兄弟轮流陪着曹颜吉不敢离开半步。他们担心这道坎曹颜吉跨不过去。

曹颜利率领秦汉民、王海青及几位师傅、小工们去出窑。他带着大家焚香做完开窑仪式，然后和良仁两个人率先进到窑内。他们把脚步放得很慢很轻，似乎爱梅就熟睡在窑内，他们不能打扰爱梅的安宁。此刻，窑内到处都在闪光，似乎真的成了七彩世界。那一枝枝梅花在烧成的器皿上绽放，窑身内壁金光闪闪。黄钵、炊壶、围钵罐、小火坛等一些印着梅花的货品，似乎在窑内跳着舞，争相媲美。颜利和良仁很惊讶，颜利心想，这莫非就是哥哥曾经说过的梦境？而良仁也听曹颜吉说过他梦见的窑内奇观。两个人不约而同地发出了同样的声音：“我的天啊！真神了!”

他们以为自己看花眼了，再定睛一看，满窑的梅花在陶器上发的光，其实是窑洞口射进来的光照在陶器上反射出来的光，陶器都齐刷刷地立在那里。颜利跑出窑洞对大家说：“你们进来吧，这次窑货质量大好。”大家情绪复杂地搬着烧成器的窑货，又想看到爱梅的影子，又害怕看到。本来是一个上午的活，大家半上午就快做完了。快到窑头时，大家放慢了速度。窑工们在外面迟疑，有的不忍心上去，有的不敢上去。

良仁一个人在里面一直不出来，他在窑内泣不成声：“爱梅，你在哪？我找不到你。爱梅，你如果在，就显个灵。你怎么能丢下我转身就走了？我们说好的要在一起的，你怎么能这么自私？你走了我可怎么办啊？你把我也带走吧！”良仁哭着哭着，只觉眼前有一道光在闪动，直刺他的泪眼。他抹了一把眼泪，循着这道光看去，只见一支漂亮的梅花簪子似乎在向他招手，又似乎是爱梅在朝他笑。梅花簪子缓缓地立了起来。良仁惊讶地叫出了声：“真的，真的是爱梅。爱梅，你还活着？”爱梅从梅花簪子中慢慢现出身形，还是那一副笑眯眯的表情，直接朝良仁走来。

爱梅说：“良仁，你就站在那儿别动，千万不要再碰我，一碰我就会永远消失。”良仁吓得动都不敢动，就立在那里对着爱梅说话：“爱梅，我知道错了，我绝不碰你。我就该好好地守着你、护着你的。”爱梅的眼里有诸多不舍：“良仁，我对你是心存感激的，但此生要让你孤单了。我已经上了仙界，梅花窑已经得救，我和你的缘分已尽，你也不必伤心自责。我已经以身殉窑了，你要一心帮助梅花窑发展才是正理，才不枉费我的一片心啊！”

良仁看着一个活生生的爱梅就站在自己眼前，却不敢去触碰她，生怕爱梅立刻消失不见。他内心为自己犯下的滔天罪行却让一个柔弱的姑娘独自去承担而自责。良仁揪住自己的衣襟，眼睛死死地盯住爱梅说：“我知道，都是我的错。爱梅，我该死。”可是只见爱梅转了一个身说：“良仁，我要走了。哦，把这个簪子送到我父母那里，好让他们有些许安慰。”良仁慌忙点头：“是，是，我一会儿就送过去。”

良仁恍惚间以为自己是在与爱梅幽会，可一眨眼工夫爱梅不见了，再一看，那只梅花簪子还在一米开外的地方。他有些纳闷，刚刚不是爱梅站在自己面前吗？良仁已经弄不清楚真实与虚幻了，他猛地咬了一下自己的手指，吐出一口咸咸的血，这不是梦，是爱梅显灵了。良仁不敢握紧这支梅花簪子，更不敢把它搂在怀里。他小心地把簪子捧在手心里，生怕会再次亵渎了爱梅，让梅花簪子消失了。他突然想到之前傅吉高说他不能亵渎仙女，没承想真给他说中了，自己真的犯下了滔天罪行啊！

良仁自说自话："爱梅，我可找到你了，我一定要好好地守护你。我错了，你是仙女，我不会再亵渎你。"良仁自言自语地从窑洞里面走出来，他的神情有些怪异。他手里捧着的用陶泥做的梅花簪子，吸引了所有人的眼球。良仁面带忧伤又有一些激动，眼神里还带着一丝喜悦。他告诉窑工们："爱梅还活着，刚刚我们见面了，她本就是梅花仙子，现在是去仙界了。"大家又是唏嘘一片："梅花仙子显灵了，爱梅真的上仙界去了。"一支梅花簪子让大家心里舒了一口气，少了些许悲哀。

良仁疯癫得厉害，跟大家说完梅花簪子显灵的事后，拔腿就往曹家大院跑。大家也觉得良仁有些怪异，视线追随着他，直到看不见他的踪影。

良仁人未到声音先到了："叔，婶，爱梅她还活着，爱梅她还活着。"曹颜吉隐约听到外面有人喊爱梅还活着，就一骨碌从床上起来，连声问："我的爱梅还活着？我的爱梅在哪？难道她有金刚不坏之身？我的爱梅在哪？"婉蓉赶紧上前扶着身体虚弱的曹颜吉走到门口，只见良仁疯狂地奔进院子，双手捧着一个什么东西。走到近处，良仁把梅花簪子递给曹颜吉说："叔，婶，这是我在窑内找到的，当时金光闪闪，还散发着香气，然后爱梅就现身了。爱梅和我说了半天的话，她说她是梅花仙子，还让我捎口信给你们，让你们千万要保重身体。"

曹颜吉和婉蓉隐约知道良仁是爱梅喜欢的人，见良仁疯癫得厉害，知道他受的惊吓不小。曹颜吉心痛地说："良仁啊，爱梅已经去了，你也别陷在这件事里了。好好调整自己，好好做窑，这才对得起爱梅。"良仁怔怔地听着曹颜吉说话，连连点头称是："是的是的，叔，婶，我会好好做窑，我这就去忙。"

此刻曹颜吉夫妇似乎有所顿悟，这就是天意，爱梅或许真的是梅花仙子下凡，她已经上天去了。这次满窑的陶器都是梅花在闪光，是上品窑。曹颜吉、婉蓉对丧女之痛很无奈，把女儿爱梅当成梅花仙子，当成是梅花鹿转世，当成她如今只是去了仙界，当成是天意难违，心里会好受一些。

之后，曹颜吉把这支梅花簪子和镇窑之宝用树根雕刻的梅花鹿放在一起，供奉在家里的香案上天天祭拜。一场让曹颜吉夫妇伤心欲绝的悲剧，在大家后来的传言中渐渐变成了一段故事。自那之后，大家把梅花鹿转世为人，投胎曹家承欢膝下，最后又上天的故事一串联，就成了后来梅花窑传说中的孝女守窑的凄美故事。

窑内壁

第七章　几多欢喜几多愁

好好的一个闺女说没就没了，曹颜吉很心痛，在病榻一躺就是三个月。他知道爱梅是为了守护窑才去葬窑的，已经做出了太大的牺牲，眼下他更要把窑做大做好。下床的那一刻，曹颜吉决定再建一条大龙窑，扩建小龙窑，把窑业做大，也算是对得起爱梅的一片苦心。大龙窑顺利建成，长约七十米，两侧各有六十个窑眼；小龙窑增长至五十米，两侧各有四十个窑眼。

事业上小有成就的曹颜吉心中还是放不下爱梅，整日愁眉不展。婉蓉琢磨着，颜吉要是能再得一男半女或许能缓解他的思女之痛。曹颜吉的几位拜把子兄弟都比他小一些，成亲也迟。兄弟几个孩子不多，都稀罕着呢。婉蓉想，过几天找夫子说说，看能否过继他的女儿小雅到曹家。

婉蓉忧心忡忡，总觉得对不起颜吉。一日，她脱口而出："颜吉，你还是再娶一房吧！你总是说我有旺夫相，可我就是不能给你带来更多的子嗣。咱们家现在条件好了，将来总得要有个继承人。"自爱梅走了之后，婉蓉对丈夫的称呼也改称名字了。婉蓉话刚一说出口，就有些后悔了，怎么好端端地说到给他再娶一房了，本来是想说过继夫子闺女过来的事啊！

曹颜吉看了一眼情绪复杂的妻子说："婉蓉，我们这个年纪的同乡基本都有家室了，你别添乱了。等找个机会，我们在同乡中领养个男娃也行。飞人娶了傅家的闺女，手艺也传给了傅家的儿子，已经是破例了。湖北人尽量不与外乡人通婚，否则我们手艺传内不传外的规矩就破得一塌糊涂了。"

事情也就那么巧，曹颜吉夫妇的心思好像被别人掐指给算出来了似的。一日清晨，天刚蒙蒙亮，曹颜吉起床去院子外呼吸新鲜空气。他拉开大门刚准备迈出门槛，却被门口的景象吓了一跳：一个椭圆形的大篾制篮子里，放着一个用蓝碎花布包被包裹着的小娃。旁边一张大红纸上清晰地写着孩子的生辰：女娃，生于1879年12月12日。女娃吮吸着手指头直冲着他笑，似乎知道自己要得救了。曹颜吉的心一下子被孩子天真的笑给触疼了。他大喊："婉蓉，婉蓉啊，你快出来一下。"

曹颜吉嘴里骂骂咧咧的："谁这么狠心，把细伢丢在屋外就走了，大冬天的，冻着了怎么办？也不怕猫啊狗啊的把细伢给吓着了。"自打爱梅葬窑了，婉蓉一听到曹颜吉的叫唤声，就会下意识地慌张。她披上一件外套，跌跌撞撞地从里间跑了出来："颜吉，一大清早你就大呼小叫的，又怎么了？"婉蓉跑到大门口全明白了，这可是有人特意给曹家送来的细伢啊！

曹颜吉提着篮子拉着婉蓉慌慌张张地进屋，回转身迅速插上门闩，生怕孩子会被别人抢走似的。婉蓉看着曹颜吉怪异的举动，也跟着慌张，夫妇俩像做贼一样。婉蓉小心翼翼地把女娃从篮子里面抱出来，仔细端详着："颜吉，这孩子皮肤粉嫩的，长得好标致，有点像咱们爱梅小时候呢！"说话间，婉蓉情绪低落了下来，苦着嗓音说："颜吉，准是谁家打听到我们家想要细伢特地给送来的，我们收下这细伢好不好？"

"当然要收下，婉蓉，这可是老天赐给我们的细伢。"婉蓉的脸上旋即又有了做娘的喜悦："那可太好了，细伢她伯，你快想想给孩子起个什么名。""好的，细伢她娘，你也给想一下名字。"婉蓉脱口而出："那就叫心梅好吗？"曹颜吉心里微颤了一下："心梅，心中的梅，好，这个名字好。"夫妇俩一大清早细伢她伯、细伢她娘地叫着，似乎失去的女儿爱梅回来了。曹颜吉在三十五岁那年迎来了女儿心梅，夫妇俩甚是欣慰。

家里没有男孩来延续曹家香火，也是曹颜吉的一大心病。贤惠的婉蓉心想，被丈夫说了这些年的旺夫相，怎么也要对得起她旺夫的名号，既然许诺给颜吉再娶一房，话已经说出口了，便要落到实处。

婉蓉到处张罗着托媒婆留意合适的。1882年，大工山矿工之女牧秀英嫁给了曹颜吉，同年曹颜利娶妻林雅芝。次年秀英生一男娃取名家宝，雅芝生一闺女取名娇娇。曹家算是香火绵延，子嗣兴旺了，再加上窑上生意又红火，那一阵子，曹颜吉一副春风得意的样子，整天乐得嘴巴都合不拢。婉蓉如母亲一般照顾秀英和雅芝坐月子，家里的仆人一点儿都不敢怠慢。

一晃几年过去了，三个孩子都长大了。家宝当起了孩子王，带着妹妹和梅花窑的孩子们在窑上到处转悠。他领着孩子们去逮鸟儿、扑蜻蜓，还爬到曹颜吉来梅花山时栽的那棵桑树上摘桑葚，又用竹竿敲打成熟的桑葚。家宝每一次敲打，都会落下遍地成熟的紫红色桑葚，惹得孩子们蜂拥去抢。家宝从小享受着领头人的快乐。而心梅常常脱离大部队，带着几个小姐妹往窑棚里钻。

心梅尤其喜欢冬天去窑棚里，这样可以在一旁火堆里边烤红薯吃，边看父亲做窑货。心梅还时常抓一把冰冷的陶泥，捏着泥人和一些不成样的小泥坯。看到这些，曹颜吉总觉得爱梅的影子在眼前转悠，心梅的一些做法太像逝去的爱梅了。

秀英比曹颜吉小十几岁，年轻貌美。仗着有几分姿色，颜吉疼她，又给曹家添了子嗣，格外张扬跋扈。自从颜利的妻子雅芝进了曹家的门，秀英就时常找碴儿。

雅芝确实比秀英长得更水灵，她如一杯红酒，美在内秀、美在醇香。也正是这种美，招惹了秀英。曹颜吉本来就没把颜利当弟弟看，他把一手带大的颜利视如自己的孩子，对雅芝也就格外照顾了。而这便触犯了秀英，打翻了她的醋坛子。她时常跑到婉蓉面前添油加醋地挑唆。

一日，秀英又找到婉蓉说："姐呀，你得管管颜吉，一大把岁数的人了，还对雅芝动歪心事，动不动就跑到雅芝屋里打情骂俏的。"婉蓉看秀英如此说颜吉，气不打一处来："你说话可得当心，不要把脏水泼到颜吉身上，毁了颜吉的名声，更不要破坏他们兄弟间的感情，无事生非地搞得一家人住在一起不和气。"

婉蓉了解颜吉，颜吉不会做出这些败坏门风的事情。但是她听了秀英添油加醋的一大堆刺心窝子的话，女人天生的醋意让她心里多少也添了几分不快。颜吉吃嫩豆腐难道上瘾了吗？有了秀英还不够，吃了碗里还瞅着锅里的。想到这里，婉蓉心里有一股气直往上涌，但她必须要克制住渐渐被愤懑填满的情绪。她说："秀英，你也别闲着没事乱嚼舌根子了，雅芝也是大户人家的闺女，不是随便之人。你这样说她，让孩子们听到了会误会的。"

婉蓉嘴上虽这么说着秀英，可内心却是说不出的滋味。她心想，现在窑上的事理顺了，家里日子也好过了，闲人门前是非多，颜吉去拈花惹草也不无可能。婉蓉潜意识里越想越远，越思越怨，都怪自己肚子不争气，否则怎么会给颜吉纳妾找气怄。

傍晚，曹颜吉从外面回来，看到婉蓉拉着一副苦瓜脸，纳闷地问："婉蓉，你有心事？"曹颜吉看婉蓉半天没有应声，又问："婉蓉，怎么了？婉蓉，心梅她娘。"曹颜吉连喊了几声。"什么事？"婉蓉不耐烦地应了三个字。"婉蓉，今晚天要下雨吗？"婉蓉没好气地又回了一句："我哪里知道？你问雅芝去。"曹颜吉笑道："呵呵，我就知道要下雨。看你的脸上写着阴天，时有小雨。到底发生什么事了？好好的怎么扯上雅芝了？"

婉蓉不友好地白了曹颜吉一眼，那双原本漂亮的丹凤眼里此刻盛满了怒气与委屈："我哪里有什么不对劲？看你每天都有劲得很呢！她伯，如今家里兴旺，窑也做顺了，你可不能做出一些出格的事毁了名声。真要这样，你对不起颜利，也对不起我和秀英。传了出去，会落人笑柄的。"

曹颜吉被婉蓉拉拉杂杂的一席话惹得心里不快，他嗓音也有些僵硬了："你到底在说什么？"婉蓉见状，心想还是要说得明白一些，于是说："你自己做了什么，难道不知道？雅芝长得是有几分姿色，这个我承认，可兔子不吃窝边草……"曹颜吉脸上怒色未消："你等等，你在说谁吃窝边草了？我的天，你怎么变得跟秀英似的，疑神疑鬼的了？"

这不提秀英便罢，一提秀英，婉蓉更是气不打一处来："是啊，你娶了秀英，生养了儿子，为什么还不满足呢？你要娶多少女人陪你疯才够？"

曹颜吉总算是听出了婉蓉的话外音了："婉蓉，你今天到底是怎么了？有一出没一出地扯。心梅这孩子天赋高，自小家宝他们到处疯玩，而心梅只喜欢钻到窑棚里看我做窑货。每次我给家宝讲解做窑的知识时，她就在一旁佯装玩耍，其实她都在认真地听我说。我也是考虑我们家就一个男伢子，颜利的女儿娇娇和心梅可以一起学习窑艺，这几日就去那屋里多说了几回话。唉！真是头发长见识短的女人，看来你也不例外！"曹颜吉说完一甩手，生气地走出婉蓉的房间。当晚曹颜吉留在秀英房里过夜了。

讨好卖乖、争风吃醋的秀英，天生就是鬼点子多。她这叫一石二鸟，坐收渔翁之利，搞得曹颜吉对婉蓉一肚子的火气。婉蓉知道自己上了当，但是她吃了闷亏也不好说出来。

又一日，天津的一位客商走亲戚来到安徽省春谷县城，听闻梅花窑烧制出来的陶器腌菜不酸、装菜不臭的妙处，看到了陶器的商机。客商付了定金，提前定下了一批窑货，让曹颜吉给安排送一车窑货样品过去试销，运费和误工费都会加倍算进去，如畅销，就让他们大批量地定期送货。曹颜吉也想让陶器走出去，销售得更远，遂派颜利前往。从梅花窑去天津，马车跑得快的话也要三天的时间。婉蓉蒸了五十个馍给颜利当路上吃的干粮。颜利套好马车，先放入大缸套着分缸。客商要的主要是小货，放入大货是为了好装载。所有的空隙都塞满了小货陶器样品。颜利看着满满一车堆得高高的陶器就要走得更远，心里洋溢着喜悦。他告别了曹颜吉及家人，带着年幼的侄儿曹家宝出发了。

颜利、家宝这一去，一个月都没有回来。曹颜吉遂按照天津那位客商留的地址去找颜利和家宝，可客商说他根本没见到他们。颜利和家宝就如同人间蒸发了一般，杳无音信。雅芝和秀英几乎哭成了泪人。秀英无法接受儿子家宝的失踪，天天哭着找曹颜吉要人。她拿起一根绳子系到屋梁上，寻死觅活好几回。一下子丢失了两个亲人，曹颜吉伤心至极，但他必须硬撑着。他不能倒下，否则家里要乱成一团糟了。

秀英整日哭闹，一天不闹腾似乎就活不下去。她把自己闹累了，方消停一会儿。曹颜吉被秀英折腾得也无法正常生活。这些年多灾多难，自从来到梅花山创建事业，家里连续出现一些令人伤心且无法解释的事情，他早已欲哭无泪了。这几年总算是平稳下来，又娶妻生子了，梅花窑也在兴旺发展，可好景不长，又出了这么大的状况。

曹颜吉不便在家人面前流露他的痛心，他安慰家人道：“颜利又不是细伢子，可能是迷路了，迟早会回来的。你们不要整日哭兮兮的，多为他们祈福就好！”曹颜吉虽然嘴上这么说，可时常还会找个僻静的地方暗自流泪，他实在是忍不住心中的伤悲了。他要给自己的痛苦找个出口，否则会抑郁成疾的。几兄弟中袁夫子宽慰人最有一套，私底下常找曹颜吉喝酒谈心，曹颜吉的悲伤情绪在夫子这里多少得到了一些缓解。

曹颜吉也是太宠这个好不容易盼来的儿子家宝了，本来他是不同意家宝去的，可他拗不过家宝的一再央求，最后答应让他随颜利出行。他本意是让儿子去见见世面，路上也能和颜利做个伴。没承想，就这样莫名其妙的两个人都失踪了。曹颜吉也有过几次不想活的念头，但他还要坚强，他知道，一大家子人都看着他，他现在不是为自己一个人活着。他如果倒下了，整个曹家就真没有希望了。窑，还有那么多跟在自己后面干活的窑工们怎么办？一颗强大的责任心让曹颜吉坚强地活下去。

可秀英这边，眼睛一睁开就没完没了地闹腾，让他既痛心，又烦心。秀英不仅闹，还神经质似的疑神疑鬼。一日，她又跑到婉蓉面前挑唆：“婉蓉姐，这下倒好，颜利不在了，颜吉和雅芝真的要搞到一块儿去了。那个狐狸精本来就有几分姿色，你看她黛眉轻佻的，走起路来故意扭动那水蛇腰，说不准哪一天就会把我们家颜吉的魂给勾了去。”婉蓉看着神经兮兮的秀英，不忍心多说她，只淡淡地说：“秀英，你也不要多疑什么，这个家最近不太平。颜吉是一家之主，他怎么会生其他心思？”

秀英见婉蓉不信她，又开始添油加醋：“那天，我给颜吉整理衣物时，发现他口袋里有一条绣着鸳鸯的帕子。婉蓉姐，你们也是老夫老妻了，我估计你也没有给他绣这个鸳鸯帕子吧？婉蓉姐，那你说这倒是怎么一回事嘛?"婉蓉上次吃了秀英的亏，这次越发小心了些。她心想，这个秀英不是省油的灯，也怪自己没有了解清楚就稀里糊涂地让颜吉把她娶进门了，给这个家平添了许多烦忧。

婉蓉稍微镇定了一下说："秀英，不是我说你，你就不能安静一些吗?你不挑出一些事端来心里是不是难受?颜吉他是一家之主，是我们家的顶梁柱。他要是垮了，曹家就真的没戏唱了，我们要好好照顾他才是。你不要整天没事找事地添乱好不好?秀英妹子，算是姐我求你了，别再惹是生非了，家里已经够乱的了。颜吉去安慰雅芝也是对的，难道就对她不管不问吗?一条鸳鸯帕子能说明什么?你有问清楚是谁送的吗?你就没有想过我也会给颜吉绣吗?"

婉蓉嘴上虽这么说，可内心其实也很复杂。这些年家里一直出乱子，这次又出了这样的事情，她担心颜吉会崩溃。颜利和家宝已经大半年没有消息了，肯定是出事了。那个帕子到底是不是雅芝绣的，已经不重要。若雅芝真的有心，颜吉把她收进房倒不是一件坏事。雅芝贤惠善良，是一个持家的好女人，又很年轻，若真把她收进房，给曹家再添几个细伢不成问题，或许这样也能转移颜吉的注意力。但婉蓉了解颜吉，他现在哪有这个心事，他根本没有从悲伤中走出来。

自从颜利、家宝杳无音信，家中的两个女人截然不同。雅芝人如其名，在之后的日子里更加安静了，每天都在家里烧香拜佛，给颜利、家宝祈福，祈祷他们终有一天会平安地归来。雅芝曾跟在颜利后面学习过刻制印花纹样，而技艺相通，这绣花和印花有着异曲同工之妙，颜利失踪后，雅芝更是结合绣花图样，刻制出各种印花纹样。她唯有用这样的方式，才能感受到颜利的气息，也借此寄托对颜利的思念。女儿娇娇跟在她后面，耳濡目染地学会了刻制印花纹样的技艺。雅芝算是找到了生活的依赖，过着寂寞而不空洞的日子。

秀英自从丢失了儿子家宝，三番五次地在家里找碴儿。一日，秀英又在闹着不想活了。她竟拿起刀割脉自杀，幸亏曹颜吉发现得早，否则她就没命了。曹颜吉心想，同样是两个痛失亲人的女人，雅芝柔柔弱弱让人同情，而秀英却蛮横胡闹让人心烦。曹颜吉心里生厌，随口说了句："你伤心难过我都能理解，雅芝她也伤心，你天天瞎胡闹，还让不让人活了？你可以学学雅芝，给自己找一些事情做做。每天也给儿子多祈福，说不定哪天家宝就平安回来了。"

秀英见曹颜吉夸雅芝，气更不打一处来："颜吉，谁叫你让家宝那么小就跟着颜利出远门的？这个死颜利，带个孩子出门也不小心。还有你，曹颜吉，你怎么就放心让这么小的孩子跟着出远门呢？你还我儿子，还我的家宝啊！哎呀，我不想活了。"秀英说着话又开始哭闹起来，她一提到家宝情绪就会失控。

曹颜吉无语地摇了摇头，也跟着情绪失控地边叫嚷边跨出秀英的房门："婉蓉，艾婉蓉，你抓紧安排一下，送秀英回她娘家去多住些日子，让她回去散散心。总这样胡闹，不把别人闹出病，也会把自己弄生病的。"秀英似乎被曹颜吉突然声嘶力竭的发怒声吓到了，瞬间安静了下来。

窑师住宅

第八章　莫名大火

1896年，曹颜吉五十岁那年，婉蓉奇迹般地怀孕并产下一对龙凤胎。曹颜吉自从痛失弟弟颜利和儿子家宝后，苍老了许多。这一下来了两个孩子可把曹颜吉乐坏了，他激动得泪流满面。失去的儿子家宝和女儿爱梅似乎都回来了，他有种失而复得的感觉，直说："婉蓉，这是曹家祖坟冒青烟了，我们的儿女都回来了，就给儿子取名小勇，女儿取名小梅吧。我要大摆三天的流水席，请窑上的工人吃喜酒。婉蓉，你看怎么样?"婉蓉幸福满足地看着喜不自禁的丈夫说："细伢他伯，都听你的。""婉蓉，我们还要感谢心梅，是她给我们曹家招来了两个宝贝。"

自从秀英回到娘家住，曹颜吉的耳根清净多了，他根本就没有想过接秀英回来。秀英的哥哥牧海军来找过曹颜吉几次，让他去接回秀英。曹颜吉总是推三阻四地说窑上的事情多没时间，现在又添了一对龙凤胎，更是忙得不可开交，于是就让牧海军抽空把秀英送回来。牧海军心里早已对曹颜吉有意见了，心想："好好的一个如花似玉的妹妹嫁到你曹家，现在每天哭哭啼啼，闹腾的人不人鬼不鬼地发疯，她的精神伤害谁来抚平？以前就把我姐当生娃的工具了吧？这下儿女双全了，有没有她也无所谓了。好你个窑蛮子，你要付出代价。"牧海军想到这里，没好气地说："那好，我给你把我姐送回来。"牧海军说话的语气硬邦邦的，带着火药味。他丢下一句话，头也不回地走了。

牧海军直接去了傅吉高家。牧家与傅家沾亲带故，但平日很少走动。海军突然来访，傅吉高有些诧异："海军，今天是什么风把你给吹来了？可真是稀客。""吉哥，我就不绕弯子了。我们也是亲戚，我姐在曹家受的委屈你也是知道一些的。我侄儿家宝丢了，我姐心情不好，吵闹一下也是正常的。曹家就这么把我姐送到娘家，像扔掉包袱一样，曹家人这样做太不厚道了。吉哥，你是个行侠仗义的人，你不能坐视不管啊！"

傅吉高从小受其父傅来宝的影响，加上与曹家恩恩怨怨纠缠了好些年，对曹家一直耿耿于怀。傅吉高是个一点就着的火炮筒子，海军这般起劲地煽火，让他想起很多不愉快的陈年往事。他冷笑了两声说："海军啊，曹家窑做得好那是他家的本事，如今曹家窑势头正旺，这个我们就不说了。可是他欺负妇孺弱小就是他的不对了，怎么能不顾我表姐秀英的死活呢？最近他家里添了一对双胞胎，他不需要你姐了。湖北佬就是太精明，太滑头，是该整整他，挫挫他的锐气了。海军，你想怎样，我都支持你。"傅吉高的话里有些行侠仗义的感觉。海军见状说："那我们就……"

海军走后的第二天深夜，梅花窑里失火了。厂里筹备的过冬及来年开春烧窑用的几大堆堆成山的松树枝全都烧着了。焓窑棚及窑棚的屋柱子也都着了，整个窑厂陷入一片火海。厂子里睡梦中的大人、孩子都被大火惊醒了，夜空被烧得通红，火势凶猛，似乎要把天给烧出一个窟窿来。大家手忙脚乱地纷纷拿来水桶、脸盆取水灭火，可是火势太旺，这些举动只是杯水车薪。柴火、窑棚在一片噼里啪啦声中基本上都烧完了，只留下一些烧黑了的松枝残骸和墙体。

曹颜吉瘫坐在厂区的一块碎瓦片上发呆，半天回不过神。他百思不得其解，郁闷得直叹气。飞人、老九、大炮气得直骂："这些挨千刀的，可别让我们逮到，否则有你们好看！"袁夫子细心，发现了地上飘动的几张白纸片。夫子捡起那几张纸片，擦亮火柴看到上面歪歪扭扭地写着几个字——湖北佬请离开此地！夫子把纸片上的字告诉曹颜吉，曹颜吉在脑海中搜寻着嫌疑对象，可都一一排除了。曹颜吉叹着气说："这哪里是天灾，这是故意纵火。我们湖北人从不欺负弱小，凭着手艺吃饭也这么多年了，怎么好好的就招来这场火?”曹颜吉脑海中闪过海军前一天的面孔，似乎海军的嫌疑最大。

秀英后来知道是哥哥牧海军所为后很生气，她收拾行李自己乖乖地回梅花窑了。曹颜吉脸上刚刚有的一点喜气，又被那场大火烧得精光。他一见到秀英就想到纵火的事情，便懒得搭理她，不自觉地更冷落了秀英。秀英经过这一番折腾，像变了一个人似的，说话也温柔多了。她说：“颜吉，我想家宝，我没有别的要求，我们再生个娃吧!”曹颜吉看着秀英苦巴巴的样子，想着秀英的吵闹也是能理解的，那么大一个儿子，活生生的就这么不见了，就如剜掉了她的心头肉啊，有了孩子或许能抚平她丢失儿子的痛。

曹颜吉原谅了秀英前段时间的无理取闹。1898年，秀英给曹颜吉又生了一个儿子，取名平安。

大火后废墟

第九章　一见倾心

曹颜吉一直把心梅当男孩来养，而娇娇天生就是女生相，秀外慧中，她和心梅一起学印花技术被伯父多次夸赞。心梅听母亲婉蓉讲过家里发生的一些事情，现在弟弟和叔叔一起丢了，为了让父亲安心一些，她主动要求学习做窑货。

曹颜吉若有所思，心梅虽不是自己的亲骨肉，却如同己出。心梅小时候就喜欢跟在自己身边看自己做窑货，还喜欢拿笔到处乱画，玩泥巴时总会有模有样地捏出一些作品来，这些曹颜吉都记在心里。规矩是人定的，也可以改变。他和飞人都娶了外乡人，已经破了规矩。此刻一个新的想法在他的脑海中酝酿，他要打破湖北老家窑艺传内不传外，传男不传女的旧观念，女娃照样可以做窑货。本来他也打算培养心梅做窑货的，现在心梅提出来了，他更加坚定了信心，要重点栽培女儿。就这样，心梅顺理成章地成了梅花窑第一个女窑工。

心梅天资聪颖，学手艺一点就通，曹颜吉让她专门做小货。新培养出来的几个徒弟莫荣贵、万福海、焦庆生、刘望庭基本上都可以上手做窑货了。他们平时和心梅走得很近，一起探讨窑艺。不过他们接近心梅还有一个私心，他们知道心梅有个亲戚叫牧丽华，长得水灵可人，跟心梅走得近就能早一些结识牧丽华。丽华住在大工山牧家亭，是牧秀英的侄女，之前常来梅花窑看姑姑牧秀英，就这样和心梅成了无话不说的好朋友。

丽华的家境好，父亲是大工山大名鼎鼎的牧爱山。牧爱山靠开矿发家，在大工山也算是很富足的人家。但他为人却尖酸刻薄，大家给他起个绰号叫“牧算盘”。牧算盘和妻子方小洋相貌平平，却生养出一双长得特别出色的儿女。当地人常开玩笑说，这两个娃不是他们生的，是从画子里走出来的人。儿子牧宝堂在县城读了几年书后，回到了大工山，他可是牧爱山的得力好助手。牧爱山整天乐呵呵的，那本就很小的三角眼总笑眯成一条缝，瘦削的脸上笑出一个个小括号。

通常人们总喜欢在春季踏青，而莫荣贵哥儿几个各怀心事，偏偏喜欢在秋季赏景。一日，莫荣贵又在起哄：“心梅，牙刷草该都开花了吧？我们去大工山看牙刷草去。”一提到牙刷草，大家都心知肚明，他是要去找美人儿牧丽华玩。

闲暇时去大工山游玩，也正合心梅的心意。心梅自那日去找丽华，看见丽华的哥哥宝堂，就心生欢喜。心梅其实长得很像她的养母艾婉蓉，也有一双漂亮的丹凤眼，宝堂被心梅的眼神给吸引了。心梅平日接触的都是一些与黄泥巴打交道的窑工们，而面前突然出现谈吐得体、儒雅的宝堂，让她为之倾心，他们带着对彼此的欣赏一见钟情了。心梅暗思，丽华是个美人坯子，几个男孩都对她有好感，这就要看谁能赢得丽华的心了。而自己有着得天独厚的优势，没有人跟自己竞争，但需要提升自己。宝堂谈天说地，上知天文、下知地理，和宝堂的交流中，越发显得自己孤陋寡闻了。心梅边走边想着心思，慢慢地没有了信心，一种无望与失落悄悄地涌上她的心头，袭击着她那颗柔软的心。

不大一会儿，大家到达丽华家门前。他们叫上丽华、宝堂直接去山上玩了。宝堂走在心梅的身后，扯了一下心梅的衣角，心梅会意地放慢了脚步。“心梅，我带你去山那边看看。”宝堂领着心梅沿着一条岔道，走到一片山石后面。他指着一种颜色呈玫瑰紫、绚丽夺目、异香扑鼻的野花告诉心梅：“这个花花冠形状酷似牙刷，当地人称之为牙刷草。在富含铜的土壤中，一般植物都无法生存，而它却能茂盛生长。人们寻找它，就能通过它来找铜矿，我父亲对这方面很有经验。”宝堂越说越起劲，心梅听宝堂说这些知识，更是听得入迷。约傍晚时分伙伴们下山了，宝堂和丽华恋恋不舍地送走了几个朋友。后来宝堂经常去梅花山看心梅，一来二去的彼此越发依恋起对方来了。

宝堂告诉父亲牧爱山，他要娶心梅为妻。牧爱山立刻板下他那张尖酸刻薄的算盘面孔，瞪着宝堂说：“瞎胡闹，你姑姑秀英在曹家遭的罪还少吗？大工山有多少好姑娘还不够你挑选？听你姑姑说，心梅也不知道是什么样的人家送到曹家门口的娃，来历、身份都不明，你别给我惹是生非地添乱。之前曹家那个曹颜利带着你表弟家宝去了一趟天津，莫名其妙就失踪了，至今还下落不明。那段时间你秀英姑姑伤心，割腕自杀差点送了小命，后来被曹家送到你奶奶家，说是送回来散散心，可在你奶奶那一直住着，也不见曹家来人接回去。说白了，就差一纸休书没写了。后来你姑姑听说梅花窑失火，又心疼起那个姓曹的，厚着脸皮自己回去了。”

“爹，你说的这些与我喜欢心梅没有关系。”“怎么没有关系？曹家就是一个不祥之家。他的大女儿爱梅葬窑了，活生生的一个人也不知道是着了什么魔，硬是往烧得正旺的大烟囱里面钻，拿命不着数。一个如花似玉的姑娘白白成了短命鬼，说来也是太可惜了。”“爹，有这事？这么年轻的生命，真的是可惜了！”

“还有，听说不知道哪个小师傅做了一支梅花簪子，准备烧制出来送给自己心上人的，却被一个窑工在窑里面捡到，硬说是曹家闺女爱梅显灵，吓得那位做梅花簪子的小师傅不敢吱声。都说湖北佬精明，谁知竟这般荒唐迂腐。曹家窑以前总是出问题是被暗算的，哪里有什么鬼啊神啊的，瞎折腾。曹家得罪了其他窑主，被人暗地里使了坏。后来，那陷害曹家的人看曹家闺女葬窑了，才消停下来没有再继续作恶。那些湖北佬窑蛮子对外倒是很齐心，打架一个能抵十个。你那个远房表爷傅来宝算是狠人吧，却被一群湖北佬窑蛮子给整得服服帖帖的。这样的人家，我们躲远些。”“爹，你今天这是怎么了？一件件地数落人家窑上人，心梅性格好得很，讲情讲理的一个人。”

其实称他们为窑蛮子，本是源于窑家人干事情都有一股子拼劲、倔劲，他们绝不会因为一点挫折而放弃所追求的目标。刚开始这是一种美称，后来就演变成梅花窑的人蛮横不讲理了。不过，这也是人云亦云而已。

按说曹家在当地也算是小有名气，可牧爱山对曹家成见太大了，无论如何也不答应这门亲事。宝堂见父亲说了这一大箩筐的话，与曹家一副水火不容的架势，也懒得去多理论，因为说了也是白说。

宝堂我行我素，暗地里与心梅见面。他来到梅花窑和心梅同进同出，既谈了恋爱，又学了手艺。他就像曹颜吉的儿子一样尽心尽力，帮着做事。一场大火几乎烧掉了曹颜吉所有的喜悦，他一度陷入郁郁寡欢、闷闷不乐中。而自从宝堂出现在他面前，他整个人都豁然精神了。

“婉蓉，婉蓉，今天宝堂过来了没有？呵呵，秀英她哥养的这细伢子，知书达理，讨人喜欢。”曹颜吉边说边嘿嘿地笑着。婉蓉见曹颜吉的心情略好点，赶紧陪着说话：“谁说不是，这细伢我也喜欢。他一大早就过来了，屁股没落板凳，就随心梅去窑棚里了。宝堂要是再把你的手艺学会，我看那是最好不过了。”曹颜吉懂得婉蓉的心思，虽说做窑手艺传内不传外，但现在规矩也破了一些，宝堂如有心做曹家的上门姑爷，学了曹家这门手艺他心里会更踏实。“婉蓉，这细伢子我愿意传他手艺。一个姑爷算是半个儿，是一样的。”曹颜吉说着话乐呵呵地笑出了声，仿佛家里又有了喜事。

宝堂跟着心梅破例出入窑棚。看她把一块一块的陶泥放在泥凳子上搓揉、摔打，看她用这些揉熟的陶泥在陶车上做出各种坯子，宝堂心想，这是一门手艺，更是一种艺术，自己好好学会这门手艺，将来也能做出各种窑品。

第十章　情之殇

牧爱山以为儿子消停了，谁知他又重新提起娶心梅的事，他的火便一触即发。牧爱山大着嗓门说："宝堂，你是把我的话当耳边风了吗？书都读到哪里去了？爹的话也不算数了？以后不得再与曹心梅有任何联系，不要再踏进梅花窑半步。"宝堂自小没有见过父亲发这么大的脾气，他一下子心里没了底。

牧爱山知道宝堂是个大孝子，两下子一吼，他就没了声音。知子莫若父的他准备演戏，他故作虚弱地说："宝堂，你要是想要了你爹的命，就继续和那个窑蛮子家捡来的闺女交往。"牧爱山说完，捂着胸口，就在那一直咳喘着，宝堂一下子慌了神。牧爱山看儿子这般模样，心里踏实了。他内心有一种洋洋得意的满足感，这一招果然灵验。这段时间他刚好也想歇歇，干脆装病，把宝堂留在家里，等时间久了，他们自动就会散了，免得再费口舌。

宝堂待在家里，一步都不敢离开"生病"的父亲。牧爱山茶不思饭不想，装病装得逼真。宝堂牵挂心梅，没有一个夜晚睡得安稳。一日夜间，宝堂起夜，看到灶屋里亮着微弱的灯光。他悄悄走到窗户边想看个究竟。只见牧爱山正在灶屋里大吃大喝，他这才明白父亲是装病。

宝堂承受不了相思之苦，也不便戳穿父亲装病。但他要想一个万全之策，解决难题。他告诉父亲自己不再和心梅联系，只想出去转转散散心。牧爱山见儿子这些日子顺从自己，一下子病全好了似的，忙说："好、好，出去转转也是好事情。”

宝堂思考成熟后悄悄来到梅花窑。他告诉心梅：“我爹就是个老顽固，我思来想去有一个法子不知道行不行得通。”心梅急切地问：“什么法子？”宝堂欲言又止。心梅急了：“宝堂哥，别藏着掖着，快急死人了。”“我爹不答应我们成亲，我想先斩后奏先拜堂成亲，等生米煮成了熟饭，他也就没辙了。”心梅听完宝堂这一席话，诧异地看着宝堂：“宝堂哥，这能成吗？我伯、娘不会同意的。”宝堂无奈地叹了一口气：“唉！心梅，眼下实在是没有别的好法子。我知道我爹假装生病，但他毕竟是我爹，我不能跟他硬着来，惹他生气。你伯、娘待我不薄，你和他们先说说我的意思，我张不开这个口。”

心梅领着宝堂去见父母：“伯、娘，这次宝堂哥谎称出远门，就是来和我成亲的。”说着，心梅递上了宝堂从家里带来的一些银票：“这是宝堂哥平日攒下的，说是先算作聘礼。”宝堂接过话说：“请伯父、伯母允许我与心梅先成亲，我是铁了心要和心梅一起过日子的。我爹不让我学做窑，也不准我和心梅成亲。先不管他了，我在梅花窑也没个熟人，暂时就在这边学习窑艺，等时机成熟后再告诉我爹。请伯父、伯母成全。”曹颜吉夫妇听完宝堂、心梅的一番话，若有所思。这两个孩子一段时间没有来往，原来是宝堂他爹在从中作梗。

曹颜吉发话了：“宝堂，你爹那儿要不我去一趟，或者让你姑姑回去一趟，与你爹说说。你如果真心想和心梅在一起，也该八抬大轿迎娶她啊！”宝堂着急了：“伯父，您千万别让我姑姑去。这段时间还不能让我姑姑回娘家，否则我爹就有了戒备心，连先斩后奏都办不到了。”曹颜吉夫妇看宝堂一番坚定的语气，觉得宝堂的爹可能是难以沟通。曹颜吉本就喜欢宝堂，现在看他一心对心梅，还要死心塌地跟着学窑艺，干脆就睁一只眼闭一只眼地不计较这些礼节了，随了孩子们的心愿。

曹颜吉请来飞人、大炮、夫子、老九、黑鱼几个兄弟及曹家窑的秦汉民、王海青、技师吴先知等到家中吃饭，算是悄悄地给宝堂和心梅完婚了。

日复一日，宝堂跟在曹颜吉后面埋头苦学窑艺，三个月已经学得像模像样了。

一日，宝堂正在忙出窑，一头撞见了大宝。大宝是宝堂在大工山牧家亭的一个熟人，这次来梅花窑是买吸水坛回家腌制萝卜、香菜的。大宝拉住宝堂问：“你怎么在这里做窑？你爹病得厉害，你怎么也不回去看看？”宝堂吓了一跳：“你别瞎说，我出来的时候，我爹还好好的。”大宝奇怪地看着宝堂说：“这个也能跟你开玩笑？牧家亭谁人不知啊！”宝堂一下子慌了神。

第二日上午宝堂忙完出窑，下午回到牧家亭。牧爱山见到宝堂，喜出望外。他一把抓住宝堂说：“儿啊，这下不要跑远了，否则哪天我走了，你都送不了终啊！”牧爱山几句话说得宝堂泪流满面。此刻宝堂知道，他与心梅的事情暂时只有在心中捂着，一点风都不能透。

宝堂一走数日没了音讯，心梅那边可是炸开了锅。新婚燕尔中的人突然音讯全无，这不是要了心梅的命吗？心梅整日以泪洗面，哪有心思再去做窑，她抱病在家休息。曹颜吉夫妇也纳闷，宝堂这一走，怎么就没了消息？心梅在家不做窑，这可是头一回，这孩子要搁在以前，你让她不去窑棚简直是要了她的命。也正是心梅对陶艺特别感兴趣，才让曹颜吉生出了传窑艺给女娃的念头。

一个月后，宝堂见父亲气色略微有些好转，就放心了些。夜晚，他偷偷来到梅花窑，轻轻地敲打着窗户说：“心梅，开一下门。”心梅给宝堂开了门：“宝堂哥，你可回来了，你怎么走了这么久？我有一个喜讯要告诉你。”宝堂直愣愣地看着心梅问：“哪来的喜讯啊？我这段时间像坐牢一样！”心梅指了指自己的肚子，宝堂有些犯傻：“你肚子不舒服？”心梅扑哧一笑：“哈哈，傻瓜，你快要做爹了。”宝堂是真的傻了，他看着心梅问：“怎么这么快？”心梅愣了一下，立刻收起刚刚满脸的喜悦：“你说什么话呢？你不喜欢孩子？”宝堂见状，赶紧赔罪：“喜欢、喜欢，是我还没有反应过来，让我想想下面该怎么办。”

宝堂又惊又喜又无助，他原先在路上想好的一些话全都成了废话，他突然觉得自己好无能。心梅看着宝堂满脸的愁容问："宝堂哥，是不是你没有办法说服你爹啊？""心梅，我就没敢开口。我爹以前是假装生病，我还敢跟他理论。现在我爹是真的病了，我不能和他对着来啊！心梅，你暂时还进不了牧家的门。我爹一向很强势，我娘这一生都在迁就他。眼下我爹又真的病了，我不敢再惹他生气啊！"

心梅看着宝堂问："那你说怎么办？反正我们已经成亲了，孩子我是要定了。要么再等等，等生下孩子，你爹总会接受我们母子吧！"宝堂沮丧地说："这也太委屈你了，不过这也是我们当初的意思。心梅，这边你先和你伯、娘说一下，暂时我还得回牧家亭那边住。我也无颜见他们，枉费他们对我那么好。"宝堂顶着像锅底一样黑的天往回赶。他似乎在戴着镣铐走路，心情更加沉重了。天空中有小雨飘来，冷风夹着冷雨，一阵急、一阵缓地直扑到宝堂的脸上，而他似乎毫无所觉。

一连几日宝堂都没有再来梅花窑，心梅实在忍受不住心中的苦闷，悄悄赶往牧家亭宝堂家。她要自己去争取，去改变目前的窘境。

远远地就看见丽华在院子里竹篙上晾衣服，心梅加快几步上前。丽华抬头猛地看见心梅，吓了一跳："心梅姐，你怎么来了？"丽华拉着心梅到屋子拐角处说："你可千万别进去，我爹这几天病刚好一点。我哥去后山了，他不在屋里。"心梅拉着丽华的手，眼泪都快急出来了。她央求道："丽华，你领我进去，我不会吵闹，只和你爹说说话。"丽华看着无助的心梅说："好吧，你随我来，千万别惹我爹生气。"心梅点点头说："我不是来吵架的，我和宝堂哥有孩子了。"丽华吃惊地看着心梅愣了半晌才说话："心梅姐，我爹脾气不好，你说话千万当心。"

丽华走在前面，故意大声通报："爹，家里来客人了，心梅姐来看你了。"说话间就到了牧爱山的床边。牧爱山正靠在床头拿着一本书在看。他听到丽华报的是心梅的名字，头也不抬地用手推了推架在鼻梁上的那副金丝边眼镜问："她来我们家干吗？"牧爱山这话是冲着丽华问的，似乎心梅不存在一样。牧爱山继续看他的书，心梅杵在他面前就像空气一样。心梅心头掠过一丝寒意，心想，难怪宝堂哥拿不出好主意，他爹这冰凉的声音让人听了都寒心，不过自己既然来了，总得争取。她说：“爹，求您成全我和宝堂哥吧。”

牧爱上放下手中的书，坐正自己的身子，问：“你刚才在叫谁爹？我没听错吧？”心梅一阵尴尬，硬着头皮说：“爹，你认不认我，我都要说。我和宝堂哥是真心的，求您成全我们吧！宝堂哥也喜欢做窑，我可以教他手艺。”“你说什么？让宝堂跟你学做窑？你想拐走我的儿子不成？这可是我牧家的独根苗。做窑？我牧家从不稀罕做窑。姑娘，不是我说你不好，是你生在曹家。我求你了，离我儿宝堂远一些。你一个姑娘家，怎么会主动说这些？我也不知道你们窑家人怎么连个礼数都不懂。唉！你还是请回吧，免得我心情不好，说出难听的话来伤着你。”

心梅见宝堂爹说话滴水不漏，连根针都插不进去，那口气拒人千里之外，心想，还是告诉宝堂爹真相，自己和宝堂哥已经拜堂成亲并怀了孩子，或许这个会奏效，于是说：“爹，我和宝堂哥……”

心梅正准备开口说她和宝堂有孩子的事时，宝堂从外面心急火燎地进来了。他一把拉住心梅，沉着脸说：“你怎么和我爹说那么多，我爹正病着。我不是和你说好分手的吗？你怎么还来我家纠缠？你快回去吧。丽华、丽华，你快送心梅回去。”丽华赶紧上前拉住心梅往外走。

宝堂神色慌张地看着父亲说：“爹，你就别再操心了，身体要紧，我已经和心梅说清楚不再交往了。”牧爱山见儿子这样，也就放下了心，嘴里嘟哝着：“这窑蛮子家的孩子还真是奇怪，死缠烂打的，蚂蟥叮住鹭鸶腿不成？”“爹，我这就让她回去。你放心，我已经和她分手了。”

宝堂转身出去，追到屋外拐角处，丽华正在劝说心梅。“丽华，你去门口盯着，别让爹看见我们。”宝堂看着心梅一副委屈的样子心好痛：“你怎么就跑过来了呢？差点误了我们的计划。我爹思想顽固，不是你能说得通的，我先送你回去。”

心梅无奈地回到了梅花窑，几个月都没有出门，直到把孩子生下来。心梅给宝堂生下了一个胖小子，宝堂感动得眼泪止不住地流。孩子是在牙刷草花开的季节诞生的，他们是在梅花窑这里让爱情之花绽放的，所以宝堂给孩子取名叫铜窑。他说："心梅，我这就去给我爹报喜去，迎接你们母子回家。"

宝堂飞也似的回到大工山，到了自家的院子里，他高兴地踹了一脚那颗老桂花树。宝堂的动作有些大，弄得一树的桂花洒了一地。他笑盈盈地对着那颗高高的桂花树瞥了一眼说："嗨！你也高兴，洒落一地的桂花庆祝呢！"宝堂感觉万物都在为他庆祝。他跑到牧爱山身边说："爹、爹，号外、号外，特大喜讯。爹，您身体一直不大好，给您冲喜了。"牧爱山看着宝堂这么兴奋，倒是吓了一跳，忙问："什么事情？看你气喘吁吁的像个冒失鬼，有啥喜事，慢点说来听听。"

宝堂抹了一把满额头的汗珠子说："爹，心梅给牧家添了一个宝贝孙子，这是不是特大喜讯？"牧爱山手里正端着宝堂之前给他带回来的小茶壶在喝水，一激动，一口水喷了出来，脸上瞬间由惊诧变成愤怒："你再说一遍，混账不孝的东西，开什么玩笑，你们不是早就分开了吗？"

宝堂也是豁出去了，不能让自己刚刚出生的孩子受委屈，于是说："爹，您到现在还不理解孩儿的心思，我是真心喜欢心梅。爹，跟您说实话吧，我和心梅已经拜堂成亲了。我在那里先前学了几个月做窑，我也会做一些窑货，您就成全我们吧！"牧爱山一头雾水，被宝堂的一番话激怒了。他怒目圆睁："混账不孝的逆子，这门亲事我绝对不承认。你还擅自做主拜堂成亲，简直不把老子放在眼里！他们家的情况我都和你说过了，那是一个不吉祥的家。我牧家就你这么一个儿子，经不住闪失。做窑，你就别想了，这门亲事我更不会承认。你要让她进我牧家的门，除非等我死了，否则你就死了这份心。孩子我可以要了，你把他抱回来我们牧家好生养着。"

牧爱山愤愤地甩出这一番话后，就在那捂着胸口咳嗽，竟咳出了一摊血，这可吓坏了宝堂。宝堂看着犯病的爹，心也跟着在滴血。此刻，他心疼的不仅是他爹，还有为他吃尽苦头的心梅。宝堂坐在那里，不知所措，似乎给吓傻了。

梅花山那边可乱套了，心梅天天吃不好、睡不安，一着急，这奶水连一滴都没有了。这下可累坏了心梅的母亲婉蓉，她每天去附近村子赵大姐家要一些羊奶来给孩子喝。

几天后宝堂来了，这回他是白天大大方方地带着父亲的“旨意”来的。他在路上思考着父亲说的话，无论如何也不忍心把这些话说出口。可是父亲这几天整夜都在咳嗽，身体越发不好了，要是父亲真为这件事情有个三长两短，他会内疚自责一辈子的。

宝堂一路上想着满腹的心事，不知不觉就到了梅花山。他来到心梅的床前，抱起宝贝儿子铜窑，心如刀绞。月子里的心梅气色很不好，脸色更显苍白。宝堂心疼地看着心梅：“你这几天休息的可好？孩子闹不闹？孩子有奶水喝吗？”却对父亲的话只字不提。心梅着急了，忙问：“宝堂哥，你快说，你爹到底怎么安排的？”宝堂无法再隐瞒父亲的意思，只能说：“心梅，你别急，先听我说。我爹最近病情又加重了，这个时候我又不能和他理论。不过，他让我把孩子领回家抚养。”

心梅情绪有些失控：“怎么可能？宝堂哥，你爹也太狠心了，孩子不可能给你带走。”说完，心梅失声痛哭。宝堂见心梅这样，也跟着抽泣起来，可吓坏了正走进来的婉蓉。心梅哭得伤心，她的委屈如开了闸的河水呼啸着奔涌而出。她宣泄的是一直以来的苦闷，她要把苦水全都倒出来。她已经压抑了太久，总以为生下孩子，会有一个好的结局，可她盼来的不是希望，而是绝望，是毁灭。

心梅见母亲进来，一阵心酸，更委屈了：“娘，他们牧家太狠心了，不承认这门亲事，还要把孩子带走，你和伯可要为我做主啊！”心梅一改往日假小子般酷酷的模样，活脱脱的就是一个弱不禁风的渴望被爱被呵护的小女子。心梅伤心加绝望，几乎哭成了泪人。

“心梅，你听我说，你不要再哭了。坐月子不能流眼泪，否则以后会落下许多病根。”婉蓉用她那蓄满怒气的丹凤眼扫了一眼宝堂说：“你跟我出来一下。”宝堂内心一阵悲凉，应声跟了出去。“你说说这到底怎么回事，你爹就这么不讲理？哪有这样狠心拆散姻缘的，这孩子都有了。”婉蓉生气地问。宝堂委屈地说：“娘，我都求了我爹好多次了，可我爹根本说不通。”

婉蓉气得心在发抖，自己的女儿宝贝似的宠着，却无故受到这般糟践。她说：“我叫上你秀英姑姑，你领我去你家。我倒要问问你爹的心是什么做的。”宝堂着急了，忙说：“娘，你现在千万别去，姑姑去了也要遭到我爹骂的。我爹已经病倒在床上了，这个时候你去不大好。我现在不能和他硬吵，只是暂时把孩子带回去抚养，我请奶娘奶孩子，我爹见到孩子或许会心软。等做通了我爹的思想工作，我就来接心梅过去。”

曹颜吉知道宝堂来了，看见他和婉蓉在说话就走了过来，知道了事情原委。事已至此，孩子先带走也好。曹颜吉生气地把手直挥：“趁天还亮着，你把孩子带走。最好从此不要再来往，就当什么也没发生。”曹颜吉知道自己说的是气话，宝堂和心梅可是拜过天地的，眼下又扯进来这个刚出生的小细伢，怎么可能当什么都没有发生。“唉！真是作孽！”曹颜吉一甩手，生气地走了。

宝堂抱着儿子铜窑走了，心梅的心也跟着走了。心梅日日夜夜地盼，她现在不仅思念宝堂，还想着儿子铜窑，几乎每天在思念中度日。可是宝堂回去就像断了线的风筝，再也没有回来。原来牧爱山早把算盘打好了。宝堂那日抱着铜窑回家，刚进门，牧爱山就告诉宝堂：“你明天和牧鸿翔家的闺女牧彩凤拜堂成亲，算是给你爹冲喜，孩子睁眼也能看到个娘。”

彩凤在宝堂回去的第二天早上被八抬大轿抬到了牧家，她是牧爱山一手策划安排迎娶过来的儿媳妇，是牧宝堂明媒正娶的妻子。宝堂傻傻地在洞房花烛夜的烛影里坐了一宿，而那影子里全是心梅。他被痛苦的情绪撕扯着，那烛泪似乎就是心梅的眼泪，他似乎听到心梅在哭诉，他也跟着流泪。

宝堂娶妻给父亲冲喜的消息，第二天就像风一样传了出去。窑工刘望庭刚好去大工山办事听到这个消息。望庭很生气，骂骂咧咧地回来找心梅：“这还有没有人性？这边有了媳妇，孩子都有了，那边又在拜堂成亲。”

心梅乍一听到这个消息，以为望庭说别人。当她听明白后突然撕心裂肺地大哭起来："不会的，宝堂哥不会娶别的女人。我们已经拜堂成亲，都有铜窑了，你在骗人。我问你，你为什么要瞎说？是不是丽华没有看中你，你编故事来损宝堂哥。"心梅说完又笑了起来："望庭，这个玩笑开不得，你是想去大工山玩，想去看丽华吧？那你叫上莫荣贵、万福海、焦庆生他们几个，我们今天就去大工山。哦，那我先走了，我去找宝堂哥，望庭，你们随后就来啊！"心梅突然这么说，望庭听得一愣一愣的。

说话间，心梅匆匆地往院子外面走，边走边说："宝堂哥，我来找你了。我们去山上玩，你带上铜瑶。"这可吓坏了婉蓉，她一把抱住心梅说："你别乱跑，等我让秀英去了解清楚后再说。"见心梅有些不对劲，婉蓉用力把她拉回家。

心梅坐在那里一会儿傻笑，一会儿哭，一边数落："宝堂哥，你这个负心汉，你不是说劝你爹的吗？怎么一回去就娶媳妇了？那个人不是我，宝堂哥你糊涂了。宝堂哥、铜瑶……哦，娘，我的铜瑶饿了，要喂奶了。"心梅说完就回屋，她跑到房间床上抱起自己的小枕头，迅速解开衣扣给孩子喂奶。可怜的心梅这突然的一些异常举动可吓坏了婉蓉，她想她的宝贝女儿心梅受到刺激了。

也难怪，这又生孩子，又生闷气的，这次突然又受到这么大的刺激，把她最后的一线希望给彻底扑灭了，心梅霎时只觉眼前一片漆黑。她一直抱着理解的心态在痴痴地等，等着宝堂回来接她。可一切在瞬间破灭了，像幻觉般，她的思念与等待成了无望之果，她掉进了一个看不到光明的黑洞。

一段时间后，心梅再也不说话了，她喜欢端个小板凳坐在院子的一角发呆，眼睛常常发直地朝着大工山的方向看着。这个方向似乎成了她心中最向往的方向，她不想有一点声音来打扰她安静的等待。

而那一边的宝堂过着不如心梅的日子，他是清醒的，每天要面对一个陌生女人，要跟她在一个家里共同生活，这对他来说是何等煎熬。宝堂坚守着对心梅的那份爱恋，他对心梅有着深深的歉意。他每晚去书房看书到很晚，然后就直接在书房休息。牧彩凤就像是牧爱山给他安排的一个漂亮摆设，或者是给孩子找个养母而已。

宝堂得知心梅得了疯病，更加痛不欲生，几次都有了轻生的念头，但这也只是瞬间一念。他还希望有朝一日能把心梅接回牧家，兑现一生一世呵护心梅的诺言。

三个月后，心梅的状态稍微好一点，吵着要去做窑货。婉蓉劝心梅：“心梅，听娘的话，才生完孩子就出去做窑货不合适，会引起很多病。”可心梅哪里肯听，她又开始闹起来，婉蓉拗不过心梅，只好同意了。

心梅每天起得很早去窑棚，她的眼里现在只有做窑，她活在一个人的世界里。宝堂、铜瑶似乎从来就没有存在过。只是每到秋季，心梅总会犯病。她会把自己好好打扮一番，然后吵着让母亲去叫上刘望庭、莫荣贵他们几个，一道去大工山看牙刷草，去山上找她的宝堂。她要教宝堂做窑货，要把自己学到的技艺全部教给宝堂，然后再传给儿子铜瑶。美丽的梅花山、漂亮的牙刷草，让心梅有了精神依恋的家园，活在窑艺的世界里，活在一片静好的想象里。

一年后，牧算盘这个为了达到自己的目的，而不惜装病卧床不起的人，最后真招来病魔归西了。这么一位一生创造很多财富，打了一辈子如意算盘，严格要求子女遵循父母之命、媒妁之言的老古板，却把儿子的婚姻给打错了，他误了儿子宝堂一生的幸福。

牧爱山归西后，宝堂似乎打开了脚镣，他要重新调整自己的生活。宝堂告诉彩凤：“这些日子确实苦了你了，也请你理解我、原谅我。现在我拟一封和离书，你还是改嫁吧。我这一生，是不会再对任何其他女人动心的。”

彩凤一副苦楚的表情说：“孩子他爹，你本是我今生想嫁的男人，你把心梅接过来，娶妻还是纳妾，我都不介意。这是我命里招来的，我认了，只求你不要休了我。我生是牧家的人，死是牧家的鬼。我们在家里做兄妹，在外面称呼夫妻就行了。我对你没有任何要求，再说儿子一出生就是我在带，他也不能离开我。”

宝堂看着彩凤，心里像打翻了五味瓶，眼前这个女人何尝不是受害者？如果不是心梅占据了自己整个身心，他一定会好好疼爱彩凤的。

宝堂要接回心梅一起生活，可心梅怎么也不愿意离开梅花窑半步，不愿意离开与泥为伴的天地。宝堂几次站在心梅的面前，心梅却还是一本正经地告诉他："我不能走，我答应过宝堂哥在梅花山等他回来，我们一起生活，一起带铜窑，一起做窑。"

可怜的心梅，她是装傻还是真傻，谁也不知道。

次品陶器

第十一章　人间蒸发的窑师之女

1. 揭开谜底

曹颜吉在儿女的事情上总是犯愁，大女儿爱梅葬身窑内，二女儿心梅得了疯病，两个女儿都遭了罪。曹颜吉认为是自己一直忙于梅花窑的发展，忽略了对女儿的呵护，由着她们任性，她们才会遭遇这些不测，他绝不允许曹家的孩子再有任何闪失了。小女儿小梅已经十六岁了，他要把她放在眼皮子底下好好看护。

曹颜吉好歹也是方圆几百里出了名的窑师，大家也随着湖北人给曹颜吉起的称号，尊称他为大仙。男大当婚女大当嫁，这一年登门提亲的人都要把曹大仙家的门槛踩低了半截，可小梅就是一个也相不中。曹颜吉纳闷地对婉蓉说："飞人家的儿子远庆、老九家的儿子永平、大炮家的儿子佳林个个都不错，他们都说肥水不流外人田，要跟我们结成亲家。你还别说，佳林这小子我是看中了。我探过小梅的口气，她说把他当成哥哥，不是那份情。不晓得这细伢子心里想些什么。"婉蓉稍迟疑了一下应着话："兴许是缘分没到吧。咱家小梅不是还小吗，你就这么着急把小梅给嫁出去？"说完，婉蓉就自顾自地做家务活，没有多搭腔。

夜里，曹颜吉有些闹肚子，去院子里上茅厕。窑家人家家户户都喜欢用次品豆腐乳坛子围起院墙当茅厕用，这样既可废物利用，又省事。只听见

“咯吱”的开门声，曹颜吉下意识地从豆腐乳坛子的缝隙朝门口望了一眼，刚好看见小梅把头倚在门边，探头探脑地正朝外张望，接着便一步跨出大门，蹑手蹑脚地轻步朝院子外面走。曹颜吉提着裤子赶紧起身，他犹豫了一下没有叫住小梅，怕猛不丁地叫一声会吓着她。就这么一犹豫，小梅已经跑出了院子外十几米远。

曹颜吉觉得奇怪，赶紧回屋叫上熟睡中的儿子：“勇儿，快起床，跟我出去一下。”小勇在睡梦中被父亲这么一叫，猛地坐了起来，恐慌地看着父亲问：“什么事，伯?”颜吉抓起靠在墙角的拐杖说：“你先别多问，快，随我出去一趟。”说完曹颜吉就快步迈出小勇的房间了。小勇有些困惑不解，但他知道一定是有急事，遂抓起外套边走边穿，跌跌撞撞地跟在父亲后面出门了。

小梅踮着脚尖出了院子大门后如释重负，她放开脚步拼命往梅花山上跑。曹颜吉纳闷，小梅大半夜独自跑出来，这梅花山上有什么？这细伢中邪了吗？可大半夜的也不好大声喊小梅，曹颜吉心底透着一股子凉气，凉飕飕的。小勇跟在父亲后面大气都不敢出，心底直发毛。小梅要去干什么？深更半夜的准没什么好事，小勇不敢往下想了。他知道父亲的脾气，更担心妹妹接下来会闹出什么荒唐事。小勇纳闷父亲为何不叫住小梅，他的心里七上八下地在打鼓，虽是大冬天的，可他的背后都汗湿透了。

小梅是朝着山上梅花岭方向去的，一会儿就没了身影。曹颜吉先前没有叫住小梅，这会儿距离越来越远，也不便再叫了，怕叫声惊动了住在窑棚里的窑工。他领着儿子小勇跑到梅花岭时，已经不见小梅的踪影了。小勇拉住了父亲，声音打着哆嗦：“伯，小梅是朝着这个方向来吗？是不是撞邪了，怎么跑到这黑灯瞎火的梅花岭了？伯，你快叫小梅啊。”曹颜吉此刻更是心神不宁，他后悔一开始没有叫住小梅，这要是惹出什么事端来，怎么得了。哪有父亲领着儿子跟踪自己女儿的！

曹颜吉脚底透着寒气，内心在极度自责。平日视小梅为手心里的宝，可今天做的这叫什么事？爷俩儿站在那儿都六神无主了。曹颜吉定了定神，寻找着方向。应该就在梅花岭，远远地看着小梅就是朝这个方向来的，曹颜吉有些耐不住性子了，要进去看看小梅到底在搞什么名堂。小勇惶恐地拉住他说：“伯，赶紧喊小梅吧，别进去了，不能闹出什么事情来，这山上说不定有狼、野猪什么的。”小勇话音刚落，林子深处便传出断断续续的笑声，打消了曹颜吉父子的疑虑。

“坏死了，害人家这么晚还偷跑出来，魂都差点给吓掉了。”“梅啊，你真的想死我了。你今晚要是不来，我就在这里一直等到天亮。”“我才不信呢，人家都说宁愿相信世上有鬼，也不能相信男人的那张嘴。”“梅，你傻了吧？你早知道我对你的一片心，见不到你，我度日如年……”“明浩，你就嘴甜，呵呵，那赶快让小梅大夫来给你把把脉，再给你开一剂良药，保证药到病除。”“呵呵，好你个调皮的小梅，你捉弄我。”“呵呵呵，呵呵呵……”一阵嬉笑后，里面没有了说话声，夜像死去了一样寂静。

曹颜吉父子隐隐约约听到小梅在和一个男人对话。曹颜吉脸上一阵阵发烫，此刻老窑师有想死的念头，他恨不得地球就这样寂静无声下去甚至毁灭了。这下把事情闹大了，怎么去见人？自己居然领着儿子来看他妹妹和一个男人偷情。

曹颜吉感觉后脑勺像被谁猛地敲了一下，头脑一下子膨胀了，似乎变得好大。他一时不知做何反应，傻傻地立在那里发呆。此刻整个梅花岭都在缠绵，风和着节拍在歌唱，似乎在颂扬爱情的甜美。而此刻，曹颜吉恨不得找个地缝钻进去。他的内心不是滋味，儿子小勇还在身边，自己居然领着儿子看到了这一幕，这不是要遭到天谴吗？他这张老脸要往哪里放？

曹颜吉恨不得扇自己几个耳光，他的脸上发烫，脑子一阵晕眩，一个趔趄没站稳，晃了几晃，差点栽倒在地，被小勇一把抓住。小勇有些胆寒，他觉得这件事情闹大了，忙说：“伯，你可千万别动气，赶快喊小梅啊！”

风在剧烈地喘息，整个梅花岭似乎都在摇晃。曹颜吉被刺痛着、撕裂着，他的心在滴血，似乎看见整个梅花岭的梅花都被染成了血红色。但他很快忘记了心的疼，唯有羞愧难当。他的眼前浮现出一条怒目圆睁的色狼，正在侵犯自己的宝贝女儿小梅。曹颜吉终于缓过神来，他不能再有丝毫的迟疑了，他要从虎口中救出自己的女儿。

曹颜吉一声怒吼："大胆混账小子，敢占我女儿的便宜，快给我滚出来!"曹颜吉憋在喉咙里的愤怒像子弹出膛一样，狠狠地射了出去。这一声霹雳，此刻不合时宜地在梅花岭的夜空响彻云霄，打破了夜的宁静，打破了夜的包容，惊醒了这一对年轻人。里面顷刻安静下来，或许真的是被这怒吼给惊吓到了。而曹颜吉也被自己这一声怒吼给惊呆了，他突然也没有了声音。

这里似乎从未发生过什么，也从没有人来过，这里刚刚发生的一切，对曹颜吉来说仿佛只是一场虚幻。可自己明明是领着小勇跟踪小梅到这梅花岭上的，这可是千真万确的事情，并非自己梦游。梅花岭里的小梅和明浩两人差点吓得魂飞魄散，这一声怒吼犹如晴天霹雳。小梅哪里还敢出声，而瞬间一点声音都没了，让小梅希望一切都是幻觉，希望自己听错了，更希望父亲听不到里面的说话声便转身离去，然后她再抄近路回到房间的被窝里，等父亲来敲自己的房门时，自己揉着满是睡意的眼，佯装好生睡了一大觉。可这些只是小梅一时受惊吓顿生出的浮想而已。

小梅心里明白，自己平日虽受父亲宠爱，但家中管教一贯严格，这下祸事可惹大了。小梅六神无主，忙说："明浩哥，你赶紧从另一条道悄悄走。"小梅深呼吸一下想让自己镇定下来，可心怎么也不听使唤。她的大脑陷入一片空白中，有些眩晕。曹颜吉看梅花岭里一直没有声响，忍不住又开始叫骂："你们还不出来，非让我进去抓你们不成?"曹颜吉此刻的口气已经不像一个父亲，他俨然是一个判官，正在审讯做了缺德事情的人。

小梅知道是福不是祸，是祸躲不过，于是从梅花岭里走了出来。小梅一眼看见哥哥小勇也在，略迟疑了一下，然后慢慢挪动着步子胆怯地走向正怒火中烧的父亲。还没有等她走到面前，老窑师一个箭步冲上前去，扬起他那强有力的做窑货的大手，狠狠地扇了小梅一记耳光。小梅的左脸颊立刻印上了父亲深深的掌印。这一巴掌如果印在曹颜吉做的泥坯上，肯定是一个精美的艺术印花，可此刻在小梅的脸颊上，却成了一道深深的伤痕。这可是曹颜吉平生第一次打女儿，而这种力度曹颜吉是无法控制的。

曹颜吉虽然时下已经有六十好几，但是他的身体一直很壮实。无论是外貌还是身体状况，看上去也只有五十岁左右，他常年做窑货的手力气特别大。他是被气晕了，他的情绪在羞愧、愤懑中膨胀。此刻他也不知道自己是在做些什么，也根本不知道这一巴掌会有多重，他完全是在泄愤，否则他的心会承受不住这样强烈的刺激。

小梅瘦弱单薄的身子被父亲这一巴掌打得差点没站稳，倒退了好几步，被小勇一把扶住。曹颜吉手里的那根拐杖被扔在一边。小勇今晚倒真像是一根拐杖，一会扶住伯伯，一会儿撑着妹妹，可他快撑不住自己了。“伯，你不要这样打小梅。”小勇的声音不大，说话没有底气。他被父亲今晚的雷霆之怒给吓坏了，但他也不能任由父亲打妹妹坐视不管。

曹颜吉的怒火还在上窜：“你这个鬼细伢，难怪你对谁都不满意，那么多提亲的你一个都看不中，原来整颗心都放在这个小子身上了。他是谁？哦，对了，他人呢？跑哪里去了？叫他出来说话。”小梅怯怯地说：“他走了，你这么凶，谁敢出来见你？你还不把人家给生吞活剥了。”小梅今晚虽吓坏了，但是她依仗着一贯被宠，多少还有些娇气。她嘟嘟囔囔地说了几句憋在心里的话。

“鬼细伢，平日就是太宠你，宠坏你了。太不像话，一个女孩子家不懂得自爱，跑到这里来鬼混。没听说过这里常有狼出入吗？再说，你和这个小子在这里胡闹，不怕给别人看见了笑话吗？你是不是想气死我啊？你想让你父母在梅花山丢尽颜面吗？你想辱没了我曹家的门庭不成？”曹颜吉还是忍不住一顿怒骂。

小梅被父亲一个巴掌几乎打晕了头，眼前直冒金星，接下来也不知道父亲在数落些什么。她在黑色夜幕透出的一丝月光下，看到父亲那张嘴巴不停地一张一合。小梅心想：这是一幅多么不和谐的画面，刚刚和明浩在一起时，感觉今晚的月色特别美。温柔的月光下，本该是一对恋人卿卿我我的画面，不该是这一副凶巴巴的面孔，可自己偏偏在这般月光下受了这一记耳光。小梅忽然觉得伯伯好陌生，那张平日说话很有水准的嘴巴此刻也不可爱了。

小梅是被父母捧在手心里长大的，是父母手心里的宝。此刻她感受到了父亲滔天的怒火，这是她第一次看见父亲发这么大的火，而且是冲着一贯受宠的她。她知道这是爱之深、恨之切，更知道此刻再也无法隐瞒她和明浩的事情了。

小梅如实告知父亲："伯，他叫郑明浩，是隔壁村郑家的，比我小三岁，腿部有一点残疾，但是他人很好……""别说这些废话了。"曹颜吉没等小梅说完，一把抓住小梅的胳膊连拖带拽地往岭下走，"我也不想听你再往下说了，你想都别想，他那腿也做不了窑，你先给我回家。大半夜的别在这梅花岭上丢人现眼，让人看见了难看，你的婚姻你自己做不了主。我们家的女儿嫁人至少要门当户对。你和一个比自己小几岁的毛头小子在一起胡闹，这胡闹完了还要动真格的，你这不是在故意气我吗？我绝不允许你们继续下去，我曹家的姑爷至少是一个健全的人，至少是能做窑的窑工。"

其实曹颜吉说的也没错，在那个饥荒的年代，有手艺就有饭吃。荒年饿不死手艺人，这是他最深的感受。他不愿自己的女儿外嫁，甚至嫁给一个腿部有残疾、不能做窑的人。他不能让小梅日后受苦，不能让女儿再有任何闪失。把女儿留在梅花窑里，放在眼皮子底下他才放心。更重要的是女儿嫁给一个窑工，将来再生几个娃还可以继续做窑工。

小梅羞愧难当，沉重的压抑感和复杂的情绪让小梅此刻手足无措。她的眼泪顺着脸颊无声地流淌，她的心被一块大石头堵住了。听父亲的口气，他是绝对不会接受明浩的。曹颜吉领着一双儿女回家了，一路上谁也没有说话，小勇紧跟在小梅的后面，不敢落下半步，也不敢超前。

夜很静，静的能听到别人的喘息声；夜很黑，黑的像锅底，让人联想到黑脸包公的威严。那衙门口一对威严的石狮子旋即映入小梅的脑海，仿佛愈发睁大眼睛地瞪着小梅。此刻小梅把父亲的眼神与这对石狮子对上号了，她不由自主地打了一个冷战，一阵阵寒气从后背飕飕地往上蹿。小梅的心都灰了，自己的一点小秘密完完全全地暴露了，这下和明浩可能再难见面了。

临近家门前，远处传来几声犬吠，打破了死一般沉寂的夜。

2. 被软禁

小梅进了房间，曹颜吉就在外面把门反锁上，边锁门边说："你几个叔叔家的儿子都不错，咱联姻了也是锦上添花的事。远庆、佳林你自己挑一个。你说把佳林当哥哥看了，那远庆也挺好，岁数大一些会照顾人。要么就先摆一摆，你看看跟谁处得合适再说。就是不可能是那个不能做窑的小子。还真的没有家法了不成？你好好想想，想通了，就放你就出来，否则别想跨出这道门！"曹颜吉站在门外，把这一大串话扔下后转身走了。小梅只当父亲在念台词，与自己无关。她的心意已决，什么也动摇不了她对明浩那颗坚定的心。

小梅觉得父亲这一大串话，更像大货师傅做窑货时挥舞着的锤子，一锤一锤地砸在她柔弱的心上。她听到心被敲击出嘭嘭的声音，若再多用一些力气，就会敲出一个洞来。她想，如果把心敲碎掉到地上，拾起来一拼凑，肯定会看见上面写满了明浩的名字。她知道郑明浩已经占据了她的心，是挥不去的，她也不会挥去的。他们已经进入疯狂的热恋阶段。

小梅没有一点睡意，呆呆地坐在床沿边，想着今晚发生的事情，她晕晕乎乎地感觉像在做梦。为什么不能选择自己想要的生活？为什么不能和自己喜欢的人在一起相守一生？伯，你为何要这样专横？小梅心里埋怨着父亲。好好的被你这么一搅和，闹得鸡犬不宁，现在搞得自己像一个囚犯。伯，你怎么摇身一变像一个判官，给这段美好的爱情直接判了死刑？我不是你的掌上明珠吗？为什么被软禁闺中？你不是一向疼爱我吗？为什么变得如此凶狠？喜欢一个人有错吗？为什么？为什么？……小梅脑海中出现了无数个为什么。她深深地叹了一口气，胸口有一团热气在往上涌，可就是吐不出来。

她走到梳妆台前坐了下来，看着镜子中脸颊上父亲那一巴掌留下的杰作，心中委屈，鼻子一酸，又伤心地直掉眼泪。小梅摸着红肿了半边的脸在心中开导着自己：“这是伯爱女心切的印记，不是伤害。”小梅明白父亲是疼爱自己的，她可是父母的掌上明珠。折腾了一夜的小梅，在自我安慰中迷迷糊糊地有了一些倦意。

明浩不请自到笑嘻嘻地推门进来说：“梅，告诉你一个好消息，看你怎么还一副闷闷不乐的样子。你伯去我家了。”小梅惊恐地睁大眼睛问：“我伯去你家干吗？”“我的傻梅，你伯说：‘难得你对小梅这份情，那么多人来提亲，门槛都被踩低了半截，都被我家小梅给拒绝了，原来缘分是落在你们郑家了。’你伯还说：‘明浩，小梅比你大三岁，女大三抱金砖。小子，你有福气了，你可要善待我家小梅哦！’你伯和我父母谈得很投机，他说：‘两个孩子都这样黏着了，做长辈的也不能硬阻止，宁拆一座庙也不能毁一桩婚。’他还说要找个算命的算一下生辰八字，再找个媒人，选个良辰吉日就给我们完婚。”

“真的吗？明浩，我伯终于想通了？明浩，太好了，我以为我们再也不能在一起了。我都绝望透顶了，没想到我伯把我锁在家中，是给我安排去了呢！我就说嘛，我伯怎么会把我当犯人关押呢？我可是他手心里的宝呢！现在好了，原来是虚惊一场，明浩，你高兴吗？”明浩没有搭理小梅，转身掩上房门，就要走。

小梅有些不解：“明浩，明浩，你要去哪儿？”小梅想拉住明浩，却怎么也抓不住。小梅觉得奇怪，连声喊：“明浩，明浩……”小梅被自己的声音叫醒了。折腾一夜，她实在是太疲倦了，就伏在梳妆台上慢慢睡着了。一场美梦让小梅的精神有了片刻的舒缓。天已经开始发白变亮，小梅的心却开始发凉变冷。她心想：严厉的父亲会原谅自己吗？接下来还会发生什么事情？小梅摸摸有些麻木的脸，不敢往下想。

早晨婉蓉端来洗脸水，让小梅洗漱。小勇就把持在门外，完全像母亲来探监，小梅是一个被关押在监的犯人一样。接着婉蓉又送来早饭：煮好的白水鸡蛋，一块小梅喜欢吃的韭菜鸡蛋煎饼，一碗白米粥。婉蓉知道颜吉深更半夜把女儿给抓了回来，事情闹大了。她叹了口气："你这个孩子，惹这么大的祸，看把你伯气的一宿都没有睡觉。天亮时你伯才迷迷糊糊地睡着，现在睡得正香呢！"小梅红肿着眼睛抬头看了母亲一眼，心里有委屈，也不知道从哪里说起，语气里带着埋怨："我不吃，娘，你拿走吧！"

婉蓉之前听小梅眉飞色舞地说起过郑明浩，当说到郑明浩腿部有残疾时，她就已经极力阻止过。她告诉小梅，那人腿部有缺陷，注定与窑无缘，必须断了与他交往的念头。没承想，事情闹到了这个地步。

婉蓉看着女儿扭过身子不吃饭，也不看她，便说："小梅，你还是先把饭吃了，等你伯气消了我再劝劝。我跟你说过那孩子不合适，你就是不听。"说完，婉蓉无奈地走出了小梅的房间。她心疼女儿，又烦丈夫的倔脾气。把宝贝女儿关在屋子里像关犯人，她的心里很不是滋味。中午时分，婉蓉走进小梅的房间，见早饭原封不动地放在那里。她把冷饭放进盘子，又端上来一小碟香喷喷的千张烧肉，还有糖醋排骨、韭菜炒鸡蛋、小青菜肉丸汤。小梅闻到这熟悉的香味，口水早在嘴里打转了，但她还是努力地咽了下去。她要为爱绝食，她要为爱忍受熬煎。

"娘，你端出去吧，我不吃，你端来也是浪费了。""你这细伢别犯傻，我跟你说了，等你伯消了气，我就去说。他现在脸黑的像包公，说也没用。你伯本来就有气喘的老毛病，大冬天容易犯病，你不能把他给气着了。你哥哥小勇这几天大气都不敢出一声。娘懂你的心，但你要先吃饭，身体要紧。"小梅知道母亲说得有道理，但是她更知道不能妥协，这是关系到她一生幸福的大事。晚饭也一样，小梅继续绝食。到了第二天，小梅还是滴水不进。

这下婉蓉急坏了："你这细伢怎么就是不听话？嫁汉嫁汉，穿衣吃饭，嫁要嫁一户好人家，这样才能享点福。你非要和你伯对着来，倔脾气和你伯一模一样，他这也是为你好。说实在的，明浩这孩子我本来就不看好，我和你伯都希望你找个能做窑的。你找了明浩他能做什么？一个腿有残疾的，文不能测字，武不能防身，以后饭都吃不饱。”婉蓉边数落边流泪。

小梅一点也不心软，她心里明白，自己早已经是明浩的人了，只有坚持，才可能有一线希望与明浩生活在一起。连续三天，小梅还是不吃饭，为了活命只喝了几口水。小梅感觉胃部有些不适，她估计是饿的，这几天胃里总是冒酸水，连续几天没有进食可能伤到胃了。小梅突然灵机一动，想到了一个解决问题的法子。对，就假装有了明浩的孩子，这样总会行了吧！

小梅突然装着干呕起来，婉蓉以为小梅真的饿坏了身子，急得在屋子里团团转：“你看你这细伢就是犟脾气，硬是把自己给折腾生病了。这个家现在像一个监狱，你伯天天阴沉着脸，脸上结了霜一样冷。你哥哥小勇也不出去做事了，天天在外面看着你。整个家暗无天日的，这日子可怎么过啊？”小梅突然一把抓住婉蓉说：“娘，救我。”婉蓉被女儿的突然举动吓坏了：“怎么了，小梅？”“娘，我大概怀上了。”

婉蓉瞪大了眼睛看着小梅：“别再瞎说，这可不是开玩笑的事情。”“娘，是真的，我和明浩相处有些日子了。”“你这细伢，非得把天给搅塌下来你才安心。”小梅求助地看着母亲：“伯要是知道了非要了我的命，娘，你还是想办法让我和明浩一起逃走吧！”

婉蓉若有所思：“小梅，你还是先把这饭菜吃掉，保持体力，让我来想一想。”婉蓉这一惊吃得可不小，小梅这下把事情闹大了。她擦了一把眼泪，她知道，现在眼泪解决不了任何问题，如果这件事不解决好，会出大乱子的。婉蓉思前想后，觉得不能光顾着颜吉还在气头上，这件事必须尽早解决。

婉蓉找到颜吉说：“她伯，你打算就这么把小梅当犯人一样地关押着？事情出了总要解决吧。我只有这么一个女儿，小梅天天绝食，不要惹出什么事情来才是。”曹颜吉诧异地看着婉蓉：“你想说什么？”婉蓉直入主题：“小梅再怎么不是，都是我们的女儿。现在事情已经发生了，还是要想办法解决。天天不吃饭，总不是个事。”“她娘，你也别着急，饿了她自然会吃。过几天就举行招亲比赛，我要亲自在现场选姑爷，才情、人品都要把关。”婉蓉急了："她伯啊，你先别急着搞什么招亲比赛，你先听我把话说完。"曹颜吉看着婉蓉急得六神无主的样子也急了："你快说啊，你这个婆娘今天说话怎么磨磨唧唧的？"

婉蓉知道颜吉的脾气，但这件事也瞒不得，便说："她伯，你不要发火，我这还不是给你这个烈性子暴脾气给搞的。你不能就这样把细伢像个犯人一样关着，这样下去你不担心会出事吗？我们家出过多少事情你也知道。""婉蓉，你到底要说什么？"曹颜吉有些不耐烦了。婉蓉见状说："那我就直说了，小梅怀上郑明浩的孩子了。"

曹颜吉眼睛瞪圆了，里面有愤懑的火焰，他狠狠地盯着婉蓉，半天没说话。过了好一会儿，他似乎才缓过神来："艾婉蓉，你别胡说，你也别和小梅合起伙来编故事蒙我，这也是才发生的事情，怎么会……"婉蓉生气地看着曹颜吉："我会拿女儿开这种玩笑？他们认识也不是一天两天了。"

曹颜吉压着怒火说："艾婉蓉，小梅和那个小子的事情你早知道？""她伯，你先别动气，看你那两道剑眉跳起来像要杀人似的。我也不太清楚他们发展到什么地步，只晓得小梅和明浩在交往，这也是小梅前一阵子对我说的。不过我也是反对的，看你一直为窑上的事情忙，就没有和你说。"

曹颜吉开始拍桌子打板凳地叫骂："你这个糊涂的婆娘，你早告诉我这件事，也不会弄成今天这个样子。你这个做娘的怎么管的女儿？真的要气死我吗？我曹颜吉是上辈子做了什么缺德事，这辈子都报应在儿女们身上了。"曹颜吉气血上涌，额头上的青筋随着他的愤懑清晰地暴露了出来。

婉蓉没好气地瞥了一眼曹颜吉："就知道你会发火，动不动就电闪雷鸣的。若不是你的脾气大，细伢害怕你，事情也不会闹成今天这个样子。细伢的肚子会一天天大起来，这事情一点都不能耽搁，总得让他们先完婚吧。"曹颜吉抓起桌子上的茶碗，愤怒地扔出去很远："活见鬼了，艾婉蓉，你……，你给我住嘴。女不教母之过，你还在这里瞎嚷嚷，完什么婚？这就是你管教的女儿？"曹颜吉虽然脾气大，但这还是他第一次对婉蓉大呼小叫地发火。

曹颜吉坐在那里老泪纵横，叹了好半天的气，最后他说：“婉蓉，明天你去买点堕胎药。和那个小子成亲这件事想都别想，我的女儿经不起折腾。心梅自己做主成了什么样子，你这个做娘的不知道吗？还要把小梅也搭进去不成？再说，一个腿部有残疾的人，怎么能做我曹家的姑爷？他的腿部问题决定了他与窑无缘，这一点就不合格了，你这个做娘的要好好劝劝女儿。”

曹颜吉压着上窜的火气说了这一番话。他知道此时不能发火，要冷静，要妥善地解决问题。婉蓉也觉得颜吉的一番话说得在理：“那我再去劝劝小梅。”婉蓉来到小梅的房间，把曹颜吉的意思转达给了她。小梅听完母亲的一番转达，一副临危不惧的样子：“娘，我死都不会打掉这个孩子。娘，你再帮我去求求伯吧！”

小梅假装怀孕也算是花了心思，可她装着装着就发现真的不对劲了。她开始呕吐、反胃，是真的怀孕了，这让她大吃一惊。假装怀孕伯不同意，真怀孕伯依然不会同意的，怎么办？怎么办？小梅急得猫爪心似的难受。她一反常态地大吃大喝起来，眼下她知道保护好腹中的孩子最重要。就这样小梅和父亲僵持住了，曹颜吉让婉蓉继续锁住小梅。他担心婉蓉心软放女儿出来，就另派秀英天天在外面看着，又给秀英加了一份赏钱。秀英知道曹颜吉的脾气，不敢怠慢半分。

小梅这一关就是数月，可即便被锁住，小梅也坚持要生下这个孩子。直到临盆的那一天，这个房门才打开。自从小梅惹了这一堆烦心事，曹家的院门进出都是锁着的，就这样串门的人也几乎没有了。

别看秀英平时嫉妒心强，但做起事来还是细致认真的。当初心梅生孩子没有来得及请稳婆，就是秀英给接生的。这下小梅生孩子，秀英已经有了经验，她继续担任稳婆。小梅顺利地产下一个男孩。小梅为了爱，一直宽慰着自己，这个在被锁住的日子里孕育出生的孩子，她给他取名金锁。

曹颜吉特别喜欢孩子，曹家之前发生了很多事情，他一直希望曹家人丁兴旺。家里添了孩子，本该是喜事，可他的脸上却没有一丝高兴的表情。曹颜吉心里有说不出的滋味，这是一把金锁，也是一个大大的心结啊！他召集曹家人说："从今往后，不许任何人对外说这孩子是小梅生的。对外就说这孩子是人家送到曹家门口的，我们曹家收养孩子也是正常的事情。"

婉蓉见曹颜吉这样顽固，也没有办法，只好安慰女儿先把月子做好，把孩子带好，后面再想办法。小梅心情一直很低落，几乎没有什么奶水。婉蓉每天在米饭上面舀一些米汤给孩子喝，又去隔壁湾里村赵大姐家要羊奶，这个外祖母当得也真是辛苦。

小梅苦苦地央求："娘，这可怎么办啊？""梅啊，眼下急也没用，孩子还小，你先什么都不要说。你伯的性格就是这样，他也是一番好意。""娘，我求你了，这样的好意是害我啊！不能再拖下去了，我和明浩都有孩子了，你还忍心拆散我们吗？要不就让孩子留下，娘你放我走吧!"

婉蓉想到以前心梅生完孩子牧家不肯认她这个儿媳妇，姑爷牧宝堂被他爹逼着迎娶了牧祥鸿家的女儿，好好的闺女心梅受刺激疯了。想到这，婉蓉心里有些恐慌，这种事情不能再发生在女儿小梅身上，她这个做娘的一定要有所担当了。

其实明浩暗地里找过婉蓉好几回，婉蓉完全理解两个孩子的感情，通过接触，她也觉得明浩不错。晚上婉蓉来到小勇身边说："勇儿，你睡觉去，第二天还要做窑货，哪来许多好精神？你妹妹不用看着了。你伯没松口，她敢往哪里走？再说，小梅也舍不得金锁。"小勇也在想，那小子要人没人，要钱没钱，一个穷得叮当响的人，有什么好嫁的。再说自己在外面看着妹妹，心里实在是不好受。年轻人毕竟还是容易互相理解一些，他虽不赞成妹妹的做法，但对这段感情也表示理解。

一个漆黑的夜晚，婉蓉塞给小梅一个包裹，里面是一些金银细软："梅啊，这算是为娘给你准备的一点嫁妆，你好生收着，以防不测。"婉蓉给小梅备了足足的盘缠。看着小梅这几天气色红润了一点，婉蓉心里也踏实了些。她心想，女大不中留，儿孙自有儿孙福，让她过自己想要的日子去吧！

就在那一夜，小梅跪在地上给婉蓉连磕了三个响头，额头都磕青了。婉蓉心痛地拉起小梅千叮咛万嘱咐："梅啊，你千万要照顾好自己，安顿下来要想办法给为娘捎信。那边明浩我已经托人捎话了，你们在厂外大槐树下会合，你赶紧走吧！”婉蓉说完转过身在抹眼泪。小梅趁着月黑风高悄悄地走了，婉蓉躲在背后哭的是昏天暗地。

几天后，曹颜吉觉着一直关着女儿总不是个办法，就问：“婉蓉，小梅想通了吗？”婉蓉没好气地回话：“她伯，不是我说你，这婚姻也不是强迫的事情，要靠缘分，你让小梅怎么想得通？你的犟脾气也要改改，至于跟亲闺女搞得像仇人似的吗？你看你当初那一巴掌差点把小梅打晕过去，你心里就不疼啊？你们父女关系总是要缓和的，不能就这样一直僵持着。”

颜吉觉得婉蓉说得有几分理：“唉，那一巴掌打在小梅的脸上，疼在我的心里。我哪里舍得打她？我都不知道当时是怎么出手的，鬼使神差地，当时就是控制不住，像是给谁推了一把，就落在小梅的脸上了。”婉蓉见这几天颜吉的情绪稍稍平静了些，就多说了几句：“小梅不过是喜欢上那个郑明浩了，喜欢谁也没错啊。你看小梅和明浩也添了小伢子，你一句话就掩盖了事实，说他不是小梅生的，不是我们的孙子，是捡来的，你说得倒轻巧。你就没有想过金锁长大后的感受？没有想过小梅的感受？心梅的疯病你可别忘了。铜窑已经没有亲娘在身边了，你还想让金锁没有亲爹照顾吗？”

“婉蓉你又来了，这件事我已经决定了，你就不要再浪费口舌了。”婉蓉故意装作生气地说：“好好好，我不管，你管吧！把小梅逼疯你就放心了，家里以后就有两个疯女儿了。”

曹颜吉皱了皱他那双剑眉，脸上掠过一丝不快：“大清早的你在胡说些什么呀？我这不是为了小梅好吗？心梅不就是自己做主惹的祸吗？”夫妻二人在房间里你一句我一句地争执了好半天，突然耳边传来秀英的喊叫声：“婉蓉姐，婉蓉姐，小梅去哪里了？金锁哭得好伤心。”

婉蓉和曹颜吉停止了争吵，慌忙跑了出来，本能地直奔小梅房间。床上只有金锁，却没有小梅的影子。曹颜吉怒目圆睁地看着婉蓉和秀英：“你们是怎么看的人？人跑哪去了？都在合起伙来耍我是不是？”婉蓉赶紧接茬：“她伯，我哪里敢？一直在的，这门也是上锁的，难道是……”曹颜吉着急地问："难道是什么？快说，快说话呀！"婉蓉支支吾吾地不敢往下说。曹颜吉暴跳如雷地吼着："这到底是怎么了？你快说啊！"

婉蓉见曹颜吉最近总是控制不住情绪，担心他伤了身子，忙说："是这样的，小梅最近一直不吃不喝，天天在屋子里犯傻，我怕闹出什么事，又怕她把自己憋疯了。你也不管不问，就只想用一把大锁锁住小梅。你锁住她的人，能锁住她的心啊？她又不是小孩子了。我也没本事劝得了她，就出去找算命先生占卜问卦。谁料先生说小梅是梅花仙子投胎，不能太强行地控制她，要给她自由。我这不也是在猜，难道小梅是被收回去做梅花仙子了吗？我们家怎么就与梅花仙子结缘了呢？我们与这个梅花仙子到底有多大的渊源啊？"说完，婉蓉就号啕大哭起来。她一把鼻涕一把眼泪，哭的是昏天暗地，屋梁都在颤动，曹颜吉根本插不进去半句话。

婉蓉无法向曹颜吉交代，她是有意而为地哭闹，心想只有用这下下策来搪塞一时是一时了。婉蓉的嗓子都哭哑了，秀英害怕曹颜吉的脾气，更怕担责任，于是跟着婉蓉一道哭嚎。曹颜吉给家中的两个女人哭的心烦，也有些心疼了。家里就这么几个人，丢的丢，闹的闹。他此刻心里好生凄凉，大女儿爱梅葬窑了，二女儿心梅疯了，儿子家宝和弟弟颜利去了趟天津好好的人就没了，现在小梅又不见了，他曹家怎么就留不住人呢？难道是天意如此？他心情沉重甚至沉痛。

"都别闹了，别再闹了，好不好？"曹颜吉突然一声浑厚的呵斥，把婉蓉和秀英给镇住了。婉蓉的哭声戛然而止，秀英的表演也到此结束。婉蓉实在是哭不动了，毕竟她是知道详情的。曹颜吉想，小梅一定是给放走了。他说："你们这两个婆娘，连一个女儿都管不好，说出去也不怕别人笑话。小梅明显是跑掉了，你们别想糊弄我。这事就到此为止，我也累了。我曹家家门不幸，就当没生养这个女儿，从今以后谁也不许再提起这件事情。"颜吉用尽良苦之心，还是没能把小梅留在身边，他一度又陷入愁苦郁闷中。这段风波就这样在无奈中戏剧般地告一段落。

时间一久，大家都知道小梅失踪了，人们纷纷议论、猜测，但也觉得正常。曹颜吉本就不凡，他一家子在梅花山发生的事情一贯有些蹊跷，他们家与梅花仙子有缘，人们早已见怪不怪了。有人说小梅和相爱的人私奔了，也有人说是这对年轻人的爱情感动了梅花岭这方土地的神仙，所以神仙把他们收去做仙子了。从此，这对年轻人似乎人间蒸发了。

在以后半年的每个夜晚，人们都能听到梅花岭上传来哀婉的笛音，仿佛在倾诉唯美的爱情。凄凉的笛音让梅花散落一地，梅花馨香久久不绝。

废弃老窑棚二

第十二章　股份转让之争

朗先生原名袁光朗，湖北麻城人士，一直当私塾先生营生。1932年与妻子胡大姑用一担稻箩挑着几个幼小的儿子来到梅花窑。朗先生是袁夫子的亲侄儿，此次来西乡是奔着叔叔过来的。

袁夫子让妻子英子给光朗一家安顿住处。夫子有两个女儿，膝下无子，一直把光朗当儿子看。他让英子做了一桌菜，请来大仙、飞人、老九、大炮、黑鱼过来吃饭。席间，几位老窑师围着光朗问长问短，问着湖北老家的情况。曹大仙忽然笑着说："光朗，窑上孩子们的学问就靠你了。他们可不能像我，斗大的字不识半口袋。"光朗说："曹叔，你说得很对，窑业已经发展得很好，要是再让窑上的孩子们学点学问将来会更好。""光朗，你写一个告示贴在梅花窑告示栏里，招收学子。"就这样，梅花窑第一个塾师私人设馆收费教授生徒的私塾办起来了，就设在夫子的一个暂时不用的窑棚里。当时最小的学子只有五岁，最大的二十几岁。

朗先生为人忠厚，学问高深，慢慢地周边的孩子们也来报名上学。一些家庭条件特别差的孩子来上学，他不收学费，免费教他们学问。日子越过越顺，学子也越来越多，朗先生收入日渐丰厚。后来朗先生拥有了自己的一大片房子，学堂就直接搬到家里了，他给梅花窑带来了浓浓的书香气息。

一日，曹颜吉去朗先生家坐在下面听课。课毕，他冲着朗先生笑道："光朗啊，一辈子不识字，我也想学一点，日后到那边去报到，就不是睁眼瞎了。”“曹叔，您是大家公认的大仙，仙人会永生的。不过，教你写一句也是要得的——‘梅花窑创始人曹颜吉是也’。”朗先生诙谐幽默的话语常逗得曹颜吉乐半天。“光朗，我老咯，记不住许多，只是坐在下面听你讲学问，心情好。这是我一直以来想看到的画面，梅花窑不仅要有窑艺，还要有书香文化。窑业要发展，有文化才有奔头。”朗先生感慨地说：“曹叔，你放心，在梅花窑教书的事情包在我身上，我也就会这么一点三脚猫功夫呢！”

朗先生不仅教学问，他们夫妇更用实际行动来影响着学子们。他们知道逃荒要饭的苦，一些逃荒的来了，他们总是从锅里盛上一碗饭，又夹上菜让逃荒的坐在凳子上安心地吃个饱。临走时，胡大姑还不忘从米缸里舀上一些大米给逃荒的带上。他们是梅花窑出了名的大善人，后来一些逃荒的到他们家就像走亲戚一样。

曹颜吉对朗先生一家很是称赞。他经常去找几个拜把子兄弟喝酒，偶尔也去朗先生那里听课或是下象棋，他乐于和朗先生交流。民国二十三年(1934年)，曹颜吉八十八岁，岁数大了，顾虑也多了。一日，曹颜吉又找到朗先生：“光朗，我最近总做噩梦，梦到我的窑烧不出好窑货，有一回还梦见窑塌了，硬是从梦中吓醒。我还梦到大女儿爱梅在天上朝我笑，小女儿小梅自己回来了，说再也不离开梅花窑了。我还看见我的弟弟颜利和我儿家宝了，他叔侄两个在外面流浪好可怜。颜利只说身上痛，让我给他摸摸，家宝看到我就哭。你说，这是不是不祥之兆?”

“曹叔，这是你思虑太多所致，这两条龙窑化费了你一生的心血，就像你的宝贝孩子啊!”“光朗，你说得对，这两条龙窑就是我的宝贝孩子。我都入土半截的人了，早已淡泊名利。眼下我最简单的想法就是要把窑给传承下去。这两条龙窑发展起来可是历经了许多磕磕绊绊，不易啊！光朗，我有一个想法，想把窑交给几个人共同管理，我想把你列为梅花窑首选参股人之一。”“这个千万使不得，曹叔，我不精通做窑，不会管理。”曹颜吉把手上端的喝水用的小茶壶递给光朗：“你看，这个茶壶的优点在哪?”光朗接过小茶壶看了一下说：“哦，曹叔，这壶的釉色饱满鲜亮且不失温和。我也不太懂，就这样以为的。”“呵呵，光朗，你一看便知，且能说到点子上。有些师傅就如这茶壶里煮饺子，有货倒不出来啊！光朗，管理和做是两回事，会做不一定会说。管理离不开文化人，文化人脑子活、思路广、想得远。”曹颜吉一番话说得朗先生连连点头。

曹颜吉对朗先生信任有加，无话不说：“光朗，可能是我老来得子的缘故，小勇从小就体弱多病，从没离开过家门，一直跟在我后面学艺，勉勉强强能做一些小货。小勇夫妇成亲迟，生养的两个儿子瑞安、瑞福年岁尚小。外孙金锁年纪尚轻挑不起这副重担，小勇一人接管龙窑更不合适。儿子平安跟在他舅舅牧海军后面沾染了一身的恶习，时常打架斗殴赌博，这窑要是给他管理，不到半年肯定会毁了，我不放心把窑交给他。我思来想去，想趁我还活着，把窑转交给几个信得过的人管，让窑能够持续做下去，否则我就是走了也闭不上眼啊！”郎先生看着一脸焦虑的曹颜吉说：“曹叔，你也莫慌，选择合适人选尚需从长计议。”

牧秀英知道了曹颜吉的想法后很生气：“老曹，不是我说你，你有两个儿子，我们曹家不是没有继承人，怎么能把窑转给外姓人？你让平安还有他两个女儿以后日子可怎么过？”秀英拉着脸叨唠个不停。曹平安的妻子赵华珍也跟在后面嚷嚷：“伯，你让小勇哥参股，让平安和小勇哥一起管理窑吧！千万不要给了外姓人。”曹颜吉被秀英婆媳两个吵的头疼。他一想到儿子平安心里就不舒服，平安整天不务正业，嗜赌如命，常惹出一些乱子来还要自己去摆平。这哪里是什么平安？分明是吵不安。曹颜吉坚决不同意让平安接管窑，让自己多年的心血付之东流。

秀英和赵华珍一唱一和，就像无数只蜜蜂在他耳边嗡嗡叫。曹颜吉毕竟年岁大了，连日来的吵闹，让他的头痛病犯了，转让的事情也暂时停了下来。老人家一生几乎没有生过病，就有一点气喘加上劳神过度的头痛病。他这一病就再也没能下床，在床上躺了一年之久。

在曹颜吉弥留之际，秀英趁着婉蓉不在的工夫，把准备好的纸和笔拿来说：“老爷子，你就按了手印吧！你走了，也得给我们娘儿几个留条活路啊！”曹颜吉用尽力气说：“秀英，你不懂，我给你们的安排没错。”秀英见曹颜吉根本没有改变主意的意思，就自己写了一个字据，拉着曹颜吉的手硬是给按上了手印，再盖上曹颜吉的印章。

曹颜吉怒目圆睁：“你这个秀英，糊涂啊！秀英，你不要这样。”曹颜吉气喘吁吁地指着秀英：“你……”一口气没有上来就过去了。

梅花山第一代窑师，梅花窑创始人曹颜吉在九十岁那年春天仙逝，离开了他一生呕心沥血的梅花窑。秀英的哭嚎声惊动了婉蓉。婉蓉出去了一会儿，回来就看见眼前这一幕。她痛哭流涕：“颜吉，细伢他伯啊，你怎么不和我见上最后一面就走了？你怎么忍心丢下这一大家子人？”可任凭婉蓉如何哭喊，曹颜吉再也听不见了，他已经紧紧闭上了那双充满智慧、洞察秋毫的眼睛。

婉蓉成了一家之主，夫子、飞人、大炮、老九及他们的儿女和窑工们都来帮着料理曹颜吉的丧事，朗先生首当其冲地主持曹颜吉的丧事。曹颜吉从白手起家到如今的轰轰烈烈，给地方做出了巨大的贡献。他像一个传奇人物，他家族中的人丢的丢，消失的消失，但这些伤痛并没有摧垮他对窑业的执着追求，他依然坚持把事业做大做强了。他有着刚毅的品性，留给后人一个底蕴深厚的古窑厂。曹颜吉生前告诉婉蓉，要把他葬在梅花岭的山坡上，他要在那里看着梅花窑发展，看着他辛辛苦苦积淀的产业得以传承。

送走了一代窑师曹颜吉，原本热闹的家一下子冷清下来。整个曹家大院没有了 点声音。丧事料理完后，婉蓉召集家人到堂屋开会。她说：“我来说几句。老爷子生前把积蓄按人头分了几份。现在老爷子走了，这个家我也得按照老爷子的意愿给你们分了。细伢们都大了，家也该分了，你们各自过好自己的生活吧！另外窑的股份我也按照老爷子的遗愿做个决定，曹家除小勇参一股外，其他人员就不参与了。这卖股份的钱大家均分，没有意见的话咱就这么办了。”

婉蓉话毕，秀英倏地一下从座椅上站了起来说：“我有意见。婉蓉姐，老爷子临终让我写了字据，让平安和小勇一起接手窑的管理，没有说转给外姓人。”婉蓉疑惑地看着秀英：“你不要胡搅蛮缠了，老爷子是怎么病倒的，你不知道吗？他怎么会这样安排？老爷子的性格我比你清楚，他从不轻易做决定，一旦做了决定，是绝对不会更改的。”“婉蓉姐，字据在我这里，我拿给你看。”秀英把早已放在口袋里的字据拿了出来，上面有曹颜吉的手印和印章。婉蓉一阵心酸，昏花的眼里有眼泪在打转。她强忍着没有让眼泪掉下来，似乎明白了老爷子突然就走了的原因，她说：“大家先散了吧，这个事情我们后面再说。秀英，你留下。”

婉蓉见大家都散了，生气加痛心地抹了一把已经控制不住要外溢的眼泪说：“秀英，我问你，是不是你硬逼着老爷子给按了手印？老爷子的手上好好的就多了一块瘀痕，我心里还一直在疑惑，原来是你干的好事情。秀英，你也太恶毒了，你把颜吉给活活气死了。你要想在孩子们面前还留有一点面子，以后就不要再提股份接手的事情。颜吉就躺在梅花岭上，你让他在九泉之下安息好吗？他天天看着这里，你最好不要再胡搅蛮缠了。看在孩子们的份上，我就不再追究此事。老爷子明明告诉我股份卖给谁，我们都做了统筹的计划安排。有这一笔钱大家好好地做些手艺，日子还是很好过的，总不至于把窑给毁了。你要知道这两条窑是老爷子的命根子，是他一生的心血。”

秀英知道自己的把戏被婉蓉识破了，说话一下子没了底气。她故意装出无辜的样子和婉蓉争吵：“婉蓉姐，你不要诬陷我，我不会做这种事情。老爷子也是我的丈夫，我怎能这样对他？你不要毁了我的名声。婉蓉姐，你还是让平安也参股吧！再说，平安也叫你一声大娘，你这也是在帮助自己的孩子，何必非要让家人吃亏呢？老爷子一生创建两条龙窑不容易，平安肯定要继承。肥水不流外人田，这个道理你比我懂。我们曹家有这么多后人，为什么非要用外人？婉蓉姐，你再好好想想。”

婉蓉听秀英说的似乎也有些道理，但是那晚颜吉和她的最后一次谈话还在耳边回荡：“婉蓉，这个家就交给你了，你一定不要被秀英左右了思想。这个窑要想守住，必须转让部分股份出去。我们的家宝不在了，否则我也不会出此下策。”婉蓉定了定神说：“秀英，你也不要多说了，这件事情是不可以更改的，我要完成老爷子的遗愿。我也不想再去追究你把老爷子气死的事情，给你在孩子们面前留一些面子。你就好之为之吧！”

秀英毕竟做了亏心事，被婉蓉说得渐渐低下了头。她拗不过婉蓉，愤愤地扔下几句话：“我就不懂了，你们真是迂腐的湖北佬，真拿你们没有办法，非要把家产都给败光了不可，我也懒得管了。”然后生气地回自己屋里了。

婉蓉听到秀英离开前骂骂咧咧的几句话，心情有一些沉重。秀英的争取也不无道理，只是曹家没有更合适的继承人选。小勇参股也算是继承曹家的一点家业，颜吉会走得安心一些。婉蓉深知，创业难，守业更难。她相信颜吉的分析，更相信他独到的慧眼。把窑留给这个家，要不了几年窑业就会全丢了，不能只顾眼前心里好受，窑是老爷子一辈子的心血。婉蓉想到了女儿爱梅为了保护窑业发展，以身葬窑的事情，又伤心地哭了一阵颜吉，落了一阵泪。

婉蓉遵照曹颜吉的遗愿把两条龙窑分为八股，由曹小勇（曹颜吉之子）、刘佳林（刘大炮之子）、叶远庆（叶飞人之子）、袁光朗（袁夫子侄儿）、邹永平（邹老九之子）、钟乐天（钟黑鱼之子）、余天润、郑芳海经营。他们封了自家的黄货小圆窑，大家齐心协力做龙窑。时下共有师傅三十余人，小工四十多人（包括家属），年产量达四五万件，产品仍自产自销。

第十三章　夙愿

1. 学艺

颜吉之女小梅自那一年被母亲婉蓉悄悄放走后，便和郑明浩来到大工山脚下一个僻静的乡村。他们自己动手，搭建了一个能遮风挡雨的茅草棚住着，又开辟了几块菜园地，以卖菜为生，隐姓埋名地过着男耕女织的日子。

小梅内心一直很愧疚，刚出生的儿子金锁就这样被丢下不管，父母满心欢喜地把自己养育大，自己就这样一走了之了。不过曹家一贯有仙人降临又升天之说，就让这个传说一直流传下去吧。思前想后，小梅似乎轻松了一些。

一晃很多年过去了，小梅和明浩后来生养的一双儿女也长大了。男孩叫念窑，女孩叫念瓷。小梅没有忘记父亲的一番苦心，她给孩子们取名也没有忘记窑。小梅何尝不知道荒年饿不死手艺人的道理，孩子们都长大了，还是要让他们去学手艺、做窑工，以此来报答父母的恩情。事情都已经过去了那么久，人们早该淡忘自己了，只是一直还流传着一个传说而已。可她没想到自己的儿女还未来得及报效窑业，父亲就匆匆离世了。

小梅伤心地哭了好几回，她在屋里摆上父亲曹颜吉的画像，点亮白烛，为父亲祭奠，祈求父亲原谅自己不孝。她要用心送父亲一程，祈祷父亲在天上安好。一段时间后，小梅托人把儿子介绍到刘佳林门下做学徒。民国二十五年（1936年），念窑来到窑厂，这一年念窑十九岁，念瓷十六岁。

念窑初到梅花山，第一眼看到的就是踩泥师傅高高卷起裤脚踩泥的画面。他蹲在踩泥场边，向踩泥师傅问起踩泥的知识。

刘佳林凭直觉认为，念窑是个机灵的徒弟。他说："念窑，你一会儿来窑棚，我给你说说泥的学问。""好的，师父。"

刘佳林边做泥坯边向念窑传经送典："陶泥的制作是一个复杂的过程，铺土工人首先要去桃园山那边挖陶土，再用箩筐一担一担地把陶土挑到桃园山上坡专门晒制陶土的土场。陶土要晒干透，一般要晒上几个太阳。工人们把陶土铺开，用锄头敲碎晾晒，不断地翻土，就像农民晒稻谷。接下来就是你刚才看到的画面，老爷（对踩泥师的称呼）用板车把晒干的陶土拉回厂区踩泥场，在踩泥场上再次铺开陶土准备踩制。

"踩泥场为圆形，在地面以下，四周稍高一些，这样好让积水流不出去，方便踩熟泥土。工人们首先在铺开的陶土中间挖一个坑，倒进适量的水，让陶土先润一会儿。然后再用水把整个晒干的陶土浸湿透。一次次浇水，就像浇花一样，让陶土充分吸收水分，喝个饱，进行软化，这叫润土或醒土。醒土完成后，陶泥松软，老爷们在肩上搭一块擦汗用的毛巾，高高卷起裤脚便走进踩泥场，开始了踩制陶泥。

"他们用脚从中间以转圈的方式一圈一圈地踩制陶泥，一直踩到周边。他们用脚去亲近陶泥，感知陶泥的软度，直到把铺满踩泥场的陶泥全部踩熟。最后再把这些踩熟的陶泥用铁锹切成一块一块的，这样方便老爷们把它们搬进窑棚给做泥坯的窑工们使用。他们在腰间系上白色的围裙，肩上搭一块白粗布，然后再去扛切成一块一块的陶泥，这样不至于把自己弄成泥人。他们扛着踩熟的陶泥送进窑工们的窑棚，就像扛着小媳妇进家门一样轻快喜悦。这些踩熟的陶泥是他们的作品，而这些陶泥更是做出好泥坯至关重要的材料。一大堆踩熟的陶泥被老爷们扛入窑棚，堆成一座小山一样，这时候老爷们制泥的整个工作才算大功告成。"

念窑既好奇又兴奋："师父，这一堆陶土需要经过这么多复杂的程序才能使用，踩的又是这样讲究，真不是普通的泥啊！”刘佳林面露喜色：“呵呵，念窑，神奇的还在后面。接下来这些陶泥就由窑工们来打造了。堆在窑棚里的陶泥，要化整为零地用完。窑工们每人都备有一根细铁丝，他们用细铁丝像割肉一样，一片片地割下自己需要的原材料，然后放在一张像肉案子一样的长案板（泥凳子，用陶泥做的凳子）上。案板上要先撒一点细沙，再开始揉陶泥，以免陶泥粘在泥凳子上，和揉面团差不多。”

刘佳林继续说着：“夏天，天气热，师傅们总是光着膀子，穿着大裤衩，拦腰系一个白粗布围裙。做窑货的小工和师傅们一直都用白粗布做围裙，这是有讲究的。他们对陶泥都有着特别的感情，白粗布如一张白纸，这些陶泥印染到白粗布上的痕迹，就是一幅画，清晰地表明了他们每天的劳作、每天与陶泥的亲昵程度。

“念窑，学艺的人要懂得陶泥的性质，这是最基本的。如不熟悉，也做不好窑。老爷们辛辛苦苦地用脚踩熟陶泥，用脚去感知、摸清陶泥的性质，直到把陶泥踩制到七成熟。这样的陶泥能在窑棚里多存放一些日子，既不会干裂也不会坍塌，是为窑工们做泥坯之用。窑工们用自己的双手与陶泥对话，用指尖去感知陶泥，并把踩熟的陶泥进一步加工成艺术品。”

说话间，刘佳林用细铁丝割下一大块陶泥放在泥凳子上，现场操练，然后把揉熟的陶泥搬到做泥坯的陶车上加工去了。念窑初接触到这些知识，有些心花怒放，他没想到一堆泥土里有这么多学问，真是隔行如隔山。他学着师父的动作，用细铁丝割下一块陶泥，小心翼翼地把陶泥放到泥凳子上揉搓，可怎么也揉不顺畅，陶泥像豆腐渣一样，一摊一摊地散了架似的不听使唤。“师父，我怎么就揉不顺畅？”

刘佳林从陶车上下来，双手习惯性地在系着的围裙上搓了搓。他提起旁边圆形泥凳子上的一个精致的小茶壶，对着壶嘴咕咚咕咚地连喝了好几口茶水，又用衣袖擦了擦嘴边的水渍说：“念窑，做好窑货，首先要对做窑货有兴趣。我看你也是与窑有缘，像你这样有上进心，准能把窑货做好，师父相信你。但是要想把这门技艺学透学精，不仅要有耐心，还需要有常性。”

说话间刘佳林走到了泥凳子前面："说到这陶泥，你在第二次加工的时候更要注意怎么用力。先要把切下来的一堆泥四处给它一敲打，再在泥凳子上摔摔打打，这种做法就叫再次醒泥。开句玩笑，这叫'打情骂俏'。让这些泥和你的手接触，泥感知到你手的温度，熟悉了你的动作，就会黏着你的手，愿意被你揉。"

念窑惊奇地发问："师父，泥还通人性啊？""呵呵，念窑，我这虽是玩笑话，但也是很形象的比方，泥确实很神奇。依我看，万物都有灵性。你现在就照我这样去揉搓。泥达到十成熟后就可以直接上机子，制作出各式各样的泥坯了。就像揉搓均匀的面团，可以做成各种好吃的面饼一样。不过，还是要看操作者的手艺。"

念窑听着师父讲述制作过程，觉得复杂又新鲜。他在心中暗暗发誓，一定要把这门技艺学到家。刘佳林做事严谨但不失幽默，他的传授方法让念窑很容易接受。

眼看就到了冬天，泥掺和着水寒冷刺骨，可这些挡不住念窑每天对泥的热情。他常想起师父说的那句"打情骂俏"以及泥有灵性会黏人，总是乐呵呵地想笑。不过这句话确实起到了很大的作用，念窑捧着陶泥就像捧着心爱的宝贝，他真把陶泥当成小媳妇喜爱了，他愿意让这些陶泥黏着自己，窑棚里的师傅们常常被他逗乐了。

不过，懂得泥的习性只是第一步，更重要的是上机子实战。理论不经过实践，那也只是纸上谈兵。说的再多不如做一件，师父在陶车上的一招一式，在念窑的眼中都是那样酷。他在欣赏与崇拜中学习，在刻苦与努力中成长。半年时间不到，念窑就能上陶车做泥坯了。

刘佳林不仅有窑的股份，还开了糖坊、爆竹店、槽坊（酿吊酒），整天忙得不亦乐乎。刘佳林夫妇其实有两个女儿，妻子夏雨美生下小女儿刘心怡后染了风寒，就把刘心怡过继给夏雨美住在县城的妹妹夏雨荷收养。夏雨荷成亲多年没有生育，这样一来倒也是两全其美。刘佳林夫妇现在身边只有敏敏，听念窑说起他父母常年在外面做活，一年难得见上几面，就把念窑当成自家孩子照顾了。

敏敏年方十六岁，自小顽皮，听说父亲新带了一个很机灵的小徒弟，便借故去窑棚看念窑做窑货。敏敏一眼就相中了念窑。在念窑学徒期间，刘佳林给他在梅花窑厂房安排了一个小单间。男孩子简单，打开铺盖到哪里都可以安睡，生起炭炉子就能做饭。念窑做起饭来也算麻利，这都是其母曹小梅教导有方。有了做饭的手艺，到哪里都不会苦着。敏敏也总送一些上好的糖食和菜肴去念窑的住处，念窑可有了口服。

念窑长得白白净净，人缘又好，讨人喜欢，邹永平的女儿邹玉婷也相中了他。邹玉婷刚满十七岁，酷爱刺绣和缝纫，在家除了帮母亲做点家务，忙点缝纫活外，就研究她的刺绣图案。玉婷在设计图案方面很有天赋，泥坯上的图案有好多都是玉婷印上去的。玉婷刺绣和在泥坯上印花的技艺，受到过曹颜利妻子雅芝的一些指导。

念窑去了梅花窑，每次回家总要给念瓷说说梅花窑里的新鲜事。说到邹玉婷的刺绣时，念窑更是眉飞色舞。念瓷打趣道："哥哥，你不会是喜欢上那个邹玉婷了吧？看你一说到她，眼睛都在放光。我也想去学习刺绣，哥哥，你就把我引荐给邹玉婷好不好？"

小梅看着一对儿女在逗乐，若有所思。她本也打算找个合适的机会，让念瓷也去梅花窑，现在刚好这闺女缠着哥哥要去学刺绣，正合小梅的心意。小梅应着女儿的话说："想去就去吧，这次就随你哥哥过去，让你哥哥给你引荐学刺绣和缝纫手艺。"

小梅给女儿整理衣服细软时，从箱底翻出来一个绣有梅花的布袋子。这还是当年小梅出走时，母亲婉蓉给特意缝制的。小梅把用牛皮纸包好的糕点用红绳子系上，放在篮子里。她一边整理，一边叮嘱念窑："你要照顾好妹妹，这些糕点就送给念瓷的师父邹玉婷吧，算是一点心意。"

当年母亲送自己出走时，也是千叮咛万嘱咐的，自己现在的做法倒跟当时有点相像。自那日出走后，自己就永远离开了曹家，直到父亲离世也没能再回去。想到这里，小梅有些伤感。那布袋子里被小梅塞满了衣物细软，鼓鼓囊囊的。袋子上绣的梅花似乎灵动起来了，一朵朵花瓣在含笑，在为小梅的举动高兴。小梅的眼睛有些湿润，她仿佛看到伯伯曹颜吉在梅花丛中欣慰的笑脸。

念瓷随哥哥来到梅花窑拜邹玉婷为师学习刺绣和缝纫，这是小梅希望的。小梅不敢再踏进梅花窑半步，她希望自己就消失在那一年，成为永远的传说。让孩子们去父亲生前打下的江山里做工，是小梅报答父亲的唯一方式。她的想法很简单，就像当年爱上郑明浩一样，爱就爱了，没有那么复杂。小梅把一双儿女安排到了梅花窑，似乎找到了一种心灵慰藉，也似乎了却了一桩许久以来的心愿。念瓷这些年在家中受到母亲的指点，刺绣和缝纫本就有些基础，让念瓷到梅花窑学习是小梅的一个借口，她就是想让念瓷走进这块土地。念瓷对刺绣有自己独到的见解，两个月不到，念瓷的技艺几乎超过了邹玉婷。邹玉婷有些傻眼，女孩子嫉妒心重，但想到好歹念瓷叫自己师父姐姐，她也还算满意。

2. 悸动的心

念窑和念瓷的加入，给梅花窑带来了新的朝气。邹玉婷、刘敏敏、郑念瓷、郑念窑、曹瑞安、曹金锁、袁美琪、孙小玉这些年龄相仿的年轻人，常常聚到一起玩。他们在开心中工作，在青春做伴的日子里分享快乐。袁美琪、曹瑞安、郑念窑、曹金锁四人在一个大窑棚里做窑，他们刚好都是做小货的。每当制作好一批泥坯后，总要休息一天，让泥坯稍稍晾干。这时候他们会结伴去附近的山上放松一下，把散落在地上的松毛用竹耙子扒成一堆一堆的（松毛可作为炭炉子的引火材料），又用竹竿勾取树上的松果，装满几大袋子，带回家生炭炉子。

一日，四个小窑工还有孙小玉、郑念瓷六个人又结伴，提着竹耙子，扛着扁担，带着袋子上山了。他们在乎的不是能收获多少柴火之类的，而是那一路的快乐。正当大家收获满满地往回赶时，不知从哪里突然窜出几条大黄狗，凶神恶煞地狂叫。几个人都被这突发事件吓得慌了神。当反应过来后，大家本能地撒腿就跑。念瓷腿都吓软了，哪里还跑得动，连喊救命。大家回过头才发现念瓷陷入了大黄狗的包围中。

念瓷坐在地上动也不敢动，眼神与其中一条个子较大的黄狗对上了。念瓷琢磨着这条大黄狗可能是狗头头，心想：“你好好看看我，我这么善良，你这几个狗东西应该能识得好歹的。狗不是专咬非善类和乞丐吗？我哪一点也不像乞丐，更不像坏人啊。”念瓷实在是太富有想象力了，就这么一点时间，她还在想着这些，可见念瓷是一个多么纯真善良的女孩。

念瓷希望用自己温柔的目光劝退大黄狗。狗头头领着一群狗围着念瓷转了好几个圈，看似有打算离去的势头。突然一条大黄狗在原地咆哮着乱转，它在寻找敌人。原来这条大黄狗中了念瓷援军们扔的石头的袭击。大黄狗恶叫一声，发现了敌人的方向，掉转头就拼命去追击。几条大黄狗一窝蜂似的跟随这条大黄狗去追击它们的敌人，好有团队精神。

只见金锁和小玉在前面拼命地奔跑，他们意在把大黄狗引开。可金锁还是没有逃掉，被几条大黄狗围住。手无寸铁的金锁瞪圆了眼睛，直逼大黄狗。此刻，他就像一个英勇无畏的战士，为了保护心中的仙女，即将上演一场激烈的大战。几个队友操起扁担回头去支援金锁，他们齐攻大黄狗。在大家的拼力厮打中，大黄狗被赶跑了，可金锁的腿也被大黄狗撕咬开了一个口子，鲜血染红了裤腿。不过总算是有惊无险，念瓷没有受到伤害。小玉赶紧回转，心疼地扶起吓得瘫坐在地上起不来的念瓷。念瓷来到受伤的金锁身边，掏出口袋里的白底碎花手绢给金锁包扎上，鲜血把手绢都染红了。

金锁此刻身上没有疼，只有暖意在流淌。他似乎看见小碎花变成了一朵朵红玫瑰在向他招手，他痴痴地笑了。他仿佛用鲜血铸就出了几朵红玫瑰，正送给眼前这位心仪已久的仙女。英雄救美这一幕，着实感动了念瓷。而这种感动就此在念瓷的心中催生出一颗爱的种子，悸动的心里从此装着一个小秘密。

第十四章　爱与忧愁

1. 说媒

一年后，念窑也算是小有名气的窑师傅了。敏敏喜欢念窑，她用行动默默给念窑生活上的照顾。母亲做的菜肴敏敏总要装上一份送给念窑，见到念窑的脏衣服也会麻利地帮他清洗干净。这可是师父的掌上明珠，念窑虽有些受宠若惊，但从不敢有非分之想。

敏敏的爱很简单，一点也不遮掩，你做泥坯、我陪伴，两个人相依相伴就好。少女怀春是一件美事，敏敏看到什么都是美好的风景，她的脸上总是挂着甜美的微笑。敏敏有了些变化，她变得不再调皮，似乎一下子长成了大姑娘。她对念窑的照顾，刘佳林看在眼里，他也看到了念窑对敏敏的好。刘佳林对妻子夏雨美说："让他们先处着，我们别掺和。等时机成熟了，找个媒人过去说合成亲便是。"

刘佳林膝下无子，念窑是他一手培养出来的窑工，将来入赘刘家也算一个姑爷半个儿，刘家将来也好有个继承人。刘佳林的心思早就和夏雨美说过——自家条件好，也不求别家的条件，只需人品好，能做好窑就妥。夏雨美日后做菜就故意多做一份，让敏敏给念窑送过去。这一来二去的，念窑几乎不用再自己做饭了。师父家有什么重活他也帮着做，念窑没有多想其他的。可邹永平的女儿邹玉婷着急了，她和念窑可是彼此看对眼了的。

一日傍晚，念窑在炭炉子上正准备做饭，就听见赵媒婆扯着嗓门在喊：“念窑小师傅在吗?”赵媒婆是梅花窑出了名的热心肠、月下老。念窑闻声出来迎接：“赵姨，你真是稀客，快请里面坐。”赵媒婆一把岁数了，却发出银铃般的笑声：“呵呵，念窑小师傅，我可是无事不登三宝殿，今天是特地给你送喜讯来了。”念窑有些木讷地看着赵媒婆半天没有反应过来：“赵姨，我哪来什么喜讯啊?”赵媒婆喜笑颜开地看着念窑：“哎，念窑小师傅，这话可说不得，你生就一脸的福相。第一次看见你，我就知道你准会成为哪位窑师家的乘龙快婿呢！这不，真应了我的想法。念窑小师傅，你也老大不小的人了，也该成个家好有一个相互照应的人哦!”

念窑被赵媒婆说得丈二和尚摸不着头脑，但转念一想，大概是玉婷家托媒人来说亲的吧，否则自己一个小窑工，没产没田的怎么会突然有人给自己说亲。想到这，念窑脸上露出一丝喜色：“念窑在此先谢谢赵姨的关心了!”赵媒婆见状笑得更爽朗了：“呵呵，孩子，你也不容易，在外面做窑工，父母又不在身边照应着，日子过得是清苦了些。成个家，至少能吃个热饭热菜，喝个热茶，冬天也好有个焐脚的人哦!”赵媒婆八面玲珑，很会说话，说得念窑心里暖暖的。

赵媒婆看念窑顺从地说话，以为他也心知肚明地知道自己说的是敏敏姑娘，便说：“那念窑小师傅，我就不绕弯子了，开门见山吧。你师父刘佳林托我来说媒，想招你入赘，他们一家人可都喜欢你呢！再说，你在这窑厂没个亲、没个眷的，也没自己的房子，兄妹俩住在这间旧窑棚里也是活受罪，能做刘家的上门姑爷是你交上好运咯！孩子，到时你妹妹也能搬去刘家住。”

赵媒婆这一番话可把念窑难住了，他大吃一惊，忙问：“赵姨，你说的是我师父家的敏敏？我一直把她当妹妹看呢!”赵媒婆以为念窑不好意思，便乐呵呵地又说了一串话：“什么妹妹啊？你们又没有血缘关系，多好的一对人儿。能做刘师傅家的姑爷可是你八辈子修来的福气呢!”

念窑心想，这确实是一件好事。娶媳妇总得要有一些房产家业什么的，自己一无所有，要说给师父家当上门姑爷也是福分。但自己明明喜欢的是玉婷，这可如何是好？念窑走神了，似乎忘记了赵媒婆的存在。“念窑小师傅，念窑小师傅，你在想什么呢？”赵媒婆连叫了几声，念窑这才转过神来。“哦，赵姨，我在听。”念窑尴尬地回话。赵媒婆笑了：“哈哈，念窑小师傅，你是给喜事乐的。你这孩子就是命好，这准是你家祖上积了德，祖坟冒青烟咯！”

赵媒婆把刘佳林的家底子都给翻了一遍：“念窑小师傅，刘佳林外号刘大好人，他有陶艺技术，有糖坊、槽坊，窑上还有股份，家庭条件是相当的好。刘家姑娘如花似玉，你入赘真是你的福气！他家是看中你的人品了，要不凭刘家的条件，肯定要找一个门当户对的人家，哪还有你的份？等来年你们再添一个大胖小子，由你岳母带着，呵呵，我说你这孩子是哪里修来的福气哟！”赵媒婆说完又是一阵咯咯地笑。

赵媒婆不愧是做媒婆的，说话有感染力，说的话总是让人心里喜滋滋的。她在哪里，哪里就不会冷清。她的话总能调动人的情绪，让气氛活跃起来。可这回她的话却让念窑心里着急。念窑急得后背一阵冒冷汗，这下可惹麻烦了，又不好回绝，毕竟这是师父的意思。他一时没了主意：“赵姨，我，我想……”

“怎么了，念窑小师傅？怎么吞吞吐吐的还结巴上了呢？你有什么话就照直对我说，可别抹不过面子。”赵媒婆这才注意到念窑的神情，她愣愣地看着念窑。“赵姨，我想我的婚姻大事还是由父母做主，等我父母从外面回来了再说，好吗？”

此刻，念窑只有用缓兵之计了。赵媒婆似乎明白了念窑的意思，她说：“好好好，告诉你父母也好，婚姻毕竟是大事。就这么说了，那过一阵子等你父母回来了，就把这件事情给定下来。我这就去给刘窑师回话去，呵呵，我这媒婆又要添十岁咯！”赵媒婆自说自话的声音还在念窑这里回荡，人已经走出念窑的屋子很远了。

2．闺蜜怨

自从赵媒婆来提过亲，念窑见到敏敏总有点不自在，而敏敏却更把念窑当作自己人了。赵媒婆回刘佳林的话说："等一等，等年后念窑的父母从外面回来再说。"

然而这件事通过赵媒婆那张巧嘴一渲染，一阵风似的在梅花窑传开了。大家七嘴八舌地议论着这件事："郑念窑就要倒插门做刘佳林家的姑爷了。""念窑这是走桃花运了，能娶到刘老板家的闺女，这是八辈子修来的福气。""念窑屁颠屁颠地跟在刘老板后面转，不就是想巴结刘老板吗?"什么说法都有。念窑很郁闷，他从没有想过贪图师父家的家大业大，来到梅花窑学徒做窑工完全是听从了母亲的意思，现在平添这些流言蜚语，让他不知道如何收场。

玉婷看念窑的眼神也变得怪怪的，活泼的玉婷变得沉默寡言了。念窑懂玉婷的心思，他恨不能把玉婷搂在怀里，让玉婷感受到自己对她的爱。可他没有那么大的胆子，这也只是想想而已，他可是连玉婷的手都没有碰过。

一日中午时分，玉婷来到念窑的窑棚门口冲着里面喊："念窑哥，你出来一下，我……"玉婷看了一眼正在忙碌的念窑，被念窑抬头火辣辣的眼神触动了一下。她想问的话咽回去了半截，她分明感受到念窑对自己浓浓的感情。念窑见玉婷欲言又止，就问："怎么了，玉婷?"说话间念窑脚下陶车的转速慢慢地缓下来，此刻，刚好一个泥坯成型。念窑起身走下陶车，用手不停地在围裙上搓揉着。他扯下戴在胳膊上的护袖，把它翻了过来，然后在旁边的泥凳子上轻轻地掸了掸说："玉婷，泥凳上的灰掸干净了，你先坐一会儿，今晚我早点收工。"

玉婷还没有来得及回话，敏敏一阵风似的人未到声音先到了："念窑哥，我娘说天热白天长，肚子容易饿，让我给你送点海带老鸭汤补补身子。"敏敏把汤放在念窑刚刚用护袖掸过的泥凳子上，又看了一眼玉婷说：

“玉婷姐，你也在啊？”玉婷的眼睛直盯着泥凳子上的大瓦罐，微皱了一下眉头，只“嗯”了一声，这个细节念窑看在眼里。

念窑看了一眼在隔壁陶车上做窑坯的金锁大声喊道：“金锁，你过来一下，你把这老鸭汤喝了。我今天没什么胃口，不太想喝。”金锁笑嘻嘻地走了过来说：“嘿嘿，那我就不客气了，还真饿了。”敏敏白了一眼念窑，没往深处想。她说：“玉婷姐，今晚我们一起去山头张村看戏，听说唱的是南曲《莺莺传》，唱的可好听了。”玉婷半天应了一句：“我今晚还有事。”玉婷说完也没看敏敏一眼，就急匆匆地走出了窑棚。

敏敏望着玉婷离去的背影，视线好半天没有收回来，疑惑地问：“念窑哥，玉婷姐怎么拉着一副苦瓜脸，像谁欠了她似的？”念窑佯装没听见：“敏敏，以后别让你娘那么辛苦了。我这身体哪要补啊，壮得像一头牛似的。”敏敏看念窑这样说话来了精神：“你像一头牛？快给我看看，哪儿像牛样？”敏敏打趣着。

敏敏满心欢喜地看着念窑：“念窑哥，今晚我们去看戏好不好？”念窑愣了一下说：“敏敏，我就不去了，我今天身体有些不舒服。”“念窑哥，你怎么了？刚刚还说自己身体壮得像一头牛。念窑哥，你哪里不舒服，快告诉我，快告诉我呀！”敏敏着急地追问。“敏敏，没事的，大概是昨夜没有睡好，今晚早点休息就好了。”念窑搪塞着。

“哦，你吓死我了，也不说清楚。那我今晚让我娘陪我一道去看了。”敏敏单纯，说完话，像燕子一样飞走了。小女孩完全陶醉在自己想象的世界里，她把念窑看着自己的白马王子了，含情的眼里总是看见念窑情深的一面。

念窑一直把敏敏当妹妹看待，何况她又是师父的女儿，他哪敢对敏敏有一丝一毫的不友善，可眼下这误会真的闹大了。玉婷远远地看见敏敏走了，立刻转回念窑这里。她多么想和念窑单独相处一会儿啊，只是一直没有机会。窑棚里基本总是有其他窑工在做活，敏敏也总在窑棚里转悠。玉婷终于忍不住了，她要把憋了一肚子的话说出来，若再不说，或许就再也没有说的机会了。

玉婷掉转头来到念窑的窑棚外说道："念窑哥，你出来一下。"念窑走出窑棚，等着玉婷问话，可玉婷半天也不知道说什么。念窑有些诧异："玉婷，你今天怎么了？""念窑哥，晚上你去看戏吗？"玉婷不知道说什么，突然随口说了句。"好啊，晚上看戏去。"念窑不假思索就答应了。这让玉婷憋了一肚子的委屈都不见了。此刻玉婷脸上露出了少女特有的羞涩，她一时语塞。好半天，玉婷扯着衣角腼腆地说："那念窑哥，我们晚饭后窑厂后门口见。"念窑憨憨地直瞅着玉婷笑："好好好，晚饭后我在窑厂后门口等你。"

玉婷吃了晚饭，换了一套自己刚做好的新衣服，粉色绣花上衣加蓝裙，穿着一双绣着几瓣兰花的黑色鞋，长长的辫子发梢上系着红头绳搭在胸前，玉婷看着大衣柜镜子里面自己的这身打扮，露出了满意的微笑。

念窑早早地就到了窑厂后门口等玉婷。"念窑哥，你在这里做什么？"敏敏和母亲经过这里看见念窑问。"哦，哦，我在等瑞安一起散步，顺便说个事情。"念窑支支吾吾差点答不上话来。"那你等吧，我们去看戏了。"敏敏打了招呼就和母亲走了。念窑好一阵尴尬，怪只怪他一直太顾及师徒情，怕推托言词不妥会伤了敏敏。他知道，敏敏是个感情细腻也很脆弱的小女孩。念窑听敏敏说起过，她家养的一对鸟儿前后相隔几天都死了，她伤心了好一阵子。她把鸟儿包裹好埋葬了，还写了几行字祭奠，心才安宁些。想到这，念窑愁绪涌上心头，他担心有一天会伤到敏敏脆弱的心。

念窑想着心事，玉婷突然光鲜亮丽地出现在他的面前。"念窑哥，你早来啦！"瞬间，念窑所有的烦恼都抛到脑后了，他一脸兴奋地说："我也是刚到，玉婷，你今天好漂亮。""哪有啊！"玉婷俨然一朵羞答答的玫瑰，在念窑面前尽情地绽放，她要把握住一切机会抓住念窑的心。

两个人边走边小跑地赶往山头张村，这哪里是去看戏，他们俨然是找到了一次单独相处的机会。跑着、笑着、闹着，所有烦恼都在他们的欢笑声中云开雾散了。这一对俏佳人，此刻似乎是一对燕子，更像一对喜乐的鸳鸯。他们自由自在地在傍晚的天空翱翔，在清澈的碧水里嬉戏，在自己的世界里享乐，在浩渺的云端里漫游，在幸福的时光里追逐。一刻多钟后，这一对人儿愉快地抵达山头张村。

戏已经开始了，眼前一片黑压压的人群。念窑心想，这样甚好，免得给敏敏娘儿俩看见了惹麻烦。但念窑心里还是觉得不踏实，他东张西望、忐忑不安地领着玉婷往人密集的地方钻。他们靠得很近，特有的环境让他们拉近了彼此的距离。玉婷的手无意中触碰到念窑的手，念窑哪会放过这个机会，立马紧紧地攥住玉婷的手。他也不好意思看玉婷的眼睛，就这样，他们一直手拉着手看着台上的戏曲表演。

散场了，孩子们、大人们扛起桌椅板凳纷纷离场，剩下的人越来越少。沉浸在幸福中的一对年轻人，似乎有点忘乎所以。他们牵着的手，从戏上场到戏散场就没松开过。

“娘，你看，念窑哥，他……”

这一声突然的叫声打破了夜的宁静，让依旧沉浸在爱情剧中的一对年轻人一下子从剧中惊醒了。玉婷迅速从念窑的手掌心中抽出纤细粉嫩的手，不知道此刻这只手该放到哪里合适。

玉婷惶恐地睁大那双水灵灵的大眼睛，傻傻地看着小姐妹敏敏和她娘夏雨美。她像被点了穴一样，站在那里动弹不得，俨然一个木头桩子，或一个美丽的雕塑立在那里。玉婷是被刚才这突然的一幕惊着了，她还在爱情剧中没有回过神来，就被当头来了这一出棒打鸳鸯的情节。

夏雨美发话了：“你不要这样无辜地看着我们，一副惺惺作态的样子。你不知道我们家已经托了媒婆为念窑和敏敏说亲，念窑答应了，就等他父母回来定下来的事吗？”玉婷用惊诧的眼神看着念窑半晌没有说话。敏敏指着玉婷说：“你，你怎么能抢我的人？你这算什么好姐妹？”敏敏有些激动，几乎是带着哭腔在说话。

玉婷也给弄糊涂了：“念窑哥，你和敏敏有了婚约？这是怎么一回事？”念窑这下真的傻了，不知道如何是好。他急得抓耳挠腮：“敏敏你先冷静，玉婷你听我解释。”可是此刻念窑如何解释得清楚。他越说越乱，急得脸红脖子粗的，什么也没说出来。

夏雨美此刻气不打一处来："你这孩子，我们全家都把你当自家人，你倒好，欺骗敏敏对你的感情，看你回去怎么向你师父交代。敏敏，你先跟我回家，这事我们弄明白后再说。"夏雨美不想让敏敏在这里受刺激，她几乎是拉扯着敏敏走的。

夏雨美今天看到这一幕心里明白，感情的事情无法勉强，自己一家人可能都误会了。但她就是觉得心里憋屈，一个窑师家的女儿遭到一个小徒弟的拒绝，这很扫刘家的面子。敏敏一路上都在小声哭泣，夏雨美虽满腹怨气，可还是要宽慰女儿："你这孩子怎么这么没出息？他郑念窑有什么好？一个不知好歹良心给狗吃了的人。你要是真嫁给了他，以后有的是苦头吃。念窑见好爱好，像他这样背信弃义的人，幸好我们没把他招进门来。"

刘佳林老远就看到夏雨美和敏敏回来了，大着嗓门说："看你们娘两个走路风风火火的，戏好看吗？"要搁在以往，敏敏准会跑着告诉他戏的内容了，可今天刘佳林半天没有听到回应。"那个戏好看吗？"刘佳林又追问了一遍。这娘儿俩依旧没搭腔。刘佳林看娘儿俩都拉着一副驴脸，一个比一个脸拉得长，他有些不解地紧跟着夏雨美母女进了屋。

夏雨美走进房间，把手上的折叠扇和绣花小手提袋往桌子上一扔，见刘佳林跟进来了，就冲他发火："都怨你，干的好事，你带的什么好徒弟？郑念窑这个伤天害理的，招惹我们家敏敏，什么东西？"刘佳林不解地看着妻子问："你们今晚这到底怎么了？进门就骂骂咧咧的，念窑他怎么惹你们了？"

夏雨美语气里带着火药味："你的好徒弟，你算是给他人作嫁衣了，培养的窑工就要送给别人家了。念窑答应了我们家的亲事，今晚又去和邹家的玉婷一道看戏，像什么话？幸好被我和敏敏撞见，要不然不知道他要欺骗敏敏到什么时候。她伯，你一定要给敏敏做主。"刘佳林被夏雨美突然冒出来的几句话说得有点懵："你在胡乱说些什么？劈头盖脸地就蹦出一串话来。到底是怎么一回事？你慢慢说明白一些。"夏雨美没好气地又说了一遍晚上发生的事情，刘佳林总算弄明白了事情的原委。

夏雨美心里生气，一个劲儿地冲着刘佳林泄愤：“还不是那个玉婷硬凑上来的，她知道我们家敏敏和念窑在处，生生地抢人家看中的东西。拦腰来插这么一杠子，一个女孩子家，怎么一点都不晓得自重呢？唉！邹永平怎么教出这样的女儿？她伯，你得和老邹好好谈谈，这亲事我们刘家为了面子也是要定了。”夏雨美这会儿真的把念窑看成一件东西了。

这边的念窑心里好纠结，他得先和玉婷解释清楚：“玉婷，我没有答应敏敏家的提亲，是委婉地回了，看来他们没有领会我的意思。玉婷，我对你是真心的。我没有做错什么，你快帮我出出主意啊！”玉婷知道念窑的心意，只是刚才实在是很尴尬。“我们还是先回去吧！你们的婚约与我无关，其实与你也没有关系，是敏敏家误会了你的意思。你还是要趁早解释清楚为好。”玉婷宽慰着念窑。

把玉婷送到邹家大院门口后，念窑回到了自己的住处。他打开简单的铺盖被褥，环顾四周，看了一眼自己简陋的住处，心想，自己只是一个小窑工，师父能看得重，完全是高看自己。他越想越觉得对不起师父，对不起敏敏，也对不起敏敏母亲每天给自己煲的汤、做的菜。

他叹了一口气，自言自语地骂道：“念窑，你是个什么混账东西？一无所有的农家孩子，让一个大窑师家的小姐跟在屁股后面转了这么久，又不说清楚，害人家伤心。”

第十五章　面子作怪

刘佳林听妻子夏雨美发了一顿牢骚，很快理顺了这件事情的来龙去脉，他觉得这件事情不大好办。念窑还真不是一个物件，可以协商卖给谁或让给谁。这是活生生的人，活生生的感情问题，是两相情愿的事情。但为了安慰家中这两个受伤的女人，他故意放大嗓门说：“你们都不要太担心了，明天我找永平好好谈谈。”敏敏一直流着眼泪，越想越伤心，听到父亲这么一说，似乎看到了一线转机。

刘家大院里的人一夜无眠，不知不觉天已经泛白。敏敏一改往常地没有了方向，她不知道自己接下来该干些什么。刘佳林一大清早看到敏敏红肿的眼睛里满是忧郁，心情也随之忧郁。虽然难以启齿，但为了给女儿一个交代，他还是要拉下老脸去找邹永平谈一下。

刘佳林心里很复杂，不知道该如何开口。孩子们自己都乱了的事情，他如何说得清楚？两家祖祖辈辈都是好兄弟，可别为了这点事情伤了和气才好。

刘佳林站在邹永平家院子门口正在犹豫，却看见玉婷笑盈盈地从里面出来。刘佳林心里一阵触痛，真是几家欢喜几家忧啊！可他还是满脸堆笑地问：“玉婷，你伯在家吗?”“刘叔早，我伯在家。快请屋里去坐坐。”

邹永平听到外面说话的声音，就从屋里迎了出来：“佳林，你这么早？来，我们哥儿俩喝喝早茶。一会儿我让玉婷娘给我们下鸡汤米面，这还是昨天炖的老鸡，米面是乡下送来的。”刘佳林表情有些不自然地说：“哦，呵呵，我还不饿，有个事想和你谈谈。”邹永平招呼刘佳林坐下，又沏了一壶上好的绿茶。刘佳林没有喝茶的心思。他拿出口袋里的烟卷，点燃后猛抽了几口，好半天才说话。

其实哥儿俩从小一起长大，父辈是拜把子兄弟，两家是世交，关系一直很好。如今他俩又共同成为龙窑的持股人，事业也红红火火的。可事业做好了，脾气也就渐长了。这不，刘佳林刚一张嘴，话就很不中听：“永平，有句话我还是要说说。你要劝劝你们家玉婷，不要与敏敏争一个念窑了。念窑是个苦伢子，父母常年在外面做活，我是认准了把他当上门姑爷来培养的。再说，我已经托媒婆找了念窑，让他与敏敏成亲，只是他父母不在家，他说缓一缓。玉婷这伢子不知怎么就和念窑扯到一起了，这事情搞得有点乱。”

邹永平昨晚听玉婷说起了这件事，心里多少有些数。他说：“佳林，我们都是老哥儿们了，话我就直说了。细伢们都已经长大了，她们都有自己的主见。虽说细伢们的亲事是父母之命媒妁之言，但我们也不是老古板，还是要尊重细伢们的一些想法为好。再说，做窑归做窑，成家归成家，这是两码子事情嘛，不要混为一谈。佳林，你说对不？”

邹永平说完一席话，就直接打岔了：“桂香，桂香啊，面条下好了没有？快给我和佳林端上来。”“哎，来了。”桂香端上来两碗热腾腾、香喷喷的鸡汤米面，边走边应着：“佳林，就在这吃一点。”刘佳林一大清早的碰了一鼻子灰，心中多少有些不快：“不，不，我回去吃。敏敏她娘还在等我回去吃早饭，我回了。”刘佳林此刻有些尴尬。邹永平见状说：“佳林，你也别往心里去，等玉婷回来我再问问情况。”刘佳林听出来邹永平有敷衍他的意思，这本就是说不出所以然的事情。

刘佳林走出邹家大院，心里笼罩着不愉快。他小声地发着牢骚：“细伢们的事情让她们自己做主，一派胡言，这不是明摆着要和我过不去吗？”刘佳林嘴上这么说，可心里是虚的。他心想，永平说得在理，只是自己面子上挂不住而已。念窑入赘刘家，这件事情在梅花窑几乎传开了，邹家横插这一杠子，让事情瞬间变得荒唐了。刘佳林满脸不痛快地想着心事，迎面碰到了傅吉高。

傅吉高热情地打招呼："刘窑主大清早就串门啊？"刘佳林气不打一处来地说："串鬼子门呢！"刘佳林脱口而出的一句话，让傅窑主有点丈二和尚摸不着头脑。可能心术不正也会传代，傅吉高像其父亲傅来宝一样，一贯喜欢幸灾乐祸。他好像发现了什么新闻似的，迅速调转了方向与刘佳林并排走着并凑上前去说话："怎么了？谁惹刘大窑主生气了？走，去我家，我请你吃杯茶，吃些早饭。咱哥儿俩聊聊天，可别闷着伤了身子。"

刘佳林在邹永平处碰了一鼻子灰，心里本就不痛快，回家还要面对家里两个女人的苦瓜脸，还有妻子夏雨美不停的唠叨，他也懒得这么早回家，便不知不觉地随着傅吉高去了。傅吉高倒是热情，让妻子刘小曼做早饭，他沏一壶茶端了上来。

两个人用完早饭，喜欢八卦的傅吉高就把话题又扯回来了："刘窑主，你今天一大清早到底是和谁怄气啊？"刘佳林看了一眼傅吉高说："吉高啊，不说不生气，本来大人也不该去管细伢们的事情，可是这一次，邹窑主家着实不厚道。念窑和我家敏敏的亲事基本都定下来了，窑上谁人不知？可邹家闺女非来横插这一杠子，不是明着抢人吗？这和土匪有什么两样？"

傅吉高似乎又逮住了祸害龙窑的机会，忙说："刘窑主，不是我说你，你好歹也是个有名望的人，这件事老邹家做的实在是太过分了。你怎么也得给你闺女撑腰啊！之前我就听说郑念窑要入赘你家做上门姑爷，好好的，怎么就变卦了呢？邹家太不像话，连人都抢，太不像话了。这传出去对你家闺女的名声也不好，倒变成人家不要你家闺女似的。"傅吉高这一番煽风点火让刘佳林越发生气。

刘佳林叹了一口怨气："唉！事情已经这样了，我又有什么法子？"傅吉高眼里飘过一丝诡异的神情："刘窑主，你还别说，办法总是有，就看你愿不愿意用。""吉高，这感情的事情就没有什么好法子，又不是买东西拼的是银子。"傅吉高眼珠子直转，生性喜欢破坏曹家窑的傅吉高，觉得这下逮着机会能看他们内斗的好戏了。

傅吉高喝了口茶，故意卖起了关子。他停了好半天才说话："刘窑主，你听我说，这念窑也是看邹家条件不错，思想不坚定，经不住邹家闺女的诱惑。你把邹家整垮，几次出不来好窑，念窑在那边看不到希望，还不乖乖地回心转意死心塌地跟着你吗？你这次不想办法，迟早念窑会成为他家的姑爷，你辛辛苦苦培养的人才，先是成了邹家的姑爷，后面就成了他家的窑师，你倒成了给邹家培养接班人，以后跟你这边斗窑了。你必须先断了他将来给邹家做窑的念头。"

刘佳林本来只是有点烦心，没多大事情，可被傅吉高这么一煽风点火，就当成了事情。他越想越觉得傅吉高说得有道理，这不仅是孩子的婚事问题，还涉及将来接班人的事情，自己这是在给邹家培养窑师啊！

傅吉高见刘佳林在沉思，觉得刘佳林似乎有些动心，就继续添了一把火："呵呵，这年头，有银子没有办不了的事情。银子不缺，咱有的是银子，可闺女就一个啊。"刘佳林看着傅吉高说："这个我可做不得，缺德的事情万万做不得。"傅吉高急了，就像自家闺女受了委屈似的："刘窑主，我也是一直敬重你的为人，路见不平拔刀相助。我就是看不惯邹家横刀夺爱。我傅吉高是一个讲义气的人，你如信我，我帮你。也就是出一口气，出不了多大的事，说不定还能让念窑和敏敏重修旧好呢！不试试怎么知道不行。"

刘佳林看着傅吉高一脸的诚意，眉头皱了皱，陷入了沉思。他心想，不给邹家一点颜色看看，这口怨气也出不来，老面子都要丢尽了。可他转念一想，不成，缺德，对不起祖宗的事不能做，怎么说，大家都是从小一起长大的好兄弟。

刘佳林在傅吉高这里倒出了一肚子的怨气，心情也好多了，起身准备回去："吉高，算了，各人各命，随它去了，缺德事不是我们窑家人做的。"

傅吉高抢过话说："刘窑主，这你就想错了。你在窑上可是有头有脸的窑师，放在一般人家这事肯定不算什么，可你家不一样，这是你刘大窑师的面子问题。梅花窑谁不知道你徒弟念窑聪明能干？几乎他每个窑的出品率都是在九层以上。谁不知道念窑很快就要入赘你家做你的接班人了？可这又唱的是哪一出？中途换角了。你让梅花窑的人怎么想?”傅吉高就是一个挑拨离间的高手，他一番话说得刘佳林气血上涌，刚刚消下去的气又涌上心来。刘佳林起身，挥着手说：“不说了，回家。”

好根出好苗，同样，傅吉高受到其父傅来宝的影响，做起坏事来得心应手。他似乎看到了刘窑师肚子里压制的往上蹿的火气，甚至看到了几个窑主打斗吵闹不休的画面。

以前傅来宝半夜鬼鬼祟祟地出去准备破坏曹家窑，有一次被加班做窑摸黑回家的窑工发现。人家喊他，他也不应声，佯装梦游，吓得那窑工跑得比兔子还快。后来傅来宝得了夜游症的事就传了出来，窑工们半夜如看到傅来宝也见怪不怪，再也不叫他了，都躲得远远的。

傅吉高那时候年岁尚小，一次，他起夜，刚好看到父亲傅来宝披着一件黑色的衣服正走出院子门。他带着好奇心，一直跟踪父亲到窑边。他躲在一口破损的大缸后面，看到了傅来宝趴在窑身上破坏窑的整个过程。当时，傅吉高吓得捂住嘴巴差点叫出声来。

自那以后傅吉高就知道了，要想破坏窑，其实很简单，拆开几块砖头，捅破或捅倒一批烧制中的坯子即可，或者想法子降窑温，就能达到更好的破坏效果。后来傅吉高听一位看火技师说，窑底子（铺在窑内的坯砖）很重要，窑底子那里的砖头铺出来的倾斜度不适宜，会影响整个窑的出品率。尤其楼井子（龙窑口以上很窄的那一截，也称为龙的喉舌）处的砖头动一两块，就会改变焙窑火的热气流方向，就可能使热气流对坯件不是加温而是热冲击，使坯件受损。

傅吉高收买了邹永平这边的窑师傅杜四民，让他装窑时想办法动几块楼井子处的砖头，焙窑时再动点手脚，并答应给他烧一次窑收入几倍的丰厚报酬。杜四民嗜赌如命，与傅吉高是赌友，是一个视财如命的人，最近刚好把要给家里的家用输了，没法向妻儿交代，正愁闷着。听傅吉高说他马上能得到一笔丰厚的现银，便动了心。他不假思索，点头应允了。傅吉高先给了他一些定银，等出现废窑后再兑现剩下的银子。

装窑时钻楼井子，是很费力的事，装窑坯入窑的师傅背部经常被蹭脱一层皮。杜四民有意钻楼井子，别的师傅也落得个轻松。于是杜四民搞破坏就悄无声息地顺利完成了。就这样，邹家窑近来出的几乎都是出品率六成以下的废窑。

邹家窑这边总是出废窑而停工，打破了一些既定程序，使郎先生和钟乐天这两家窑因一时来不及套着装窑，没能运用好窑温，出品率也不太理想。杜四民辞工不做了，他拿了一点现银给乡下的妻儿做家用，就带着剩下的银子财大气粗地钻进了赌场。接连的“好运”，让他暂时忘记了自己还是一个窑工。

小龙窑到底怎么了？难道真是沾了邪气？几位窑主都很纳闷。他们怎么也想不到，是有人故意为之。一连出了好几次废窑，邹窑主这边的几位窑工失去了信心，累的心都碎了也出不来好窑，徒劳无功的事情他们不愿意再做，纷纷辞工走人了。朗先生和钟乐天这边几位窑工也做得无精打采，有几个借故家中有事离开了。就这样，坏了名誉的小龙窑就像坏了名誉的姑娘嫁不出去一样，晾在那里，无人问津。无法招到窑工，小龙窑静静地在那里一躺就是数月，窑身已经冰冷。

邹永平耐不住性子，找朗先生和钟乐天商量。他说：“干脆把窑转给年轻人，一了百了。”朗先生看邹永平心急火燎地要转窑，提醒道：“窑要是真染有邪气，又有谁愿意来接管？还是莫慌，查出原因为好。抽空我和老钟去找佳林、小勇、天润他们聊聊，看看有没有其他办法。”

刘佳林见小龙窑几次出废窑，就责问傅吉高：“吉高，这是怎么回事？不是说不能搞破坏吗？吉高，一定是你做的，赶快收手，这可是缺德的事！”刘佳林这样说却也为时已晚，小龙窑的师傅们已经走得差不多了。傅吉高满脸不高兴地说：“没有拿人钱财，却也替人消灾。你要是把我使的银子给我，我也要，你也不缺那一点。好心给你出气，倒变成我缺德了！”刘佳林见傅吉高生气了，觉得这个事也是自己惹出来的，于是捏着鼻子无话可说了，还把傅吉高使的银子如数给了。

几个月招不到做窑的师傅，这样长久下去终不是办法。邹永平是急性子，一日他直奔刘佳林处：“佳林，你给出出招，这窑到底是怎么回事？”刘佳林皱了皱眉头：“永平啊，小龙窑应该是没有问题的，我哪里有什么办法，做窑就怕遇到邪气，或者得罪了窑神。”

邹永平是一个很迷信的人，听刘佳林这样说，他张大嘴巴，愣愣地看着刘佳林。他有些半信半疑：“佳林啊，我哪里有得罪窑神，窑一直烧得好好的。”刘佳林故意找话，也是借题发挥地出口气：“那永平你仔细想想你家近期是否做了一些出格的事情呢？人还是多积点德，才会顺顺当当的。”

刘佳林的几句话说得有些不怀好意，邹永平似乎听出了一点弦外之音：“你这是个什么说法？我邹永平一贯堂堂正正，怎么扯上积德不积德了？”这两位窑师性格都有些倔，说着说着就像钢錾子钉到瓷器上，都是杠杠地冒着火星子。两位窑师因儿女事情上的过节惹得不愉快，现在到一起说不到三句话就会掐起来。

两人越掐越厉害，似有不打斗不收场的架势，这时刚好朗先生和钟乐天来找刘佳林。看到眼前这一幕，朗先生把邹永平拉到一旁说：“永平，你是来讨方法的，怎么闹得水火不容了呢？你还是先回去，我来和佳林聊聊。”邹永平满腹牢骚地摔出一句话：“荒唐至极，懒得和你啰唆，最近说话怪怪的。”朗先生思前想后，也绝不相信窑是沾了邪气，这里面肯定另有文章。他要和刘佳林好好聊一聊。

玉婷见父亲整日愁眉不展，知道是窑上出问题惹的。她暗思，小龙窑停产有些日子了，念瓷刺绣和缝纫技艺都不在自己之下，要是自己和念瓷开个裁缝铺子，也能为这个家分担一些。玉婷和父母说了自己的想法，邹永平夫妇很是赞同。念瓷漂亮且有灵气，很受邹家喜欢。刚看见念瓷那会儿，邹永平夫妇吓了一跳，因为念瓷长得太像曹家消失不见的闺女小梅了。连曹小勇见到念瓷时都有时光倒流的感觉，念瓷像极了他当年失踪的妹妹小梅。可小梅若在人世间，现在应该有四十多岁了，所以小勇也没多想。

邹永平家房屋多，家中人口少，西院那边一直空着，添置几台缝纫机，再挂上一个店铺的招牌就成。就这样“念瓷坊”在梅花窑隆重开业。念瓷、玉婷做出的旗袍，图案大部分是纯手工绣上去的，这样更能抓住顾客的心。念瓷坊一下子在四乡八野都出了名，两姐妹忙得不亦乐乎。梅花窑的女孩们大多在这里认真学习绣工，拿上针线刺绣，手持画笔描龙画凤，相互切磋。刺绣及雕花艺术在这里都得到了极大的提升，这里成了梅花窑另一道靓丽的风景线。邹家西院每天人来人往，就像窑厂装窑、出窑货时一样热闹。

窑家院落一

第十六章　缘分天定

1. 敏敏离家出走

自从知道了念窑和玉婷之间的秘密后，敏敏情绪一度很低落。端着母亲做的菜、煲的汤送给念窑是她每天最乐意做的事情，坚持快一年的生活习惯忽然改变了，让她突然没有了方向。

多少个漆黑的夜晚，敏敏直愣愣地盯着房顶通宵无眠。她的脑子里一片混乱，似乎要把房顶甚至黑夜看穿，又似乎想把念窑的心给看透。多少个夜晚，敏敏在叹息中度过。“念窑哥啊，你的心里到底装着什么？一个大活人跟在你后面转了近一年，你是那样的温情，对我更是万般呵护，这是怎么了？是邹玉婷挡住了你看我的视线，还是你根本就无视我的存在。”

日子一天天过去，敏敏心里的伤痛在一天天地加重，而且是变本加厉地疼。近一个月了，时间让她对念窑的怨很快消散得无影无踪。痴情的敏敏还心存一线希望，她心想：“念窑哥一直对我那么好，我不相信他突然就变了心，或许他只是一时冲动，又或许是玉婷对念窑哥示好。也许真的是我错怪他了。”敏敏在自我开导，也似乎是在为念窑开脱。可她哪里知道，她这是在单相思，念窑一直只把她当小妹妹看待。

失眠了多个夜晚的敏敏，似乎想明白了一些事情，她要做最后的努力。敏敏整理好心情，晚上好好睡了一觉。第二天清早，她精神大好，对夏雨美说："娘，今天我想喝蘑菇山药排骨汤。"夏雨美看见女儿情绪大好，一口答应了："我马上来做，中午就有汤喝。"

像往常一样，午饭前，敏敏把专门为念窑送汤的大瓦罐洗净，用开水烫了又烫，倒干净里面的水。她揭开砂锅的盖，熟练地用大汤勺撇开上面的一层油花，舀了一大罐子蘑菇山药排骨汤，又捞一些下好的面条放入汤里。这个大瓦罐是念窑亲手做的，敏敏特别珍惜这个大瓦罐。她依旧用那块洗净的碎花布袋包好盛满汤的大瓦罐，这里面满满的都是敏敏对念窑的爱。她捧着大瓦罐，脸上洋溢着一种熟悉的甜蜜，匆匆赶往念窑的住处——那充满欢乐与温馨的地方。

临近念窑住处，敏敏远远地就听见里面传来的笑声。敏敏下意识地放慢了脚步，是玉婷在说话。说来也巧，最近念瓷坊生意很火，玉婷忙得好几日没见念窑了，这天特意抽空过来看看念窑，顺便送来她母亲做的煎南瓜饼。敏敏再次受到了刺激，调转身子往回走。这一转身，就撞进了苏伊凡的怀抱里。伊凡也是来找念窑的，此刻的敏敏倒是没有和伊凡撞出火花，却把蘑菇山药排骨汤撞洒了伊凡一身。

伊凡下意识地一把抓住了敏敏："敏敏，你这是怎么了？"脸色煞白的敏敏没好气地看了一眼伊凡，眼里充满了怒火与怨气，有一触即发的势头。她看到笑嘻嘻的伊凡，也没有搭理伊凡的问话，愤懑、尴尬的表情在伊凡面前一下子来不及收起，暴露无遗。她愣了几秒，这才想起来要道歉："对不起，伊凡，泼了你一身的汤。"敏敏语气僵硬地说了这么一句话，还没有等伊凡回话，就走了。

伊凡从口袋里掏出一条洁白的手帕，慢悠悠地擦了擦身上的汤汁。他回头望着匆匆走远的敏敏，心想，这傻丫头太痴情，一定是又受到刺激了。风景处处有，干吗非要在一棵树上吊死。伊凡突然心疼起敏敏来了。其实伊凡一直很关注敏敏，但看到她一颗心全在念窑身上，也就没再去多花心思。最近风言风语地听闻敏敏、玉婷和念窑三个人纠缠在一起，他知道敏敏是受伤了。

敏敏这些天渐渐修复好的心，似乎在瞬间连同五脏六腑都碎裂了，她伤心欲绝。敏敏回到家，把那一大罐子香喷喷的汤和面条直接倒进猪食钵子里，又把那大瓦罐摔得稀巴烂，口中念叨着："自作多情，送什么鬼汤!"家里的那头大黑猪闻到了香味，一头冲了过去，有滋有味地好吃好喝起来。敏敏愣愣地看着那头猪，心里有一种莫名的畅快，她不要再给念窑送这送那的了，枉费了一片心意。

那头猪吃的满头满脸都是，边吃边甩着脖子，汤汁甩到了敏敏的裤腿上。敏敏从莫名的畅快转为怒气，狠狠地一脚踹在猪腿上。那头猪被踹得嗷嗷直叫唤，腿一软，差点跌倒。夏雨美从里间跑了出来说："敏敏，你在干什么？又在发什么疯？猪又没有惹你。"夏雨美一眼看到猪食钵子里还剩下的汤，就猜到了一些原委。敏敏怒气未消地说了句："比猪还不如的人惹了我。猪还知道好歹，吃高兴了还甩甩脖子点点头!"

夏雨美知道敏敏又找不痛快去了，就说："你这傻丫头啊，不是娘说你，这好男孩子多的是，你偏偏就相中那个郑念窑。那个忘恩负义的念窑哪里好啊？早发现比迟发现好。把你伯哄得团团转，要不然你伯也不会托赵媒婆去提这档子亲事。"夏雨美越骂越起劲，她是故意这样做的，好让女儿解解气。敏敏没有搭理夏雨美，她蹲在地上捡着瓦罐碎片，又开始伤心地掉眼泪，这可是念窑哥做的瓦罐。敏敏把瓦罐碎片放进碎花布袋，又扎紧袋口，径直去自己房间了。

夏雨美紧跟着敏敏也进了屋，准备再劝几句："敏敏啊，今天……"话只说了半句，只听见"砰"的一声，房门被重重地关上了，夏雨美的话被敏敏狠狠的摔门声给砸回去了。夏雨美心里不是滋味地站在那儿好半天，无奈地说："你这丫头，就是不撞南墙不回头的烈性子，这性格也不知道像谁。"

敏敏从橱柜里拿出绣着一对欢乐鸳鸯的被褥面子，这是她准备成亲后与念窑一起用的。最近出的这些事情闹心，她把它铺在床上，以宽慰自己的心。敏敏把头埋在这对鸳鸯上哽咽，仿佛在哭诉给念窑听，似乎找到了倾诉的对象。

恍惚间，她看到那只雄鸳鸯站了起来。雄鸳鸯爱怜地抚摸着她的头说：“傻妹妹，别伤心，我一直是你的哥哥啊！”敏敏此刻似乎听到念窑在说话，她撒娇地哭诉道：“谁说的，谁说的啊？我从来就没有把你当哥哥，我喜欢你啊！”敏敏被自己突然的说话声吓得一颤，她稍微停顿一下，接着又伤心起来。她要好好地哭一场，把苦水全部倒出来，宣泄这些日子以来的郁闷。敏敏小声地哭泣，直到没有了力气。她扯起这满是泪痕的绣着鸳鸯的被面，胡乱地塞进大衣橱，也不管上面泪迹斑斑了，她不要再看见这令人伤心的一对苦鸳鸯了。

这个夜晚，天黑得出奇。这样漆黑的夜，倒是和敏敏此刻的心境相吻合。敏敏做了一个重大决定，她决定出去散散心。敏敏背着收拾好的简单包裹，悄悄地上路了。她要离开这个伤心地，离开这个曾经让她感觉无比幸福的地方。她不知道自己的决定是对是错，只知道现在，这一刻，她必须要离开。她的心中闷得快要窒息，精神已经在崩溃的边缘。她急需换换环境，去透透气，找个清静的地方给心灵疗伤。

步行十几里才能到达县城，敏敏摸着黑，深一脚浅一脚跌跌撞撞地走着。她一连摔了好几跤，但她根本感觉不到痛，仿佛只有这样才能忘却心头的痛。

到县城的时候估摸半夜一点钟，姨娘家的那条路印象中是春谷路，敏敏小时候跟父母一起来玩过。她随着记忆寻找姨娘家的那栋小木楼，走着走着有些犯迷糊了。又累又饿的敏敏在一家屋檐下找了一块石墩坐下来。她有些害怕，又有些伤心，鼻子一酸差点又要掉眼泪。此刻的敏敏有点后悔大半夜跑出来了。

敏敏拿出背包里的饼干正吃着，突然看到几个人影在朝自己的方向移动。敏敏突然有点心虚，低着头不敢动，只用眼神朝上瞟了几眼。是几个穿军装的人，她吓得直打哆嗦。军官模样的人说话了：“小姑娘，这深更半夜的你怎么一个人在大街上游荡啊？现在日本人发动侵华战争，很不太平。你一个姑娘家半夜在外乱跑很不安全。”敏敏听到这样问话是在关心自己，心里便踏实了许多。她赶紧回话："我是来找亲戚的，走迷路了。"

军官模样的人借着路灯的光亮，仔细打量着敏敏："小姑娘，你先跟我们回总部休息吧，总部就在前面。等天亮了，我们再帮你找你家亲戚好不好？"敏敏看见穿军装的人就格外信任，而且自己也确实累了，于是起身顺从地跟在他们后面。她忽然觉得很有安全感，更有一种骄傲感。

敏敏被带到一个办公室，军官模样的人让士兵端来一盆热水，让敏敏洗一洗满脸的疲惫，再端来一杯热腾腾的茶，让敏敏吃上几块面包先填一下肚子。敏敏受到这样的待遇，精神一下好多了。过了一会儿，军官模样的人来到敏敏面前，问长问短地关心她。敏敏从小就喜欢穿军装的人，此刻内心的骄傲感在膨胀。

她的思绪飘得好远，她想："难道是我时来运转，人生低谷处遇见贵人了？这仿佛是在电影中才有的镜头，我不会是在做梦吧？"敏敏悄悄用左手掐了一下右手，脸上露出了痛楚的表情。这个小表情恰好被军官模样的人看到了，他忙问："小姑娘，你没事吧？不舒服吗？"敏敏害羞地应话："我没事。"敏敏羞得赶紧捧起茶杯，低头佯装喝水，猛地一大口，很烫，可她又不好意思吐出来。

军官模样的人听说敏敏来自十里以外的梅花窑时，若有所思地点了点头。这个细节，敏敏看见了，但她当时没有明白其中的含义。敏敏说出自己姨娘家的大概住址。天亮时，军官模样的人派士兵帮敏敏找她姨娘家。春谷路方向，门前有一个荷花塘，小木楼，沿着路找呗，荷花塘一带这样的屋子有很多，但大方向基本上是确定了。

走了一会儿，敏敏脸上露出了开心的笑容，前面正是姨娘家。敏敏小跑着来到大门口说："就是这里。"敏敏坐在石板条上比画着："小时候我姨娘经常抱着我坐上面玩，现在这些石板条还摆放在这里呢！"敏敏一脸天真，烦恼不翼而飞，她似乎在重温儿时的梦。

刘云涛背着书包从里面走了出来，惊讶地看着石板条上坐着的表姐："敏姐，你怎么来了？"敏敏愣了一下说："涛弟，你都长这么高了，我差点没认出来你！我想你们了，就来了。”“敏姐，我爹娘都在屋里，你快进去，我放学就回来。”

敏敏姨娘夏雨荷和姨父刘青山听到外面说话的声音也出来了。“敏敏，你怎么这么早啊？”雨荷猛然看到敏敏后面跟着的士兵，吓了一跳，“敏敏，你这是怎么回事？”敏敏赶紧回话：“昨晚我迷路了，是他们领我去他们总部坐了一宿，天亮帮我找到这里的。”姨娘转为笑脸相迎：“哦，是这样啊。军爷，太谢谢你们了！快，快请进屋来坐着吃杯茶。”“不了，我们还有事。”两个士兵道了别就走了。

雨荷心疼地看着敏敏说：“你这孩子，胆子也够大的，半夜也敢往这里跑，看你脸色蜡黄，一脸的疲劳相。对了，你伯和你娘知道你来这里吗？”“知道的，姨娘。我来的时候，天还大亮着，是走迷路了。”“哦，好，那我就放心了。敏敏，我给你打几个溏心蛋吃，吃完你先去睡一会儿补个觉。”

雨荷安排敏敏去阁楼和表妹刘心怡睡一个房间。刘心怡是敏敏的亲妹妹过继给雨荷的，正巧姨父也姓刘。刘心怡比敏敏小，在县城读高中。一张单人折叠木头床被拉开，雨荷迅速铺上被褥，敏敏躺在软软的床上一会儿就睡着了。这些日子的精神折磨，加上又赶了这么长时间的夜路，敏敏太累了。雨荷看着熟睡中的侄女，心想，这孩子一贯就是个倔强脾气，这大半夜地赶到县城来，准是遇到难事了。敏敏不说，她也不便多问。就这样，敏敏在姨娘家一住就是七八天。

梅花山那边敏敏家可是炸开锅了，夏雨美第二天早上没看见敏敏起床，就去叫她，叫了几声无人应答，就直接推门进去，可敏敏根本不在房间。夏雨美摸摸床单，冰凉的，被褥叠得很整齐，一看就知道昨晚敏敏没在家过夜。她急得直嚷嚷：“佳林，敏敏她伯。”夏雨美的声音里充满着惶恐。刘佳林几乎是从里屋冲出来的：“怎么了？她娘，怎么了？”

刘佳林走进敏敏的房间，才知道这孩子昨晚就不在家。两口子急得要命，这孩子会去哪儿呢？夏雨美在敏敏的枕头下面翻到一张小纸条，上面写着：你们不要找我，我去姨娘家住几天。夫妇俩这才松了一口气。

在姨娘家的这些天，敏敏一直在调整自己。她觉得这里的空气好多了，这里的天空也蓝多了。在自我调整中，她的心情渐渐平复了许多。她记挂起父母和念窑过得怎么样。

刘佳林想起那日朗先生的一番话："儿女的事情都是缘分，你和老邹闹不和也于事无补。再说，都是世交的老乡，关系闹僵了总不好，和气生财。"朗先生只是劝和，这让刘佳林心里更觉得有愧了。他心想：也是自己太挂相了，把不高兴挂在脸上，这才惹得傅吉高钻了窑家人的空子，自己还不好去埋怨他。

刘佳林其实人很好，就是有点遗传他父亲刘大炮的炮筒子脾气，撒完气就好了。这次也是面子作怪，跑去找邹永平理论。但事已至此，他也不便多说，当务之急还是先去县城接回女儿。

夏雨美是裹了小脚的女人，刘佳林找来轿夫，抬着妻子夏雨美急匆匆地赶往县城妹妹夏雨荷家。敏敏知道伯伯和娘来了，躲在阁楼上不好意思下来。夏雨美站在楼下大声喊着敏敏："敏敏啊，快下来，出来玩了这些天，也该回去了。我和你伯来接你回家了。"夏雨美故意把"出来玩"三个字说得比较重，给敏敏留台阶下。敏敏有些不好意思地下了阁楼。一大家人吃完中饭，敏敏带着放假的刘心怡随父母回梅花窑了。

2. 无心插柳柳成荫

敏敏自从去县城住了一段时间后，心情平静多了。那日她一头撞进苏伊凡的怀里，没想到后来倒成了他们缘分的开始。苏伊凡是乡绅苏宏伟的儿子，在梅花窑给几位窑师做会计。自那日敏敏无意中撞进他的怀里，伊凡便一发不可收拾地犯上了单思病。他天天想着若能再有这么一次机会多好，他愿意给她撞进来，他愿意把自己的肩膀给她倚靠。

他有事没事总在敏敏家附近走动，希望多一些遇见敏敏的机会。时间一久，他就掌握了敏敏出门的习惯。一般早上九点半左右，敏敏就会去自家的糖坊、爆竹店、槽坊看看。伊凡时间掐得很准，那个时间段总在敏敏的必经之路上转悠。有几回故意和敏敏碰个正着。经常碰见，让敏敏起了疑心。但有刘心怡做伴，她倒觉得没什么好担心的。这一来二去的，敏敏也习惯了每天遇见伊凡，而且似乎更加准时地从家里出发了。

一次伊凡可能有点事情耽搁了，敏敏在路上东张西望，心神不宁。刘心怡故意睁大眼睛瞅着敏敏："姐姐，你在看什么？是不是没有遇见那个人心里不踏实了？哈哈，姐姐莫不是把那个白面书生给看入了眼。"敏敏的小心思被刘心怡看出来了，她羞红着脸说："去，你就乱猜。"

伊凡有兄妹三人，两个姐姐伊安、伊静都已经成家。伊凡的父亲苏宏伟中年丧妻，差点哭瞎了双眼，据说三年都没回过神来。苏宏伟是个重情重义的人，念及与妻子的情分至今没有续弦。伊凡的奶奶尚健在，孩子们都大了，这个家庭还算其乐融融。

苏宏伟见伊凡近日有些魂不守舍，瞅着伊凡问："凡儿，你相中了谁家姑娘就告诉我，我托媒婆去给你提亲。"伊凡觉得时机尚不成熟，便支支吾吾地给敷衍了过去。

伊凡还是坚持每天在敏敏必经的那条道上转悠。他听玉婷说过，敏敏特别喜欢唱歌。他就在家里的留声机唱片上学了好几首歌，准备适时唱给敏敏听。可谓精诚所至，金石为开，敏敏已经不习惯看不到伊凡了。

一日，伊凡约敏敏和刘心怡去自己家听他新买的唱片，敏敏带着刘心怡欣然前往。伊凡纯正有磁性的嗓音很好听，他和敏敏一起听唱片、一起学唱歌、一起谈论心声，也算是比较合拍。他们的爱情之花在歌声中荡漾，在梅花盛开的季节里渐渐成熟。

伊凡家条件本来就好，苏宏伟开了染坊，人缘好，找他办事的人很多，所以给他家送礼的人也很多，有大青鱼、整羊腿、秘制祖传土蜜糖等。伊凡常常整篮子、整麻袋地往敏敏家送，刘佳林夫妇也越来越喜欢机灵的伊凡。苏宏伟见时机已成熟，觉得不能再耽误孩子们的婚事了，于是托赵媒婆上门去提亲。这下敏敏父母满心欢喜地答应了，敏敏也没有反对，毕竟是姑娘家，也不好意思多说，只是点了点头表示同意了。这好消息赵媒婆很快就传给了苏宏伟。苏宏伟请来算命先生，把伊凡和敏敏的生辰八字一合，选了正月初四这个良辰吉日让他们完婚。

敏敏要出嫁了，女儿的婚姻大事终于有了着落，刘佳林夫妇心里压着的一块石头算是落了地。可是没过多久，那位县城里军官模样的人带着几个士兵来到梅花窑，直接找到敏敏家。他说明来意：这次来，要顺道带走一些壮实青年补充兵力。刘佳林很着急，让夏雨美叫来朗先生和几位窑师来家中一起商量。大家都说："窑工都是好不容易培养出来的手艺人，他们得做窑，拿不了枪杆子。"刘佳林也说："我们培养窑工也是花了一年半载的心血，他们才能上手做窑的，把他们带走了，窑就熄火了。"军官模样的人见敏敏父亲表明了态度，心中若有所思。

这位军官模样的人是国民党军官，姓张，名语翰（化名），是国民党的一位营长，那日在县城就看中了敏敏。当时正是国共两党第二次合作时期，在县城遇见敏敏那日，正是他们进驻南陵县之时。张营长接着说出了此行的第二件事，就是迎娶敏敏回县城。刘佳林说："敏敏已经许配给苏家了，即将出嫁。"话音刚落，没承想，敏敏接过话说："伯，娘，我愿意嫁给张营长。"刘佳林夫妇和在场的几位窑师都有些意外。张营长说道："我们是两相情愿的，我会对敏敏好的。这次壮丁就免了吧，迎娶敏敏是大事。"

就这样，敏敏嫁给了那位国民党军官，消息像一阵风似的传遍了梅花窑，传遍了这个敏敏倾注了爱恨情愁、充满神奇的地方。敏敏内心对那位军官是敬仰的，只是她没有想到他会娶她。突如其来的变化，容不得敏敏多想，幸福似乎从天而降。敏敏恍惚中像童话故事中的小公主，在荒野中、在冰天雪地里、在荒无人烟处迷路了，她失去了方向。当她正在踌躇忧伤时，突然看到了她的白马王子降临。敏敏几乎是不假思索地投入了那位军官的怀抱，她怕稍一迟疑，白马王子就会消失。事实上，那位军官想要娶她是势在必行的，这一点，敏敏的家人是知道的。

敏敏坐在军官派来的轿子里，像做梦似的。面对这位军官，她的小心脏怦怦地乱跳。就要嫁给伊凡的她，怎么坐上了这位军官的花轿？自己这么一个倔强的女子，怎么一下子变得柔情似水了？这是触动了爱情的哪根弦，难道这就是真爱？想到这里，敏敏嫣然一笑，那张美丽的脸蛋醉如三月桃花。敏敏确实就是这样陷入了爱情，或许这就是敏敏的爱情吧。她与郑念窑、苏伊凡或许只是在相处中日久生情罢了。

刘心怡眼看着敏敏姐走了，姨娘背过脸哭了好几回。她看出了姨娘的无奈，便说："姨娘，我是你的亲侄女，也是你的女儿。敏敏姐嫁人了，我不走了，留下来陪姨娘。"夏雨美看了刘心怡一眼说："好是好，可是你娘也舍不得你啊！""姨娘，没关系，我娘还有哥哥云涛在身边，我常去看她便是。我想在这里学习一些技术，念瓷、玉婷她们又会刺绣又会印花的，我好羡慕。"

夏雨美心想："雨荷把心怡当成自己亲生女儿辛苦抚养长大，她肯定是舍不得让心怡留在梅花山的。不过，好在雨荷膝下还有一个儿子云涛，这样也不是不可以。敏敏这一走，不知道何时能回来，家里的产业将来都没个传人，心怡能留在自己身边也好。"夏雨美整日叹气，一层愁云压在心头总也挥之不去。不过，有乖巧的刘心怡跟在她身边转，夏雨美的心情渐渐就平复了些。

伊凡没有回天之力，这次他是真正失恋了。情不动不痛，伊凡从单恋、相恋再转变成失恋，他陷入了痛苦中。起初伊凡终日不见笑脸，走路总像掉了魂似的。他变得少言寡语，满脸挂着憔悴。他还是常常在敏敏走的那条路上发愣。他想到那次敏敏与他撞了个满怀，泼了他一身汤汁，摇了摇头，自言自语地说："一切都是天意，敏敏可能本就不属于我。"

刘心怡这段时间习惯了与敏敏一起去看几个店，敏敏走后，她还是保持了这个习惯，她越来越喜欢在梅花窑的感觉了。伊凡还是一如既往地在那条敏敏常走的路上逗留，每次都能遇见刘心怡。刘心怡的一番劝说与开解，让伊凡渐渐释怀了一些。

刘心怡喜欢听伊凡唱歌，喜欢他的聪明与幽默。伊凡把那首《花弄影》

唱得是如痴如醉，唱着唱着便有些伤感，这首歌他本意是唱给敏敏听的。歌词是：溪山如画对新晴，雨溶溶，风淡淡，水盈盈。最喜春来百卉荣，好花弄影，细柳摇青。最怕春归百卉零，风风雨雨劫残英。君记取青春易逝，莫负良辰美景，蜜意柔情……

刘心怡跟着伊凡听留声机学唱歌。一个假期快过完了，刘心怡却舍不得离开梅花窑了。事实上，敏敏走后，伊凡也没有太大的落差。他和刘心怡还是经常在一起听唱片、学唱歌。起初他们总是聊着敏敏，有一天他们的话题突然转了。伊凡义无反顾地喜欢上了刘心怡，并且是两相情愿的喜欢。

郑念窑与邹玉婷为了顾及敏敏和刘佳林的感受，一直未敢公开恋情。敏敏远嫁，让念窑心中的一块石头落了地，他顺理成章地即将成为邹永平的乘龙快婿。

邹永平请来先生算了生辰八字，择良辰吉日给玉婷与念窑完婚。他还特意请朗先生给一对新人做证婚人，邹家这下可算热热闹闹地大办喜事了。大车师傅黄梅、肖南陵、刘佳瑾、宋苗民的母亲帮忙做菜，隔壁邻居家的灶屋都被用上了。梅花窑一直有这样的好风气，谁家办喜酒，大家都会帮忙，也都来喝喜酒。屋子里、院子里都摆上桌子，每个桌子上都有满满一大酒海的酒，窑工们喜欢用自己亲自做的酒杯喝酒。真的应了那句当时梅花窑里流传的一句话：壶是自己做，酒是自己酿，菜是自家烧，这样既热闹又亲切。

念窑的父母一直没有露面，不过大家早已习惯了念窑、念瓷兄妹俩父母不出现的事，时间久了也就再无人问津了。婚礼在喜气热闹中举行，念窑就这样成了邹永平家的上门姑爷。念窑感觉这是上天赐予的姻缘，让他一个一无所有的小窑工享有如此好运。可大家无论如何也想不到念窑是梅花窑创始人曹颜吉的亲外孙。

第十七章　复活，认祖归宗

光绪二十年（1894年），曹颜利带着十一岁的侄儿家宝去天津送货，这一去竟四十三年之久杳无音讯，恍如隔世。

家宝和叔叔一起坐在车子的前方车把子上。家宝坐在这高高的陶器前面，像是押送货物的。他坐在车上感觉就不一样了，精气神十足，眉飞色舞地看着外面的景致。但路途终是遥远，时间久了也就乏了。颜利一边赶着马车，一边给家宝说着梅花窑的一些传说。

天渐渐黑了下来，家宝听得迷迷糊糊地直打瞌睡，忽然他有一种飞起来的感觉。开始他以为自己是在做梦，但瞬间就重重地摔落。他的头部猛烈撞击在一个硬邦邦的东西上，然后就什么都不知道了。他们是途经一座窄窄的桥，在天津边界过桥时翻车跌下桥了。颜利可能是被整车的陶器砸入水中，被水流冲走了。家宝跌落水中后被陶器砸晕，顺流而下也被冲走了很远。

也是家宝命不该绝，他被水流冲到一个河滩上，被货郎赵业兴路过时发现。他把家宝领回家，照顾着受伤的家宝。家宝苏醒后什么也记不起来了，直问："大叔，我这是在哪里？你是我的什么人？我是谁？"家宝感觉脑袋快要炸了，他什么都不记得，他在脑子里努力搜寻，可一块块都是空白。

赵业兴带着家宝去看郎中。郎中让他先静养，什么都不要去想。赵业兴担心家宝，说："孩子啊，你不要着急，你安心，慢慢会恢复所有记忆的。你越着急越乱，你现在就是我的儿子。"家宝点了点头。

赵业兴把家宝视如己出，给他调理身子，送他去读书，因此家宝受到了良好的教育。这位好心人赵业兴尚未娶妻，靠挑着货郎担子卖点小物品谋生，他用每天穿街走巷辛苦赚来的钱供家宝读书。那会儿家宝把自己名字也忘了，赵业兴给家宝起名叫赵福来。就这样家宝随着赵业兴过日子，“曹家宝”被“赵福来”代替。他在天津的生活似乎是一次重生。他在天津成长，一口流利的天津话说得是津味十足。赵福来高中毕业后就在天津一家工艺美术厂工作，三十五岁那年娶妻生子。妻子是赵福来在工艺美术厂的学徒余爱英，余爱英比赵福来小十岁，他们生有一子取名赵向文。

他忘记了前尘往事，但那些记忆中的碎片时常会困扰着他，梦里总会出现一个漂亮的梅花岭，还有一些陶器。他还常常梦见几个小伙伴围在一堆松枝丫烧的火堆旁，边烤火边烤红薯，他甚至闻到了烤熟的红薯的香味。他虽然失忆了，但骨子里对陶艺的喜欢一点不变。家宝把这个奇怪的梦说给养父赵业兴听，赵业兴若有所思。他和福来说起自己有一个远房侄儿在江苏宜兴做窑工，让他抽空去那边转转，看看能否解梦。

赵福来常常被梦惊醒，由于常做与陶器相关的梦，所以他领着向文去过瓷都景德镇。后来赵业兴也特意安排时间，祖孙三人一起去了陶都宜兴。赵福来与堂兄赵云飞见面，并向他讨教窑文化。后来每年他都要去几次宜兴跟堂兄学习陶艺。冥冥中，他与梅花窑没有分开。后来向文高中毕业，赵福来就直接送他去宜兴，让他跟在赵云飞叔叔后面学习技术。赵福来被那些梦中的片段困扰了很多年，他有时候也纳闷自己因何对陶艺如此感兴趣。他的这些梦做得太久了，一晃四十多年过去了。或许在一个新的环境中他找不到一丝童年的影子，无法与梦中的影像吻合，这也是导致曹家宝记忆难以恢复的主要原因之一。

一次，单位要举办工艺品大赛，赵福来首当其冲地要好好展示他的工艺品。他要雕刻一棵古梅。他在工艺品雕琢上着实下了一番大工夫，他日日夜夜地思考如何让这棵古梅更传神。在雕琢中，他胆大心细，简直把古梅雕活了，仿佛当年其父曹颜吉梦见窑内梅花在陶器上绽放一样。好几个夜晚赵福来都没有好好休息，他做事认真的态度和曹颜吉一模一样，不成功不罢休。赵福来经过日夜加班，终于完成了他的杰作，一棵别致的古梅在眼前熠熠生辉。也许是熬了太多夜，也许是天意，也许是曹家宝该醒来了，大功告成之日，赵福来正准备回家，突然眼前一阵发黑，一不小心从单位作坊的台阶上一脚踩空摔了下来。他的脑袋重重地砸在水泥地上，流了好多血。赵福来昏迷不醒，被送往医院抢救。

赵福来险些丧命，醒来后几乎谁也不认识了。他只记住了赵业兴，面前的其他人都变成了陌生人。赵福来恍惚地问："医生，我这是在哪？我的颜利叔叔去了哪？他怎么把我一个人丢在这了？我叔叔怎么样了？"医生也给问糊涂了。曹家宝是醒来了，但赵福来却走了。家宝整理着脑海中的碎片，梅花窑、大娘婉蓉、母亲秀英，还有心梅姐姐、娇娇，这些人物反复在家宝的脑海中浮现。

家宝终于恢复了记忆，他告诉养父赵业兴："我和叔叔颜利那一年半夜翻车，当时我实在是累了，坐在板车前打瞌睡，稀里糊涂地就掉下桥去。我的头砸在一块石头上，开始是清醒的，可晕乎乎的就是动不了。后来可能是失血过多晕过去了，再后来就什么也不知道了。就像一场梦，而这一梦就是几十年啊！"家宝哽咽着："我是安徽省梅花山窑厂的人，跟着叔叔一道来天津送样货给客商的。叔叔估计早已丧命，否则不会让我一人流落天津。我父亲曹颜吉是窑师，创建了梅花窑。谁知我就这样离开了生养我的地方，离开了生养我的父母。而现在事隔多年，父母都不知道还在不在世。"家宝说着说着就号啕大哭起来。

赵业兴听养子赵福来叙说着经历，也跟着流泪，这是一位善良的、可亲可敬的老人。这些年，为了家宝的幸福他一生未娶，这一点家宝很感动。妻子余爱英听完家宝的一番话，更加心疼家宝了："福来，你别多想了，好好养病。你这一摔是天意，老天爷催你该回去看看了，你的父母这些年也不知道是怎么过来的。"赵向文见父亲号啕大哭，一直跟在后面抹眼泪："爹，你快点养好伤带我们去见爷爷奶奶吧！"向文自小聪慧，这些年在宜兴也学有所成，因此，父子俩与窑文化的纽带从没有断过。天意如此，曹家传人与窑文化从没有分开过。家宝心想：难怪自己要到宜兴学习陶艺，还要到一些民窑学习技术，一看到那些陶器就有一种特别亲切的感觉，而且兴趣如此浓烈，还常常梦到漫天的梅花飘舞和窑棚等影像，原来如此。

赵业兴见福来恢复记忆了，既高兴又难过。高兴的是儿子终于记起来以前的事情了，难过的是与他相依为命四十多年的儿子就要离开自己了。但是他还是很支持儿子回去看看，毕竟血浓于水。一段时间后家宝伤愈，他和养父深谈了一番，决定回家乡看看。他要去家乡发展他的事业，并要求带上养父回乡。

赵业兴老人已经有七十岁高龄，和儿子一道也是理所当然的，他愿意同行。就这样，一家人整理一番，一行四人套上两辆马车浩浩荡荡地赶往梅花窑。这一幅画面像极了十九世纪一代窑师曹颜吉带着妻子婉蓉和弟弟颜利从湖北奔赴梅花山的场景，似乎又有一场轰轰烈烈的事业等着他们去完成。

一踏入梅花山的土地，家宝童年的记忆就像按了电影倒带键一样全都回来了。他给大家介绍着这里一路的风景以及父亲建窑、梦里梦见梅花鹿显灵的故事，说得大家都精神十足，给疲惫的长途跋涉添了许多活力。家宝一脚踏进梅花窑的土地，整个人都热血沸腾了。他心中记挂着老父亲年事已高，是否还健在，母亲秀英怎么样了，大娘婉蓉还好吗，心梅姐姐，还有娇娇……

家宝走路几乎都带着小跑，进入梅花窑厂，很多人已经认不出家宝了。但家宝一眼就看见了心梅姐姐，她怀里抱着一个小绣花枕头。家宝想，心梅姐姐这是怎么了？似乎有点精神不正常。家宝加快脚步走上前去拉住了心梅说：“心梅姐姐，你还认识我吗？你这是要去哪？”心梅白了一眼家宝说：“你不是我的宝堂哥，凭什么要带走我的孩子？快点放开你的手啊!”姐姐这是在说胡话，家宝好心疼，心梅姐姐比自己大四岁，今年也快六十岁了，怎么就成了不清醒的人了？而自己还算是幸运的，总算醒过来了。他庆幸自己这一生还能认识回家的路，认识自己的家人。家宝要领着从天津来的家人去认祖归宗了，他不敢想象接下来的场面。

家宝三步并作两步飞跑回自家的院子大喊：“伯，娘，我是家宝，我回来了。”他这一声“我是家宝”，说得整个曹家大院都在回荡着这个声音，久违了的声音。家宝，你走的实在太久了……大娘婉蓉颤巍巍地从里屋急步走了出来。婉蓉今年也有八九十岁了，她用手帕擦着因一时激动夺眶而出的眼泪说：“家宝，家宝，真的是家宝，我的家宝回来了，我没认错人吧？”家宝看见满头白发似雪的大娘，哭出了声：“大娘，是我，我是家宝，我还活着。大娘，你还好吧？我伯、我娘呢？”家宝声音有些凄惨，哽咽得泣不成声。婉蓉老泪纵横：“家宝啊，你娘就在里屋睡午觉，我去叫。秀英，秀英，你快出来呀！真的是家宝回来了，家宝回来了。”

秀英听到外面的喊叫声，直接从床上翻滚下来，跌跌撞撞地边走边喊：“家宝，我的家宝，我的儿，我的儿回来了。”秀英一个趔趄差点摔倒。雅芝、娇娇也飞奔出来。娇娇嫁给了一位窑工，这一天刚好回家看母亲雅芝。七十多岁的秀英从里屋跑出来，一眼就认出了家宝：“我的儿，你还活着。”她一激动，嗓子发硬，所有话语都哽在嗓子眼儿里说不出来了。站在一旁的雅芝四处搜寻，却没有看见丈夫曹颜利，急得哭了：“家宝，你叔呢？怎么没和你一起回家？”娇娇没有找到父亲，早已哭成了泪人：“哥，你快说啊，我伯呢？我伯怎么没有回来？”雅芝母女哭得很伤心，她们的希望就在这一刻彻底破灭了。曹平安听说过自己有一个哥哥丢失了，今天见到这场景也被感动了。秀英在一旁终于哭出声来：“颜吉啊，你的宝贝儿子家宝还活着，你看看啊，他回来了，你怎么就走了呢？”秀英凄惨的哭声让大家都在悲伤中思念着曹颜吉，整个曹家大院哭声一片。

心梅从外面回来了，见状，笑嘻嘻地说：“娘，我们家今天唱大戏吗？呵呵，好看，好看。”婉蓉见心梅这样，心里一酸，家宝是回来了，可是心梅一直还是这样。婉蓉拉着心梅说：“心梅啊，你弟弟家宝还活着。”心梅摇摇头说：“我不认识他，反正又不是我的宝堂哥，这戏我不看了。”心梅说着话，白了大家一眼，然后径直回屋去了。

家宝这才想起来给大家介绍自己的养父、救命恩人赵业兴。他和家人讲述着与颜利叔叔遇难的经过。余爱英过来向大娘婉蓉、婆婆秀英及婶婶雅芝行礼，一一认过家人。向文也来拜见奶奶和姑姑们，一家人转悲为喜，曹家大院里人声鼎沸。婉蓉依旧是一家之主的风范，她拿出私房钱来，用曹颜吉喜欢的方式请梅花窑的人喝喜酒，大摆酒席三天，邻居家灶屋也用上了。安静了很久的曹家大院，像办喜事一样恢复了以往的热闹。

窑家院落二

第十八章　重振虎威

接连出现废窑的怪异现象，让朗先生、邹永平和钟乐天三位窑师有些手足无措。窑工们有的离开了，只剩下几位湖北窑工，暂时也撑不起一条龙窑。窑工短缺，窑师们让大家暂时休息。朗先生、邹永平和钟乐天正在招窑工，准备重新把小龙窑给热起来，他们不相信小龙窑沾有邪气。朗先生找到邹永平和钟乐天一起商量：“小龙窑有救了，这或许是曹大师显灵，让曹家的传人回来了。我们请曹家人入股，只要我们齐心协力，一定会比以前做得更好的。”

朗先生去找婶娘婉蓉，刚好家宝也在。他说：“婶娘，小龙窑正在紧张地招募窑工的时候，家宝领着向文回来了，这是天意。不如让他们也参股，参与管理小龙窑吧！”婉蓉看着善解人意的朗先生，高兴地说：“多谢你还记恩，我家老曹就是没有看错人。就让家宝参一股，你们共同把窑搞好也是老曹的心愿，老曹在天有灵会感激你的。”

曹家宝听了朗先生和大娘婉蓉的一番话，心情很激动：“大娘，朗先生，你们放心，我一定会把这个担子挑起来。这些年我对陶艺一直情有独钟，每年都去宜兴参观学习几次，还去过一些民窑学习上机子操作，总算没有丢了窑艺。向文高中毕业就去宜兴了，这些年他一直跟在他叔叔赵云飞后面学习陶艺。向文学得很认真，可能就是出于曹家人骨子里对窑的喜好吧！”婉蓉信任地点了点头：“那你们就和他们一起去做，这也是你伯的心愿。”

傅吉高暗中破坏窑，使小龙窑冷下来有好几个月了。刘佳林总感觉很惭愧，心想：如果不是自己沉不住气，向傅吉高一股脑儿倒出那些烦心事，傅吉高也不会冠冕堂皇地把破坏窑说成了行侠仗义。他冷不丁地对妻子夏雨美说：“上天这是在惩罚我吗？让敏敏好端端地给那位军官带走了，至今杳无音讯。”夏雨美摇了摇头说：“这孩子，没良心，嫁出去享福了，也不回家看看。”夫妻俩显然说的不是一个意思。“哦，对了，敏敏她娘，那日我告诉朗先生，我帮他们请窑工来做窑，朗先生可高兴了。”

刘佳林亲自登门请几位年轻的窑工，几位窑工有些惶恐。他们一贯很敬重刘窑师，又听说创始人曹颜吉的儿子家宝回来了，参与接任小龙窑，所以都很乐意回去做窑。窑工杜四民输完了手中的银子，好在没有输掉良心。他一无所有后，倒是为自己做的那些破坏窑的事感到惭愧。他心想：手艺人还是要踏踏实实地凭手艺养家，靠别人给的终究不长久，靠赌博更是越赌越“薄”，于是主动回来做窑了。

家宝领着儿子向文一道去找朗先生、邹永平和钟乐天商量，几个股东合在一起做。他要把自己和向文在宜兴那边学习的一些知识，以及父亲之前传授的陶艺知识进行一些融合。他要创新，要让梅花窑有一个新的腾飞。邹永平不太乐意搞什么新花样，他觉得小龙窑实在经不起折腾了。而朗先生和钟乐天都大力支持家宝的想法，所以邹永平也无可奈何。

家宝叫上儿子向文把组长大货师傅林海波、邱元晨、方平、金爱信和小货师傅秦敏辉、冯君如、林海青召集到一起开会，又招了一些师傅，打算做两组装出窑，先改变眼下的僵局。

向文在宜兴随赵云飞叔叔学有一手好技艺，现在他要和父亲在这里守护窑文化，守护几代人创业的成果，并将之发展壮大。忽然间有了文化渊源这么深的爹爹（湖北人对爷爷的称呼）在这里开创了陶艺事业的先锋，向文觉得无比光荣，他要与父亲共同挑起这个传承发扬的重担。

会上，家宝开诚布公地说：“窑是我伯的命根子，我伯就躺在梅花岭上，他看着窑这样会心疼的。我如果不在了，或者没有回来那就算了，既然我还活着，上天恩赐让我恢复了记忆，我就有责任让窑再热起来。大家请放心，我在外面四十多年也积累了一些经验，我的儿子向文在宜兴专门学习过陶艺，这或许就是天意。大千世界有很多新鲜事物，我们不能总是啃老本。陶艺要发展就要有所创新，我相信不久的将来，梅花窑一定会有一个新的腾飞。在这，我先给各位一个定心丸，这个阶段是创新阶段，步骤、程序，包括制釉和印花都听我的安排。如果出得上品，按劳取酬。如果出废窑，大家的基本工资我来发。”年轻人容易接受新鲜事物，家宝这话一说出口，师傅们都点头称赞。

家宝毕竟是见过世面的人，他在家整理了一套讲义，让向文补充了一些内容，对窑工们进行了第一期的理论培训，也算是集训。他们对陶泥的分量、搓揉打的成熟度、制釉的厚度、印花的深度，以及晾晒的程度都进行了相应的调整。窑工们经过培训后就直接上机子操作，他们都有一种使命感和责任感在身上，都想为陶艺事业做点事情。

这段时间，家宝安排师傅们补窑，把窑内外整个修补了一番，把窑内烧结了的底坯砖给彻底换了一批新的底坯砖，让看火技师邹继礼监督大家整窑。师傅们叮叮当当地撬啊铲啊，修改窑底的倾斜度，就像是赶着过大年一样，算是给小龙窑做了一次全面的保养。师傅们认真地做着每一个细节，准备迎接第一个装窑、烧窑日子的到来。

家宝虽有理论，但是毕竟还没有大规模地实践过，这第一次试验失败也在情理之中。家宝和窑工们兑现了自己的诺言，朗先生非常看好家宝父子俩，也主动拿出一些银票作为补充。窑师们对曹家宝父子刮目相看，他们也在仔细排查各种原因。

邹永平满脸不高兴地去找家宝：“家宝，不是我说你，我做窑几十年都好好的，你非要搞什么创新，都创成什么样子了？师傅们要是再跑了可就真的完了，就什么戏都唱不了了。”

家宝开导道：“邹师傅，你要相信我，这次你就依我好吗？我也想为梅花窑做点事情呢！”邹永平皱了皱眉：“家宝，你非要把窑给弄熄火吗？你看大窑那边好得很，小窑总出岔子。唉！家宝，你回来了总算老曹家有人管窑了，我心里踏实了。可你这搞的又是哪一出？别搞到最后没有哪个师傅愿意来做小窑，也坏了我们几个窑师的名誉。”邹永平不停的唠叨让家宝心里没有了底气，毕竟邹永平是一个有经验的老窑师。

第一次试验撞得头破血流时心肯定是疼的，但家宝必须向前继续探索。第二次试验依然不理想，次品多。小龙窑变得如此不堪，到如今还恢复不了元气，这是邹永平没想到的。晚上，他去找朗先生：“光朗，我们是不是要去阻止一下家宝，不能再像细伢们过家家，想着心里就添堵。”

朗先生看着气呼呼的邹永平，扑哧一下笑出声来。邹永平诧异地看着朗先生问：“你笑什么？”“永平啊，你性子也太急了。这窑本来就冷了几个月，在关键的时候曹家继承人带着本领回来了，这是上天的安排，是小窑的福气。我们不要把窑据为己有，窑是曹颜吉大师的命根子，他就躺在梅花岭那片青山里看着窑的发展。当年家宝要是在家，这窑也轮不到我们来接管啊！”邹永平觉得朗先生说得有几分道理，心里稍稍平静了些。

邹永平最近着实是慌了神，坐立不安的。他路过曹家大院时，看见婉蓉在院子里给鸡喂食，还是执拗地走了进去。他三步并作两步，老远就大声喊着：“大伯母在给鸡喂食呢，我今天就不绕弯子了。”婉蓉看着表情严肃的邹永平问：“怎么了，永平？”邹永平干咳了两嗓子说：“大伯母，你要说说家宝了，在外面这些年刚回来，他也不知道窑上的一些情况。这窑不是好试验的，按照祖上的土方法去做不是很好吗？非要搞什么新法子，你看，这试验全都失败了。这样下去，我担心师傅们又要跑了。”

婉蓉算是听明白了，她说：“永平，你先进屋坐坐，吃杯茶。别灰心，我们要相信家宝。家宝是个很实诚的人，做事和他伯一样倔，你要给他一点时间。”邹永平苦不堪言地摇了摇头：“你们都相信家宝，我何尝不是？可是这几次窑的情况是秃子头上的虱子明摆着的，让人心里堵啊！”

这时，家宝刚好从外面回来，远远地就看见邹师傅在和大娘说话，他知道他是来找自己理论的。他站在那里略迟疑了一下，还是走进屋内打招呼：“邹师傅来啦，我已经找到了问题的症结，也找到了新的秘籍，你就放心吧!”邹永平听家宝说了几句，皱紧的眉头渐渐舒展了一些。

原来家宝在仔细研究失败原因的过程中，在大批次品中发现了部分精品，有几只小花瓶引起了家宝的注意。小花瓶是向文就着别的师傅的车做的，并且亲自上釉的。因为刚回来，一切还在调整中，向文还没有直接上车做窑坯。没想到这花瓶还真不是普通的花瓶，釉色温润如玉，太阳光照射上去发出微微红色光芒，品相极好，属于上乘的陶器。家宝心里有了底气，他似乎在向文这里看见了曙光。他觉得，冥冥之中他在特定的时间被召唤回来，或许真的是父亲在天有灵，让他醒来，让他带着向文继续开创发展窑业。

家宝知道朗先生说话有分量，就领着向文去找朗先生说：“今天下午两点我想再开一次小组会议，就拜托您通知一下邹师傅了，我和他也难以沟通。”朗先生乐呵呵地答应了。

朗先生通知了邹永平，邹永平推三阻四地说自己脾气不好，去了如果意见不合会闹别扭。郎先生便说：“不去就不去吧，你静候佳音就好。”其实邹永平嘴上说不高兴，可心里还是佩服家宝的。家宝和他逝去的父亲曹颜吉实在太像了，总要搞出一点名堂来。

朗先生主持会议：“最近曹家传人回来了，这是我们龙窑的福气，也是我们大家的福气。窑发展好了，大家都有好日子过。最近我们在创新这一块儿有了新的突破，下面请家宝师傅和向文跟大家具体说一说。”家宝让向文把自己做的几只小花瓶拿了出来，分别给几位师傅传看。他说：“今天召开会议的目的，是和大家共同探讨下一步的发展方向。我们这次窑虽然出了次品，产品质量很差，但这不是失败，而是一个重大的突破。我们的窑已经在这里做了七十多年，时代在发展，我们的产品在跟上时代步伐的同时，也要发展创新。没有胆识去尝试，如何取得进步和提升？土豆不破发不了芽，这次窑出现的情况，我们都要做一些具体的分析。

“大家看向文做的这几只小花瓶，也许它们根本入不了我们的眼，但这却是一个突破口，说明我们的思路是正确的，我们创新的大方向没有错。这几只花瓶胎釉肥润，属于上乘陶器，这说明我们一定能够取得成功。我们要从全方位去思考，去继续试验。这次我们从做窑、装窑、焓窑、烧窑几个方面去细化分析，包括印花、雕花、上釉，我们要总结失败的经验，每一个环节都要做到万无一失，找到成功的秘籍。”

林海波、邱元晨、方平、金爱信、秦敏辉、冯君如、林海青几个小组组长分别都发了言，他们都说了自己的一些想法。家宝看到大伙儿热情高涨，笑道：“向文，你这次功不可没，你给大家增添了信心，让大家看到了希望。”向文摸着后脑勺，半天才憨憨地说出一句话：“这也是宜兴赵云飞叔叔指导得好。”会议在愉快中结束。就这样，向文一下子在整个梅花窑被神化了。曹家在梅花窑总是出一些神话般的人物，大家似乎已经司空见惯了。

曹家传人回来认祖归宗了，又开始在梅花窑轰轰烈烈地做一些事情，一切都在有序地进行。不经意间，向文牵动了一位女子的芳心。这位女子是张兰兰，但张兰兰只是默默地去想，因为她知道，向文把整个身心都放在陶艺研究上了。

家宝让向文把他在宜兴学到的理论知识和实践出的新事物向窑工们推广。向文这次做了几只花瓶，只是试一下手。他对陶器的喜欢，不亚于其爹爹曹颜吉。他把陶器作为一门艺术、一个喜好去做。向文紧锣密鼓地给窑工们集中上了几堂理论课，让大家回去好好琢磨一下，他相信会出成果的。

这天，向文在梅花窑第一次正式上陶车做小货。向文是喝过墨水的人，坐在陶车上，门道比别人多，一高兴，话也多了起来。他边做泥坯，口中边念叨：“手握蟠龙大棍（帮助转车的棍），看我扭转乾坤（摇车），脚蹬黄河两岸（车荡埂），一统江山（扯着泥坯筒子向上，简称拉坯）。”他这一系列动作是那样娴熟，毕竟这也是向文的老本行。姑娘们去窑棚看向文做窑，像看把戏一样热闹。

一批泥坯在曹家父子的关注下做出来了。父子俩一再叮嘱窑工们：“不要以老眼光去判断，不要把泥坯做得太厚，也不要做得太薄。太厚了笨重，太薄了易碎易瘪。”他们对做窑的每一个关键步骤都亲自到场查看。他们甚至连制釉的厚度都要检查到位。家宝带着向文一道风风火火又安安静静，像搞科研的专家一样。

家宝对向文说：“上次陶器做出来，我最不满意的是釉色。上的太薄，釉吃不进去，釉色都浮在表面，不沉稳，很不好看，后面越发要注意了。”

上午，制釉工莲花和秀秀挑了两半桶的水和几小箩筐的釉倒进向文窑棚前的釉缸里。两个人用铁锹在釉缸里搅动，直到把釉给搅熟搅均匀了，然后又用筛子筛掉釉里面残余的石子，将废品倒在釉缸的一旁，再用一块木头做的盖子盖上釉缸。她们挨个去给每个窑工师傅窑棚前的釉缸添釉，搅拌上满满一缸釉水，供窑工师傅给泥坯上釉时使用。向文走上前，拿起铁锹在釉缸里搅着。向文对着父亲曹家宝言语了几句后，叫着莲花：“莲花，你把釉再给我送一小箩筐过来，我有用。”莲花爽朗地应着：“好的，两位曹师傅，你们要做什么?”“你不要问，拿来便是。”

莲花也喜欢曹家，喜欢曹家父子俩做事的认真劲。她从小就听说曹家的人个个都不是凡人，曹家创建了梅花窑，他们家还有得道成仙的人。就连曹家长女心梅受刺激得了疯病，也被说成了或许是聪明过分导致的，曹家几乎被梅花山的人给神化了。莲花打心眼里暗恋着向文，不过她知道，向文的心思根本不会在她的身上。但是她的内心是自由的，她看向文的眼神有些羞怯怯的。莲花脚步轻快，很快就把一箩筐的釉放在曹家父子的面前。

向文把釉全部倒进缸内，用棍棒搅动着，再用铁锹用力搅匀。“好，好，这样就好。”向文高兴地和父亲说着。莲花有些傻眼地看着曹家两位传人问：“两位曹师傅，你们这样做釉会很厚的，上上去会掉釉皮的，到时候陶器会麻姑赖赖的不光滑。”“莲花，我们是在琢磨，你先别对外说。”

向文从窑棚内搬出一个晾干了的一升坛子，把它放在担在釉缸上的那块木板上，用水瓢舀起一瓢釉水浇透一升坛子的外部。一升坛子随即就像穿上了一件釉色均匀的漂亮衣裳，不再是素颜朝天、赤裸着身子了。父子俩满意地点点头说：“这样就差不多了。”他们跟着莲花、秀秀分别去其他几个釉缸前也做了调试。这一次曹家父子小心翼翼地注意着每一个环节、每一个细节。

又到了装窑的日子，家宝、向文和几个窑工师傅亲自把晾干的泥坯挑到窑门口。忙碌了好半天，泥坯总算被安全地送入窑内。林海波、邱元晨用一块块砖头堵住门洞，金爱信拎来灰桶，用泥刀把泥巴糊在砖头缝隙处，让门洞不透一点缝隙。泥坯需要封闭一段时间，去接受火的考验。接下来就到了焓窑阶段。

第十九章　三部曲里的那些事

焙窑需要烧三天三夜，一般需要六个窑师和一个徒弟轮流换班。徒弟第一天上窑，去点着炉火。但这个是具体情况具体对待的。小龙窑的底部有一个长约六十厘米、高约五十厘米的洞门，作为窑炉口，也称为龙嘴。这里可直接通入窑的“心脏”。焙窑棚是在地面以下约一米八的地方就着窑底部向上支起的一个棚屋，进入焙窑棚，似进入一个地下室。焙窑棚右上方有一个一米二宽的门形洞，工人们从这里倒下满斗车、满箩筐的黑煤。门洞下方顺着墙体堆积的淮煤，是为师傅们筹备的焙窑燃料。这里的环境有些隐秘，让人倍感寂寞。

曹瑞福（阿福）是做窑的新手，他是在伯父曹家宝回来后才开始正式做窑的。阿福很聪明，继承了曹家人在窑艺上的天赋，上手很快，做事利索，小货做的是件件漂亮。窑工们都不太愿意在下半夜焙窑，可阿福专捡下半夜焙窑。他心里打着小九九——他可以在夜里和心仪的姑娘傅易欣约会。常和他一组的朱小和也算是捡着便宜了，不过朱小和对阿福专捡下半夜焙窑感到很奇怪，他哪里知道阿福葫芦里装的是这味药呢。

曹瑞福比哥哥曹瑞安小一岁，兄弟俩受到父亲曹小勇的真传，性格都很内敛。阿福闲暇时总喜欢戴一顶斗笠，拎着篾制的鱼篓，扛着鱼竿去河边水塘边钓鱼。别看他平日话不多，可对感情这方面似乎比哥哥开窍得早。阿福心里早已装着一个人，只因哥哥曹瑞安尚未娶妻，他虽到了婚娶的年龄，奈何长幼有序，不便和家里提及娶亲一事，只有暗自把这些放在心里捂着。

阿福娴熟地带上护袖和粗纱白手套，系上围裙，铲了一铁锹的黑煤送进窑炉里。他在口袋里摸了半天摸出一根皱巴巴的烟卷，又拾起地上的一根柴火枝子，在烧得正旺的炉火里引燃后点着手上的烟。他抽了一口，眼睛盯着炉火愣神，忽听有人在叫他。“阿福，你在想什么心思呢?”阿福扭头看见傅易欣正掀起厚重的用草编的窑棚门帘，笑盈盈地走下焙窑棚的台阶，她双手捧着一个用棉布包裹着的东西来到阿福面前。

阿福起身迎接傅易欣，乐呵呵地说：“想你呗！我痴守这漫漫长夜，只为与你相伴。”傅易欣甜甜地笑出了声：“哈哈，你又巧嘴了。阿福，我给你端来的是鸡汤下米面，你快趁热吃了，下半夜夜长会饿坏身子的。”阿福接过傅易欣递过来的大茶缸放在一旁，幸福感洋溢在他憨厚的脸上。他笑得很好看，一改平日里那副冷面小生的模样。阿福拉着傅易欣胖乎乎、白嫩嫩的手说：“欣，你先坐一会儿。”阿福转身把在窑炉里烧熟的山芋用火钳小心翼翼地夹出来，“欣，等冷一会儿你再吃，有些烫。”傅易欣看着体贴的阿福，心里甜甜的。

阿福很快吃完了傅易欣带来的鸡汤下米面，傅易欣从口袋里掏出一块绣着紫色鸳鸯的白色帕子说：“给，擦一下，看你吃得满嘴都是油。”阿福接过手帕，端详了好半天说：“真好看，你又绣了好看的帕子啊！我哪舍得擦这油腻腻的嘴巴呀，我收着。”阿福赶紧把帕子叠好装进了口袋，他用手抹了一下嘴，然后在围裙上用力地搓了几下手，乐呵呵地笑道：“没事，就这样简单。”“阿福，看你弄得脏兮兮的。”傅易欣说笑间，继续把旁边几个红薯放进烧得正旺的火堆下面，然后就坐在木头长椅子上静静地看着阿福焙窑。阿福铲起黑煤胳膊一使劲，手一抖，黑煤就顺势离开铁锹进入了红红的火炉。傅易欣喜欢看阿福焙窑，阿福这个潇洒的动作她特别欣赏，很有力量感和男人味，她觉得阿福就是天底下最好的男人。

阿福拿出烧熟的红薯，剥掉红薯皮递给傅易欣。阿福看到了傅易欣眼里的柔情，甚至看到了傅易欣眼里的欲望之火，比窑炉里的火势还要旺。阿福哪经得住傅易欣这样的眼神，想想距离上次两个人在一起已有十多天了，阿福那颗思念的心都快要蹦出来了。他看了一下时间，已经是下半夜一点钟。他迅速铲起满满一大锹黑煤放进窑炉里。阿福习惯性地把手在围裙上搓了搓，然后一把把傅易欣拉到自己怀里，聊着体己话。两个人不免又是一番云雨。他们像是在做小偷，总有些不尽兴之感，毕竟是在敞开的窑棚里，虽然半夜不会有人打扰，但心理上总缺乏一些安全感。

阿福起身看到炉火渐暗，赶紧添加一锹黑煤到窑炉里。他说：“欣，你真的让我好想你。”傅易欣娇羞地低下头，边整理着自己凌乱的衣衫边说：“你看你，就像饿狼一样，恨不得把人给生吞了。”

这两个人也是天生的一对儿，两个闷葫芦，平时都不爱说话，但他俩一碰到一块儿，话匣子就自动打开了，有说不完的话。此刻，窑身里面这些被炉火淬烧的泥坯们，听着这番悄悄的甜言蜜语，估计也想早日出来，看看这大千世界的美好呢！它们在爱的炉火下煅烧，在爱的悄悄话里慢慢成器。

天快亮了，阿福又给窑炉里添了满满两铁锹黑煤，准备送傅易欣回去。好在傅易欣就住在厂区附近，不到五分钟，阿福就把傅易欣送到她家大院子门口了。傅易欣挥了挥手，轻手轻脚地回屋去了。阿福心满意足地离开，他边跑边哼着小夜曲《夜来香》：“我爱这夜色茫茫，也爱这夜莺歌唱，更爱那花一般的梦，拥抱着夜来香……”阿福唱的是真心话，他满心欢喜地去焙窑棚。好在这是第一天焙窑，焙窑第一天是用小火，第二天是用中火，第三天才用大火，他这跑来跑去的也不大碍事。

天亮了，约上午八点左右，朱小和来接班焙窑了。一夜的忙活，阿福虽然疲倦，但依旧荡漾着春色的那张脸，在朱小和看来还是很精神的。“阿福，你的精神真好，看不出你一夜没睡呢！”朱小和说。“呵呵，我是习惯了熬夜。”阿福憨憨地笑了笑，眼睛没敢跟朱小和对视，生怕自己掩饰不住内心的喜悦，被朱小和看出来。阿福其实也累得不行了，他只是精神亢奋而已。

三天三夜的焙窑之后就是烧成组的事情了，会由五人小组，四个烧火工、一个看火技师共同完成。需要一天的烧窑过程，才能把窑身每个窑眼都烧到位。经过两天的冷窑后又到了出窑的日子，也就是泥坯成器与大家见面的日子。就像母亲怀胎十月分娩的时刻，那一天，工人们如同在办喜事，这也是厂里最忙的时候。

曹家宝、曹向文、林海波、邱元晨、方平等早早就等在窑门口，等着迎接宝贝们面世。他们的心情是急迫的，这次是几品窑，谁的心中都没有底，曹家父子更是把心提到了嗓子眼儿。他们带着钉锤、大錾子等工具，要去窑里面把粘在一起的陶器分开，搬运出成器的货品，他们要看看这次创新的成果。家宝领着向文及几个组长焚香后准备开窑。

堵住窑洞门的砖头刚被挪开，向文便迫不及待地钻了进去。他在里面大声嚷嚷："好，这下好了。"他被窑内的高温焐出一脸的汗珠子。向文跑到窑洞外面，深深地呼吸了一口新鲜空气说："好，这下好了。"大家被向文的举动吓着了，心想是不是又倒了一批货，出次品了？他们不敢往下问。曹家宝、林海波和邱元晨他们担心向文小小年纪受不住刺激，赶紧劝说道："这次不好也没什么，还有机会再努力的。"

向文大笑起来："哈哈哈，好，好。我稍微看了一下，这次一定是上品窑。"大家这才把悬着的一颗心放下来。过了一袋烟的工夫，家宝领着大家直接进入窑洞内。他们像一个个接生婆，小心翼翼地迎接陶器宝贝。他们把錾子锋利的一头抵在粘在一起的陶器上，然后用锤子轻轻一敲打，陶器就会脱离开。向文抱着几个一升坛子、二升坛子出来，就像抱着自己刚出生的孩子，他满心欢喜地迎接他精心研制的宝贝面世。这些陶器釉色光亮、饱满、不失温和，看着像上面抹了一层油，而且骨子里透着秀气，这正是他一直追求的结果。

大家细心地把陶器移到窑洞门口，小工和烧成工人们都在外面等着，他们要把宝贝们先送到陶器验收库里。师傅们细心地分开所有粘在一起的陶器，然后把它们放到窑洞门口。他们越细心，破碎率就越低。小工和烧成工人们清一色地穿着草编的鞋子，这样走起路来稳，以免在窑上，路面坡度大，挑着货品易滑倒。他们每人把装得满满两大箩筐的窑货送往陶器验收库进行验收。箩筐是篾匠师傅们给特制的竹篾大箩筐，里面至少能装进大缸。他们在大缸里面套行缸，行缸里面套四缸，四缸里面套三缸，三缸里面套分缸，分缸里面套皮蛋缸，依照装窑的程序装入大箩筐。小的物品是根据箩筐的装入情况去填满，和装窑的方法差不多，这样既可以一次多挑一些陶器，也不会出现放不稳的情况。当然这得根据挑货人的能力大小来确定装多少，他要挑得起这副重担去到窑头的仓库才行。

验收员验为清货的即是正品，九折的算上品，七、八折的算中品，六折的算次品，再往下就是不入级的废品了。验收员赵一鸣总会左手拎一个装着石灰水的桶，桶里面有一支特大的毛笔。他右手拿着一个钉锤，在每个陶器上叮叮当当地轻轻敲打，有时候还用一块碎陶片敲打，根据敲击所发出的声音来定夺货品的优劣。一般声音清脆属于上品，声音稍闷属于中品，声音嘶哑即为次品。每敲击完一次，赵一鸣总是在陶器上用石灰水写上几折的字样。将白石灰水涂抹在陶器上写的字特别招惹人眼球，不管这字写得怎么样，一旦看到是个“清”字，大家心里都特别舒服。

赵一鸣这次用钉锤敲击出的声音都特别悦耳，他像一个音乐家，穿梭在这些乐器间。赵一鸣看到曹家儿孙们这一鸣惊人的成果，心花怒放。这次小龙窑的出品率是史上没有的，他拿起他的毛笔在这些精美的陶器上挥毫泼墨般畅快地书写，俨然成了梅花窑一代最潇洒、最独特的书法家。他突然觉得自己的名字与这些上品陶器很有默契，有一鸣惊人的气派。

终于有了一个期待的结果，曹家宝父子高兴极了。这次的陶器不仅清货多，更重要的是这是按照他们自己的意愿做出来的。大家欢呼雀跃，整个梅花窑沸腾了。窑贩子们（来批发窑货的人）早就等在窑上了，他们都有自己的销路，各取所需。

整个梅花窑像办喜事一样。在曹颜吉时代，窑师给窑工们发提成，统一发工资。家宝回来后，和梅花窑的几个大股东协商后制定了分成制，这样能提高大家的积极性。被验收后的窑货都按照各个师傅所做的分配好，除去会计、看火技师、踩泥工、印花工、制釉工、小工、购买柴火和黑煤等的费用外，剩下来的基本上由窑工和窑师按四六分成。当场被购买走的窑货计入账单，剩下的货品分配到各位窑工的名下，由他们自行推销处理。因此，窑工们几乎家家都有一个货院子。

焓窑

第二十章　陶艺培训班

向文在梅花窑主要教理论，他和父亲家宝在陶都宜兴那段时间的学习实在是太宝贵了。艺术相通，家宝不仅把工艺美术知识学得很好，也把陶艺兼顾了。积累的知识如今用到了实处，这或许就是天意。家宝父子白天黑夜地在一起研究心得，分析之前窑出问题的症结所在，研究向文这几只花瓶烧出上乘的原因，父子俩乐坏了。在曹颜吉时代，师父们都是手把手地去教徒弟，他们基本没读过书，会实践但没有理论。而家宝和向文既是理论家又是实践高手，大大提高了学习与办事的效率。

向文又开课了，课堂就设在窑棚。他利用窑工晾泥坯的空档去上课，在窑棚讲课方便用陶泥做示范。小窑组的成员轮流着来听课，课堂上还来了很多爱好陶艺的年轻人，每次上课总是济济一堂。大家把晾晒泥坯的长木板当成凳子，盘着腿，齐刷刷地坐在木板上。一群虔诚的热爱陶艺的年轻人，正被点燃对陶艺的那份热情。向文看着这些和自己一般大的年轻人，心情很激动。他从泥的采制讲起，他要让爱好陶艺的人更懂得陶泥的习性，因为只有懂得陶泥的习性才能做得更好。

“同学们，请认真做笔录。我先简单介绍一下装出窑的理论知识。装窑都是有定额的，这个是老规矩，基本不变。做小货的一组是三人，做大货的一组是四人，大货和小货必须套着装进窑身，即七人为一小组。一个月一条窑至少分四个组去运作。窑工师傅理论上至少有二十八人才能保持每个月一条窑装满窑胚数额。如是两组人员，则必须合理安排装出窑时间。大货组和小货组的几个组长安排好每一次装窑的组别，套着装窑。一边出窑，一边装窑，这样能借用窑身的温度。

“下面我们来说说陶土。陶土黏性强、土粒细、泥质密，是烧制陶器的最佳原料。师傅们将淘好的陶土敲碎、晒干，把它放在特制的场地（踩泥场）上用水先润一会儿，再用脚踩熟后放入窑棚，摞成柱状，这叫摞泥。摞泥是为了后面的拉坯做准备的。一堆堆陶泥，经窑工师傅们玩捏、抚摸、捶打，各类艺术泥坯就在这个过程中逐一诞生了。做好的泥坯稍稍晾干后，就要进行印坯。印坯就是给泥坯印上特有的花纹。接着是修坯、捺水、画坯、上釉，上釉是陶艺工序的点睛之笔。釉的制作更是不可小看，上釉的厚度也必须恰到好处。”

向文正说得津津有味时，被傅易为的叫喊声打断了思路。他看了一眼窑棚门口，傅易为正对着窑棚内喊兰兰。兰兰正听得入神，傅易为叫了三声她才听见。兰兰赶紧起身急步往门外走，走近傅易为，没好气地小声埋怨道：“你这么大的声音干什么，没看到向文正在上课吗?”傅易为阴沉着脸，梗着脖子恼火地说：“什么向文、向文的? 叫得好亲切。你学这些干什么?”兰兰白了一眼傅易为说：“陶艺我一贯喜欢，来这里就是学习的，不然你说干什么?”“兰兰，你就不能听一回我的话吗? 你别跟在向文后面和稀泥了。要学，我教你。”兰兰奇怪地看了一眼傅易为：“你就在这瞎嚷嚷，向文带来的可都是新的东西，大家都喜欢听呢!”

两个人小声说了半天，傅易为劝不走兰兰，内心便有些迁怒于曹向文了。他对着窑棚内小声地说：“喝了几口墨水，就回来张牙舞爪地冒充先生。才出这么一次好窑，就在这里纸上谈兵，显摆。”傅易为说完气呼呼地走了。兰兰见傅易为言语里充满了不屑，就瞪了他一眼也没有说话。她重又回到自己的座位上，没有理会傅易为使性子。

向文在端着茶壶喝水，似乎有意在等兰兰。他看了一眼回到座位上的兰兰说：“好，大家继续认真听课。陶器主要以民用品为主，行内分为两大类：大货和小货。大货即缸类大件，坛、罐、盆类则归为小货。小货又分为大车货（又名锤子货）和二车货（车头货）。大货的主要品种有大缸、行缸、三缸、四缸、分缸等缸类。其制作工序首先是师傅们在托子（用泥烧制的底托或木制底托）上面制作好缸底，晾晒至七成干时，再在缸底上缘用泥条一截一截加高到需要的高度，这个工序叫接栅。各种型号的缸都有相应的尺寸要求，不可误差太大，否则会影响到烧制工序中的装坯操作。接栅完成后让其稍晾干，再给泥坯加上缸沿（即缸口）。等晾到约六成干的时候，师傅们用专用木槌把栅子部位敲打成所需要的外形式样。此道工序要求师傅们手艺娴熟，力求产品外形规整光滑。该工序完成后产品制作即初步完成，待晾到八九成干上釉后，即完成坯件制作的全部工序。

“锤子货在小货中属于大件品，主要品种有盖缸、皮蛋缸、五升围、三升围、二盆、大盖钵等。此外，二盖钵、三盆、二升井等虽不是锤子货，但因件较大，故也被归于锤子货之列。锤子货的制作工序首先是拉坯，稍微晾干后进行拼接、拍打至光滑成形，然后作相应装饰后上釉。二车货主要品种有半升井、一升井、四盆、五盆、煨罐、擦钵、茶壶、酒杯、酒海、夜壶、火坛、碗、花瓶等各类日用小件。其制作工序是用练熟的泥料在辘轳车（用陶泥和棕毛混合制成的专用陶车）上拉坯制作而成。此工序考验师傅的手工技巧。坯拉出来后晾干到一定程度后，根据需要进行相应的打磨、贴（印）花等装饰后即可上釉。

“所有陶坯成型完成，上釉晾干后即进入烧制工序。陶坯入窑装坯时大件在下，小件在上。小门以下叫楼井子，只能装入小货，相当于龙窑的喉舌。小门以上十眼内的叫行缸眼，适合装入行缸，可套装四缸及小货品。十眼以上的叫大缸眼，适合装入大缸，可套装三缸、分缸。缝隙处可置入皮蛋缸等小货。总之，大件套小件，窑内除留有火路外，基本填到合适密度即可封门进入烧制程序。传统的陶器烧制窑炉采用的是龙窑，龙窑一般依坡而建，前低后高，可以有效利用热量。窑的长度根据生产规模和产品类别而定，从二十多米到一百米不等。窑身两侧设有投柴口（行话叫眼）。眼的数量也是根据窑的长度和主打产品的直径而设置的。窑身下窄上宽。不同宽度的空间装入不同尺寸的产品。泥坯入窑要经过三天三夜的烘（行话叫焓）、一天的烧和两天的冷却才可出窑（取出成品），整个生产过程才算结束。

“泥坯入窑烘就是焓窑，它们需要经过一番火的淬炼。陶器是泥的艺术品，是经过人的艺术加工制作而成的。陶器的烧成更是一门技术。

“三天焓窑之后便是烧窑。烧成组基本上要安排四个人烧窑和一个看火技师。窑身两边各有几十个窑眼。烧窑要从底部的起眼开始烧，天晴柴火干，窑烧得就快一些。遇上下雨天，柴火受潮，窑烧得便慢一些。工人们用扬叉（烧柴火的工具）叉起晒干后的柴火往窑眼里送。他们小心翼翼的，像给窑里面的宝贝喂干粮。烧窑是个细活，是在焓窑的基础上继续煅烧，必须每一处都烧到位。从龙尾两侧的窑眼开始，对着一截一截地往上烧。烧好一对窑眼，两个烧窑工人立刻用砖头把窑眼封上，以免热量流失。然后继续烧下一对窑眼，一直到烧到窑身的最上端。烧火时看火技师就是一个指挥官，需要烧大火或者烧小火全听看火技师的口令。闭窑两天后就是出窑。做窑、装窑、焓窑、烧窑、闭窑、出窑这一系列程序完成后才能出一批陶器。”

整整一个上午过去了，向文说得头头是道，口干舌燥。而热爱陶艺的年轻人齐刷刷地像一尊尊雕塑，一动不动地坐在木板上听向文讲课。一堂课下来，兰兰的腿也盘坐得麻木了。兰兰在腿上轻轻地捶打了几下，脸上似乎有痛苦的表情，细微的小动作和表情恰好被向文看见了。叶爱华拉了一把兰兰说：“起来活动一下就好了。”兰兰一瘸一拐地试着走了几步。向文走过来说：“今天嘴巴说得发热没收得住，讲的时间有些长，让你们久坐了。”兰兰腼腆地笑着：“向文老师，你辛苦了！”

第二十一章　扭曲的人性

傅易为性格孤僻、倔强又有一些野蛮，这也是受到他父亲傅吉高的影响。傅易为喜欢的兰兰最近与他有些疏远了，他的内心焦躁不安。他不愿在技术上输给向文，更不愿在感情上输给向文。

傅家货院子里的次品越积越多，可他并不灰心。他认为失败是成功之母，一定要经受住失败，研究一条多出清货的方法。傅易为多次出次品，傅吉高说过他两回，他也没当一回事。

张兰兰是窑工张克山的女儿，和傅易为恋爱已经近一年了。起初，她喜欢傅易为求知问学的精神，可时间久了，也很烦他遇事一根筋，所以他们一直没有成亲。一日，两个人又在一起争论。兰兰说："易为，你想想看，你家小圆窑的陶器很多都是七折以下，你还在搞什么研究呢？"傅易为不屑地看了一眼兰兰说："你不懂，不要只看眼下。一直按老眼光、老套路走，肯定是没有前途的。你看曹家，那小龙窑不也熄火了一些日子吗？"

兰兰说不过傅易为，每次说到这件事上，他们都要争论一番，后来兰兰都尽量回避这个话题。但这次兰兰没有忍住，她说："易为，你要不要调整一下你的观念，你这低着头研究何时是个头？向文现在正在开培训班，说的就是新理念，而且向文和他父亲研究成功了。你怎么不走捷径，偏要自己走弯路找苦吃呢？"

傅易为认为兰兰哪壶不开提哪壶，他的语气渐渐有些生硬："我不认为我比向文差，我一样会做好窑。你不要总在我面前夸向文，向文长向文短的说得好亲密。”傅易为的醋坛子打翻了，他是真的生气了。

傅易为爱钻牛角尖是出了名的，他那一股子钻研劲刚开始大家都很赏识，可后来他总出次品别人也说不得，搞得大家见他都绕道走。兰兰一直耐心劝说傅易为不要太钻牛角尖，可他总是抬杠，听不进一句话。

又是一次抬杠，兰兰觉得心好累，转身丢了一句话：“易为，我们分手吧！你慢慢去研究，我不再打扰你了。”然后生气地往傅易为家的大门走去。

傅易为母亲看兰兰表情严肃地走了，紧跟在兰兰后面连声喊着：“在这吃饭啊，兰兰，别走。”兰兰回头勉强地笑了笑说：“姨，我娘做了饭菜还在家等我，我得回去吃饭。”

鸟语花香的傅家大院，桂花树散发的香味此刻愈发浓烈地扑向兰兰，月季花也似乎娇艳欲滴地撒着娇看着兰兰。而面对傅易为的固执、不通人情，她哪里还有一点儿赏花的兴致。兰兰有意放慢脚步，希望傅易为能在后面叫她留步，可半天也没有听到声响。

向文的影子此刻又出现在兰兰的脑海中，她甩了甩一头飘逸的秀发，苦笑了一下：“净胡思乱想。”但她知道，这似乎是一个甩不开的影子。每次见到向文，她的心里就特别美。难道自己喜欢上了向文，所以最近总是对易为不耐烦，越发和他争吵了？是易为天生会吵架，还是自己已经移情别恋了？兰兰边走路边想着心思，陷入了无边的沉思中。

傅易为心里也憋了一股子气，兰兰最近总是挑三拣四的，还不是因为看到向文在厂子里混得风生水起的，她这不是见好爱好吗？我为什么非要拿别人的强项和自己的弱项比呢？傅易为内心也在激烈地斗争，他生气地反问自己。

一日，兰兰路过傅易为窑棚前，看见傅易为正和刘心怡有说有笑。不过，她和刘心怡是闺蜜，不会往歪处想。兰兰只是有些不悦，心想：“我说分手，你傅易为连一点反应都没有，这么多天无声无息地一个招呼都不打，居然还在这里打情骂俏，心情好得很呢！”傅易为远远地就看见兰兰了，只是他真的很倔，兰兰不打招呼，他也不说话。刘心怡看见兰兰，大声喊道：“兰兰，过来一下，这些天怎么没见你来我家玩呢？”兰兰见傅易为在那，懒得过去。她用手向前指了指，对着刘心怡做了一个回家的手势，头也不回地走了。

自从小龙窑出上品的消息传出去后，四乡八野的人们纷纷来抢购小龙窑出的陶器。这样一来，把整个大窑的陶器都给冷落了，其他几家窑主的小圆窑就更不用说了。这么多年一直很畅销的大窑陶器，一下子冷了下来，在窑师们的货院子里囤积，而小龙窑出的陶器却供不应求。刘佳林找到曹小勇商量，让曹向文给全厂的师傅们上课，让两条窑共同发展，不要出现剃头担子一头热的现象。

小勇找到哥哥曹家宝说出了此番意思，家宝笑了：“呵呵，本来就是要一起发展的。这不正在试验嘛。梅花山的两条窑就像人的两条腿，都要稳步发展。这大窑也是我们伯伯倾注一生心血创建的窑，两条窑不能步调不一致，不能差距太大。”第二天厂里告示栏里就张贴了一张告示：每天下午四点到五点半，在厂区一号窑棚开设陶艺知识理论课，授课老师曹向文。告示一贴出，大窑那边的师傅们也热闹起来了。大家都在说，手艺活是硬道理，吹嘘不值一文，是骡子是马拿出来遛一遛，人家产品在那里摆着呢。就这样，向文一下成了梅花山的红人。

兰兰这几天在冷静思考，同时也是在给傅易为一个机会。她调整了自己的情绪，不愿每天再为怎么和傅易为相处而烦恼了，她决定翻过这一页。她把思绪整理一番，就如丢开一个沉重的包袱，每天和叶爱华、刘心怡结伴，下午去听向文讲课。她想学的是陶艺，但想看的是向文。

兰兰每天都和叶爱华走在最后，她向曹向文问着陶艺知识。向文对蕙质兰心的兰兰也很欣赏，两个人彼此似乎都看对了眼。时间一长，添油加醋的风言风语就传出来了，传到傅易为那里一下就成了一颗定时炸弹。傅易为嫉妒心特别强，是个不服输的人，这些毛病兰兰在和他相处的日子里也渐渐发现了。

又一次小龙窑装窑的日子到了，大家紧锣密鼓地在装窑、焐窑、烧窑三部曲里忙碌着。可是到了出窑的那天，意外发生了。向文还是第一时间走进窑内，这次他没有出声。他从里面慢慢地走了出来，蹲在一旁，一言不发。家宝急了，忙问：“向文，怎么了?”没等向文应话，家宝拔腿就往窑里面走。家宝到里面没有出来，他也傻眼了。林海波、邱元晨、方平等几个师傅看曹家宝半天没出来，就知道出大事了。他们跑进窑内，发现陶器在那里，釉色几乎都是发白的。这应该是没有烧好、没有烧透导致的。家宝用锤子轻轻地敲了一下大缸，声音嘶哑。再敲了一下皮蛋缸，发出一样的嘶哑声。这次出了一窑的哑巴货。家宝、向文以及师傅们都傻眼了，就像家里生养了一群哑巴，大家相视一眼谁都没有出声。出了废窑一事，在梅花窑里同样也像一阵风似的传开了。有人咂舌，有人心疼，也有人幸灾乐祸。

晚上傅易为来到兰兰家。看着傅易为满脸的乐呵劲，兰兰有些奇怪，这些日子傅易为都悄无声息，今天怎么突然来找自己了。兰兰想听听傅易为想说什么。“兰兰，你最近都不理我，我这么努力也是想出人头地。你总以为向文厉害，你看，这次他们出了废窑，呵呵，全军覆没了，大戏唱砸了。谁也不能说自己永远是第一的，叫他再狂。”傅易为自顾自地说着泄愤的话，根本没有注意到兰兰的表情变化。

兰兰听傅易为说出这番话，心里很不舒服。她听出了傅易为话里的火药味，听出了幸灾乐祸的味道，也听出来一些说不出的东西。她黛眉紧锁，脸上没有一丝笑容，冷冷地看着傅易为半天没有说话。“兰兰，今晚我们去山头张村看电影好吗?”兰兰对这次出了哑巴窑本就觉得诧异，而傅易为的一反常态让她更加疑惑了，她本能地想多了解一些。“嗯，好的，好久没有看电影了。”兰兰爽快地应着。

看完电影傅易为兴致还不减，他说：“兰兰，我们到张家铺子吃点夜宵吧。”兰兰感觉到了傅易为的反常，顺从地应着：“那好吧，反正时间还早。”傅易为点了几道兰兰平日喜欢吃的菜，又要了一斤二锅头，让兰兰陪他喝几杯。兰兰平常不大喝酒，但也能喝上二三两，今天就陪傅易为喝几杯。傅易为的反常让兰兰的疑心越来越重，她要探个究竟。

酒过三巡，傅易为有点喝多了，他抓起兰兰的手说："兰兰，你不是喜欢曹向文吗？你知道他出了一个哑巴窑吧？他有什么了不起的，和我比？就凭他曹向文想击垮我？哼，没门！"

兰兰见傅易为有点撒酒疯，便故意说："易为，你喝多了，不要再喝了，向文怎么是在和你比呢？"傅易为醉眼蒙眬地盯着兰兰说："没事，兰兰，我能喝，我今天特高兴。我神不知鬼不觉地让他败在我的手下。哈哈，我赢了，我厉害。"

"易为，你在说什么？你赢了谁？你做了什么？"兰兰顺着傅易为的话往下问。"哈哈，兰兰，你想告密，我不能告诉你。"傅易为满脸通红、酒气熏天地摆着手。兰兰有意套话："我不会的，易为，你还不信我吗？"傅易为抬起趴在桌子上的脑袋，口齿不清地说着酒话："兰兰，你是我喜欢、喜欢的，最信任的人，我怎么能不信、不信你呢？那我告诉你，你可千万别、别声张。"兰兰有些急了，她要赶紧知道谜底，忙说："不会的，易为，你快说。"

傅易为把身子往兰兰这边挪了挪，他是真的喝多了，其实他只是象征性地动了动身子。兰兰把耳朵凑近傅易为。"是你说的，兰兰，你说的不声张哦！那我告诉你，你过来，靠近一点儿。"傅易为把嘴凑到兰兰的耳边，"千万别声张。是我干的，我让它们在烧成的过程中。就像生孩子一样，不是瓜熟蒂落，而是强扭下来的。哈哈，根本就没有成熟，成了一窑的哑巴货。你可千万别、别说出去。哼！跟我斗，看还抢我女人不。"说完，傅易为似乎撑不住了，头又耷拉在桌子上，打着呼噜沉沉地睡去了。

兰兰已经明白了整个事情的真相，她觉得傅易为这个人太可怕了。这是人性的扭曲，是蓄意的破坏。兰兰甚至想到了前段时间有人说傅易为的爷爷就是一个大恶人，早年就破坏过曹家的窑。这做坏事难不成还有家族遗传啊？此刻，兰兰看到的似乎是一个怪物，一个张牙舞爪的魔，一个凶悍、不顾大局、自私自利的小人。这样的人幸亏她发现得早。兰兰倒吸了一口凉气，想赶紧逃离。她似乎看到傅易为正张着血盆大口朝自己走来。但兰兰转念又想，他不会对自己产生威胁。向文一回来，梅花窑发展得轰轰烈烈，傅家窑生意更清淡一些。加上自己最近与向文走得近，造成了傅易为对向文的恨。他这是把恨全部转移到向文身上了。

废弃小圆窑

第二十二章　假装的恋情

高富贵看见在水塘边洗菜的苗春香，乐呵呵地上前打招呼：“春香啊，听说梅花窑曹家的传人回来了，很厉害，不过又听说梅花窑最近出了些纰漏。听传言，弄不好是有人在搞破坏。”春香扭头看了一眼富贵应着话：“老高，这事情确实有点蹊跷。大家都这么琢磨着，只是还没有查出什么原因，也不好多说。”春香边洗菜边说话。高富贵试探地问：“哦，对了，春香，兰兰和易为的大事准备啥时候办啊？讨一杯喜酒吃呢！”

春香放下手中洗的菜，直起身子甩了甩手上的水，又用拳头捶着发酸的腰，回头应着高富贵的话：“谈婚论嫁还早得很，也不一定就能成。这两个人闹别扭快两个月了，听兰兰说他们性格不合。一会儿合一会儿分的，非要搞什么自由恋爱，真让人不省心。”高富贵脸上漾过一阵笑意：“自由恋爱也没什么不好，处处看合不合适，省得将来怄气。”“嗯，你说得有道理。”

高富贵和苗春香的丈夫张克山是多年的好友，他们私下常在一起喝喝茶、下下象棋，哥儿俩走得很近。高富贵人如其名，家里田地多，也算比较富足。他有一双儿女，是双胞胎，妻子难产，生下一双儿女就撒手人寰了。中年丧妻，幼儿丧母是很凄惨的事情，他伤心了好一阵子。他听到一些风言风语说兰兰已经和傅易为分手了，心里暗自欢喜，他想让兰兰做他的儿媳妇。这不，他正在套兰兰娘苗春香的话呢。

高富贵蹲在塘沿边，抽着旱烟袋，继续陪苗春香说话：“不过要说兰兰这娃我也喜欢，我看着长大的，就当自家闺女喜欢呢！给兰兰找婆家千万马虎不得。女孩子就是菜籽命，落在肥田就肥，落在瘦田就瘦哦！”“是啊，谁说不是呢！兰兰这孩子是个实心眼，她认准的事情也没人能说得动。最近两个人总闹别扭，我说了性格不合就趁早分开，长痛不如短痛，对大家都好，可这孩子一会儿说分了，一会又说傅易为还是在乎她的。唉！一会儿天一会儿地的，藕断丝连，让人搞不清楚。”

苗春香拎起菜篮子起身，摇了摇头说：“儿孙自有儿孙福，随他们去咯，我也管不了这许多的。富贵，我回去做饭了，你要不去我家和老张喝两杯，昨天老张去刘家槽坊打回的一壶酒还没动呢。”“哦，那好，我先回去跟金宝他娘说一声，一会儿就过来和老张喝两杯，可有些日子不见了。”

高富贵与续弦的妻子赵秀芝生的儿子高金宝已经娶妻生子，女儿高金花、儿子高金根今年也有二十岁了，都尚未婚嫁。高富贵家产颇丰，可儿女的事情还没安顿好，怎么也不能安心。这会儿高富贵心情好，他甩开步伐，大步流星地回到家说：“金宝他娘，今晚我不在家吃饭，去老张家喝两杯，你们吃饭就不要等我了。”秀芝从里屋应声走了出来：“又去张家喝酒？你总在那边吃喝，改天也要把老张请到咱家里来吃个饭呢！酒你还是少喝一点，喝多了伤身子。”“知道，知道，和老张喝酒心情好，不会伤身子。”说着话，高富贵已经跨出了自家大门。

穿过一条马路就是梅花窑厂区，老张家就在厂区里面，十分钟不到的路程。一走进老张家用坛坛罐罐及碎缸瓦片围着的大院子，高富贵的心里就踏实了，似乎走到了自己亲家的院子里。他一溜烟儿就跨到了大门口。大门旁边就是灶屋，是就着一方墙做起来的一间屋子。从灶屋飘出来的香味让高富贵觉得嘴巴有些馋，可能他有点饿了。

苗春香端上来几盘下酒菜，老张拿出傅易为送的一套酒具，有酒盅、酒杯和窑碗。他边倒酒边说：“易为前段时间给我送来一套酒具，你还别说，这一套酒具做得还真不错，也难得这孩子的一番心意。我还没用过，今天咱老哥儿俩来用一下这本土全套酒具。要说这梅花山除了两条龙窑，傅家小圆窑烧的也还不错，也算是能排得上号的。易为这孩子不像他的父亲傅吉高脾气暴躁不合群，他还算憨厚，可就是最近不知道和兰兰怎么了，总是闹别扭。”高富贵佯装没听见，他仔细地端详着酒具打岔道：“酒具做得倒是不错，我们来用一下。”说着话端起酒杯老哥儿俩就喝开了。酒过三巡，聊着聊着，高富贵就把话题往儿女上面引：“老张啊，兰兰和我们家金根年龄差不多，你家也没有和傅家确定亲家关系，你有没有考虑过我们两家结个儿女亲家什么的？”高富贵说完，有点不好意思地干咳了几声，他端起酒杯和老张碰了一下，接着就咕咚一口，一饮而尽地喝下这一满杯酒。

张克山心里有数，高富贵家条件好，两家一直走得近，互相知根知底的，若能结成亲家倒是一件好事，便应声道：“这个事情要问兰兰。等兰兰回来，我让春香问问，看看兰兰有什么想法再说。咱俩喝酒，先别管这些。”毕竟张克山知道，兰兰一直在和傅易为交往。高富贵脸上露出了开心的笑意，至少没有遭到老张的回绝。

“伯伯，伯伯。”兰兰大呼小叫地从外面回来了。一进门看见家里有客人在，兰兰赶紧收住了大嗓门，有些尴尬地说：“富贵叔好！”高富贵似乎看到了自家的未来儿媳妇，忙说：“快来吃饭，兰兰，菜要冷了。”这时苗春香正端着两碗饭从灶屋里出来，看见兰兰就说：“兰兰，快吃饭，吃完饭娘有话问你。”兰兰好奇地看了母亲一眼：“啊，什么事？我也有话要问呢！”兰兰夹了几块千张烧肉和几块母亲卤的牛肉，坐到大门旁的小凳子上低头吃饭。兰兰还在为刚才不知道家里来了客人大呼小叫难为情呢。

吃完饭，苗春香把兰兰叫到房间问话：“兰兰，你和傅易为真的不处了吗？你跟娘说实话。”“娘，我和他早就不处了，他那鬼倔脾气处不来。”“不合适就分开，你自己的事情自己拿主意。不要一会儿风，一会儿又是雨的，让我和你伯整天为你担心。今天你富贵叔和你伯提到了你，想让你给他家做儿媳妇，你是怎么想的？”“啊，不会吧？”兰兰感觉有些突然，愣愣傻傻地看着母亲。“兰兰啊，金根从小就懂事，人也憨厚。他家的条件在这乡野也是数一数二的，你自己先考虑一下，我好给你富贵叔回话。”

兰兰一下子脑子全乱了，心想："和傅易为闹别扭快两个月，这人没心没肺的，都不来找我。这段时间我反复想了好几种情况：如果傅易为来道歉，我该怎么办？如果傅易为悄悄地去心怡、念瓷那里，让她们约我过去给我一个惊喜，又会怎么样？但是等了很久，却发现都是空想，他一点反应都没有。那日还和心怡在釉缸前有说有笑，开心得很。我还在这里为难自己，真的不值。昨天他突然约我看电影，说白了，就是陪他庆功，他破坏向文的窑成功了。傅易为酒后吐出的真言，实在太可怕了。"想到这里，兰兰一阵恶心，她突然想自己怎么会和一个人面兽心的人渣相处了这么久。

其实张兰兰和高金根很熟，因为父辈的关系，他们来往多了一些。兰兰正不知道怎么处理她和傅易为的事情呢，听母亲这么一说，她突然心生一个念头：她要和金根假恋爱来打消傅易为对向文的恨。兰兰对母亲说："娘，我同意和金根相处，看是否合适再说。"春香满意地笑着说："好，好，藕断丝连地找不愉快，还不如就干脆一些。金根这小伙子我看好着呢！"

张克山和高富贵两人喝酒正喝得起劲，苗春香走上前说："我来给你们把炭炉子加点炭，汤有点冷咯，把汤烧热再烫点菠菜下酒。"高富贵看着满脸笑意的苗春香，笑着对张克山说："好啊，家有贤妻就是有福气哦！"张克山笑道："嗯，呵呵，是的，家有黄金万两抵不到贤妻一个。"苗春香瞅了一眼张克山笑道："细伢都这么大了，还甜言蜜语地哄人。"说话间苗春香给炭炉子加了炭，一边把汤放在上面加热，一边压低嗓音说："我跟你俩说，兰兰答应和金根相处了。"高富贵听到苗春香这么一说，触电般地从板凳上站了起来，连声说："好，好，好，好事情，老张，我先满上这杯，就先干为敬了。"张克山见高富贵如此激动，情绪也被感染了，两人像已经成了亲家一样，你一杯，我一杯的，不醉不休地喝开了。

傅易为那晚喝多了，趴在桌子上睡着了，后来被小店老板叫醒。他睁开眼没有看见兰兰，便晕乎乎地回家了。第二天傅易为又昏昏沉沉地睡了一整天。兴奋加上连日来的疲惫，傅易为宿醉了。那晚酒后胡言乱语，他担心会吓到兰兰。第三天傍晚，傅易为换了一套平时几乎没有机会穿的暗红色的绸缎长袍和马褂，手里拎着一包小姨娘姚美芬带来的大红枣去兰兰家。

傅易为老远就看见兰兰娘在院子里给猪喂食，于是加快脚步走到院子里问：“香姨好，兰兰在家吗?”苗春香看到傅易为这身打扮一时没反应过来，愣了一下说：“哦，是易为啊，你这一身打扮，我差点没认出来。”傅易为递上带来的大红枣说：“香姨，这是我小姨娘从城里带来的大红枣，我带来给您吃。”“易为，你还是留着给你娘吃吧，我家里有。”客气了半天，苗春香还是收下了。苗春香见傅易为穿着体面地过来，心里疑惑：不是分了吗？看这架势，他好像还没死心呢！“你找兰兰吧？兰兰刚出去玩了。”

傅易为扬头看了看屋内，也不好多问，只好说：“兰兰不在，那我改天再来找兰兰。”傅易为和香姨道了别，无精打采地离开了他熟悉的院子。兰兰家养的那条大黄狗阿黄一直跟在傅易为后面转，直到傅易为走到院子门口，阿黄才停下来，像是给一个昔日的老朋友送行。傅易为看了几眼阿黄，有一种不忍离去之感，似乎想从阿黄这里打探兰兰的去向。

傅易为步伐有点乱，此刻他没有方向感，却有一种不妙的直觉。兰兰去了哪里？她去干什么了？……不知不觉他跨出了梅花窑厂的后门，走到那条熟悉的大河上的老桥上，停下了迟疑、毫无方向的步伐。这座老桥是傅易为常来的地方，这里能让人平静。可傅易为看着今天湍急的河水，心情更加烦躁不安。他心想：“这么久没有找兰兰，我怎么就疏忽了她呢？那日好不容易约兰兰出去看电影，可是自己却贪杯，酒后失态，兰兰一定恨死我了。唉，这酒就是误事。”

傅易为点燃一根烟，坐在老桥墩子上发愣。天似乎懂得傅易为的心事，早早地拉下了一层厚厚的黑幕。此刻这黑幕正笼罩着一个无助的人、一颗无助的心。但黑夜的包容，还是没能让傅易为真正静下心来思考，他的心情依旧烦乱。

远处有两个黑影越走越近，随风飘来的说话声音，断断续续的。“今天的电影你觉得好不好看?”“电影嘛，我觉得还是没有你好看，兰兰。”“你就乱说，我是问你正经话呢!”“哦，是是是，今天的电影有点恐怖，这恐怖片以后还是少看的好。女孩子容易做噩梦，可别吓着了。”“嗯，你说得对，恐怖片确实不适合看。”“兰兰你看，那前面黑乎乎的是什么在晃动？呀，是一只狼，快跑。”兰兰吓得大叫：“我的娘呀，太吓人了。”

傅易为听到叫声，本能地从老桥墩子上惊跳下来。这不是兰兰的声音吗？他飞跃过去，一把抓住了尾随在兰兰身后的人影，大吼一声：“你想干什么？敢欺负兰兰！”右手一拳就狠狠地砸在了黑影的脸上。傅易为左手紧紧地抓住黑影的胳膊，估计掐得很紧，疼的金根直喊：“你快放开我。”

金根和兰兰两个人都有点傻眼，傅易为怎么会突然从天而降地出现在眼前。金根还没有反应过来，就又中了一拳。他用力抽出像被老虎钳钳住的胳膊问：“你干吗打人？”傅易为这才看清楚，此人是梅花窑厂隔壁村的高金根。兰兰此刻明白了是自己刚才的一声叫喊引来的误会。她一把拉住傅易为说：“你快放开，没人欺负我。”傅易为这才知道自己打错人了。他终于弄清楚了，兰兰他们俩去山头张村刚看完恐怖片回来，他们在路上说着说着就吓唬起对方来，是在打情骂俏，闹着玩的。

虽然弄清楚了是一场误会，但是兰兰和金根一道看电影，这还了得，金根这不是抢自己的女人吗？傅易为没想道歉，心里还在想刚才打轻了。他对着兰兰说：“兰兰，你别走，我们谈谈。”金根憋着一肚子气地拦在兰兰的前面，对傅易为说：“兰兰现在是我的女人，你想怎么样？”傅易为也不示弱：“兰兰是你的女人？你也不打听打听我们处了有多久了？”两个男人的战争就在剑拔弩张之间，谁也没有退让的架势。“你们谁也不许动手，”兰兰一看这情势急了，“这个事情与你们都没有关系，决定权在我这里。”兰兰走到金根旁边对他耳语了几句，然后大声说：“你先回吧，明天我去找你。”金根听了兰兰给自己的几句悄悄话后，就独自先回家去了。

傅易为见金根已经走远，一把拉过兰兰入怀，却被兰兰用力推开：“傅易为你放开我。”傅易为有点恼羞成怒，他忍着一肚子的怨气说：“兰兰，你们到底怎么回事？”兰兰没好气地扭过头：“你不是都看见了吗？”傅易为急了：“兰兰，别这样好不好？你知道我是喜欢你的。是我错了，我太自私，太以自己为中心了，可是你怎么也得给我改正错误的机会啊？你不能这么绝情!”

兰兰一刻也不想多停留，她想还是应该说得明白一些：“傅易为，你言重了，我们之间早就没有什么了，还有什么绝情不绝情之说?”这两个月兰兰的内心受尽了煎熬，她曾经何尝不是深爱着傅易为，只是这一根筋的人，忙的时候眼中没有别人，兰兰都成了他身边的空气。傅易为总是自以为是，这一点，兰兰不习惯，也不喜欢。而现在兰兰知道傅易为心理扭曲，越发想离开他了。她说：“傅易为，不是我变心了，是你太不在乎我的感受了。你平时表现的都是一些表面的东西，真正在实处，你哪一点是关心我的，或是听了我的？放手吧！我们真的不合适。”

傅易为急了，带着哭腔说：“别，兰兰，千万别乱说，你不要离开我。我所有的缺点我都会去改，或许我做得不好，但我对你是真心的。现在我也想通了，什么都不重要，你才是我最该重视的。”一个一贯自以为是的大男人突然这样虔诚地承认自己的不足，倒让兰兰有了一丝感动。她看着眼前这个自己曾经爱过的男人一个劲儿地忏悔，瞬间有冰释前嫌的冲动，毕竟他们曾经彼此爱过。但是向文的影子又出现在她脑海里，傅易为很轻易地就被向文取代了。兰兰心中暗想，这或许就是心的指向，向文才是她的宿命。

兰兰之前就悄悄地告诉金根，想他们俩演一场轰轰烈烈的恋爱，帮助自己离开傅易为。金根和兰兰因为家庭关系，一直以兄妹相处，金根愿意帮助兰兰。而这一幕恋爱刚一开始就这样巧合地被傅易为发现了，金根冤枉地受了这一拳。

兰兰心想，兜这么一个大圈子，就是为了离开傅易为这一根筋的，不能心软。她一改往日的温柔说：“易为，我已经和金根在处朋友了，你还是放手吧!”傅易为眼巴巴地盯着兰兰：“你别乱说，我们的感情不是一句话就能结束得了的。”傅易为突然声音有些哽咽，说不下去了。

第二十三章　因为爱情

傅易为大吃一惊，他压根想不到兰兰会和金根谈恋爱。他心想：“兰兰不是一直和向文黏在一起吗？难道是我判断失误了？是我最近的一些行为遭到了报应？”傅易为没有拉住兰兰，他被兰兰几句绝情的话彻底击倒了。他瘫坐在那里，脑子里一片混乱。

傅易为抽起了闷烟，他思来想去：“到底问题出在哪里？我也是一个有上进心的人。只是近来曹向文随他父亲一起回来，搞得风生水起的，成了梅花山的稀罕人，男人妒、女人爱的。兰兰，你欣赏人的眼光也跟着变了，你喜欢读书人了。之前和曹向文走得很近，现在又和读书人金根谈恋爱，根源还是出在曹向文这个读书人身上。要不然我们处得好好的，你怎么说变就变了？我让你喜欢这些文绉绉的读书人！”

傅易为越想越气，扔掉还没有吸完的半截烟，起身抬起右脚用力把烟头碾灭。此刻，他感觉他碾压的不是烟头，而是曹向文和金根。一瞬间，他有种征服者的畅快感。傅易为脱掉身上的马褂，用力卷在手心里。另一个复仇计划又在他的心中酝酿着。

他偏执地以为，曹向文就是他的克星，他回来了，自己家的窑货库存积压不说，连心爱的姑娘兰兰也变心了，此仇不报，何以解恨？

傅易为没有学会窑工的质朴，倒是学会了窑工的一股子蛮劲。向文智慧超群且人又很憨厚，是大家喜欢的年轻人。傅易为心里明白，报复金根不用费多大事，自己多年做窑货，捏泥巴的拳头有的是力气，不怕这个文弱书生不知难而退，可对付曹向文就有点难度了，但如不下手，此仇此恨无法解。曹向文，你为什么要回来？你在外面这些年不是很好吗？你不是做了许多年的异乡客了吗？为什么偏偏要回来认祖归宗？你爷爷早不在人世了，你干吗要回来打破我们窑上平静的日子？

傅易为只按照自己的意愿去思考，哪里会站在别人的立场上看问题。他在想，对曹向文最大的打击，就是继续破坏他的窑。傅易为虽没有其祖辈害人的恶习，却因爱而迁怒他人，他活在自己编织的噩梦里。正所谓上梁不正下梁歪，这也是其父傅吉高从小对他的教育所致。

又到了小龙窑焓窑的日子，焓窑第一日半夜，傅易为便跑到小龙窑的窑身中段，拆开几处窑眼的砖头，拿一根竹竿用力捅破或推倒一些正在经受火煅烧的泥坯。再在一个合适的位置多拿掉几块砖头，用桶灌些水给窑内的泥坯降温。天快亮时，他把砖头又塞回洞口，用地上的土灰抹上几把，第二天半夜再拆开继续作怪。到第三日半夜搞完破坏，天快亮时，他把洞口原原本本地封好，算是“大功告成”。

向文和父亲曹家宝真的傻了，这奇怪的事情一而再地发生，可就是找不到症结所在。窑工辞工不做的事情又在重演。刘佳林找到傅吉高一脸不高兴地问：“吉高，小龙窑出废窑，不会又是你搞的破坏吧？”傅吉高冤枉地直嚷嚷：“天晓得！我傅吉高吃饱了撑的没事干啊？破坏它对我有什么好处？上次也是帮你刘窑师出口气，倒落得个好心没好报，成了一个专门做坏事的人了！”刘佳林看着气呼呼的傅吉高，猜想应该不是他所为。

看着小龙窑的师傅们失望，看着向文和他父亲郁闷，兰兰很心痛，她必须要挽救小龙窑。兰兰白天和金根走得近，是为了掩人耳目，夜晚和向文在一起聊天已经有些日子了。

曹家宝父子心有不甘，技术上都没有问题，却屡见哑巴窑货，这就很奇怪了。连续劳而无功，好几个窑工都走了，邹永平又开始嚷嚷。曹家宝更是纳闷，小龙窑和大龙窑都是父亲曹颜吉一手创建的，如今分给几个股东在做，大龙窑越发红火了，可小龙窑经常出现一些怪异现象。一时间梅花窑的人七嘴八舌地生疑：小龙窑一贯就有些邪门，就是沾了太多的邪气；以前爱梅葬过窑，里面死过人，是不是爱梅的冤魂回来了……大家七嘴八舌地胡乱猜测，让曹家宝父子也觉得小龙窑有些不可思议。

晚上兰兰约向文见面，向文十点钟准时到达约定的废弃窑棚里，兰兰早就在那里等着向文了。两个人秘密恋爱有些日子了，男大当婚女大当嫁，如不是小龙窑总是出现状况，向文早就提成亲的事了。向文知道兰兰和傅易为之前恋爱过，但是他们分手了，向文觉得自己也不算是横刀夺爱。他们一直没有公开关系，做着地下恋人，只是因为他是个读书人，注意一些影响罢了。今晚的兰兰打扮得格外漂亮，似乎有意要吸引向文的眼球。

兰兰与向文坐在一起，就感受到一个强大的爱的磁场，她的心里满满的都是幸福感。而向文觉得自己最近一头扎到陶艺上去了，忽视了兰兰，本以为这次的窑货一定是个大满贯，可惜一点起色都没有。

看着满脸愁容的向文，兰兰很内疚，总觉得这个事因自己而起。她说：“向文，你们的创新是成功的，否则大龙窑不可能产出许多精品。或许是犯了什么忌讳，还是要按部就班地做事，相信会好起来的。”向文深情地看着面前这位深爱自己的女子：“好兰兰，你真是懂我的人。你说得有道理，曹家在窑上经常发生奇迹，我坚信困难总会过去的。”

兰兰温柔地看着向文，明眸含情，月光下的美人愈发迷人了。兰兰虽然有些害羞，但她今晚必须要把心里话都说出来：“向文，今晚我想给你，我一定要给你。我们如此相爱，为何非要苦了彼此？”一贯矜持的兰兰突然说出几句撩拨人心的话。向文愣了一下，然后故意装傻。他岔开话题说：“你给我什么啊？”兰兰见向文打岔，急了：“向文，你看不上我吗？”向文其实还挺会装的，他说：“没有，呵呵，兰兰，刚刚看着月下美人我都走神了。”此刻向文被一贯矜持的兰兰突然一撩拨，有些招架不住。兰兰虽无十分姿色，却也有动人之处，他的欲火正在燃烧。

一轮洒进来的月光飞彩凝辉，愈发给这对人儿添了几分浪漫。向文毕竟年轻气盛，他经不住兰兰的诱惑，甚至是有意投怀送抱。兰兰把身子往向文身边挪了挪，一阵香气逼近向文，向文心头微微一颤。兰兰很自然地把头靠在向文的肩上，继续说着话。说到动情处她便一把抱住向文，直接亲吻她心爱的向文。

兰兰这一大胆的举动，让正值青春年华的向文热血沸腾。他再也控制不住自己此刻内心的骚动，一把搂紧为他痴迷的好姑娘。他们就在这废旧的露着如银月光的窑棚里，完成了灵魂与肉体最完美的结合。兰兰要将许久以来郁结心中不尽的缠绵之意，完完全全、毫无保留地尽情释放出来。她主动、大胆，抛开一贯的矜持。今晚她毫无顾忌地释放自己，与平日的兰兰简直判若两人。

兰兰没有多想其他的，只想在这一刻倾尽她对向文一生的爱。她的内心充满着欣慰与满足，她对向文说："向文，谢谢你，今晚能成为你的女人，我今生已再无遗憾了。相信我，我是为你降妖的人，小龙窑马上就安宁了，一定会出上品窑的。此生我的心中只有你。"向文被兰兰几句东拉西扯的话说得有些糊涂："兰兰，我知道，我很幸福，你是一位好姑娘。"

"向文，我还要。"兰兰娇滴滴地说。"啊，要什么？"向文继续装傻。"就是还想要你嘛！向文你真坏。要不是窑的问题，我们早成亲了。"兰兰继续撒娇。说着说着两个人又翻滚到一块儿了。兰兰这次真的满足了，他们躺在稻草铺上，如释重负。幸福让所有烦恼和郁闷都逃之夭夭，此刻这里只有甜蜜。

兰兰心里明白，自己本可以堂堂正正地做向文的妻子，可是这已是一种奢望。傅易为心理已经极度扭曲，什么坏事都能做得出来。如自己公开与向文成亲，还不知道他会闹出什么事情来。要想向文不受到防不胜防的伤害，要想小龙窑能正常地出货，只有牺牲自己的爱了。今晚，把自己最宝贵的第一次献给深爱的人，也算是不辜负自己来人世间走一场。也许兰兰的这些想法有些简单，但这是一个痴情的窑工女子对爱的最直接的想法。因为她想不出更好的方法来帮向文，她没有办法让傅易为停下复仇的计划，只好亲自来

“降妖除魔”了。傅易为这个一根筋认准的事情没有人能劝得住，何况这次他带着妒意，带着横刀夺爱的恨。

傅易为似乎变了一个人，直觉告诉兰兰，傅易为正一步一步地走向迷途，甚至走向深渊。他的怒火一旦爆发，将无法扑灭。傅易为在兰兰面前几乎是一个透明人，兰兰仿佛看见了一个血淋淋的傅易为，她有些寒心。兰兰心中早已有了一个计划，她绝不让傅易为伤害到向文。自从那日与向文温存后，兰兰再也没有去找过向文。一日夫妻百日恩，她已经把向文融进了自己的生命里，她要用自己的方式去呵护她的爱人。

兰兰也没有再和金根多接触。一日，她直接去了傅易为的家，对傅易为说：“易为，今晚我们去山头张村看戏吧。”傅易为感觉太阳从西边出来了，他奇怪地看着兰兰：“你说的是真的?”兰兰若无其事地看着傅易为：“是的，怎么了？今晚心怡和伊凡也去，我们约好了一道去的。”

傅易为很兴奋，有失而复得的喜悦，忙说：“那好，兰兰你等我，我去换套衣服。”傅易为换了一身笔挺的黑色衣服，不一会儿工夫体体面面地出现在兰兰面前。兰兰淡淡地看了一眼傅易为，面部没有多少表情。或许是报应，傅易为前一阵子半夜扮鬼，又整夜不睡觉，把自己也折腾得有些不成人样。他的皮肤上全是红疱疹，脸上似乎在化脓，这让兰兰觉得这个丑陋的灵魂更加恶心。尽管这样，她还是要镇定，为了守护她心中的爱人向文的窑业，她必须走近傅易为。

兰兰心里突然像被针扎了一下，一阵难忍的刺痛。她心想，一个体体面面的人，为何心理扭曲，把自己弄成这副模样?谁都有权利选择自己的生活，为何你总是想着搞打击、报复、陷害，闹得鸡犬不宁的?整个梅花窑都让你折腾得几乎要熄了窑火，我以前怎么会喜欢你这么变态的人?兰兰内心又一阵刺痛，她强忍着心痛说：“易为，我们走吧!”说着就跨出了傅易为家的门槛。

刘心怡和苏伊凡早在梅花窑厂区后门口等着他们了。兰兰最近心情不大好，她和闺蜜刘心怡说了自己的心事，但是他没有说出向文的名字。她只是说与喜欢的人此生不能在一起，是一种遗憾。刘心怡也看出来兰兰喜欢向文，她知道上次傅易为打金根一事，也知道傅易为的牛脾气不好惹，也就没有多说什么，只是告诉兰兰，千万不要嫁错郎，否则会后悔莫及。兰兰当然知道这个道理，她早知道自己情归何处了。她心里寻思，与傅易为在一起是下下策，但眼下唯有自己做出牺牲，方能让向文那边的窑躲过劫难。

两对年轻人各怀心事地去山头张村看电影。傅易为今晚很开心，因为他与兰兰重归于好了。傅易为心里终于松了一口气，这么久他一直活在紧张与恐惧中，只为一己之私。

电影散场后四个人坐在那里吃夜宵，傅易为兴致高，又要喝酒，就这样四个人很晚才回梅花窑厂。两个男人各自送各自的女人回家。傅易为把兰兰送到张家大院门口，突然说："兰兰，我们成亲吧？"傅易为突然说这句话让兰兰很吃惊，但是她还是强作镇定地说："等下一次小龙窑出一批上品窑货再说。我定了一批我最喜欢的小件，有花瓶、花钵子、小火罐等，这些都是我请向文师傅帮我做的，我想把它们当作陪嫁。易为，看天意，我最相信天意。我给自己算了命，若这批我定的小件都是上品，我便适宜与你成亲。"

傅易为看着兰兰说："你还迷信这些？那我们一起来祈祷小龙窑出上品吧！"傅易为立刻双手合十，闭目祈愿。兰兰鄙视地看着傅易为，心想：你不是天天诅咒小龙窑，想着怎么整向文吗？一个年轻人整天就想着害人，傅易为你是完全变了，还是你原本就是这样的人？

兰兰内心备受煎熬，她不知道自己的决定是否正确，但是她知道，傅易为为了得到她，什么事都能做得出来。如果自己现在离开傅易为，后果将一发不可收拾，不知道傅易为还会想出什么招来搞破坏，小龙窑的情况可能会更糟糕。心理复杂的兰兰，此刻人在曹营心在汉。那晚的温存，让她更加苦苦地思念着向文，但命运捉弄人，却偏偏让她和眼前这个人缠在一起。

这些天向文也找过兰兰，但她推三阻四地总说家里有事。向文心里纳闷：兰兰怎么一下子像变了一个人似的，见到自己总是在躲，不再像以前那样黏着自己了。他又不好多问。向文估摸着，是不是那晚自己动作太大了，弄疼了兰兰，兰兰不开心，那毕竟是兰兰的初夜。或者本就不该对一个未过门的姑娘做那些事，自己确实做得有些欠妥。可兰兰完全是自愿的，更是主动的啊！自己也不是不负责任，接下来就会提亲迎娶兰兰的，向文自问自答地实在找不出答案。

如期出窑的产品质量大好，在向文和家宝的预料之中。小龙窑总算是如愿出得满窑的上品。兰兰定制的那些小件很漂亮，正在向她招手，兰兰像看到自己和向文孕育出的孩子般激动。但兰兰转而又开始伤感，陶娃娃的诞生意味着她和向文彻底的别离，她很快就要和傅易为成亲，就要和向文成为永远的过去式了。

傅易为笑嘻嘻地找到兰兰说：“天意，兰兰，我可以迎娶你了。你看，这次小龙窑出了上品窑，你定制的小件件件很漂亮。”兰兰懒得理傅易为，心想：好坏看来都是由你来定了，无耻的小人。但她嘴上还是很温和地说：“稍微等等，我还没有做好准备。”兰兰还是很犹豫，她想搪塞一时是一时。可一个多月后，兰兰突然发现身体有些不适，她怀上向文的孩子了。兰兰知道，如果不尽快想办法，会出大问题的。兰兰要留下这个难能可贵的爱的结晶。

晚上兰兰直接去了傅易为家，两个人一同去梅花窑厂外散步。清风徐徐，吹拂在兰兰的脸上。好宁静的夜晚，可兰兰感觉不到一丝快意，这种意境，若是向文在身边该是多么舒心多么美好啊！“兰兰，兰兰，你在发什么呆啊？”傅易为看兰兰半天不言语，着急地问。“哦，易为，我刚在想你那天说的话，我同意嫁给你，我们成亲吧！”

傅易为激动得不敢相信自己的耳朵，忙问：“你说什么？我没有听错吧？兰兰，你再说一遍。”兰兰面无表情地又重复了一遍：“我们可以成亲了。心怡和伊凡也要成亲了，我们还是抢在他们前面吧！”傅易为抱起兰兰在原地转了几个圈：“我的好兰兰，你终于答应嫁给我了。好，我回去就让我爹娘抓紧筹办。”

一个星期后兰兰闪电般地嫁给了傅易为。她的嫁妆里有用红丝绸系着的系列窑货小件，这些都是向文亲手做出来的，她要带着这些宝贝嫁给傅易为。她要把向文的爱、向文的气息留在身边。傅易为沉浸在幸福中，而向文莫名其妙地、眼巴巴地看着兰兰嫁给了傅易为。

小龙窑恢复了原来的神奇，几次出窑上品率都较高。曹家宝和曹向文为窑艺呕心沥血，终于有了可喜的成绩。曹家宝离家几十年携子归来，终于给已逝的父亲曹颜吉创下的梅花窑交上了一份满意的答卷。可向文怎么也高兴不起来，他想不明白心爱的姑娘怎么突然就变心了，他们已经把彼此交给对方了啊！向文终日郁郁寡欢，后来他干脆把心事全都放到梅花窑上去了。

刘佳林找到曹家宝说："梅花山两条窑是老曹家的心血，要让其发扬光大，共同进步。我建议向文把课程排一排，多讲一些理论，然后再去实践。"家宝当然一口应允了，这可是倾注了父亲一生心血的两条窑。整个梅花山沉浸在一片祥和中，只有向文的心结一时无人打开。

兰兰一百八十度的大转变，让所有人费解，也把高富贵吓了一跳。他心想，兰兰不是和金根处得好好的吗？高富贵纳闷地直叹气："都怪自己多事，让儿子蹚了这趟浑水。"他硬着头皮去喝张克山嫁女儿的喜酒。

兰兰的婚宴向文一直没有露面，他的父亲曹家宝去喝了喜酒，回来后直说："多好的姑娘，讨人喜欢，这个傅易为有福气。"向文看了父亲一眼说："是的，谁娶了兰兰谁幸福。"向文这些话似乎是从嗓子眼儿里挤出来的，他的心好痛。这到底是怎么了？兰兰已经把她完全交给了自己，现在又嫁给傅易为未免太草率了。向文回想着那一夜兰兰说的一些稀奇古怪的话，现在仔细想来更觉得有些蹊跷。更奇怪的是，兰兰一贯是一个矜持的女孩，那晚有意挑逗煽情，还把最宝贵的初夜给了自己，而且是主动的，接着就再也不与自己联系，突然与傅易为闪电般地成亲了。向文是一个睿智的人，他在沉思中不得其解，但似乎也能感觉到小龙窑总出问题的一些端倪。

一日向文遇见刘心怡，一番交谈，让他似乎有了点头绪。刘心怡对他说："最近感觉兰兰不对劲，突然宣布和易为成亲我也有些不解。那天晚上我们一起去看戏，我看见傅易为满脸生疮，腿还一瘸一瘸的，听他说是走夜路摔的。我也没有感觉兰兰对傅易为有多上心，倒是看出来兰兰有些勉强。我还听兰兰说过，她一生只爱一个人，我知道是你，但是兰兰的举动确实让我和伊凡不敢多说什么。”

刘心怡这一番话一直在向文的脑海中转，他更加疑心重重了。这段婚姻一定有诈，一定与小龙窑有关，兰兰那晚肯定是有心为之，但事已至此，他也没有回天之力，只有愈发郁闷。他联想到之前傅易为看见自已时，那莫名其妙的仇恨眼神，心中若有所思。但他不想再深入了解这件事了，现在说什么都为时已晚。兰兰已经嫁了，一切都已经无法挽回，这样的痛与无奈是说不出来的。梅花窑终究是安宁了，似乎这里一直就是这样安宁，从来没有矛盾发生。

第二十四章　夜半歌声

1. 暗恋成灾

梅花山里尽出美人，这里一定是沾染了梅花仙子的仙气。工人何坤久的女儿何慧英也是出落得亭亭玉立的美人坯子。慧英看兰兰成亲了，总想找个心仪的人嫁了。她最近总是去阿福的窑棚里，找阿福给她做个花火坛（取暖用的手炉），做几只花瓶什么的。她故意找理由接近阿福，那点小心思阿福看在眼里。阿福被慧英缠得似乎开了窍，幽默话也多了起来。阿福欣赏慧英的聪颖，慧英熟读史书，通晓天文地理，常常说得阿福直发愣。

慧英也算是用心良苦，她暗恋曹阿福已经很久了。慧英喜欢看相书，她相中了阿福。阿福皮肤白皙，天庭饱满，一看就是有福相的人，跟着这样的男人过日子有安全感。窑工的生活整天就是跟黄泥巴、窑货打交道，没有太多的乐趣。阿福也喜欢慧英来窑棚和自己谈心，这样倒也能打发寂寞。

下午四点左右，慧英又来到窑棚找阿福聊天。阿福正在收拾东西准备回家，嘴里说着："今天要早早收工回家，吃过晚饭要先睡一觉，免得晚上焓窑要一夜打瞌睡。"慧英听在心里，脸上掠过一丝笑意，嘴上说着："哦，那是要早点回去。"

晚上，慧英满心欢喜地精心打扮了自己。刚过夜里十二点，慧英悄悄掩上房门走出自家院子，她要去私会自己的心上人。

阿福给窑炉里添了满满一锹煤后，坐在木质长靠背椅子上。他抽着烟，吐出的烟圈里，是一个寂寞连着一个寂寞。阿福下半夜焙窑，傅易欣总是一如既往地给阿福送夜宵。他们的感情早就成熟，本该堂堂正正地成亲了。可是傅家几代一直觊觎曹家在梅花窑的发展，常暗中捣乱，后来在风言风语中被曹家知道一些。阿福曾试探了几回父亲曹小勇的口气，得到的回应是：离傅家远一些，不可与傅家联姻。再加上阿福的哥哥曹瑞安还没有完婚，奈何长幼有序，阿福知趣地把自己的事情往后摆一摆。

阿福抽着烟，正对着炉火郁闷地想着心事，忽然觉得背后有一阵香风骚动，一双小手捂住了他的眼睛。阿福扔掉手中的烟头，兴奋地双手伸向后面，拦腰抱住了身后细细的小蛮腰。此时他们谁也没有说话，他们要保持一份宁静、一份安逸，毕竟又是好多天不见了。慧英见阿福这样搂着自己，心脏激烈地跳动。她陶醉在相思已久的人的温柔乡里，悸动的心使她要主动出击了。慧英旋即转过来，用樱桃小嘴猛地吻上阿福的唇。阿福被这娴熟、大胆又有一点野蛮的动作惊呆了。这不是傅易欣，傅易欣没有这么主动，也从没有这么调皮过。

他惊恐地睁大他的那双小眼睛，是慧英站在他的面前。阿福吓了一跳，他用力推开慧英："天啊，怎么是你，小慧？"慧英委屈地说："阿福，为什么不能是我？那该是谁？"阿福稍微调整了一下情绪，有些尴尬地说："小慧，你怎么不在家睡觉，这么晚来这里了？"慧英羞红了脸："阿福，人家是想来陪你的嘛！""小慧啊，你看这深更半夜的，你一个姑娘家，叫别人看见了会说闲话的。"慧英干脆挑明自己的想法："别，阿福，怕什么啊！我就是喜欢和你在一起。"阿福见慧英说得如此明白，有些慌神："小慧，我心里已经有人了。"

"阿福，你撒谎，怎么会？我已经喜欢你很久了，不要再等下去了！看你每天不温不火的样子，我们到猴年马月才能走到一起？""小慧，我心里真的有人了。你是个好女孩，我不能让你受到伤害。""那你倒是说说是谁偷去了你的心啊？哎，你快说呀！"慧英认定阿福是在逗她玩，她娇滴滴地闹着。

阿福见慧英不信，实在没辙了，便边给窑炉加煤边说："小慧，我真的不是骗你。我也挺欣赏你的，喜欢和你说话。刚才，我的心被你撩得都快跳出来了。可是，可是……""可是什么？你快说啊，急死人了。"慧英脸色严肃起来，她下意识地感觉到阿福不是在开玩笑。"小慧，我已经有心上人，我不能背叛她，我和傅易欣早就私订终身了。"

阿福说完这句话如释重负地看着慧英："我一直把你当成最好的朋友、知心姐姐。""你别说了，我不信，你就是在骗我。阿福，我是真的喜欢你。"阿福见慧英陷入单恋很深，自己不说绝情一些看来无法断了她的念头，再说傅易欣马上就要到了。阿福急得头上直冒汗，他又给窑炉加了两锹煤，故意装着若无其事的样子跟慧英说话，免得慧英尴尬："小慧，不过今天你来了正好，有件事情我真的不知道怎么办，你给我出出主意，但你一定要替我保密。傅易欣告诉我，她已经有了两个月的身孕了。"阿福这句话刚一说出口，慧英就哭出了声："怎么会这样？我不信，从来就没有看见你们两个相处啊？"慧英捂着脸在那里抽泣得厉害，一句话也不说了。眼看傅易欣就要过来了，这可急坏了阿福。他说："小慧我还是先送你回去休息，白天我再和你慢慢说。"

慧英定了定神，想到自己一直以来的一厢情愿和刚才一系列的举动，又有点羞怯尴尬。"我哪里知道怎么办，你还是考虑清楚自己拿主意吧！"说完，慧英头也不回地一溜烟儿小跑着出了窑棚。

阿福忽然有些失落，他掉了魂似的蹲在长凳子上抽着闷烟。阿福心想，慧英是一个不错的女孩，也很让自己上心，但自己有了傅易欣，怎么也不能见异思迁，做昧良心的事情。阿福走神了，突然想起来自己还在焓窑，赶紧起身给窑炉加了几锹煤。

慧英前脚刚走，傅易欣后脚就跨了进来，几乎相差不了几分钟。阿福心有余悸，怔怔地站在那里看着傅易欣，似乎没什么反应。傅易欣笑嘻嘻地走下窑棚的台阶说："看你没精打采的，是怪我来迟了吧？我是怕鸡汤下米面凉了，又热了一下，耽误了一点时间。"说着话，傅易欣已经走到了阿福的面前，她递过来一大茶缸鸡汤下米面。阿福今天吃的一点味道都没有，心神不宁的阿福也不多说话。傅易欣看阿福无精打采的，就问：“阿福，今天看你没什么精神，困了吧?”阿福拉着傅易欣坐下说：“哦，没事。欣，我在想我们的事情该怎么办。”傅易欣露出无助的神情：“是啊，阿福，这个你要赶紧想法子。我的肚子会越来越大，是瞒不住的，不成亲会坏了名誉，家里会骂死我的。”

阿福宽慰傅易欣：“你也别太担心，对胎儿不好。欣，我们是真心相爱的，都是我哥到现在没成亲，还有我们两家祖上有一点小误会，否则我们早成亲了。我不能再等了，我会尽快让家人托媒婆去你家提亲。这几天你也别来窑棚了，熬夜对胎儿不好，再说你走夜路我也不放心。”“阿福，最近我也感觉有些懒懒的，那我在家等你的好消息，后面你熬夜我就不陪你了。你自己带点吃的，饿了好填饱肚子。”

第二日下半夜，阿福忧心忡忡地在焙窑。他琢磨着多少个焙窑的夜都有傅易欣陪伴，那样的夜一点也不孤单，而现在，没有傅易欣陪伴的下半夜实在有些难熬。阿福焙窑时总喜欢抽大烟袋，浓浓的烟丝味很重，解乏。阿福抽完一阵烟，还是无精打采地犯困，他眯上眼睛准备打一会儿瞌睡。这时，他听到轻微的脚步声，闻到一阵熟悉的香风，难道慧英又来了？脚步声靠近了，阿福没有动，他干脆佯装睡觉。慧英那夜回家失眠了，她暗恋阿福很久了，如今挑明了，也是因为她实在无法再装下去。她想还是要再努力一下，所以第二日又来找阿福。

慧英见阿福没有反应，估摸着他是在打盹。她把阿福的头抱在怀里，用软软的胸脯贴着阿福给他温存。阿福极力克制着自己，依旧闭着眼睛装睡。慧英知道阿福在装睡，见阿福没有推开她，就拼命地投怀送抱。她解开自己的衣衫，让自己的肌肤贴在阿福的脸上，她渴望阿福能好好地爱她一次。可是阿福似乎突然清醒了，发疯似的挣脱慧英的温柔乡。阿福背过脸去说：“小慧，我以为是傅易欣，我什么也没有看见，我一直迷迷糊糊的，你快走吧!”

慧英被阿福这突然的举动吓退了所有情欲，她那双水汪汪的大眼睛里充满了惊恐与尴尬。她看着背对着自己的阿福说："阿福，我长得就那么不能看吗？你明明是喜欢我的，我感觉到了。"阿福结结巴巴地说："你快走吧！小慧，我、我求你了。我已经，咳，我已经有傅易欣了。"这最后一句话似乎让慧英清醒了，阿福是有了傅易欣才无法接受自己的。慧英羞涩地赶紧扣上纽扣，脸上一阵发烫。这点变化也只有她自己知道，因为阿福根本没敢正视她。慧英发疯似的跑出了窑棚，她是既羞又痛，不知道眼下该如何是好了。此刻她不能回家，她要好好地整理一下凌乱的思绪。

天黑得伸手不见五指，慧英在厂区里慢悠悠地走着。她看见阿福的影子从她出窑棚就一直紧跟在她后面。她想，难道是阿福放心不下，在暗中保护自己？这么一想，她受伤的心里有了些许安慰。慧英任性地在黑夜里游荡，她要试试阿福到底在不在乎她。她走进堆成山的两大堆松树枝的间隙里，这是窑股东们为来年烧窑准备的柴火堆。她坐在几捆丢弃在地上的松树毛堆上，慧英此刻有点故意为之，她希望阿福能上前安慰自己。

慧英背靠着山一样高的松树枝堆旁发呆。而那个黑影正慢慢靠近她。阿福到底还是舍不得她，慧英有点喜从天降的感觉，这会儿轮到她佯装生气不理他了。她的内心太渴望阿福的爱了，她已经陷得很深，无法自拔了。她愿意把她的第一次献给阿福，献给她心爱的男人。一双大手默默地抚摸着慧英的全身，她再也装不下去了，嘴里说着："阿福，阿福，你这个坏阿福，真会装，刚刚怎么不理会我？"黑影笨重的身子压在慧英的身上，粗鲁地、一个劲儿地吻着慧英的香唇，堵住了慧英想要继续说的话。

此刻的慧英感觉无比幸福，她心想：阿福这个闷葫芦，在拿实际行动来喜欢我。她忽然觉得自己是天下最幸福的女人。这个死阿福，刚刚还文绉绉地装蒜，现在竟这般粗鲁，像一头饿极了的狼，动作这么大。慧英心里美滋滋的，她觉得把自己最宝贵的初夜给最心爱的人是世间最大的幸福，反正自己这一辈子就爱阿福一个人，早晚也是他的人。想到这，慧英愈发兴奋。

慧英觉得上天都在眷顾她，此刻她忽然对这漆黑的、能包容万物的黑夜，以及这一堆松散的松树枝特别感激。黑夜让她能够大胆地享受爱的温存，这一堆松树枝虽然刺刺拉拉的触到身上很不舒服，但是慧英依然心存感激。她沉浸在幸福中不敢有一丝怠慢，生怕稍有挑剔，幸福就会离她远去。此刻她的心中只有甜没有疼，只有爱没有怨。这一番云雨，来得猛烈，来得突然，她痛并快乐着。慧英毫无保留地把自己献给阿福，也算是吃了一颗定心丸，他们终于以实际行动私订终身了。

她娇喘吁吁地笑出了声："你这个死阿福，这下跑不掉了。你要对我负责，我也给你生娃呢！"黑影喘着粗气渐渐慢下了节奏："好、好、好舒服，和你过家家真快活。你给我生个娃，好。"这声音一发出，差点把慧英当场给吓死过去。慧英一阵晕眩，发出歇斯底里的呵斥："你是谁？有鬼！"慧英声音里带着几分颤抖、几分悲凉、几分绝望。二傻以为这姑娘误把他当鬼了，赶紧解释："我、我、我不是鬼，我是二傻。别怕，我真的不是鬼。我是来和你睡觉觉的。不过家家，怎么生娃啊？"

这还了得，二傻是小货师傅姚水金的儿子，从小得脑膜炎成了傻子，但专爱睡女人。据说梅花窑厂区附近村子里好几个姑娘都被他糟蹋了。二傻长得英俊白净，可惜傻了。二傻睡女人时一点不傻，他睡出了经验。他平日里话不多，喜欢皱着眉，倒显得有点高冷，看不出他傻。他有模有样地给慧英温存，娴熟地完成了他想要完成的所有动作。慧英一巴掌狠狠地扇了过去，把二傻打得晕头转向的。接着又一掌把二傻推倒在地，二傻迅速爬起来抓着丢在一边的衣服转身就跑，边跑边嚷嚷："不好玩，不好玩，过家家，怎么还打人呢？刚才还和我爱爱呢，刚才还和我爱爱呢。"慧英此刻觉得自己比二傻还要傻，她坐在那里哽咽了一夜，恨不得就哭死在那里。好好的身子就这样莫名其妙地被玷污了，她还有什么资格去喜欢她的阿福？哭着哭着，慧英把所有的恨一点一滴地都记在了傅易欣身上。

说来也是慧英该有这一劫难，这二傻无论是身材还是长相和阿福都有几分相像。尤其在伸手不见五指的夜晚，在那种机缘巧合下，更在慧英求爱心切的情形下，才导致了这一场本不该发生的孽债。恐慌加上伤心至极，慧英彻底消沉了。趁天还没有亮，慧英赶紧回家，来到灶屋，烧了一大锅热水，把自己关在房间里好好洗了一个澡。她想洗掉这些污浊，可是她无法洗掉已经发生的事。她把自己泡在水里很长时间，直到水凉透了。

后来，慧英白天常把自己关在闺房里不愿见人，但她还是心心念念地喜欢阿福，夜里就在窑棚外转悠。从此，梅花窑厂夜里总有凄凄切切的歌声：爱人，你是我的爱人，爱似枷，情似锁，你让我受尽一世的折磨……

梅花窑厂一度人心惶惶。慧英很长一段时间都走不出来。刚开始没有人知道她到底遇到了什么事情，有人说慧英大概是被什么不好的东西附体了，也有人说天天唱爱人，莫不是失恋了，大家也只是猜测。她的父母找人来家里做法驱邪，但都无济于事，没有人能帮得了她。

2. 疯女的歹念

又到了出窑的日子，梅花窑里又人来人往的，依旧热闹。傅易欣拎着一大茶壶茶水，到处找阿福。慧英正攀在窑头旁那颗桑树上东张西望，她的想法很简单，就是站得高，看得远，好看见她喜欢的阿福。慧英突然眼前一亮，她看见傅易欣正往窑上走。她兴奋地跳下树来，跑下窑头来到傅易欣面前问："你找我的阿福哥？他给我做了花瓶，我随你一道去找他。"傅易欣看了一眼神志不清的慧英说："走吧，我正给阿福送茶。"傅易欣很纳闷，漂亮的慧英怎么好好的就疯了，但她万万想不到这与自己有些关联。

窑身的坡度约四十五度，路上到处都是碎陶片，像长在土里一样。慧英其实是时而清醒、时而疯癫。她边走边想着心事：如果傅易欣没有怀孕，阿福肯定会选择自己的，是傅易欣抢了自己的阿福，如果自己早一天表白，如果……

慧英不愿再往下想，阿福本该就是自己的，哪来这么多如果？她脑子里顿时生出一个歹念来。她突然加快步伐走了几步，走到傅易欣的前面站了一会儿。傅易欣诧异地看着慧英："慧英姐，你怎么了？你挡着我了。"慧英慌忙让开说：“没、没什么，我突然想问什么，现在又忘了。”慧英继续朝前走，傅易欣紧跟在她的后面。突然慧英脚下猛地一打滑，重重地撞在傅易欣的身上。慧英的撞击很重，两个人就着斜坡都滚下去了。这还了得，这里到处都是碎片，她们头上身上被剐的到处是血。

刘心怡恰好路过，手忙脚乱地挡住了傅易欣滚动的身子，还差点被傅易欣的身体砸倒。慧英在离傅易欣一米远的地方被一块大石头挡住。刘心怡看见傅易欣顺着裤脚流下的血迹，心里似乎明白傅易欣是流产了。但她吓得不敢多说一句话，傅易欣还是个姑娘家啊！这时刚好赶着去窑头的曹瑞安也看见了，他急忙帮着扶起傅易欣和慧英说：“心怡，你扶易欣、慧英在这石墩上先坐着，我去叫阿福。”阿福气喘吁吁地跑了过来，看到满身是血的傅易欣和脸上摔破直流血的慧英，吓得脸色苍白，他的心都跳到了嗓子眼儿了。

阿福知道慧英是有意伤害傅易欣，但这话他不敢说出来。对慧英他是有歉意的，那个夜晚慧英身子被毁，他是后来听二傻津津乐道说出来的。慧英哪经受得住这样的羞辱，她被二傻彻底毁了。阿福看了一眼慧英说：“你和我一起去郎中那里看看。”说完，他扶着傅易欣去老桥旁边的郎中钱小满家了。慧英被刚刚这么一吓唬，疯病又犯了。她惊魂未定地睁大眼睛看着阿福，忙说：“阿福，不是我撞的。”阿福看了一眼满脸流血的慧英，心里有说不出的滋味。他说：“慧英，没人说是你撞的，你随我来。”

钱郎中给傅易欣、何慧英的伤口清洗了一下，又上了点药。傅易欣的脸上没有血色，苍白得有点吓人。钱小满看到傅易欣满裤脚的血迹，心里明白怎么回事。他给傅易欣搭了一下脉，看了一眼傅易欣，又看了一眼阿福说：“你们的孩子保不住了，这次意外可能会导致她终身不能再怀孕。”傅易欣苦苦地看着钱小满：“求您了钱郎中，我们需要这个孩子，您给想想办法。”钱小满说：“要么先开几副中药吃吃看，先养养身子。”阿福搀扶着傅易欣，不温不火地看了一眼慧英什么也没说，慧英怯生生地闪避着阿福的目光。

阿福送傅易欣到家，傅易欣的母亲刘小曼从里屋走了出来。她只知道傅易欣摔了一跤，所以说：“你啊，这么大的姑娘家，走路也不小心点，窑上坡陡你是知道的，稍不小心就会被碎片绊倒。”“娘，没事的，就破了点皮，钱郎中给开了药。”傅易欣说完，转身回屋躺着了。“没事就好，以后走路可千万长点记性。”刘小曼看着傅易欣平静的样子也放心了。刘小曼是个憨性子，人家叫狼来了，她还要看看是公是母。傅易欣也学会了她不紧不慢的脾气，性格特别好。母女两个性格温和，与性格偏激的傅吉高、傅易为父子简直就不像是一家人。阿福和傅易欣低语了几句，便和刘小曼打了招呼回窑上忙去了。

阿福和傅易欣的骨肉一下子没了，他越想心里越难过，恨自己把这个秘密告诉慧英了。阿福有苦难言，这两个都是喜欢自己的女孩，也都因他受到了伤害。慧英被二傻毁了的事，被二傻在厂子里渐渐传开了。慧英的疯病随着二傻的疯传也越来越严重。

曹小勇白天也听说傅易欣摔得满身是血，回到家中，刚好阿福要找他说话，便详细地问了一些情况。阿福鼓足了勇气说：“伯，我早就和傅易欣好了，因为您反对曹家与傅家联姻，我一直没敢说出来。现在傅易欣怀了我的骨肉，今天这一跤就摔没了。”阿福说完竟哭出声来。曹小勇被儿子这一番话吓了一跳：“她都怀上孩子了？你这孩子真看不出来啊！胆大包天，太不像话了！跟你说过我们家不与她家联姻的。”

曹小勇突然听到这个消息很生气，阿福一贯忠厚老实，竟然做出这等事情来。曹小勇生气归生气，但他一贯没什么脾气，家里大事小事，都是母亲和妻子做主。小勇看着哭得伤心的儿子心软了，说：“别再哭了，哭能解决问题吗？事已至此，你还是要对人家姑娘负责的。孩子没了，以后再要不就成了？不过这件事非同小可，还得你奶奶和你娘同意才行。”

阿福抹了一把眼泪，沮丧地说：“郎中说易欣可能再也不能怀上了。”小勇诧异地看着阿福说：“听哪个郎中胡说八道的？怎么就不能怀孩子了呢？”“是钱小满郎中说的，他说易欣很难再怀孕了。”阿福说着话又伤心起来。“你这个傻小子，别相信。你们都还年轻，郎中判断也有失误的。”阿福听父亲这番善解人意的宽慰，心情稍稍平静了一些。他直奔主题地说：“伯，那你托赵媒婆去提亲吧，我要娶回傅易欣，在我身边也好有个照顾。”“阿福，你先冷静，这么大的事情，我要和你奶奶、你娘一起商量一下。你奶奶一直说我们曹家绝不与傅家联姻，再说你哥哥还没有结婚，长幼也有序的。”

傍晚时分，阿福从窑上回家。母亲李小雅叫阿福去里屋，说奶奶找他问话。家中是奶奶和母亲做主，他知道她们肯定是要谈自己和傅易欣的事情。阿福进了里屋，李小雅就直接问话了：“你什么时候和傅易欣在一起的？你把这些情况都跟奶奶和我说说，你搞清楚这孩子是谁的了吗？以后不能再生孩子的事情，你考虑过没有？再说，傅吉高与我们曹家是有过节的。”李小雅一连串的问题，问的阿福不知道如何回答。

简单的事情给复杂化了，阿福急得直挠头：“娘，这孩子真是我的。”李小雅表情严肃地说：“不管是不是你的，福啊，没成亲就怀了孩子有辱门风。再说，以后不能生孩子那你娶她回来干什么？难道娶回家来当祖宗供着不成？我坚决不同意。”阿福见母亲口气那么坚决，干脆坐在那里低着头一句话也不说了。

奶奶看阿福这样，急了：“福啊，你要弄清楚情况。虽然我说过我们曹家不与傅家联姻，但我们家也是大户人家，不能做对不起乡里乡亲的事情。若果真是你的骨肉，咱先撇开两家关系不说，人家姑娘为你吃了苦，即便日后生不了孩子，你也要对人家负责任。这关系到人家姑娘的名誉，我们曹家不做伤害人的事情。如果不是你的，我们曹家也绝不蹚这个浑水。”

看阿福半天不说话，李小雅以为儿子顺从了她的意思，就接着往下说：“福啊，改天娘托媒婆给你重寻一门亲事。你还小，你哥哥瑞安还没成家，你着什么急呢?”阿福眼看母亲和奶奶要做决定了，急得身上直冒冷汗。他不能辜负傅易欣的一片痴情，傅易欣陪伴自己度过了多少个寒冷的夜晚，陪伴自己度过了多少个炎炎夏夜，他都数不清了。他们在一起是开心、快乐的，而这次遇到的问题，是他们人生中的第一个坎，他一定要跨过去。

只听见扑通一声，阿福双膝跪地带着哭腔说：“奶奶、娘，我求你们了，我要娶傅易欣，我们是真心的。你们如果不答应，我就长跪不起。”婉蓉看着一贯孝顺听话的孙子这样的举动，有些于心不忍：“福啊，你娘也是为你好，你以后如果没个后，断了香火咋办?”阿福见奶奶这样说，似乎看到了一线转机，忙说：“奶奶，您考虑得太远了，我们还会有机会生孩子。就算没有，也没有关系。我还有哥哥，可以延续曹家的香火。”

婉蓉不忍心看着孙子这个样子：“福啊，你快起来。”“那，奶奶、娘，你们答应了？答应了吗?”李小雅把决定权交给了婉蓉：“福啊，你别闹了。娘，你说咋办?”婉蓉应允着孙子：“乖，福啊，你快起来。明天我就托赵媒婆去傅家提亲，让你们成亲。”阿福倏地一下从地上站了起来，他抓住奶奶和母亲的手激动地说：“谢谢奶奶，谢谢娘。奶奶，你就是活菩萨，是观世音。”一贯话语不多的阿福像换了个人似的，他拔脚就往外跑，一个趔趄差点栽一个跟头。他没有顾及许多，定了一下神，旋即又转回头抱住奶奶，在奶奶布满皱纹的额头上亲了一下，兴奋地说：“我的好奶奶，谢谢您。”李小雅看着阿福远去的背影，脸上露出了一丝苦笑。她摇了摇头，自言自语地说：“这孩子，真没看出来，竟这般痴情。”

第二十五章　婚事

1. 无心插柳柳成荫

敏敏自那日被张营长带走后，就像断了线的风筝，没了音讯，刘佳林夫妇整日愁眉不展。好在刘心怡后来一直留在他们身边，夫妇俩心里多少有些安慰。夏雨美的妹妹夏雨荷温顺的品行直接影响着刘心怡，给刘佳林夫妇培养出一个优秀的好女儿。刘心怡陪着姨娘夏雨美绣花，又把在念瓷坊学到的新刺绣方法教给姨娘。她白天除了去糖坊、槽坊、爆竹店还有念瓷坊转转外，其他时间就陪在姨娘身边，每天姨娘、姨娘地叫得亲热。两口子一直没有告诉刘心怡她是他们的亲生女儿，这是他们给夏雨荷的承诺。只是后来夏雨荷生了儿子刘云涛以后，她也就无所谓了。

一日，夏雨美说："心怡，不许再姨娘长、姨娘短地叫了。你不是要做我的女儿吗？就改口叫娘吧。""好啊，好啊，娘。"刘心怡平日和姨娘亲热惯了，她立马改口叫娘，夏雨美乐得眼泪都出来了。

伊凡告诉父亲苏宏伟："我和心怡相处有一些日子了，也许心怡比敏敏更适合我。再说心怡的母亲来梅花窑时，我去拜见过，一看她的面相就知道她是个贤惠的人。娶妻要看丈母娘，丈母娘好，养的女儿肯定好。"伊凡乐呵呵地说笑着，苏宏伟被伊凡的几句话逗乐了："你这孩子，说话这么老成。"苏宏伟心中有数，是时候托媒婆去刘家提亲了。

“刘老板在家吗?”一大清早，夏雨美就听到有人在外面说话，闻声走到门口：“哟，是赵大姐，哪阵风把你给刮来了啊？我就说呢，一大早门口树枝上的喜鹊直叫唤，这是哪家有喜事了?”赵媒婆一脸的喜庆：“敏敏她娘，你真会说笑，喜鹊在你们家门前树枝上叫，肯定是你家有喜事哦!”夏雨美心里有预感，赵媒婆是无事不登三宝殿的人，这一大早来，肯定有事。

赵媒婆是远近出了名的巧嘴，一副热心肠。她常打趣地说：“做得红媒添十岁，我做的红媒已经数不清了，我要成老妖精了。活不完的话，阎王老爷都不愿意收了去。”夏雨美乐呵呵地把赵媒婆迎进堂屋，递上一杯新茶泡的茶水。

赵媒婆屁股一挨上板凳就开始说正题：“敏敏她娘，心怡也是你的宝贝女儿了。这男大当婚女大当嫁，要给心怡寻个好婆家嫁了才是正理。”夏雨美应道：“是啊，赵大姐你说得对，但总得有合适的人家。”赵媒婆乐滋滋的，她很有把握自己又要添十岁了：“敏敏她娘，你看苏宏伟家的儿子伊凡怎么样？他看上了你家心怡呢!”夏雨美说：“伊凡人倒也不错，之前和我们家敏敏很投缘，差点成了我们刘家的姑爷。这不，还是缺了些缘分，走岔掉了。”赵媒婆接过话茬说：“哎哟，敏敏她娘，缘分是前世定的，是你刘家的总跑不了。这不，他还是和刘家有缘。今天就是苏宏伟托我来你家提亲的，老苏说伊凡看中你们家心怡了。依我看啊，两个孩子很般配，都像面团捏出来的人儿，都一脸的福气相。苏家条件也不错，你们两家也算是门当户对。敏敏她娘，你的意思呢?”

梅花窑的人包括刘佳林都已经习惯叫夏雨美敏敏她娘了。夏雨美听了赵媒婆说的这些话，脸上没有半点喜色，瞬间露有一丝不舍，似乎心怡马上如敏敏一样消失了似的。“赵大姐，这个我现在还不能给你准信，回头我问问我们家老刘和心怡，明天再给你回话吧!”“好的，那我明天再来讨喜讯，我去苏家回话去。呵呵，我这个媒婆又要添十岁咯!”赵媒婆说着话就走出了刘家大院。她就是一个“三大快”型的人：说话快、走路快、做事快。

中午时分，刘佳林进门就喊：“敏敏她娘，饭做好了没？我先扒一口饭填饱肚子，中午几个窑主一起商量事情。”夏雨美端来了饭菜，看刘佳林狼吞虎咽地吃饭，到嘴边的话便咽了回去。刘佳林把白手帕叠了叠抹了抹嘴上的油，他看出夏雨美似乎有心事，可等半天她都没说，也就没有多问。“那我先去了啊?”刘佳林说完试探性地看了夏雨美一眼，匆匆地就要出门。夏雨美知道刘佳林要赶时间，只好把心思压到晚饭时再说了。夏雨美叮嘱道：“你早点回来，我有话对你讲。”看到妻子一脸严肃，刘佳林迟疑了一下问：“很急的事吗？你快说。”刘佳林掏出怀表，看了一眼，“时间不早了，还是回头再说吧。”夏雨美真的是怕了，自己可就剩这么一个宝贝心怡在身边了，她不能掉以轻心。

傍晚时分，夏雨美做了几道下酒菜，等着刘佳林回家。她一边纳着鞋底，一边掉眼泪。敏敏嫁了个军官，这兵荒马乱的，不见个人影，也不知道怎么样了。她自言自语地说一会儿话，抹一会儿眼泪，一走神，针扎到手指了。她吮了一下手指上的血，眼泪又直往下掉，这眼泪里全是酸楚。刘佳林脚刚踏入自家大院子门就喊：“敏敏她娘，我回来了。”夏雨美无精打采地应着：“心怡还没回家，再等一会儿一起吃饭。”刘佳林见夏雨美眼睛红红肿肿的，就问：“敏敏她娘，你今天这是怎么了?”夏雨美刚要说话，就听到刘心怡回来的声音：“娘，我回来了。”刘心怡说着话，就一脚跨进了门。

刘心怡像一只燕子，飞来飞去的。这几天她特别兴奋，她知道伊凡家已经来提过亲了。夏雨美放下手里的针线活说：“心怡，快洗洗手我们吃饭。”一家三口坐在八仙桌上吃饭确实有点冷清，尤其是今天。刘佳林看着夏雨美问：“敏敏她娘，什么事啊，搞得紧张兮兮的？弄得我开会都没啥心思。”“佳林，今儿早上赵媒婆来我们家给心怡提亲了，我们商量一下。”“敏敏她娘，心怡还小，不急着嫁人，以后慢慢寻得好人家再嫁不迟。”夏雨美白了刘佳林一眼：“你也没听是哪家来提亲，就急着回绝。是苏宏伟家的儿子苏伊凡。”

刘佳林乐了：“敏敏她娘，要说这老苏家的儿子倒是不错。伊凡先前不是和我们家敏敏有交往吗？差点就成了我刘家的姑爷。”夏雨美苦笑着摇了摇头说："嗯，谁说不是呢！敏敏一开始眼里只有郑念窑，后来也同意和伊凡相处，只是半路杀出一个程咬金，把敏敏给带走了，嫁的也不见个踪影，白养这个闺女了！""敏敏她娘，你别总是叹气了，这一切都是命。我对伊凡的印象还不错，他父亲苏宏伟也是个知书达理的人。"

刘佳林看了看一旁默不作声的刘心怡问："心怡啊，你怎么想的？""姨父、娘，我的事情还是请你们给做主。"夏雨美说："好倒是好，离我们也不远，不像敏敏，嫁了人，就不见人影了。主要还是看心怡你的想法。"姨父、娘，我和伊凡要说也算是敏敏姐给撮合的，是她带我认识伊凡的。"夏雨美此刻脸上忽然云开雾散，露出了一丝欢喜："要是这样，那我们就更没有意见了，就算是你敏敏姐给你做的红媒吧！"夏雨美突然觉得这也算是在满足敏敏的愿望。仿佛闻到了女儿敏敏的气息，看见敏敏在冲着她笑。夏雨美又是一阵心酸，忍不住哭出声来："命苦啊！女儿一个一个都嫁人了，还是留下老两口孤单单的像孤鬼啊！""娘，你又伤心了，我又不是嫁远了，家里的作坊我还继续照管着。"

第二天一大早赵媒婆就来了，她得到准信后，就匆匆赶去给苏宏伟回信了。三天后苏家派人送来了彩礼，请人算了日子。两家都为婚事操办着，忙得不亦乐乎。整个刘家大院里摆满了桌子，几间屋子里也都摆上了酒席。梅花窑厂的人大大小小都来喝喜酒。还是老规矩，条件稍好的人可带上贺礼来，条件不好的也可拖儿带女来喝喜酒助兴。一天的流水席，算是刘家为女儿出嫁办的喜酒。刘家给刘心怡办的嫁妆很壮观，两家离得很近，送亲队伍倒也是一道风景线。苏家的酒席放在第二天，苏家的酒席不比刘家的少。至此，无心插柳柳成荫的婚事终于有了一个结果。

傅易欣自那次小产后，心情一直低沉，日后可能无法再孕这件事对她的打击很大，可她也无法与一个神志不清的慧英计较。阿福看在眼里，急在心里。他劝说傅易欣："你千万不要想太多，我家正在筹办婚礼。过几日你就嫁过来，让我娘给你好好调养身子，我们还会有孩子的。"阿福和傅易欣的亲事如期举行。

2. 心中凄苦有谁知

兰兰和傅易为成亲了，她算是做了一件善事，救了小龙窑，也救了一个正走向深渊的灵魂。傅易为一下子卸下了重重的思想包袱，他前段时间像是着了魔一样，心思全放到如何害人上去了，似乎只有把向文的窑火扑灭，方能解心头之恨。

现在一切趋于平静，傅易为似乎有所醒悟，破坏窑是多么缺德的事情啊，这是对整个梅花窑不敬。但他内心明白，他是被感情这根绳索紧紧套牢了，他无法解脱出来，唯有出此下策。而现在兰兰嫁给了他，也算是解救了他，他整个人就此放松了下来。婚后的傅易为像换了一个人，他一反常态地处处体贴兰兰，反倒让兰兰有些别扭。

兰兰那颗心丢在向文那里了，她把对向文的爱放在灵魂深处，正是因为爱向文她才选择与傅易为成亲的。她这样牺牲感情，常人是无法理解的，但她还是任性地去做了。

兰兰的怀孕反应逐渐明显，傅易为起初不知道是怎么回事，以为兰兰胃不舒服，越发体贴兰兰。一日，傅易为一家人坐在一起吃饭，兰兰突然忍不住了，起身去院子的水沟边边呕边流泪。她的眼泪是为向文流的，为腹中的胎儿流的。傅易为母亲刘小曼见状，高兴地说：“易为，兰兰八成是有喜了。”“娘，这么说您要做奶奶了。”刘小曼也很激动：“易为，兰兰怀孕应该有五十多天了吧？我来算算大概是哪一天生。”

“五十多天”这四个字重重地砸在傅易为的心尖上，他忙问：“娘，你怎么知道有这些日子了？兰兰告诉你的？”刘小曼说：“不是，傻孩子，她刚成亲就怀孕了大概不好意思说吧！是我算的。一般有反应至少也要五十天。”“哦，这样啊！”傅易为刚刚兴奋的心一下子凉了半截。他和兰兰成亲才一个月，兰兰就怀孕五十多天了，这孩子会是谁的？傅易为骨子里仇恨的种子翻江倒海地疯长。他在脑海中搜索到底会是谁的，曹向文、高金根？他顿时有种被羞辱的愤懑，傅易为的眼里有即将喷出的火焰，他要烧掉这顶绿帽子。

傅易为紧随着兰兰到了他们的房间问：“你怀孕五十多天了？说吧，这孩子是谁的?”傅易为一反常态地收起这一个月来的温柔面孔，瞬间还原了那个凶狠的面目。他口气生硬，目光含恨，声音里略带几分冰窖里的寒气。兰兰心里咯噔了一下，她好害怕傅易为这冰冷的语气和目光中的寒气会伤及肚子里的小生命。母性的力量让她必须坦然地去应对，她说：“易为，你有毛病吧？我是你的妻子，你说这孩子会是谁的？我也才有一点反应，这不刚怀孕吗？哪来五十多天？我也没有告诉你我怀孕五十多天了啊。”兰兰狠狠地发了一顿火。

傅易为也觉得自己冲动了，赶紧赔不是：“我听娘说一般怀孕五十天左右才有反应。”兰兰故意大声说：“这个是绝对的吗？每个人都不一样。傅易为，你要是觉得这孩子不是你的，我就把他打掉不要了，你明天就陪我去做这件事。”傅易为一个劲儿地自责：“好了，我错了，兰兰，别，别发火，吓着宝宝了。”

兰兰心里很痛苦，现在她最需要的人是向文，但是事到如今，她也没有办法。兰兰的肚子一天天地大了起来，她只有独自一人时，才觉得无比幸福。因为她可以和爱人的孩子单独在一起，她可以摸抚着肚皮，与孩子亲密地对话。兰兰有喜的消息在厂子里传开了，三对新人差不多时日成亲，兰兰第一个怀上孩子，这是大喜事。

这件事情传到向文的耳中，却是另一种反应。他想，兰兰怀的孩子很可能是自己的骨肉。兰兰细心地照顾着自己肚子里的宝贝，她一定要保护好这个孩子，这是她唯一的精神寄托。向文在釉缸前远远地看见兰兰，几次想叫住她都被她回避掉了。向文多么想问一个究竟，问问到底是怎么回事，被判“死刑”也要给个理由吧，可兰兰似乎有意在躲着他。

兰兰内心更是痛苦不堪：“向文啊向文，我何尝不想走到你面前，告诉你这个喜讯，告诉你这个孩子是我们爱的结晶，可是不能在这个时候出乱子，这样会对大家都不利，更会对腹中的胎儿不利。顺利地生下这个孩子，可是我这辈子唯一的指望了。一切都是因为爱你，我才委曲求全地与傅易为成亲的啊！”想到这里，兰兰脸上飘过一丝苦笑。兰兰骨子里认为这一切都是为了爱，为了爱她生命中的向文，为了帮助向文守护他的梅花窑，她执拗地以为这样的牺牲是值得的。

按照傅易为母亲刘小曼计算的日子，孙女儿算是早产儿，可孙女儿生下来白白胖胖的，一点也不像早产的孩子，她好开心。兰兰给孩子起名叫思琪，她用了向文乳名“奇奇”的谐音。当然这个名字已经直接告诉了向文，兰兰心中对他念念不忘。有了女儿，兰兰把所有心思都放到思琪身上了。傅易为对她来说就是聋子的耳朵配像的，是一个摆设而已。傅易为也没管许多，反正兰兰已经是他的女人了，他心满意足了。他也没有什么心事可想了，回归到原始的善良、忠厚，专心做自己的窑货，给兰兰和思琪一个好的生活。

兰兰，一个窑工的女儿，一个柔弱的小女子，为了爱，为了爱人曹向文的窑业一帆风顺，违背心愿地嫁给傅易为。她用自己的方式挽救了窑，挽救了一个正在走向深渊的扭曲灵魂。曹向文成了她精神上永远的依恋，她的一生在凄苦寂寞中度过，而这种苦唯有放在心中，她用珍藏在心底的那份爱滋润日后的时光。

第二十六章　引狐入室

刘心怡文静、善良，也很容易满足，有个钟情的人一起过日子，有个温暖的家，她觉得这就足够了。伊凡的娘早年过世了，两个姐姐已经嫁人，家中人口不多，只有奶奶和父亲。一年后刘心怡有了一个可爱的女儿，乳名叫小宝。添人进口，奶奶可乐坏了。可在小宝三岁那年，奶奶狠狠地摔了一跤。自摔跤后，奶奶像变了一个人，神智越来越不清了。毕竟是年岁大了经不起折腾，九十二岁的奶奶就像一盏耗尽了油的灯，卧床三年后就悄无声息地熄灭了。这个家少了奶奶似乎冷清了许多。

伊凡除了工作外，常约几个朋友来家中聚一聚，打纸牌。一日，伊凡约了小毛、万琳丽和何慧姗来家中吃饭，饭后又开始打纸牌，玩得好开心。刘心怡暗思：伊凡什么时候对打纸牌有这么大的兴趣了？但贤惠的她只是一念之想并没有多问。日复一日，伊凡有牌友相伴，刘心怡觉得他不再像以前那样黏着自己了，晚上总是很迟才回来。

一日，伊凡又是很晚回家。刘心怡实在忍不住了，便问："你最近工作很忙吗？怎么总是很晚才回来?"伊凡说："心怡，我最近都在加夜班，整理账目忙了些。"持续有一个月，伊凡总是披星戴月地忙碌，这个家几乎成了他偶尔的停靠站。一个风雨交加的夜晚，刘心怡把小宝哄睡着了，辗转反侧无法入眠。

她索性披上棉衣，穿戴整齐，抓着那把绣花伞就出门了。她直接去了伊凡工作的地方，远远地只见一片漆黑。刘心怡想，伊凡该不是回家了吧？她又重返家中，可家里没有伊凡的影子。刘心怡那颗悬着的心，突然有种不祥的预感：莫非伊凡是在撒谎，难道是在赌博？她今晚一定要弄个明白。

夜半更深，天黑路滑，刘心怡一点头绪都没有，这要去哪里找啊？一阵狂风掀翻了刘心怡的雨伞。她的身子在风雨中摇晃了几下，差点没站稳。她把被风吹翻的伞骨顺了一下，脑海中闪过小毛、万琳丽、何慧姗几个人的影子，她决定挨家挨户地去找。刘心怡顶着狂风吃力地走在风雨中。风在吼叫，似乎在欺负她，恐吓她。刘心怡此时很想哭，冷风夹着冷雨，无情地拍打在她的脸上。她的伊凡已经变了，变得会撒谎了，变得夜不归宿了，变得无法让人再信任了。刘心怡的脸上此刻分不清是泪水还是雨水，她生气地喊出声来：“这是什么事啊？大半夜的出来受这样的风寒。今晚就算找到天亮，我也要弄清楚你到底在干什么鬼事。”

走近万琳丽、何慧姗两家的院子，远远地就看见屋子里都是黑的，刘心怡迅速掉转身去小毛家。一到小毛家的院子前，刘心怡嘘了一口气，心里轻松了。伊凡的那辆自行车好端端地被放在墙角，小毛家屋子里面有微弱的灯光从窗户透出来，这微弱的灯光似乎让刘心怡看到了希望，而这一束希望之光也将给刘心怡带来梦的破灭。

刘心怡直接上前敲门：“小毛、小毛，快开门。”小毛拔开门闩拉开一个门缝只露一个头问：“谁啊，这么晚？天哪，是心怡，这又是风又是雨的，你怎么来了？”“小毛，伊凡在你这里吗？”没等小毛回答，刘心怡一脚就跨进了小毛家的大门。刘心怡进门第一眼就看到伊凡的肩头上搭着一张狐媚的脸蛋，她可能还没有反应过来就被刘心怡逮了个正着。刘心怡一阵眩晕，这不是万琳丽吗？刘心怡什么也不想说，她视若无睹地径直走到小毛家的里屋。小毛紧随其后地走过来说：“没事，他们两个只是共打一方牌，别多想。”刘心怡看了一眼小毛，在那里站了几秒钟没说话，接着就拔脚走出了小毛家。她此刻血气上涌，要镇定一下自己一触即发的激动情绪。

伊凡手忙脚乱地紧跟在后面追赶：“心怡，等等，心怡，你听我解释。”

刘心怡伞也不打了，疯狂地在雨中奔跑。她恨不能此刻的雨下得更大一些，把这些不好的画面统统从她的脑子里冲洗掉。她需要一份简单而干净的爱。在一个转角，刘心怡躲了起来，她不想被伊凡追上。她的心里很难受，需要一个人好好地冷静一下。

刘心怡看到伊凡站在那里发愣，知道他追丢了自己。她站在原地没有动，直到看见伊凡离开才出来。刘心怡不知不觉地朝着家的反方向走，无意识地走到了好友花花的家门口。花花刚好起得早看见了她，忙问："心怡，你怎么这么早？你的头发和衣服都湿透了，怎么回事？"花花把刘心怡领进了门。

刘心怡很沮丧地说："没什么事。"花花见刘心怡情绪不对，也不便多问。她给刘心怡端来一杯红糖生姜水说："快喝一些，别感冒了。"刘心怡一口气喝完一大杯红糖生姜水，感觉心里舒服多了。花花用毛巾一边给刘心怡擦着身上的水，一边说："心怡啊，自己要照顾好自己。遇到什么事情都要冷静，天塌不下来。再说你孩子还小，千万别伤了身子，小宝还需要你带她呢！"花花这一句"小宝"提醒了刘心怡。不好，只顾自己生气，忘记小宝了，刘心怡立刻起身说："花花，我走了，小宝肯定醒了。"

刘心怡回到家，伊凡正带着小宝和苏宏伟一起吃早饭。苏宏伟看到刘心怡小声地说："快去换衣服，洗洗再来吃早饭。小宝哭得可真伤心，从阁楼上爬下来，直叫爷爷、爷爷的，要我带她去找娘、找爹的。你看你们怎么带小宝的？看到小宝从阁楼上爬下来哭喊，我的心都碎了。"刘心怡不说话，回屋换了件衣服，出来抱起小宝，在小宝的脸蛋上亲了几口说："乖小宝，来，娘喂你吃稀饭。"

小宝甜甜的笑让刘心怡暂时忘掉了一些不愉快，吃完早饭刘心怡抱着小宝直接去阁楼上了，边走边说："伊凡，你上来，我有话问你。"伊凡知道自己惹祸了，但还是要面对。他跟着上楼，等着刘心怡训话。"伊凡，你告诉我，你和万琳丽到底是怎么回事？""没有怎么啊，我和万琳丽只是牌友。""那她靠在你肩膀上算什么，那么亲热？"伊凡一脸的无辜："哦，你说这个啊，这我还真不知道，那会儿我都没感觉，一心扑在打纸牌上。估计是她有点犯困，不小心就靠我肩膀上了。好了，我的好心怡，大家只是一起玩玩，你看不顺眼，我离她远点便是。我的心你还不知道啊？”刘心怡想想也是，她和伊凡是因为缘分才走到一起的。万琳丽有孩子有丈夫的，应该只是贪赌而已。善良的刘心怡把这件事情直接给化解了，这件事就算过去了。

一个周日，苏宏伟笑呵呵地从外面回来：“今天家里很热闹，伊安、伊静都回来了。心怡娘做了几道下酒菜留我吃饭，我差点就迈不开腿留在那儿了呢！”老苏见今天家里人到齐了很开心。伊凡把一大汤碗漂鱼汤端上桌子说：“哦，爹，你回来得正好，我们开饭了。爹，我正有事和你说。最近窑上业务不忙，也是淡季，我想抽空去景德镇看看。听向文说，那边的瓷器漂亮得不得了，我想出去开开眼。景德镇素有‘瓷都’之称，景德镇瓷器造型优美、品种繁多、装饰丰富、风格独特，以‘白如玉，明如镜，薄如纸，声如磬’的独特风格蜚声海内外。青花、玲珑、粉彩、色釉合称景德镇四大传统名瓷。薄胎瓷人称神奇珍品，雕塑瓷为中国传统工艺美术品……”伊凡滔滔不绝地说了一大堆。

苏宏伟听伊凡说话直点头称是：“是的，确实是这样。能见识一下也是好事，就是有点远了。”刘心怡急了：“伊凡，你不许去，不是一天两天就能到的。”伊凡看着语气坚定的刘心怡，央求道：“我去去很快就回来，人不能总待在井口大的地方，让我出去走走看看吧！”“伊凡你不要去，太远了，我坚决不同意。”

晚上，伊凡又开始缠着刘心怡：“好心怡，你让我出去转转，我长这么大都没有出过远门呢！”伊凡一贯很会黏人，这黏人是优点也是缺点，好起来是好，吵起来就喋喋不休地让人烦心。都过了十二点了，伊凡还没有睡意，他还在絮叨，一副不达目的不罢休的架势。刘心怡受不了伊凡的磨嘴皮子功夫，生气地说：“伊凡，你明天就走吧！你不把人吵晕，你就不罢休。”伊凡见刘心怡松口，如同拿到了一张特别通行证，高兴地说：“心怡，我就知道你对我好。我出门你不要告诉别人。”

刘心怡诧异地看着伊凡：“为什么？出门又不是偷鸡摸狗！”伊凡嘿嘿地

笑道："不告诉别人就好，我的行踪家里人知道就行了，告诉别人也没有什么意义。"第二天，刘心怡给伊凡收拾了简单的行囊，准备了路上吃的干粮，第三天一大早就送伊凡出门了。

送走了伊凡，刘心怡就开始盘算伊凡的归期，惦记着伊凡大概什么时候能到家，伊凡出门在外是否顺利。她带着小宝在家过上了思念与期盼的日子。一天天的，日子似乎太漫长了，她看了看墙上的大摆钟，慢悠悠的，几乎停止了摆动似的。

刘心怡在家待不住了，就抱着小宝去糖坊看看，路上正巧碰见了小毛。小毛说："心怡，伊凡怎么没和你一道？前几天伊凡还和万琳丽来我家打牌，那天伊凡赢了不少钱。这几天两个人一个都不来了。呵呵，赢了一把大的，就都戒赌了呢！"刘心怡愣了一下，问："万琳丽这两天也不去你家打牌了啊？""嗯，是的。要不来一个都不来，就像说好了一样。哦，我的意思是他们两个只是牌友，没别的意思。"

刘心怡听小毛说的这几句话心里咯噔一下。"我家伊凡贪玩是贪玩，可还是顾家的。"刘心怡要面子地补了一句。她边走边想，总觉得有点不对劲，两个人都不去小毛家玩了，不会一道出去玩了吧？刘心怡心里有些发寒。不会的，她瞬间又否定了自己的胡思乱想。前面转弯处向右是去糖坊的路，向左是去万琳丽家的路，刘心怡魂不守舍地径直往万琳丽家的方向去了。

到了万琳丽家门口，她远远地看见万琳丽的丈夫汪无庸正抱着两岁的儿子小锋在院子里玩。无庸见刘心怡来了，就放下小锋，笑脸相迎："哎呀，稀客，什么风把你给刮到我家来啦？"刘心怡苦笑道："呵呵，龙卷风。哦，我是开玩笑的。这几天家里没什么事，我来找万琳丽玩呢！"无庸说话有点吞吞吐吐的："哦，是找我家琳琳玩啊，琳琳她呀，她还没回来呢！"第六感告诉刘心怡，汪无庸在说谎。刘心怡故意放大嗓门说："呵呵，无庸，我家伊凡出远门去景德镇了，我这几天闲就来找万琳丽玩呢！她不在家，那我走了。"汪无庸感觉有点不妙，便实话实说了："我家琳琳也去景德镇她弟弟那里了。"汪无庸说这句话的时候心情似乎有些复杂，他的语气低沉。

汪无庸叫住了刘心怡："你等一下。"此刻汪无庸脑子也乱了，他需要和刘心怡沟通，"心怡，你家伊凡是哪天走的?""伊凡走三天了，我还送了他一程。"汪无庸瞬间满脸愁云密布："心怡，琳琳有个弟弟在景德镇，她说她去看弟弟。你等我给她弟弟写封信问清楚情况再告诉你。"

刘心怡的心早就凉了，她像侦探一样，就是想探个究竟，却发现果真是最坏的推测，这不是她想要的答案啊！刘心怡和汪无庸打过招呼便走出了汪无庸家的院子。她也不想去糖坊那边了，就抱着小宝回家了。她百思不得其解，伊凡这是吃错什么药了，变着法子和万琳丽缠在一起，眼下还这般玩火，和一个有夫之妇结伴同行去那么远的地方。伊凡，你太过分了，刘心怡抱着小宝边走边流泪，回到家，就坐在凳子上发呆。

苏宏伟见刘心怡一脸愁容，就问："心怡，你怎么了?"刘心怡没好气地说："你的好儿子，带着别的女人出远门玩去了，难怪在家非吵着要出门。""心怡，这个可不能瞎说。"刘心怡委屈地看着苏宏伟说："爹，我已经查清楚了，是真的，我去了万琳丽家，她丈夫汪无庸说万琳丽也去景德镇了，他们是同一天出门的。爹呀，这到底是怎么回事啊，伊凡还让我送他一程呢?"

刘心怡伤心地抽泣起来。她看了一眼桌子上景德镇出产的青花瓷茶杯，起身把它拿到手中看了又看，似乎想从里面看出什么信息。这是她特别喜欢的一只印有梅花的青花瓷茶杯，是苏伊凡以前托人捎来送给她的。刘心怡忽然明白这只茶杯肯定是万琳丽送给伊凡的，因为她的弟弟在景德镇。"去你的景德镇瓷器。"青花瓷茶杯随着一声清脆的撞击声，被摔得粉碎。摔碎杯子，似乎摔碎了一辈子，刘心怡的心好痛。

刘心怡发的确实是无名火，这青花瓷茶杯并没有惹她。苏宏伟见状忙说："别吓着小宝了，事情还没有搞清楚呢。"说话间，他拿来扫帚默默地把一地的碎瓷片打扫得干干净净。刘心怡哭着哭着，觉得一点意义都没有，伊凡不在身边，把天哭通了也无济于事。此刻刘心怡的心里有说不出的滋味，她不知道该如何是好。摸不着、看不见，任她怎么折腾都无济于事。她越想越苦闷，最后干脆不说话了。

一个月后的一个夜晚，外面雨夹雪下得很大，刘心怡哄着小宝正准备睡觉，忽然听到有人敲门。是万琳丽的声音：“刘心怡，开一下门。”刘心怡懒得搭理她，她不想让万琳丽踏进她和伊凡的房间。可万琳丽敲了好半天门，大有不开门不走的意思。外面雨雪交加的，刘心怡想想还是让她进了门。“万琳丽，你到底要干什么?”万琳丽确实是江湖老手，一点也没有感觉到害臊。她淡定地说：“刘心怡，我是来跟你解释的，我和伊凡只是朋友，我没有要拆散你们的想法，你不要误会了你家伊凡。”

刘心怡没好气地说：“你这样不叫拆散，那叫什么？你硬是偷偷把伊凡带到景德镇你弟弟处，这算什么？你们两个天天黏在一起打纸牌，一下子两个人都不见了，谁不觉得奇怪？你要是想干什么，也不要昭告天下啊，搞得人尽皆知的。我不想听你解释什么。你看你这个女人，你的孩子才两岁，你竟然忍心把他丢在家中出去鬼混?”

刘心怡此刻是气不打一处来：“告诉你，我家伊凡永远不会娶你为妻。不信的话，我和伊凡分开，你等着瞧。”刘心怡这句话一说出口把她自己都吓了一跳，自己怎么会这样拿婚姻打比方呢?

万琳丽是否会有些许羞愧，或者有一丝丝悔意，刘心怡不清楚。她憋了一肚子的闷气，像竹筒倒豆子似的，哗啦啦就全给倒了出来，哪里还管得了万琳丽的感受。万琳丽见状，识趣地离开了。

伊凡本就长得白净帅气，而万琳丽确实也有几分姿色，长着一副狐媚子脸蛋、一双勾人魂会说话的眼睛，这两个人在一起那么久，怎么会没有事发生？刘心怡的心里又掠过一丝不快。这段日子的折腾，让她的脸色灰暗，少了往日的光泽。

万琳丽来后的第二天下午，刘家糖坊师傅张宇强来到刘心怡处说：“心怡啊，你娘捎口信让你回去一趟，她有事情和你商量。”刘心怡的第一感觉是与伊凡有关，她赶紧抱起小宝直奔母亲那里。刘心怡走到临近家门口时，远远地就看见伊凡坐在院子里。伊凡穿着一件新买的铁锈红长衫坐在院子里，他起身笑吟吟地迎着刘心怡。伊凡接过小宝，似乎什么都没有发生一样："小宝乖，快叫爹，爹可想死你了。心怡，我给你带回了两只景德镇花瓶在桌子上，你看看喜不喜欢。"刘心怡此刻心里很复杂，她一看见伊凡那张白净的脸，心就软了。可是这么一个温文尔雅的男人，口口声声说爱自己，背地里竟能干出那种勾当，吵着要去景德镇，为的就是和万琳丽这个狐狸精一道出去疯。

刘心怡越想越伤感，走进屋子，一眼就看见两只印有亭台楼阁美人图的细瓷花瓶。估计是伊凡显摆，拆给刘佳林夫妇看的。釉色温润如玉的两只花瓶真的很漂亮，仿佛古典美人跃入眼帘。可刘心怡根本没有心思欣赏，她把什么都看成万琳丽了。这漂亮的花瓶里出现了媚态十足的万琳丽的影子。万琳丽毫无顾忌地从花瓶里走出来，她大声说："刘心怡，你也别怨我，喜欢一个人是无罪的。伊凡喜欢我，我也喜欢他是不争的事实，这谁也没有办法改变，这是心的召唤。刘心怡，你还是放手吧，免得大家都活得不自在。"

刘心怡心想，你这女人也太猖狂了，在我娘家你也敢大胆挑战。她愤愤地抓起花瓶，在手里转了好几圈，然后又放回桌子上。突然她一个转身，瞅着桌子上的花瓶定神看了好半天。她似乎又看见了万琳丽那狐狸般的媚笑。刘心怡再也控制不住情绪，她顺势手一挥，只听噼里啪啦一阵清脆的青花瓷破碎的声音，花瓶被摔得粉碎，刘心怡好像看见万琳丽被摔得粉碎。此刻，她内心有一种特别的快感，可是转而又开始忧伤了。

夏雨美被刘心怡的举动吓了一跳："你这细伢，这多珍贵的瓷器啊，千里迢迢运来，多么不易，也舍得砸碎了。"刘心怡拉着脸说："娘，要这有什么用？看见它就像看见一只狐狸精，惹得心烦。"刘心怡冲着母亲说了一通气话，她不想搭理伊凡，便直接走到屋里。夏雨美把刘心怡拉到一边说："心怡啊，伊凡已经回来了，他不敢直接回家，怕你不原谅他。他告诉我和你姨父了，他出去只是想开开眼界。伊凡说万琳丽的弟弟在那边，和她一起去，到那边也好有个接应的人，没有其他意思。没有事先告诉你，是怕你不让他出去。心怡，得饶人处且饶人，退一步海阔天空。不要总揪着人家的小辫子不放，小宝还这么小，你们要好好过日子。"刘心怡虽明白母亲说得有道理，可心里还是无法原谅伊凡。这么久的郁闷，不可能被几句话就化解了。

伊凡从外面走了进来，脸上一直在赔着笑："心怡，我真的和她没有什么，只是朋友。我还是原原本本地和你说吧！万琳丽在县城和她叔叔开了一间窑货铺子，她叔叔家在西门口临街的门面蛮宽的，她领我去看过。我见她想做点事情，而且在县城打开一个卖窑货的窗口也不是坏事，就帮助她了。

"以前我和你伯说的有个亲戚在县城想卖窑货，其实就是在帮万琳丽。这不，窑货一出窑，她就能先拿到上品窑货，所以她在县城的生意很好。这次去景德镇也是去她弟弟那里搞一些上好的瓷器回来，搭配着卖。万琳丽是一个很有想法的人，脑子灵活，想法新颖。她的丈夫汪无庸身子骨弱，病恹恹的一个人，也帮不了她什么。我陪她去景德镇，帮她囤积一些上好的瓷器，也是看她一个小小的女子有魄力，想做一点事情。再说，我也想去瓷都那边看看。没有告诉你，就是怕你误会。"

伊凡帮万琳丽在刘家窑厂拿上品窑货，却没有给自己透一点风，万琳丽还常来自己家中吃喝玩乐，甚至发展到两人"私奔"，自己就像傻子一样，被他们蒙在鼓里，被耍得团团转。刘心怡想到这里，咬咬牙做了一个重要决定："伊凡，我们分开吧！"其实说出这句话，刘心怡都不知道自己内心真正的想法。

伊凡急了："心怡，你不能这样，我真的没做什么。心怡，我对你的感情你是知道的啊。我求你了，我的姑奶奶。你看，就知道不能说嘛！"伊凡说完双膝一软就要跪下去，被刘心怡一把抓住了。她吼道："你别给我跪，像不像一个男人？"伊凡似乎被刘心怡的一声吼给吓住了，他怔怔地站在那儿半天没说话。

善良的刘心怡骨子里是有善根的，看到伊凡诚心悔过，她还是原谅了伊凡。毕竟他是她的初恋，他们也有了可爱的小宝。吃过晚饭，夏雨美抱着小宝送伊凡和刘心怡回家，叮嘱道："你们两个要好好过日子，不要搞得跟小孩子过家家似的。"

第二十七章　挥不去的抑郁

1. 噩梦缠绕

夏雨美把刘心怡、伊凡他们送回家，站在老苏家的院子门口和亲家苏宏伟聊了一会儿。夏雨美挂着一脸的不高兴说：“亲家公，我就这么一个心怡了，她要是再有什么闪失，我也不想活了。”说着，扯下腰间别着的帕子，抹起了眼泪。敏敏自从嫁出去后一直没有音讯，夏雨美整个人都变得脆弱了，动不动就掉眼泪。苏宏伟见状赶紧说：“大妹子你放心，伊凡还是听我的。我一直没把心怡当外人，一直把她当成自己女儿看。”夏雨美点点头说：“我算是把心怡交给你们苏家了。”

刘心怡虽跟着伊凡回家了，可心里总觉得委屈。她想着当初伊凡和自己相处的时候，是那样体贴，不让自己受一点委屈，现在倒好，居然带着万琳丽“私奔”，这一路孤男寡女的……刘心怡不愿再往下想。万琳丽的影子总在她心里头绕来绕去，那笑眯眯的眼睛和她那天在一幅画上看到的狐狸眼越发相似了。

刘心怡虽然没有绝情到和伊凡分开，但是她心里积压的怨气一直没有发泄出来。一天晚上，刘心怡怎么也睡不着，到下半夜才勉强进入梦乡，却被噩梦惊醒。她梦见伊凡和万琳丽在一起温存的画面。万琳丽露出了洁白修长的腿，走着狐狸步伐，把那小蛮腰扭动得撩人魂魄。她投怀送抱地搂紧伊凡的脖子，亲他的唇。伊凡也毫无顾忌地一把抱住万琳丽，他们在一张很大的床上翻滚。放荡的笑声响彻夜空，他们俨然毫无顾忌地陶醉在爱河里。不一会儿，那张大床变成了一块偌大的绿色草坪，刘心怡看见伊凡和万琳丽已经完全赤裸着身体，他们在继续翻滚。一幅唯美、浪漫的景致出现在眼帘，天空中有一瓣瓣的梅花瓣飘洒，落在这一对佳人的身上。刘心怡觉得自己是在看一部唯美的爱情电影，几乎是色情片。

这也是人之常情，此番风花雪月下的浪漫柔情，谁看了不会陶醉其中呢？刘心怡观看着剧情的发展，俨然与剧中人无关。草坪的边缘是一个悬崖，刘心怡突然反应过来，吓得大叫：“伊凡，快停下，危险。”刘心怡惊恐的声音把伊凡从睡梦中惊醒。伊凡推了推刘心怡：“心怡、心怡，又做噩梦了吧?”刘心怡吓出了一身冷汗：“伊凡、伊凡，你快把灯盏火捻亮些。”伊凡赶紧下床迅速把灯盏火捻到最亮：“怎么了？心怡，什么梦，这么吓人?”

刘心怡没好气地说：“都是你害的，我总是梦见你和那个狐狸精。”伊凡大半夜给刘心怡吓醒，又被这般没头没脑地一顿数落，也气不打一处来：“心怡，我早跟你解释过了，我只是陪她去选购一些瓷器。人家就是信任我，能有啥事？真应了大姐那句话，你会一辈子都把这件事情当把柄，有事没事就拿这件事出来数落我一下，还让不让人过日子了？大半夜的装神弄鬼地吓人，搞得人不得安睡。”

刘心怡被伊凡发的一通火也搞得有些恼火，心想，刚才虽然是梦，但现实肯定也差不到哪去，和一个狐媚女人一同悄悄去那么远，竟然还跟没事人一样，甚至把大姐搬出来气人。“伊凡，你过分了。在外面我不说，是给你留点面子。难道我在家提都不能提吗？再说做什么梦也不是我能控制得了的。”说完，刘心怡委屈地转过身去，夫妇俩一夜无话。

2. 替人消灾

伊凡从窑上回家，一进门嘴里就骂骂咧咧地说：“汪无庸在家把妻子打得鼻青脸肿的，听说还要找我的麻烦，我也不是好惹的。我今天特意买了一把匕首，以后我天天都把它带着防身。”刘心怡一听这话，就觉得伊凡真是从小被宠坏了，是一个永远长不大的孩子。她拉着脸批评伊凡：“真不想说你这个人，就知道风花雪月。你这样的想法，迟早会闹出事情的，本来就是你理亏。”伊凡看着刘心怡说：“都什么时候了，你还帮着人家说话？我不能让人家给我来一个措手不及。”

刘心怡无语地摇了摇头说：“伊凡，你动动脑筋好不好？大家都是朋友，这件事总得给对方一个说法。你这个缺心眼的人，遇事只会莽撞，你能不能理智一些？”伊凡不解地看着刘心怡：“那你说怎么解决？”贤惠的刘心怡总是顾全大局，她瞪着伊凡说：“怎么着你也不能胡来，人家汪无庸那是心里有气，晚上我去他家和他说说。”

刘心怡贤惠善良，总是会为他人着想，她的委屈已经够多的了，可是为了伊凡，她还要再委屈一下自己，去为亵渎自己感情的伊凡和那个扰乱自己丈夫心的万琳丽说情。

天黑了，天上有几颗稀疏的星星在眨着眼睛，似乎有些好奇地看着刘心怡，看着这位娇小的女子正走在去万琳丽家的路上。万琳丽家住在隔壁湾里村子的中央，这是她第三次去万琳丽家。第一次是跟伊凡还有几个朋友一道去万琳丽家吃饭，第二次是去万琳丽家核实万琳丽是否和伊凡一道出行，这是第三次，是给伤害自己的万琳丽和伊凡说情的。想到这里，刘心怡深深地叹了一口气：“唉，我这是在做什么？前生该是罪孽深重欠他们的，今生就是来还债的。”

刘心怡包裹好伤痕累累的心，走到汪无庸家的院子门口，看见屋子里围坐着好几个人，一看就是在一起说事的。她的脚步稍微有些迟疑，刘心怡对她家的人不大熟，去了几次几乎都没碰见。她定了定神，走了进去。

这一屋子的人突然看见刘心怡，有些诧异。“你找谁？”刘心怡估计问话的是汪无庸的娘。“哦，婶子，我是刘心怡，苏伊凡的媳妇。我来找汪无庸。”刘心怡这一介绍，屋内顿时一片哗然。“你就是苏伊凡的媳妇，你来做什么？”这家人口气立刻变得生硬起来。刘心怡保持冷静地说话：“无庸不在家啊？”自称是无庸姐夫的人问道：“你有什么事？”刘心怡要了凳子坐下来说：“是这样，这次你们家万琳丽和我们家伊凡的事情是有误会的，我就是来说说这件事情。你们想想看，我论文化不比万琳丽低，论相貌不比万琳丽差，论孝顺长辈我在梅花窑也算是能排上名号的，我们家伊凡会不珍惜这样的媳妇，去和你们家万琳丽胡闹吗？这件事情真的是有误会。”无庸的娘听刘心怡一番解释，脸上开始有了一点笑容：“是啊，都说苏宏伟家有个好儿媳，听你这么一说，我信你。”

刘心怡看着这一家人态度温和起来，继续说：“那天他们两个一道是我送到路口的。我知道万琳丽在县城有一个窑货铺子，平时也是伊凡帮忙选一些上好的窑货给她。万琳丽有个弟弟在景德镇做事，他们去那边说是玩，其实是学习瓷器文化，也好有个熟人引路。我们家伊凡就是游龙心，想去学习，想去外面见见世面，不让他去家里是不得安宁的。他想去那边还和我吵了好半天，我拗不过他，就同意了。事情很简单，就是这样的。你们家误会万琳丽了，听说无庸还把她打得鼻青脸肿的，她真的是受委屈了。”

刘心怡说着这一番为别人开脱的话，似乎这件事与自己没有任何关系。她的话音刚落，汪无庸刚好一脚从外面跨了进来。他看见自己一家人围着刘心怡，吓了一跳。汪无庸一脸严肃地说：“心怡，你怎么在这里？我送你回去。”汪无庸不由分说，下逐客令似的拉着刘心怡就往外走。

汪无庸领着刘心怡走了另一条小道，他想和刘心怡谈谈，他要知道这个小女子心中到底在想些什么。“心怡，发生这么大的事情，你怎么能忍得住不生气？你还跑到我家里来，替这一对偷鸡摸狗的人解释，你到底是什么样的人啊？”汪无庸嘴上在责问，但心里对这个女人是由衷的敬佩。他敬佩她的大气、沉稳，敬佩她看上去文文弱弱，处理事情却果断毫不含糊。“心怡，你太善良了，你这样怎么能保护好自己？”汪无庸说这话，俨然是把刘心怡当成自己人看了。他们坐在水塘边的石板上聊了好半天，俨然一对恋人。

汪无庸突然把身子向刘心怡这边挪了挪说：“心怡，你别怪我胡思乱想，我有一个想法，你别笑话我。”刘心怡好奇地追问：“什么？你快说。”

汪无庸顿了一下说："这样好不好？我们都是受害者，你的大气情怀让我感动，我特别敬仰你。或许我是喜欢上你了，我们组成一个家好不好？"刘心怡听他说完，扑哧一声笑了："呵呵，无庸，你想笑死我啊？你在开什么玩笑？赶快回去吧，我要走了。"汪无庸见刘心怡笑得厉害，忙说："心怡，我是认真的。"刘心怡又是一阵笑："我看你被他们气傻了吧？你要把这个错加到我们头上来，让我们来给他们承担荒唐的过失，做更荒唐的事情吗？别，无庸，赶快打住，别再开这个玩笑了。"

表面上，刘心怡被汪无庸说得只顾笑，但其实她心里知道汪无庸是认真的。她只有用笑去遮掩这个尴尬，故意不去注意汪无庸的表情。刘心怡见汪无庸情绪稳定下来了，便说："无庸，得饶人处且饶人，不要把人逼到绝路上去。再说，孩子都还小，需要给孩子一个好的家庭环境。你也不要再去找伊凡的麻烦了，算是我求你了行不行？"汪无庸点点头，深深地叹了一口气，一副很无奈的表情说："唉！怎么会有这些乱七八糟的事情发生在我们身上？你这个小女子怎么会有这样大的心胸啊？"刘心怡看着眼前这个可怜的男人说："无庸，你回吧，谢谢你的宽容。"

汪无庸家庭条件不太好，但一表人才，又很勤快，日子还是好过的。万琳丽娘家很苦，吃不饱穿不暖，嫁给汪无庸也该满足了。但是这个不安分的女人仗着有几分姿色，有偷吃野果的毛病，这在以后的日子里会越发体现出来。刘心怡把伊凡和万琳丽的这件事盖在盒子里给扔掉了，把它当成一阵云烟吹散，似乎一切从没有发生过。可是这些触及心灵、伤人感情的事情，又怎么会轻易地被抹去？刘心怡这段时间很少去窑棚，小宝成了她最大的精神支柱。她带着小宝，除了帮助姨父管理家里的几处作坊外，剩下的时间就全部用在看书学习上了。她到处寻找印花方面的资料，又找兰兰借来她在曹向文培训班上课的笔记看，她想用忙碌来打发时光。

刘心怡想忘却这些不愉快，想去包容，但那个狐媚的影子却一直在她眼前绕来绕去，挥之不去。这种不愉快感觉像毒药一样在她的骨子里渗透弥散，往她的脑子里面钻。她窒息得越发厉害，快透不过气来。可偏偏冤家路窄，最近她总会在路上遇见万琳丽。而每次万琳丽都略低着头，侧身轻轻地从刘心怡身边走过。这个女人也真是奇怪，她偏偏用那狐狸般的眼睛瞟一下刘心怡，这个眼神是刘心怡最不能忍受的。她常把这个眼神和那噩梦中的眼神对上号，那狐媚的充满欲望的眼神，甚至让她觉得有些恶心。

其实万琳丽长的确实算是一个美人坯子，那个狐媚的眼神，或许会讨一些男人的欢心。只是她的行为，让刘心怡对她的美有了偏见，并时常会把她的美与淫荡捆绑在一起。刘心怡想，这心里的病就像一个毒瘤，没有挖出来，随着时间不断地滋长，或许不在沉默中死亡，就会在沉默中爆发。

伊凡本就是一个贪玩的人，他没有想过如何去暖刘心怡的心，还是依然故我地做他的伊凡，更没有去理会刘心怡现在的心境。而刘心怡已经变了，她不再是从前那个一心一意爱着伊凡的刘心怡，而是一只受了伤的羔羊，无心再和伊凡卿卿我我了。

3. 三姐妹的体己话

刘心怡一度很消沉，她一有空闲就约闺蜜兰兰到念瓷坊找念瓷谈心，姐妹三人一坐下来就说一些体己话。而这三姐妹眼下除了念瓷，刘心怡和兰兰都是苦不堪言地活在煎熬中。念瓷看着两个婚后都像换了个人似的好姐妹，忍不住劝说几句：“心怡姐、兰兰姐，你们两个成了亲，怎么都变得这样郁闷？依我说，现在都有孩子了，其他的也不要多想，好好维护家庭便是了。”

兰兰有一搭没一搭地突然冒出一句只有她自己能听得懂的话：“天堂与坟墓，就看自己的心境和感受。孩子嘛，有了男人总会有的，那是迟早的事，关键还是看跟谁有孩子，这个千万马虎不得。”兰兰似乎话里有话，可任凭姐妹三人关系再亲密，兰兰也不敢把女儿思琪是向文的骨肉这件事情说出来。为了保护她和向文的孩子，这个秘密她必须藏在内心深处，烂在肚子里。

念瓷继续说：“还有，心怡姐，你也不能对伊凡不管不问地任其发展，你天天回避你们的感情隔阂也不去沟通，迟早会出大乱子的。说白了，还不是伊凡优秀、家境好、长得标致些，否则那个妖精万琳丽干吗老盯着你们家伊凡不放啊，就像蚂蟥叮住鹭鸶脚一样？那个女人不顾廉耻、生拉硬扯地在抢你的人，就从这一点来说便不是什么好女人。而你倒好，任其发展，这不是要把伊凡推向那女人的怀抱吗？好了倒还好，不好的话便是把他推向深渊了，对你、对他都没什么好处。你和伊凡也是自由恋爱的，站在一起谁不说你们是从画子里走出来的？依我说呀，你们两个人现在要做的就是好好维护家庭。不像我，到现在还一个人单着呢！”

心怡看了一眼念瓷，觉得自己的事情弄的小姐妹不开心了，便懒懒地搭着念瓷的话：“你说得不是没有道理，不过事情真落到自己头上就很难做到啊！伊凡和那女人鬼混，那是背叛，是亵渎我们的感情。我们总说那个女人的不是，但是苍蝇不叮无缝的蛋。我的事就不多说了，我会把握分寸的。说说你吧，眼下有没有相中的人？”刘心怡很快把话题扯开。念瓷觉得刘心怡说得有些道理，她毕竟没有经历过，也就没往深处想。念瓷把给小宝和思琪做的两件小旗袍递给两个姐妹说：“刚好做好了，你们今天带回去就可以给孩子穿了，我洗干净布料做的。我啊，哪有合适的，看着你两个的状态，我都有些胆怯了，就先单着也好。”

刘心怡接过念瓷给小宝和思琪做的旗袍，左看右看地一边比画着，一边说：“不过单着也不是坏事，这个你可千万不要着急。眼睛睁大点，一定要好好地选。这可不是去园子里摘菜，随便摘，回来后再取舍，这可是要事先看准了的。也不像做这样一件旗袍，不合适就重新做。这世上可买不到后悔药，真要有后悔药啊，非畅销到缺货不可。”说到这，刘心怡突然像发现了商机一样：“哦，对了，说到畅销，哪天我也去县城开一家窑货铺子，窑厂的货源我手上足得很，怎么就不晓得自己去用呢？”

刘心怡突然冒出来的几句话，兰兰和念瓷都没有听懂其中的含义。她们还不知道伊凡帮助万琳丽在县城开窑货铺子的事情，只知道伊凡和万琳丽一起偷偷去了景德镇。这三姐妹今天各有心事，都有一搭没一搭，天上一句地下一句地说话，少了昔日姐妹们相聚时的快乐。

第二十八章　心事

孙小玉、曹阿福、朱小和三个人同在一个窑棚做小货。哥儿几个性格差不多，都是憨憨的话语不多。但他们三个说得来，到一起闲聊，小话、风趣话就特别多。每当泥坯晾到五成干，需要印花、雕花时，就得让邹玉婷、郑念瓷、刘心怡、张兰兰、傅易欣她们来做完下面的工作。刘心怡最近家里事比较多，来的越发少了一些。小玉最希望看到念瓷来他们的窑棚，他希望念瓷就待在这里，和他聊聊天，看他做窑货。每当有这样的日子，小玉都会满心欢喜地做着泥坯，仿佛这就是他们共同的宝贝。

小玉弯着腰弓着背，一批批泥坯在他的精心呵护下诞生。这个泥坯已经完成了，小玉还在那里用脚继续踏着辘轳陶车。那小小的一升坛子在转车上不停地转，小玉似乎看到了念瓷在跳舞，念瓷笑嘻嘻的，转晕了头，直接扑倒在他的身上。"哈哈哈……"小玉心不设防地一阵大笑，惹得念瓷也跟着一阵笑，小玉产生了好一阵子幻觉。

念瓷笑问："小玉，你笑什么，惹我跟你一起笑？你的脚怎么一直在踏陶车啊？这一升坛子已经做好了。""哎哟！转过头了，坏了，坏坯子了，泥坯子瘪了。"小玉定了一下神，看见眼前夭折的一升坛子。他有些尴尬，更不好意思说出刚才傻笑的缘由。小玉知道自己最近总有些精神恍惚，似乎做的都是白日梦。那一次大黄狗事件，小玉一直刻骨铭心，他无意中拉起念瓷纤纤玉手的那一刻，有一种触电的感觉。他知道自己喜欢念瓷，可那一次机会是天赐的，是偶然的。他多么希望能再有这样的机会啊！

念瓷、玉婷在忙着印坯、画坯。她们不时地叫一下几个年轻的窑工，让他们看一下画的坯子。“小玉、小玉，你怎么了，今天总是在走神？”念瓷问。小玉羞红了脸，他走下陶车，在陶车旁边的水盆里洗了一下手，然后在围裙上搓了又搓。小玉来到念瓷她们面前，对她们画的坯子，除了赞美还是赞美。被赞美的几个姑娘，脸上漾着甜甜的笑。

一个人若是喜欢另一个人，看对方什么都好，缺点都是优点。更何况念瓷聪慧过人，美若天仙。念瓷她们去别的窑棚了，在窑棚里留下一阵香风，小玉沉迷在这阵香风中，继续做他的美梦。

念窑和玉婷一年后喜得一对龙凤胎，他们干脆给宝贝们起名叫小龙、小凤。小龙随老邹家的姓，小凤随念窑姓郑。这下老邹家热闹了，老邹夫妇只有玉婷这么一个宝贝女儿，招来念窑做上门姑爷，是他们最满意的事情。眼下又添了一对龙凤胎，把老邹夫妇俩乐得嘴都合不拢。老邹决定大摆宴席三天，不收礼金，让厨子做流水席，坐上八到十人就开一桌。老邹遇到梅花窑的人就会说：“来我家喝喜酒，三天，全面开放。呵呵，不来就是看不起我老邹哦！”就这样，梅花窑厂里的老老少少就像自己家中有喜事一样，都大大方方地来邹家吃喝玩乐。

念瓷跟在后面忙，她给龙凤胎宝宝做了好多可爱的衣服，大部分上面都绣着龙凤呈祥的图案，猫头鞋上是龙凤，帽子、衣服上也都是。她一下子准备了好几套衣服，春夏秋冬的都有。也许是冥冥之中的血缘关系影响，曹金锁和念窑平日走得很近，也很投缘。金锁见念窑喜添龙凤胎，三天两头地去念窑那里看龙凤胎宝宝，然后再去念瓷坊看看有没有要帮忙的地方，就这样和念瓷接触的机会越发多了些。

自那次大黄狗事件后，念瓷心中一直装着勇敢的曹金锁。她在细微处也感觉到金锁对她的好。这个小秘密藏在她心里已经很久了，爱的种子在念瓷的心中早已透出绿芽。金锁自幼受到曹颜吉的严厉管束，形成了很内敛的性格。他对女孩子几乎是木讷的，但是自从见到念瓷后就像换了一个人似的。

爱情，或许是一剂魔药，能让一个少言寡语的人变得活跃。

一日傍晚，小玉也到了念窑家，他正在逗小龙和小凤玩，见金锁来了，随口问了一句：“你今天怎么有空过来了？”小玉问这话时的神态俨然一个主人。金锁被小玉突然这么一问，半天才搭上话来：“哦，没、也没什么事，我是找念瓷给我娘做一件旗袍。我去西院念瓷坊看过，念瓷不在，只有兰兰和傅易欣在那里。呵呵，一会我再去看看。”

小玉眼看着金锁总是找念瓷，心中的醋坛子都快打翻了，脸上露出一丝不悦的神情。他转而又想，自己这吃的是哪门子的醋啊？人家想做什么，想找谁都是他的自由。再说，自己又不是念瓷什么人。玉婷出来大声招呼着金锁和小玉：“你们就在这里吃晚饭，念瓷一会儿也过来吃饭。”金锁爽快地应着，他本就没有想走的意思。不一会儿，念窑和念瓷一道从外面回来了。

念瓷上午回了一趟大工山，把念窑喜得小龙、小凤的好消息告诉了父母。小梅夫妇俩好高兴，觉得把两个孩子送到梅花窑是送对路了。念窑学会了曹家祖上的手艺，扎根于梅花山，又喜添龙凤宝贝，这可遂了小梅的心愿了。小梅让念瓷带回一对龙凤金镯子给念窑，说是给两个孩子的礼物。这还是小梅那一年离家出走时，母亲婉蓉给她的，算是陪嫁的首饰。到现在念窑和念瓷兄妹还被蒙在鼓里，他们不知道父母不露面的原因。

吃过晚饭，念瓷去念瓷坊，金锁紧跟着念瓷一起出去了。小玉两眼发直地看着他们的身影移动，直到他们两个走出了他的视线。“小玉、小玉，你在发什么呆？有心事跟婷姐说说。”小玉被玉婷这一喊叫，这才回过神来。小玉看了玉婷一眼说：“婷姐，你真能帮我吗？”玉婷笑道：“嘿，你这个傻弟弟，你倒是说说是什么事情啊，你不说我怎么帮你？”小玉不自在地用手在头上挠了几下，还是欲言又止：“嗯，其实也算不得什么事情。”“小玉，你怎么啦，对我也不能说吗？”小玉犹豫了片刻，茫然地看着玉婷：“还是改天再和婷姐说吧！我去看看泥坯明天是不是可以上釉了。”说完，小玉就走出了玉婷家。玉婷被小玉弄得有些诧异，心想：“看来小玉有难言之隐，哪里是想看泥坯，他这是心神不宁。”

玉婷紧跟着追了出来说："小玉，你等等。"玉婷陪着小玉在院子里散步。小玉见玉婷如此关心自己，想了想还是决定说一说自己的心事："婷姐，我还是如实跟你说了，我最近也不知道是怎么了，总是精神恍惚，满脑子里全是念瓷，已经成病了。我都不知道该怎么办了，最近还接连做坏了几个泥坯……"

玉婷没等小玉说完，就忍不住笑出声来："哈哈哈，你真是个呆头鹅，喜欢你就去追啊！天天想，能想出一朵花来？莫等无花空折枝哦！难怪你最近总是心不在焉，掉了魂似的。傻弟弟，有喜欢的人是件好事，婷姐给你加油。这个没人能帮得上你，只有你自己主动出击去博得念瓷的芳心了。"小玉想想自己确实太过老实了，念瓷之前和自己走得很近，可自己就是找不到机会对她表白。

第二十九章　情何以堪

1. 孽缘

金锁跟在念瓷后面来到念瓷坊，其实让念瓷给他娘做旗袍是一个借口。念瓷看了一眼紧随其后的金锁问："金锁哥，怎么没让婶子自己过来量一下尺寸？"金锁赶紧回话："我带来了，我在家给我娘已经量过了。""金锁哥，你还真细心呢！"金锁尴尬地笑了笑："呵呵，这是应该的。"两个人似乎都在没话找话说。

又一日，金锁早早地收了工，他没有急着回家，而是直接去了念瓷坊。天阴沉沉的，风呼呼地刮个不停，念瓷坊里也变得格外冷清。其他几位姐妹都早早回去了，念瓷正收拾铺子，准备去看看小龙、小凤。"念瓷，我来看看旗袍有没有做好。"金锁说着话走了进来。"哦，明天差不多能做好。"念瓷话音刚落，忽然外面雷声轰鸣，狂风大作，接着瓢泼大雨像发了疯似的倾盆而下。这场狂风暴雨来得突然，把两个人都堵在了念瓷坊内。此刻，金锁内心美美地在偷着乐，他感激天公作美下了这一场及时雨，让他和念瓷终于能够单独不受外界干扰地多相处一会儿。

念瓷看看外面的天说："金锁哥，这雨下得太大了，估计一时半会停不下来。要不晚饭我下点面条，你将就着一起吃吧？"金锁心想，和念瓷在一起，吃什么都好，忙说："好的，念瓷，我平常最喜欢吃面食呢！"不一会儿，念瓷端来下好的面条。这一碗面条，金锁确实吃的比任何时候都香，这可是他心爱的姑娘亲自给他做的晚饭。他的幸福感从心里溢到脸上，满脸都堆着笑意。金锁的模样让念瓷心里甜甜的。

雨越下越大，似有把小屋子冲垮的架势，好像是谁激怒了天公。咆哮的雷雨让人不敢轻易地走进雨幕。念瓷端来一个长凳子坐在门口看雨，小声地说："我喜欢下雨天，可这雨下得也太吓人了，很多年没有见过这么大的雨了。""是的。念瓷，坐在这里陪你看看雨景也是难得的很呢！"金锁应着话还不失时宜地关心念瓷，"还是坐到里面来，雷电会击倒人的。"念瓷听金锁这么说，起身下意识地把凳子挪回来一些。

两个人单独相处还是头一回，就这么干坐着确实有些尴尬。金锁开始找话题："念瓷，我一直关注你。那一次大黄狗事件后，你那被大黄狗吓到的样子到现在还在我的脑海里，好一幅美人图，我常梦见那个画面。""啊，金锁哥，那一幕太尴尬了，那大黄狗太吓人了，当时我都吓得腿发软站不起来了。幸亏有你们几个帮忙，赶走那群大黄狗，我想想都后怕。我那狼狈样子还美人图？金锁哥，你真会逗人呢！"

"念瓷，我说的全是真的，关注一个人是随心的，心里就是老想着你在干什么，今天吃了什么，开不开心，呵呵，反正，就是老想着你。"念瓷明白金锁是在变着法子讨好她，她心里很美。念瓷何尝不是日夜思念着她的金锁哥，只是女孩子害羞，不好意思说出来而已。其实两人彼此喜欢早已心照不宣，念瓷眼看金锁就要把那层窗户纸给捅破了，倒有些不自在起来。

外面雷声大作，狂风一阵比一阵刮得猛，念瓷打了一个冷战。金锁不放过一点点机会，他认为这是天赐的机会，老天都在帮他。他借机拉住了念瓷的手说："这雷打得你有点怕吧？没关系，在屋里还是安全的。"念瓷含情脉脉地盯着金锁，听他说话。金锁说到激动处，把自己日思夜想的情话一股脑儿地全部倒了出来，就像外面倾盆而下的大雨。性格内敛的金锁平日说话很含蓄，念瓷一贯爱听，但今天金锁赤裸裸的表白，念瓷更爱听。

狂风夹着雨水呼啸着，一阵一阵地洒进屋子里，金锁放开念瓷，起身关上了念瓷坊的门。他边关门边说："这风雨太大，会把屋内的布料淋湿的。我们把凳子往里面挪一挪，这会儿也不会有人来做衣服了。"金锁拉着念瓷重又坐在凳子上，他这回很娴熟自然地把念瓷抱在怀里，就像抱着一个可爱的孩子。

金锁继续温柔地关心着念瓷："这雨下的，温度都降下来了。"念瓷知道金锁一直在克制自己的情感，她心想，身边几个小姐妹都结婚生子了，金锁如早些表白，可能他们也成亲了。想到这里，念瓷也不多说，她大胆而调皮地吻了一下金锁的额头。这一举动就像一味兴奋剂，惹的金锁欲火焚身。他无法强行控制自己内心燃烧的火苗，他不能扑灭它，也不愿扑灭它。

念瓷没有想到金锁爱的闸门一旦打开，就一发不可收拾，她完完全全被金锁俘虏了。当然，她也愿意把自己的终身托付给眼前这位爱得如此矜持而又如此热烈的男子。两人谁也无法控制此刻的冲动，他们或许只有把最纯美的爱献给彼此，才能平息内心感情的强烈涌动。

雷雨还在一个劲儿地下着，伴随着这对恋人的兴奋，越发猛烈。雷雨在咆哮，似乎要把人给劈成两半。这可怕的电闪雷鸣，让念瓷兴奋之余打了一个冷战，心头掠过一丝寒意。金锁听到巨雷的声音，似乎也感应到了一些什么，他怔怔地看着念瓷发了一会儿愣。

念瓷想到了来梅花山之前，母亲一再叮嘱她不要与曹家人谈情说爱。当时，她好奇地问过为什么，小梅只搪塞了几句，说曹家人不一般，家里发生了很多奇事，不沾边也好之类的话。多年来父母一直这么神秘，不在梅花山露面，兄妹俩觉得怪怪的。父母当年在梅花山一定发生过什么事情，一定有什么难言之隐，但兄妹俩只是猜测，父母不说，他们也不好多追问。此刻，这些事情在念瓷脑中只是一念闪过。她内心安慰着自己，不会有什么事的。

念瓷依旧回到幸福的感觉里，直到下半夜，两个相爱的人困了，雨也慢慢停下了疯狂的节奏。金锁起身，告诉念瓷："我会尽快迎娶你做我的媳妇，我马上回去禀告我的父母。"金锁依依不舍地趁着天还没亮离开了念瓷坊。

一大早，小玉就来到念瓷坊门口。他听了玉婷的一番劝说，准备主动对念瓷示好。小玉给念瓷送来了八宝稀饭和春卷。“念瓷，这是我娘起早做的，我顺便带过来一点给你吃。”念瓷突然看到小玉，有点惊魂未定，就像做小偷被小玉发现了一样。她接过早饭说：“小玉，谢谢你。”小玉愣愣地看着念瓷，只站在门口寒暄几句：“昨晚雨太大，一定吓着了吧？看你眼睛肿肿的该是没有睡好。”“哦，还好。”念瓷言语里有些客套，也没有请小玉入内坐一会儿的意思。这一问一答地找话说，小玉有些尴尬。“哦，我还有事，先走了。”他知趣地道了别，离开了。

2. 真相

又一批窑货就要出窑了，大家做好了前期准备工作。窑贩子们都挤在窑头上，等着批发一些自己想要的陶器出去贩卖。工人们紧张地站在窑门口，忙里忙外地搬运新鲜出炉的陶器。金锁也忙在其中，他一边做事，一边哼着小曲。现在的金锁是春风得意，与心仪已久的姑娘终于把那层窗户纸给捅破了，他心里一下子亮堂了，生活的目标更加明确了。爱情就是这样神奇，能让人神清气爽，心情美妙。这次出窑，金锁的出品产量与质量都是上层，他心花怒放，似乎好事都在找着他。

金锁把自己喜欢念瓷的事告诉了父亲小勇，小勇很高兴地说：“金锁啊，念瓷姑娘不错，我和你娘都喜欢这姑娘。你很有眼力，过几日就托媒婆去她哥念窑那给你提亲。”金锁兴奋地应话：“谢谢伯，我想尽快成亲。”“看你这孩子，好事不在忙中起，我和你娘要给你好好操办！”“谢谢伯！”金锁一个劲儿地说谢谢，他整个人都被幸福包围着。就要迎娶念瓷了，金锁心里早已乐开了花。念瓷自那日和金锁一番你情我愿后就算是私订终身了，这可是一辈子最神圣的事情，她要回家告诉父母金锁很快就要迎娶她的事情。

念瓷老远就看见母亲正在家门口的菜园地里拔菜，父亲在院子里摆弄几盆花草。念瓷小跑着来到家门口，小梅看见了赶紧从菜园地里走了出来。夫妇俩有一阵子没有看见女儿了，小梅连喊明浩：“明浩，快去把鸡往回赶，抓一只鸡煲汤给咱闺女补补，在窑上生活也没人照应着。”念瓷见娘跑前跑后地忙碌，有些过意不去：“娘、伯，你们别忙活了，我一会儿就要走的，我是回来看你们的，又不是回家做客的。”

念瓷跟在母亲身后转，陪着母亲说话。小梅执意要给女儿炖一只鸡吃，补补身子。明浩抓了一只仔公鸡说：“小梅，还是杀一只仔公鸡红烧来得快。”“好吧，明浩你做主。”一顿饭忙活完，小梅心也定了。饭后，小梅拉着念瓷回屋，母女俩说悄悄话去了。明浩拿着一把锄头去菜园地里锄草，有意腾出空间给母女俩说话。

小梅又问起厂子里的一些事情，似乎每一次都要提及曹家。以前提，念瓷也没当一回事，而今天一听到母亲提曹家，念瓷心里就直打鼓。小梅问了曹小勇及曹小勇娘的身体状况，又问了曹金锁现在怎么样，问得念瓷身上直冒冷汗。念瓷做贼心虚地胡乱猜想，不会是娘知道自己和金锁恋爱的事情反对吧，消息也没有这么快啊，再说父母一直没有露面，也没有人认识他们。

小梅问完一堆话，如释重负地说：“念瓷，你们都已经长大成人了，念窑也已经成家立业又添了一对龙凤宝宝，有些事情总要让你们知道的。我准备回一趟梅花窑，是该领着你和念窑认祖归宗了。”

念瓷瞪大眼睛看着母亲，她有一种不祥的预感，甚至不想再听母亲提到梅花窑。父母一直以来都不肯露面，就连哥哥念窑成亲这件大事他们都没有出现，一定与这梅花窑有着不一般的牵连。

念瓷突然打断了母亲的话：“娘，你们既然这么多年不与梅花窑联系了，那也就没必要再去联系。”小梅眉心皱起，顿了一下，似乎有难言之隐：“念瓷啊，我和你伯之前也是这样想的，这一生不再提及此事，不在梅花窑露面。可是前几天，你伯悄悄回他父母那里一趟，他父母年纪大了，身体很不好，我的心一下子变得好沉重。孩子，我还是把我和你伯的故事说给你听听吧!”

念瓷此刻的心情是复杂的。她虽然很想解开这个谜团，但今天母亲一提到曹家，她的心里就发慌。她害怕听到不想听的，害怕听到任何与曹家有关联的事情。而现在母亲的话匣子似乎已经打开了，根本收不住。

“念瓷，你别愣神啊！看你今天精神不大好。”“哦，娘，我没事。我是今天赶路有点累了。”念瓷心不在焉地回话。小梅一边用罐子装着腌制的生姜和辣椒，一边说：“那就好。你和你哥在那边生活上我是不担心的。自小我就教会你们做菜，自己料理吃喝是不愁的。哦，走的时候别忘了带上这罐菜，早上吃饭用得着。娘这几年记性大不如前了。”小梅忙完，洗了手，坐下来继续给念瓷讲往事。

“以前，你爹爹奶奶的家庭条件很好，当时上门提亲的人把我们家的门槛都要踩低了半截，可我就是一个也相不中。因为我的心里早已有了你伯明浩了。一日，我与明浩约会，你爹爹领着你舅舅夜晚跟踪我到梅花岭，知道了我和明浩在交往。你爹爹那一声怒吼呵斥，到现在还在我耳边回荡，当时就吓跑了明浩。那晚，我差点被你爹爹一巴掌给打晕死过去。那可是你爹爹生平第一次打我，也是最后一次打我。我一直是你爹爹奶奶捧在手心里娇惯长大的，但那一次我是真的伤了你爹爹的心。

“你爹爹听我说明浩比我小三岁，腿部有一些残疾，就坚决不同意这门亲事，硬是把我锁在房间里，不让我和明浩见面。你爹爹的宗旨是我嫁的人至少要能做窑，而你伯明浩的腿部残疾，注定了他与窑无缘。”小梅越说越激动，眼泪止不住地流着，仿佛回到了从前，回到了那个被锁在房间里的场景。“后来要不是你奶奶放行，今天哪还有你和你哥啊！”念瓷听着母亲说过去，也随着走进母亲的故事里了。她在为母亲叫屈，直陪着母亲掉眼泪。“爹爹真古怪，老古董，这也太倔了。”念瓷虽然从来没有见过爹爹的模样，但听母亲这么一描述，她的眼前立刻浮现出一个严厉凶悍的老爹爹的画面。

小梅抹了一把眼泪继续说：“我怀上了你大哥，当时自己还不知道。本来我准备假装怀孕，让你奶奶帮着说服你爹爹，让我和明浩成亲，谁知道装着装着发现是真的怀孕了，当时我吓得半死。你爹爹很倔，不管是真怀孕还是假怀孕，他都坚决不同意这门亲事。在被关在房间里的那段时间，我的心情很差，生气、焦急加上绝食，怀孕反应特别大，有些活受罪哦！十月怀胎我都是被关在房间里像关犯人，最后你大哥就生在了家中。孩子都生下来了，你爹爹还是不同意把我嫁给明浩，继续关着我。最后我求你奶奶，让她放我走。我丢下了你三个月大的哥哥，在一个黑漆漆的夜晚离开了那个家。

“我隐姓埋名，改名叫肖梅，与家里断绝了所有来往。没想到这一离开，转眼都这么多年了。”小梅说着说着就哭出声来：“就这么离开了，连你爹爹最后一面都没有见着。”念瓷睁大眼睛看着母亲说：“原来你是从家里逃出来的，你叫小梅。”

念瓷一直沉浸在母亲的爱情故事里，她听着母亲感人的爱情故事陪着掉眼泪，而忘记了自己与梅花窑早已结下了不解之缘。“念瓷啊，我现在有一点矛盾，就怕我们一出现会打破你们平静的生活。你看你哥哥念窑现在工作和生活都很好，又添了一对龙凤宝贝，我担心我们突然出现，会让大家对你们指指点点的。”

念瓷感觉到了母亲的顾虑，便说：“娘，这个倒没有关系。你们是真爱，是对爱情忠贞，现在的年轻人都能理解。”小梅看着善解人意的女儿，会心地笑了：“念瓷啊，你到现在也没问你爹爹奶奶是谁呢？你爹爹就是梅花窑创始人曹颜吉，你奶奶叫艾婉蓉。我总是问你的那个金锁是你的亲大哥。”小梅这几句话刚一说出口，只听见扑通一声，念瓷从凳子上摔倒了。小梅吓了一跳，赶紧扶起念瓷：“你这细伢，坐着凳子也会摔倒。”她边说边心疼地给念瓷拍打着身上的灰尘。

“念瓷，你不用为娘伤心，这不，我和你伯后来不是在一起了吗？”念瓷绝望地看着母亲：“娘，你是曹家人，那我该怎么办啊？”小梅有些纳闷：“念瓷，你这是怎么了？”“娘，我对不起你，我闯祸了。我就是回来告诉你，金锁哥要迎娶我的事情啊！”小梅急得直叹气：”念瓷，我不是跟你说过吗，在梅花窑谈对象要事先告诉我，可你……”念瓷无助地看着母亲：“娘，我们相互喜欢已经很久了。哎呀，我没有脸再见金锁哥了。”

小梅摇摇头说：“念瓷，你们得赶紧分开，你们是亲兄妹。真是造孽啊！这是老天在惩罚我吗？报应，报应啊！报应到我的女儿身上了。”念瓷泣不成声地说：“娘，我已经是金锁哥的人了，我该怎么面对，怎么活下去？”此刻小梅需要冷静，她要先安慰念瓷，她的宝贝女儿不能出事，曹家出的事情已经够多的了。母女两个都陷入了愁闷的情绪中。

明浩从外面进来，看到母女两个都默默不说话，一改之前的有说有笑。他奇怪地看看小梅，又看看念瓷问：“小梅，你把念瓷怎么了？孩子也不怎么回来，你不要惹她不开心。”小梅觉得女儿的事情不方便告诉明浩，而且告诉他也无济于事，还多给一个人添堵，母女俩干脆把这件事情给瞒下了。小梅说：“没什么，我给念瓷讲我们过去的事情，孩子伤心。明浩，梅花窑我们还是不去了。那个传说，就让它继续流传吧！传说总是美好的，有些东西戳破了未必就好。”明浩知道小梅一贯是个有主见的人，点头称是：“你说得对，反正这些年也都过去了。”

小梅让明浩忙去了，她继续开导女儿：“念瓷，一切都不是你的错，你喜欢金锁本也没有错。不知者不怪，老天爷也不会怪罪你的。不过，你要赶紧离开金锁，你们绝对不能成亲。你是读过书的人，要看得开一些才对。”念瓷觉得母亲说得很在理，但她还是羞愧难当，她的心在撕扯着，恨不能找个地缝钻进去。她必须要离开梅花窑，她无法面对她深爱的哥哥。泪眼婆娑的念瓷久久没有说话，心里在默默地计划着，梅花窑是回不去了，得赶紧离开，否则要遭人唾弃的。

念瓷起身说：“娘，我没事，天快黑了，我要回念瓷坊了。”小梅看念瓷情绪好多了，就让她回梅花山去了。小梅改变了公开认祖归宗的想法，她不能给孩子们添乱，不能让孩子们平静的生活掀起波澜。

第三十章　缘起缘落

刘心怡一遇见万琳丽，看到她那双狐媚的眼睛，心里就有刺痛感。夜晚，她闭上眼睛就能看见上次梦见伊凡和万琳丽缠在一起的画面，这就像一个毒瘤，在她的体内日益滋长。

伊凡觉得最近这个家有些沉闷，想改变一下气氛。一日，伊凡做了一桌子菜，让姐姐伊安、伊静来家里吃饭。伊静，人不如其名，是个快嘴婆。伊静一进门就数落刘心怡："这样多好，和和气气地过日子。以后不要总提伊凡和万琳丽出去的事情了，说多了会伤夫妻感情的。对待男人，不要管得太紧了，你越管得紧，他越变着法子找乐子。"伊静总是一副好为人师的气势，这番话又挑起了刘心怡心底的不快，说得刘心怡心里郁闷，心愈发地冷了。

刘心怡带着小宝去县城娘家夏雨荷处玩几日，想换换环境，调整一下心情。同学朱嘉慧过来抱着小宝说："心怡，小军在家做了菜，我来接你和小宝过去吃饭。"几个好姐妹花小喜、薛宝玉、朱嘉慧、周明红、唐燕妮、方小霞、李明兰、谢安娜都早早地到了。她们接过小宝，直说小宝长得像洋娃娃，几个人都争着做小宝的干娘。刘心怡很开心，似乎又回到了那个无忧无虑的少女时代。她笑着说："你们若能寻得临街的几间铺子，我就回县城做窑货生意，家里的货源足得很。"小喜迫不及待地说："铺子的事情就交给我们，你就放一百二十个心吧。你回县城最好了，免得我们见个面都难。"很久不见的同学吴清华也赶来了，大家不免在一起叙旧好半天。

小喜悄悄告诉刘心怡，清华媳妇红杏出墙了，清华一直在怄气。刘心怡一听到这话，心里就一阵刺痛，她对背叛感情的人是厌恶至极。刘心怡心想，清华相貌堂堂，竟也落得如此下场，她忽然有种惺惺相惜的感觉。清华也听小军说起过刘心怡最近不大顺心，就把这个事装在心里了。在班上读书的时候，他就悄悄地喜欢过刘心怡，只是后来大家各奔前程，彼此就再也没有见过面。

嘉慧第二日又来找心怡玩，聊着聊着就说到清华身上了。嘉慧说："清华在洋行做会计，他会篆刻、书法、画画、跳舞，算是一个全才。可他的婚姻不幸福，夫妻关系早已名存实亡了。仗着个人条件的优势，有好多朋友给他介绍对象，他都拒绝了。你看这人也不知着了什么魔，他一看到你，就魂不守舍，像神经病似的，说似乎看到了爱情。"嘉慧说话间用余光瞟了刘心怡一眼。刘心怡没有接话茬，她的心里依然装着伊凡，她对伊凡还没到死心的地步。

几天后，刘心怡带着小宝回到梅花山直接去看夏雨美了。要回家时，夏雨美要留小宝在她那里玩一下，刘心怡就一个人先回去了。伊凡也刚好到家，他和心怡说着这几天厂子里张三李四的事情，一说起来就滔滔不绝地收不住口。刘心怡看他说了半天，也不提一句小宝，心里就不舒服。她心想："伊凡就是个典型的贪玩性子，都玩疯了，几天不见小宝都不问一声。一个如此粗心的人，如何会想到去让我迈过心中的那道坎？伊凡啊伊凡，你在我心中的位置牢固吗？你能住多久？"刘心怡其实非常渴望伊凡和她能够重修旧好，可是他们的感情就像一张洁白的画纸上沾了污点。这些污点就像小虫子一样在体内滋生蔓延，甚至已经钻入了五脏六腑，让她心神不宁，挥之不去，欲罢不能。

一个月后，刘心怡接到朱嘉慧写来的一封信。信上写道："上次你托我们找临街铺子卖窑货的事情有眉目了。临街有一间大门面，还有一个仓库，你抽空过来看看。"刘心怡把这个想法告诉了伊凡，伊凡出乎意料地没有阻止，他说：“去就去吧，县城是好窗口。万琳丽和她家亲戚合作的窑货生意就做得不错，你去开窑货铺子生意会更好，你姨父那边有足够的货源可以供你优先选。”其实刘心怡去县城开铺子，也不是一两天的想法了。之前，伊凡总是夸万琳丽有魄力，刘心怡心里就盘算过，不就是去县城开了一间窑货铺子吗，我也来开一个，甚至以后开十个二十个都没有问题。

刘心怡如约来到县城嘉慧和小军的家，清华也在。几个投缘的人推杯换盏，清华总是不失幽默风趣地说话。刘心怡心中又在为清华叹息：“这样一个男人，妻子怎么不好好珍惜呢？”接着她又想到自己：“背叛与优秀与否无关。自己难道不是一个很好的妻子吗？上得了厅堂，下得了厨房，可不还是遭遇到伊凡的背叛。”刘心怡常常是做了队员又做裁判。她会主动化解事情，分析问题的原因所在，会从自身找原因，这也是她温和的品行所致。

嘉慧说：“心怡，一会儿吃过饭再去看看铺子。那间铺子是我姨娘家的，门面很宽，大仓库在后街。我姨娘和姨父岁数大了不想做了。”铺子的位置刘心怡很喜欢。就这样，窑货铺子的事情很快确定了下来。铺子主要以卖小货为主，大货为辅。刘心怡请嘉慧参与经营。

第二天几个好姐妹及小军、清华都来帮忙打扫，布置挂牌等事宜。牌匾上的几个大字是清华亲自撰写的店名——心怡瓷馆。一切安排妥当，就等下一次窑上出货运来铺子了。晚上刘心怡请大家去铺子旁边的小酒馆喝酒吃饭，以答谢大家的帮忙。饭后，清华主动要送刘心怡回家，大家知趣地走开了。清华又约刘心怡第二天晚上七点龙门桥头河滩见。

次日，刘心怡直奔与清华的约定地点。她扬起头看了一眼今晚格外明亮的月亮，心头闪过一丝美意。上天似乎很解风情，知道刘心怡受了很多委屈，这不，用这皎洁的月光沐浴她，让她轻松地给心灵放一次假。刘心怡心想：单独与清华见面时的情景该是什么样？会不会有些尴尬？接着她自嘲地发出了声：“真是一个没出息的女人，又不是去偷情，只是去谈谈心，两个同病相怜的老同学说说知心话而已。”想到这，刘心怡的步伐越发坚定了些。

到了约定的龙门桥头下，有波光粼粼的河水轻声浅吟，有轻柔晚风送来的阵阵花香，有明月洒下的一抹温柔，可就是没有清华的影子。清华没来更好，刘心怡不但没有失望，反倒觉得轻松一些。她毕竟还是有些心虚的，心里暗自埋怨，为什么要答应到这里来呢，聊天哪里都可以啊！

“心怡，你来啦，我耽误了一点时间，让你久等了。”刘心怡一时还在纠结的情绪中没转过神来，听到清华说话，忙说：“哦，你来了，我也是刚到。”清华领着刘心怡找了块草密集的草坡。他铺上一张旧报纸，让刘心怡坐下，又从手提包里拿出洗好的水果递给刘心怡：“心怡，今天能在这里和你见面，像做梦似的。”

清华说话间霍地一下站了起来，给刘心怡深深鞠了一躬说：“谢谢你的成全，你圆了我经常做的一个梦。”他的这一举动把刘心怡吓了一跳：“清华，你怎么这么多礼呢！”清华呵呵地笑着，他的笑容是那样好看。月光下，清华的每一个眉眼间的表情，都让刘心怡舒心。

此刻，四野一片寂静，空气格外清新，两个人的心情更是别样的好。他们谈得很投机，聊了很多也很远。“心怡，以前一起读书时，我就一直暗恋你，关注你的一举一动。每天放学我总在你的后面远远地跟着你，算是一个护花使者吧！只是你一点都不知道，我是默默地在做，这一切都是因为我喜欢你。”“啊，清华，还有这回事啊！我确实经常看到你在我身后。”

刘心怡听小军说起过，清华曾经暗恋过她，只是苦于还没来得及表达，她就像被一阵风卷走了似的不见了踪影。后来听说刘心怡名花有主了，清华伤心难过了好一阵子。今天，如果不是彼此家庭都受到同样伤害，清华这些话可能会永远烂在肚子里。清华这一席话说得刘心怡有些伤感，她心想：“为什么你当初不大胆说出来呢？人生的一次错过或许就错过了一生，一次偶遇或者一个转角就是一个新的人生。”

刘心怡心中明白，人在低迷时感情会很脆弱，今天两人只是找个僻静的地方谈心，没有什么，不能胡思乱想。她在心中时刻提醒自己，自己是小宝的娘，是苏伊凡的妻子，是有家室的人。但是不管刘心怡如何给自己心理暗示，她看着眼前的这个男人，心里还是百感交集，为什么会有这么多的阴差阳错呢？

自那日刘心怡答应和清华见面后，清华的心事就多了起来。整日带着女儿吴敬明过着流浪的日子，对孩子的成长不好。敬明的娘小琴那一段婚外情闹得满城沸沸扬扬的，况且她也没有回头之意。这段婚姻名存实亡，早已被判了死刑。

清华拿小琴和刘心怡做比较，小琴任性、娇气、漂亮，是一个以自己为中心的花瓶似的女人，而刘心怡却是一个善解人意、端庄、优雅、温和的女人。上得了厅堂、下得了厨房全给刘心怡占了，这样的好女人怎能不惹人喜欢？清华暗下决心，一定要把这个好女人娶回家。

清华晚上失眠了，刘心怡内敛，是一个特别矜持的女子，虽然答应和自己出来见面，但这并不代表什么。从交流中，他能感受到刘心怡是一个家庭责任感很强的人。他想，要想获得幸福，必须先减压，必须先把自己身上的包袱拿掉，让自己轻松起来，然后才有资格去追求刘心怡。

第二天一大早，清华起床后写了一封和离书。他找到小琴，小琴也没多说话，就在和离书上签了名，按下了手印。唯一的女儿吴敬明随了清华，小琴同意了。这段婚姻就这样简单地告一段落。

清华真正成为单身后，一下子感觉轻松了许多，他被这段婚姻缠绕的实在太久了。其实他很喜欢小琴这只花瓶，不管怎么说总是很养眼，更何况又有了女儿敬明，但他无论如何也不能接受小琴明目张胆地红杏出墙，并且愈演愈烈。如今，也是走到了无法挽回的地步。或许是刘心怡无意中给了清华力量和勇气，让清华走出了这段不愉快的婚姻。卸下了戴着的镣铐，把自己从情感的苦海里拯救出来，获得了自由与新生，清华算是摆脱了这一盘败棋，他又有追求幸福的权利了，他要重新下一盘棋。

刘心怡带着小宝回到梅花窑这边，她一看到白净帅气的伊凡，心里总会像打翻了五味瓶一般不是滋味。刘心怡喜欢伊凡，却无法摆脱万琳丽的阴影。她努力想把这一页给翻过去，可是这一切不会随着她的思想而转变。即使之前刘心怡做得再好，那也只是为了顾全大局，不想把事情闹得太糟糕而已。

自从伊凡和万琳丽发生那件事后，刘心怡整个心境都变了。家里的糖坊、槽坊、爆竹店，她很少过去看了。梅花窑里泥坯上的印花，她做的就更少了，她甚至一刻都不想在梅花窑逗留。刘心怡告诉刘佳林夫妇县城里的铺子已经安排妥当，就等窑上出新货了。

刘佳林夫妇知道刘心怡心里的苦，想着让她去县城也好，可以散散心。家里有的是货源，在县城开一个铺子也是好事。一周后，刘心怡如期领着车队，装运了几车漂亮的窑货，浩浩荡荡地拉到了县城。看这阵势，她要在县城独占鳌头了。嘉慧、小军、清华、小喜及几个小姐妹早早地就等在心怡瓷馆了。好多街坊邻居都过来围观，他们很高兴，以后就不用跑十几里地去梅花窑买这些坛坛罐罐了，而且有时候还白跑一趟，或者上品窑货早被窑贩子们抢购一空，要买也会贵一些。

大家忙着卸货，几个小姐妹干起事来很利索。嘉慧在忙碌中不忘播报新闻，她拉住刘心怡，神秘地说："清华解开枷锁了，他获得自由了。"刘心怡愣了一下，抿嘴一笑："哦，什么枷锁？"刘心怡被嘉慧突然冒出来的一句话说得云里雾里的。嘉慧补充道："离了。"刘心怡瞬间反应过来了："解开枷锁是好事，不好就散，继续缠着也是相互折磨伤害。"刘心怡此刻并没有多想，她也没敢多想。

不过，惺惺惜惺惺的感觉确实拉近了清华和刘心怡之间的距离。但刘心怡并没有背叛伊凡，她只是站在十字路口上。如果伊凡用力地拉住她，她不会走向转角。但是伊凡孩子般的天性始终不变，他从没有想过伤口需要愈合，没有想过花儿需要浇水施肥。

一日，伊凡在家找碴儿："心怡，你一点也不顾家，只由着自己的性子做事，说风就是雨。去县城开窑货铺子，是要和万琳丽比什么呢？人家开铺子，你也开，能挣多少钱？"刘心怡听伊凡突然这样说话，气不打一处来："伊凡，开窑货铺子，你也同意了的，现在说什么鬼话？我是为了挣多少钱吗？我姨父那边也不缺这一点银子，我只是想做一点事情。"

伊凡今天不知道头脑里哪根筋搭错了，一直喋喋不休地找刘心怡吵架。刘心怡也觉得奇怪，她现在连和伊凡斗嘴的力气都没有了。她见伊凡故意找碴儿的架势，懒得多说：“伊凡，让别人口服心不服是没有意义的。表面上你斗赢了，但其实你已经输了。”刘心怡这话似乎有弦外之音，可惜伊凡根本不明白这句话的深意。

刘心怡每次去县城回来，伊凡总是找碴儿，或许伊凡心里就是不想刘心怡去县城。又一次斗嘴中，刘心怡实在忍不住了，她说：“伊凡，我们还是分开吧！我已经厌烦了与你争吵，总这样实在没有意义。”伊凡可能也是吵架吵的嘴巴发热了，顺口就答应了。他生气地说：“你天天心里头老想着县城里的窑货铺子，我看你早就不想过日子了。你说什么我都依你！”刘心怡一句话也没有说，一气之下抱着小宝就回夏雨美处了。夏雨美知道刘心怡和伊凡之间目前没什么大的矛盾，都是些鸡毛蒜皮的小事情，最大的矛盾还是伊凡和万琳丽一起出去胡闹，给刘心怡心理上造成了阴影。

苏宏伟看刘心怡在娘家住了近十天，就过来打了招呼，让刘心怡回家吃晚饭。实际上这些天刘心怡去县城心怡瓷馆忙碌，心里几乎忘了与伊凡的烦恼。刘心怡看到小宝爷爷过来打招呼心有些动摇，她想，看在小宝的面子上适时还是要回去的，之前回娘家只是想暂时压一压伊凡没来由的脾气。这些天伊凡到刘心怡娘家这里一共也就来了三次，他每次来接刘心怡回家，刘心怡似乎总看见他背后有一双狐媚的眼睛在笑。

回到家，刘心怡还是犹豫了，她对伊凡说：“伊凡，我们还是分开吧！在一起我总会想起不愉快的事情，说不定哪天还是想分手，到那时对你也不好，你现在的条件还能再寻个好姑娘娶回家。”伊凡真的就是个孩子，他听了刘心怡的一番话，竟走火入魔般地同意了。刘心怡写了一封和离书递给伊凡，伊凡也没说什么，两个人就在上面都按了手印，签了字。这是一次草率的分手，似乎就是过家家。

第三十一章　惺惺惜惺惺的后续

刘心怡带着小宝去县城夏雨荷那边了，她想暂时离开这里去过一段安静的日子，去心怡瓷馆好好经营她的窑货生意，也借此打发郁闷的心情。

得知刘心怡与伊凡解除了婚约，清华暗自欢喜。他一有时间就来陪刘心怡聊天，帮着经营生意，如此相处，刘心怡感觉也挺好。刘心怡离开伊凡并没有太大的落差，她的身边有一群从小一起长大的好伙伴，而且清华的表白也如沐春风般地慰藉着她受伤的心。心怡瓷馆的生意日益红火，一方面是因为刘心怡经营有方，另一方面更重要的是因为货源充足，上品较多。清华找到了接近刘心怡的机会，就这样，在大家的撮合下，两个人很快就建立了新的感情。

刘心怡带走了小宝，伊凡觉得家中空落落的，心里也空了。听万琳丽说起刘心怡在县城和她的同学好上了，伊凡的心中不是滋味。他整日打不起精神，人也消瘦了。他后悔那日听了姐姐伊安出的馊主意，伊安让他把刘心怡多晾一晾，不要那么快接回家，压压她的性子。谁知这裂痕就这样越压越大，大到他无法控制，无法收拾的地步。

一天晚上，清华和刘心怡在室内听音乐，清华发现窗外有人影在晃动，就追了出去。清华知道了来人是刘心怡的前夫伊凡，两个人就在外面理论了好半天。他们谁也不会在刘心怡的问题上让步，两个人几乎要大打出手了。

刘心怡听到外面的争吵声越来越大便赶了出来，见是伊凡，她一下子慌了神。伊凡一把拉住刘心怡问："小宝在哪？你把她叫出来我们回家去，小宝不能没有爹。"刘心怡定了定神说："伊凡，你听我说，我们已经分开了，你让我回哪去？清华，你先回屋去看着两个孩子，我和伊凡谈一下。"

刘心怡是个很特别的女人，天生会做思想工作，而且能让人心服口服。她说："伊凡，我们分开了，你还闹什么？一切已经回不到从前，自从你一脚跨出梅花窑和万琳丽去了景德镇，就意味着我们的婚姻结束了。这或许就是天意，我一直在纠结中，一直想去原谅你。我真的努力了，可我怎么也翻不过那一页。现在我就是人随你回去了，心也是回不去的，这样对谁都不公平。"

"心怡，我求你了，没有你和小宝，我的生活就是一潭死水，你快领着小宝我们回家吧！"

"放手吧，伊凡，我们都不要再跟自己过不去了。我们的感情已经有了很大的裂痕，再捆绑在一起生活，一起耗着，是对彼此的折磨……"

奇怪的是伊凡一下子似乎被刘心怡说服了，他渐渐平静下来，一点怒气都没有了。他安静地听刘心怡说话，似乎她说的事情与自己无关。他在回味着刘心怡说的话。伊凡无奈地摇摇头说："心怡，一切都是我的错，是我玩火自焚，不怨你。你带好小宝，好好过日子吧！"他说这几句话的时候嗓音很低，带着几分不舍、几分凄凉。

刘心怡最不能看见伊凡这样，伊凡这样总会让她心软。她强忍着心软说："你别这样，我们缘尽于此，放手是对彼此的尊重。"伊凡见多说无益，就沮丧地离开了。看着伊凡渐渐远去的背影，刘心怡心头掠过一丝痛楚。她心生感慨：感情就像一阵风，有时候很重，有时候却又很轻，说没就没了。想当初，两个人是那样的情投意合，相互黏着，何曾想到会是今天这样的结局。

"唉！"刘心怡长叹了一口气，自言自语道："人啊，真是奇怪，感情好的时候，黏在一块怎么也分不开，感情出现裂痕时，慌不择路地想法子赶紧逃离。"此刻，她想到了自己和伊凡算是敏敏姐带来的缘分，这段姻缘算是画上一个句号，可姐姐如今杳无音信，她的那段姻缘不知道怎样了，也不知道姐姐过得是否幸福。

刘心怡情绪低落地回到屋里，清华拉着刘心怡的手说："心怡，我们的事情既然已经公开了，干脆你嫁给我吧，我们一起来抚养两个孩子，共同经营心怡瓷馆，名正言顺地在一起，免得闲言碎语的夜长梦多。"刘心怡似乎没了主意："听你的，不过总得有个形式，即便简单一些也行。"

在清华紧锣密鼓的安排中，他终于娶回了刘心怡，从此他们过上了四口之家的日子。清华一身的文气，而且是个浪漫的人，而刘心怡骨子里也是喜欢清华这种类型的。两个人倒也过了一段舒心的日子，但日子终归还是要回到生活中来。两个孩子的教育问题、相处问题，锅碗瓢盆交响曲，以及一大家子的家务事统统向刘心怡袭来。

清华的父母都早逝了，刘心怡对清华便格外关心照顾。她把敬明视如己出，想给敬明多一些关爱，好让清华安心地工作。刘心怡深深地知道重新组合的家庭中孩子教育的重要性，她要用耐心去对待这个孩子。可敬明虽是一个女孩却比一般的男孩都调皮。

一天夜里，清华和刘心怡被小宝凄惨的哭声吓醒。原来是敬明使坏，她掰开小宝熟睡的眼睛，硬生生地把风油精给滴在小宝的眼睛里。刘心怡的心都碎了，这回清华实在是忍不住了，他拿起一根鸡毛掸子狠劲地在敬明的身上抽打着："你这个孩子，怎么变成这样?"敬明的调皮捣蛋招数不像一个女孩子想的，她会变着法子捉弄小宝，甚至会把熟睡的小宝用被子卷起来藏起来。刘心怡无数次地自责，认为是自己自私了，为了自己的感情没有顾及小宝的成长环境。她还冷静地给敬明做了通思想工作。

一日小军来到心怡瓷馆说："心怡，清华带徒弟了，听说是他同事的女儿，也喜欢捣鼓画，想请他教画画。"心怡听了心里咯噔一下，没听清华说这件事啊!

一连几日清华都是很晚才回家，女人的第六感让刘心怡觉得有点不大对劲。嘉慧大大咧咧地说："心怡，你要把清华看紧一点，人是会变的。"嘉慧不经意的一句话，在刘心怡的心上像丢了一颗炸弹，她有一种不祥的预感。这个家最近不安宁，整天都是孩子们吵闹，怪不得清华不大想待在家里。刘心怡也有点生厌了，但是没有办法，母性的善良让她持之以恒地照顾着调皮的敬明。

“心怡，有句话我憋了很久了，我们都是好姐妹，我不希望你的婚姻再遭到破坏。你和清华走到一起真的不容易，你付出了多么大的艰辛，辛苦地把敬明带着啊，渐渐的这孩子也懂事了，可现在……”

“怎么啦，嘉慧？”刘心怡疑惑地看着吞吞吐吐的嘉慧。嘉慧说：“心怡，那我就直说了。你梅花窑、心怡瓷馆两边跑，还要操持这个家，可清华整天在干什么，你知道吗？”刘心怡问：“他在干什么？”嘉慧愤愤不平地说：“他怕是上了那个鸦片鬼子女人的瘾了，你小心鬼子把清华的魂给勾了去。”

“哈哈哈，”刘心怡扑哧一笑，“什么鸦片鬼子女人？说的都是一些我听不懂的话。一个鸦片鬼子女人也能勾走清华的魂？这鬼子的魅力也太大了吧。哈哈哈，为什么叫鸦片鬼子女人？你真逗，快别乱说，清华对我一贯好着呢！”“心怡，你不信？鸦片鬼子女人，就是说这女人脸色蜡黄，身上干瘪，前胸贴着后背，穿衣服像套在树干上一样。”刘心怡或许真的有些高估了她和清华的爱情了，她说：“嘉慧，你就逗我笑，这样的女人也有魅力勾走清华？别疑神疑鬼的了。”

嘉慧在为刘心怡抱不平，见她不信，急了：“心怡，你别笑，看你这大大咧咧的样子，男人给人偷了，你都不晓得，人家把你给卖了，你还给人家数钱。鬼和人当然是有区别的，会用妖术魅惑人心。迷住了谁，谁就会栽在她的手里，分不清东南西北，一生都逃不出她的手掌心。”刘心怡继续说笑着：“呵呵呵，这么大本事，那不是成如来佛了。”

看着嬉皮笑脸的刘心怡，嘉慧直接拉下脸来说：“要是如来佛，倒真没有关系，佛祖是保佑苍生的。可那是鬼子，鬼子是会害人的。听说这个鸦片鬼子女人和西门口那个窑货铺子老板娘关系好，那个老板娘听说妖艳得很。

你还别不当一回事地笑，我真不是搬弄是非，我是给你提个醒。你好好想一想，最近清华是不是回家很晚？是不是不管小孩？他在外面被鸦片鬼子女人迷住了，哪还顾得上你们几个？他要是有心对你，孩子他管起来比你得力啊。看他把敬明给放纵的，幸好遇上你这么个贤惠善良的后娘。若遇上一个泼辣一点的，早没法过了。我都说了，你爱信不信，真是气死我了。”

刘心怡听嘉慧生气地说了这些鸡零狗碎的话，表面上装着无所谓，可内心还是认真地过了一遍。她不自觉地说出了声：“清华最近总说在单位加班，回家很晚，还有一回说是去他爹娘的坟地了。”“也就你相信，晚上去坟地才真是见鬼去了呢！他分明是被鸦片鬼子女人给缠住，卿卿我我去了。”嘉慧忍不住添油加醋地又说了几句。

刘心怡知道，嘉慧自小跟自己一起长大，毫不避讳地这样说话，也是担心她再受伤害。她越想越不对劲，鸦片鬼子女人和西门口窑货铺子老板娘要好，那不是万琳丽叔叔家的铺子吗？刘心怡突然有些理不顺了。万琳丽在西乡，难道真的阴魂不散地与此事也沾着关系？刘心怡不想多想那张脸。她的脸色开始阴沉下来，心也随之往下沉，刚刚脸上的一点笑容已经全部消散殆尽：“嘉慧，你今天早些关门，我先回家去了。”

吃过晚饭，刘心怡给两个孩子洗漱完毕后安排她们上床睡觉。她心神不宁地拿起一本关于印花艺术的书看，突然有些怀念在梅花窑的工作和生活了。那里的人淳朴、憨厚，那里的窑工师傅们个个敢作敢当。她又想到了伊凡。伊凡也是一个老实人，几句话就能把他的思想工作做通了。也正是因为他老实，他才经不住万琳丽的诱惑，导致后来这些曲折。不知道母亲和姨父身体怎么样了，姨父的几个作坊怎么样了。那些泥坯、坛坛罐罐一直在刘心怡的眼前跳舞似的绕来绕去。她的思绪有些乱，不知不觉到了下半夜两点多。

刘心怡听到有开门的声音，是清华回来了。清华踮手踮脚地进屋，一眼看见在书房看书的刘心怡，吓了一跳：“心怡，你怎么还没睡？”刘心怡抬头看了一眼清华说：“我在等你。你不回来，我怎么能安睡？你先去换衣服，一会儿去卧室我有话问你。”清华换好睡衣，温柔地叫刘心怡回房休息。

“清华，你最近总是很晚回家，气色也不太好，是不是发生了什么事？”“心怡，你别多想，最近我洋行上的一些事务有些烦心，这几天都在加班。”刘心怡最讨厌别人拿加班说事，以前伊凡就是拿加班说事，把一个温暖的家给毁了。刘心怡见没有问出原因，看看时间已经是半夜三点了，便作罢不再追问了。

第二日，清华依旧回来很晚，刘心怡照常问情况。清华一脸赔笑：“有你这么好的妻子我若还有外心，那不是要被天打雷劈吗？”清华哄着刘心怡早点休息，刘心怡也没有多说。第三日，刘心怡晚上悄悄到清华工作的地方看了一下，那里一片漆黑。她明知道清华在撒谎，可还是不死心地要去看一下，免得冤枉了清华。

凌晨两点，清华回到家。他埋怨刘心怡：“让你早点休息，你怎么还在等我？”刘心怡没好气地说：“我不会永远等你的。清华，你今天去哪里了？”刘心怡这话似乎话中有话，清华愣了一下说：“我这几天都在洋行加班，不是对你说过了吗？”“清华，我去了你的洋行，黑灯瞎火的，连鬼影子都没一个，你跟鬼子在加班吧？给了你三天的机会，你依然故我地和鸦片鬼子女人混在一块，你不知道自己是个有家有室的人吗？你不知道我们走到一起不容易吗？”刘心怡终于忍不住一股脑儿地说出了这番话。

“心怡，你说什么呢？我没有吸鸦片，你就乱说。”清华装作无辜地看着刘心怡。刘心怡情绪有些激动：“你比吸鸦片更厉害，天天半夜和你鬼混的那个女人就是鸦片鬼子女人。你难道不知道？你一天见不到她，就猫抓心似的难受，魂都被勾了去。你这不是上了鸦片鬼子女人的瘾了吗？”清华不清楚刘心怡知道些什么，她不着边际的这些话说得他一头雾水。“心怡，你在说什么？越说我越糊涂。赶快睡觉，不早了。”清华有些心虚，他心想，自己最近是和一个女人黏糊着，难道心怡发现了？不会啊，也是才发生的事啊。他无法面对刘心怡的责问，也无法做任何解释，只有佯装听不懂。

“清华，我来告诉你这个鸦片鬼子女人的来历，我不能不告诉你我知道的情况。她原名叫胡妮静，一贯作风不正，喜欢偷鸡摸狗，那些偷腥的男人去找她，常常会撞到一块儿。这事就被传了出去，认识她的人干脆就叫她狐狸精了。”“心怡，你越说我越糊涂了。”“我等了你三天，本想你如实地告诉我这些事情，或者我会给你机会，我们走到一起不容易。但是你变了，我们成了两条平行线。心怡瓷馆的生意你都不望一眼，倒是拿了一些坛坛罐罐、手炉、花瓶之类的送人了。莫不是给鸦片鬼子女人送温暖去了？还有，你是给心怡瓷馆招来了生意，你说一个同事要拿窑货回乡下开铺子，一下子把仓库里的货都给推销出去了。你担保，说是卖完了再付钱，可到现在几个月了还无声无息的。莫非也是给鸦片鬼子女人家囤货开铺子？你和鸦片鬼子女人合着伙骗我吧？这个都不说，我家有的是上品窑货。但是现在你连自己的女儿也不管不问，每天半夜回家，把家当旅馆了。我倒是多了很多事情，这样的日子还有什么奔头？事已至此，我不想再多说了，我们分开吧！”

刘心怡头晕目眩地又做出了一个重要决定，她就像一个专门解决问题、做决定的人一样，或者她压根把自己当成了局外人。清华央求着刘心怡：“好心怡，你别瞎说，我坚决不同意。你别大半夜的在这里胡乱猜想地编故事。心怡，你冷静一下，我是万万不会与你分开的。我们休息吧，很晚了，明天还要忙工作。”

其实清华也想好好整理一下最近出的一些乱如麻的事情，目前被那个胡妮静缠着确实很棘手。再说，大部分窑货确实是给胡妮静家担保的。胡妮静的叔叔在乡下田地不多，日子清苦，也没有手艺，这无本的生意给他一家人带去了生活来源。起初他是为了讨好胡妮静才给她担保拿窑货的，但是他们家至今还账不积极，清华也没法子。

清华婚后少了一份担当，一时没有把控好，惹得胡妮静一直缠着他不放。他见刘心怡天天愁眉苦脸的，觉得实在对不起她。清华只好实话实说：“那些账我会催着要回来的。我与胡妮静本不认识，也是一次偶然的机会，她与一个说是西乡的女子来到洋行有事，我们才认识的。我本想着她是你老家的人，多说几句话也无妨，后来就都成了朋友。这不，心怡瓷馆货源很足，我就做主分一些给胡家小店，等于多了一个销售点。”

听清华说了一大堆话，刘心怡有些不耐烦地问：“那个说是西乡的女子是不是叫万琳丽？”清华愣了一下说：“是的。”刘心怡阴沉着脸说：“原来如此，真是阴魂不散。”刘心怡说的这句话，清华是听不明白的。

刘心怡心里明白，胡妮静与万琳丽搞到一起也是臭味相投，她懒得与这些人理论。自己就是一个简单的女人，卷进复杂的家庭中来，本就不易，而今清华与这些下作的女子搅和到一起，肯定不会有什么好事。清华背叛感情，自己再与他生活在一起就没有一点趣味了。想到这里，刘心怡的眼前感觉一片漆黑，所有的色彩瞬间灰暗下来，所有的美好似乎都与她无关。她似乎从一场爱情剧中猛然醒来，发现原来一切本就虚无。

几天后，刘心怡做了一桌好菜，让清华叫好朋友小军、燕妮、嘉慧、宝玉、明兰、小红、小喜、小霞等来家里吃饭。开席前刘心怡说：“今天请你们来是有一件事情要告诉你们，我和清华决定分开了。”几个好朋友都吃惊地看着刘心怡和清华。小喜急切地问：“这是怎么啦？喊我们吃饭怎么为了这事？恶作剧吗？”清华生气地说：“听她说鬼话，我不会同意分开。莫名其妙在这里兴师动众的，放着好日子不过。”刘心怡委屈地压低嗓音说：“这些是和你我从小一起长大的人，不告诉他们一下吗？你有了新人，我们现在和离不也正合你意吗？”

清华在大家面前一下子失了颜面，觉得如果不同意和离，自己也下不了台，只好同意了。这或许是刘心怡做的最愚蠢的一个决定，这段婚姻仅仅维持了一年就结束了，她算是把清华推到胡妮静的手上了。

第三十二章　陶都学艺及归来

与清华分开后，刘心怡再度陷入消沉。心怡瓷馆的生意做得很好，但她的婚姻却在红火的生意中以失败告终。刘心怡认为婚姻失败不是她个人能力的问题，是命运在捉弄她。她突然觉得，在心怡瓷馆和梅花窑两处来回穿梭间中箭、心伤，她已经伤痕累累，无处可藏了。县城她实在是不想待了，此刻“梅花窑”三个字在她的脑海中不断浮现，曾经梅花窑是那么吸引她的地方。

闺蜜兰兰有了孩子后整天忙得团团转，而念瓷自那次回她娘那里就再也没有了音讯，心怡在梅花窑少了说体己话的人。她有些无助，不知道接下来的路该怎么走。刘心怡一路想着心思地来到心怡瓷馆，看着能说会道的嘉慧正在忙着整理货品，她若有所思。她说：“嘉慧，我准备出一趟远门，心怡瓷馆的生意以后就辛苦你全权管理了。需要拿货，直接去梅花窑找我姨父即可。”

一个新的计划在刘心怡的脑海中酝酿。当年她跟着姐姐敏敏来梅花山度假，就喜欢上了梅花山这里的人文，喜欢上了这里的陶艺，喜欢上了这里窑工的朴实，喜欢上了伊凡。那会儿看到娇娇、念瓷和玉婷她们印花、雕花，她就暗下决心，一定要把这门技艺学好。后来跟在她们后面，她认真地学习了一些陶艺方面的知识。当年伊凡去景德镇时，刘心怡就动过心思，她也想出去看看，可那时候小宝太小了，这只是一个念想。

刘心怡带着小宝回到梅花窑，见到夏雨美，心里一阵委屈地直想掉眼泪。她镇定了一下情绪说："娘，我想去瓷都景德镇、陶都宜兴看看，出去透透气。""心怡，娘也不指望你在印花、雕花上有多大出息，不过出去散散心也好，我回头跟你姨父商量一下再说。"

刘心怡出远门，一待就是一年。在这一年里，她勤学苦练，学得一手印花、雕花的好技艺，这也是刘心怡对梅花窑的情结所在。刘心怡被景德镇"白如玉，明如镜，薄如纸，声如磬"的瓷器深深地吸引了。她看得眼花缭乱，外面的世界实在太精彩了。此刻她倒有些羡慕当初伊凡和万琳丽那么早就接触到这些极品瓷器了。原来瓷器还可以这样做，还可以这样典雅秀丽、五彩缤纷、玲珑剔透。刘心怡早就听说景德镇的瓷器在乾隆年间就已经很出名了，景德镇的瓷窑很多，除官窑外，还有民窑两三百处，工匠数以万计。

她跟在师傅赵阿南后面学艺，她的学习态度让阿南师父很喜欢。阿南师父叮嘱道："心怡，你不要着急，学习是慢慢地吸收，在潜移默化中消化的。这些细瓷，层次分明，立体感特别强。在瓷胚上用西洋油画技法作画，再入窑烧，融汇中西文化，异常精美。很多名贵的瓷器通过各种渠道行于九域，施及外洋，对世界文化的丰富和发展都有着重大贡献。"刘心怡听着师父的一番介绍，觉得自己就是井底之蛙，知道的太微不足道了。她白天学艺，晚上回家还整理笔记到半夜。

刘心怡又专程去了陶都宜兴，跟在师父阿陶后面学艺。她如饥似渴地吮吸着陶艺知识的养分。印花、雕花及陶瓷绘画艺术让刘心怡流连忘返，大开眼界，她暗喜不虚此行。阿陶还引荐刘心怡去了几家民窑学习，有几处民窑做的陶器与梅花窑生产的产品类似。刘心怡很珍惜在宜兴的每分每秒，她重点学习了印花、雕花技术。她要把学到的技艺写在本子上，记在心中，装在脑子里，努力把这些理论知识烂熟于心，让理论与实践将来能达到最好的结合，让所学的陶艺知识在梅花窑传播。

刘心怡的悟性极高，她没日没夜地学习，这样也减少了对小宝的那份牵肠挂肚。一年后，刘心怡学成归来。她整个人都变了，变得不再像从前那样儿女情长了。

刘心怡骨子里可能受到刘佳林的遗传，天生就是做生意的能手。她的人缘极好，讨人喜欢。几个作坊师傅见刘心怡回来了，都很高兴。他们喜欢刘心怡的工作作风，作坊在刘心怡的管理下生意越发红火。

接下来刘心怡大部分时间都在撰写陶艺资料，她要把学到的知识编成册。艺术相通，景德镇那些关于细瓷的理念可以借鉴和学习。她把在宜兴学的陶艺理念与之结合，又把官窑和民窑相结合，对一些理念进行合理分析。她知道曹向文曾经随他父亲也去宜兴学习过，于是她和曹向文多次就陶艺知识进行交流与探讨。曹向文对刘心怡刮目相看，暗自欣赏。这个小小的女子，看似柔弱，内心却无比强大，遭受两次感情伤害，却依然没有垮下。她身上散发着阳光，有一种积极向上的强大磁场。

刘心怡在梅花窑把家里生意上的事情理顺，安排妥当后，要去一趟县城看看父母，还有她让嘉慧管理经营的心怡瓷馆。一年了，刘心怡这回是带着小宝和刘桂林夫妇一道回县城的。刘佳林叫了两顶轿子，一家人赶往县城春谷路夏雨荷处。

刘心怡一到县城就直接去了心怡瓷馆，她把从宜兴带回来的陶器放在货架上，简单跟嘉慧了解了一下一年的经营情况。“心怡，你去了这么久，你知道这边发生了什么事情吗？”刘心怡脚跟还没有站稳，嘉慧便迫不及待地又要播报新闻了。“不知道，这不是刚回来吗，什么事？”刘心怡看着神秘兮兮的嘉慧，没有头绪，也无从猜起。

嘉慧就像一个情报员，见到她，总能听到各路消息。而每次嘉慧一神秘，准有事情发生。嘉慧招呼着刘心怡：“来，先坐下来歇会儿，听我慢慢与你说。”刚巧小军也来到心怡瓷馆，他看到刘心怡有些惊讶，劈头盖脸地说：“你这么久不和我们联系，人间蒸发了吗？你是他今生遇到的最好的女人，这个人没福气，把你给弄丢了。敬明也说你好呢！这父女俩也真是，光马后炮顶屁用？”刘心怡被小军这没头没脑的几句话说得有些云里雾里。

嘉慧抢过小军的话说：“心怡，敬明差点儿小命都丢了，你知道吗？”刘心怡有些耐不住性子了："什么，你们到底在说什么？别吓唬我，真是不是一家人不进一家门，夫妻两个都会卖关子。"

嘉慧说："是这样的，敬明在你面前霸道惯了，到鸦片鬼子女人那边，待遇就完全不一样了。吃饭不给她上桌子，让她靠边站着。还让她自己的事情自己做，才六岁的小女孩，她懂什么啊？有一次，清华不在家，出去办事了，敬明和几个小朋友玩，回家迟了一会儿，鸦片鬼子女人硬是不给她开门，敬明就坐在门口哭睡着了。大冬天唉，又冷又害怕的，敬明受了风寒和惊吓，这一病可就严重了，发高烧硬是几天都退不下来，差点危及生命。幸好清华一个星期后回来了，请来郎中医治。真是作孽哦！"说完嘉慧长长叹了一口气，"清华那日和我们聊到半夜，估计心情不好，多喝了几杯酒，哭得稀里哗啦的，说要用一生来忏悔。"刘心怡听完心里很压抑，突然有些莫名的自责。

嘉慧继续喋喋不休地说话，似乎要把这一年来发生的事情都倒出来给刘心怡听，心里才会舒坦。"心怡，不是我说你，你对感情也太较真了。就算清华当初有点迷失，你也要拉他一把啊！你那样做有些推波助澜了，让清华和胡妮静顺理成章地就搞到一起了。一开始清华和我们一谈到你，就会流眼泪，说自己活得窝囊。"

嘉慧说到这，又叹了口气："唉！男儿有泪不轻弹，可是清华实在是太苦了。"小军在一旁气愤地直骂："胡妮静就是个害人精，偷嘴的猫也是习惯了偷，哪里还会安分？听说还红杏出墙地到处作怪。不过鬼就是鬼，不作怪也不正常。最近听说胡妮静把清华的一些公款给挪用了。"刘心怡一下子听到这么多关于清华的坏消息，她的情绪也随之低落了。

嘉慧俨然嘴巴说得发热了，此刻打开的话匣子根本收不住，她继续播报她知道的新闻："胡妮静的哥哥胡大亮，外号胡大。这兄妹两个真是出了名的，一个叫胡大，一个叫狐狸精。胡大亮平日做些皮包生意，听说又和赌场搭上了关系。他把朋友的钱拿去赌场放高利贷。这胡大人缘极好。要说也是怪事，胡妮静长得一副鸦片鬼子的样子，胡大却生得英俊潇洒、风流倜傥的，惹得一群女人总跟在他屁股后面转悠。有钱的时候，胡大也很会做人，赚一点钱喜欢交一些狐朋狗友。他是吃光用光倒头光，会挣钱更会花钱，所以就得了一个胡大的外号。哦，对了，胡大好像还跟西门那个窑货铺子的老板娘搭上了。听说那女人长着一双狐媚的眼睛，一身的妖气熏人，总惹得一些男人跟掉了魂似的。哦，这个一会儿再慢慢跟你说。”

嘉慧脑子里装的事情太多了，不知道从哪里说起，东捡一句，西扯一句，听得刘心怡一头雾水。刘心怡见状说道：“嘉慧，你坐下来慢慢说。你说的挪用公款到底是怎么一回事?”

嘉慧转身倒了两杯水递上一杯给刘心怡，她喝了一口茶水说：“伊凡挪用公款是这么回事。胡妮静对清华说她哥哥胡大亮拿公款只周转十天左右，到时肯定还回来。清华是出纳，这钱在他的手上很方便周转。十天虽没有什么关系，但是清华知道十天不还回来的严重性，他会被开除，还会有处罚，更会影响自己的整个生活状态。可他经不住胡妮静的纠缠，就把钱给了她。胡大生意大概是做亏了，人间蒸发不见了踪影。”

刘心怡刚回来，似乎听嘉慧讲了一个很长的故事，她着急地追问后面的事：“那后来呢?”

“后来清华是白天找、晚上找，可根本不见胡大的踪影。胡妮静告诉清华，胡大出去想办法了。胡妮静去过几次她的娘家问情况，却被她娘狠狠地骂了个吃里爬外没良心的东西。这骂的也实在没有道理，清华对她家来说也不是外人，再说，欠债总是要还的。胡妮静也就是问问，却被她娘一顿数落，后来回娘家就再也不提胡大的事情了。

“清华茶不思、饭不想，大概急得生病了，人都瘦脱了形。这也是清华福薄，和你好好地过日子，偏偏半路杀出个程咬金来。这下可好，瞎折腾，看后面怎么收场吧!”嘉慧说到这里，口干舌燥，喝了一口茶水：“不说了，说他就是添堵。这人啊，命该如此。天作有雨，人作有祸，都是清华这头蠢货拈花惹草招来的霉运。”

听完嘉慧这一大堆戳心窝子的话，刘心怡算是明白了清华账目问题的来龙去脉。她沉思了一会儿说："嘉慧，你说的胡大亮和西门口窑货铺子的老板娘是怎么回事?"

嘉慧有些神秘地说："这个嘛，说来话长。那个女的是你们梅花山那边的人，之前在西门口跟她叔叔合伙开了窑货铺子。她叔叔身体不太好，这个窑货铺子就给了她夫妇经营。

"那个铺子比我们心怡瓷馆开得略早一点，生意一般。据说那女的长得漂亮，一双眼睛尽干些勾男人魂的事。听说叫什么丽来着，哦，好像叫林丽。她和胡妮静是要好的姐妹，说是也沾点亲。不知道怎么回事，时间没多久，林丽的丈夫好好的就没了。说是生病，但街坊邻居都觉得奇怪，好好的一个人，又不是得了什么绝症，说没就没了。

"没过多久，就有人看见胡大总往林丽的窑货铺子里钻。有人说，这关系可不是一天两天了。那林丽的丈夫之前还有说有笑，没听说哪疼哪痒的，好好的一个人，说没就没了，有人传言与胡大有关系。但事已至此，也都是事后的猜测。

"林丽的夫家无凭无据，又考虑到家中还有小儿要好好抚养，这事就此打住了。胡大把家里的妻子给打跑了，妻离子散。这下热闹了，林丽窑货铺子里的钱也给胡大放到赌场去了。这不，全亏了。那个叫林丽的也在天天找，夜夜盼胡大出现。"

刘心怡善良，听嘉慧、小军他们说到清华的事情，又扯出这一大串的糟心事，心里烦。她知道嘉慧口中说的林丽，就是那个曾经勾引伊凡的万琳丽，汪无庸就这么没了吗?多好的一个人啊，却毁在这个狐媚子手里了。

刘心怡一言不发地听嘉慧说完，突然问："那个林丽没了的丈夫是叫汪无庸吗?"嘉慧抢着说："是的是的，你这一提醒我倒想起来了，是叫什么无庸，姓我忘记了。街上人都在说无庸也是人如其名，太无用了，其实就是人太善良了。

"他早就知道胡大对他媳妇不怀好意，但他对这个胡大很厌恶，懒得多说，想着以礼待他，自己多盯着点，让他识趣地自动退了。汪无庸在世时，胡大就常去他铺子里喝酒，无庸也陪着喝酒。他是想息事宁人，好好过日子罢了。谁知胡大就是一个泼皮无赖，几乎天天上他家铺子，末了，就闹成这个结局。”

刘心怡有些纠结，这些都是不好的消息。清华暂时无法解决眼前的事情，最近姨父把整个家业都交给了自己，钱都在自己手上，要不要拉清华一把？刘心怡的善心又在发作了。她想，清华遇到人生劫难了，要不要帮他渡劫，帮助这个自己曾经刻骨铭心爱过的男人？想了一会儿，她说：“小军，明天中午你约一下清华去你家，我们商量一下后面的事。”

走在路上，刘心怡想着心思：我这是怎么了，到现在还在为清华思前想后的，何苦呢？刘心怡心里很复杂，她知道自己对清华的感情，她的脑海中无数次出现和清华在一起的画面，甚至在梦中也和他相遇过好多回，他们还是那样的恩爱。清华风度翩翩的模样，怎么也挥之不去。虽然离开了清华，但这个人已经成了她一生的最爱，这份爱已注入骨子里了。清华遇到的这个坎不是一件小事情，会危及清华的前程。之前的婚姻问题也算是清华站在悬崖边，自己是明眼人，可因为生气，却没有去拉他一把，几乎是把他推给了胡妮静。而这次，自己绝不能坐视不管了。

第二天中午时分，清华来了，刘心怡看见清华憔悴的面容，心里很不是滋味。她问道：“清华，你账面上动用了多少？”清华羞愧地说：“挪用了一千银元。”刘心怡心想：清华，你胆子也太大了，一千银元相当于我家投资十个作坊了。“清华，你不要太着急，这笔款子我先想法子给你垫上，你抓紧催债。”清华内疚地看着刘心怡，但事已至此，一切已经回不到过去。

清华心情复杂地说：“心怡，我已经很对不住你了，现在还来连累你。”“清华，后面我就回梅花窑准备款子，尽快赶过来。你也别想太多，我是借给你周转的。等要回款子，你还是要还给我的。”清华连连点头：“是的，是的，我尽快要回还给你。”

刘心怡让刘桂林夫妇带着小宝在县城多玩些日子，自己回一趟梅花窑看看作坊里的事情，尽快回县城。她得赶紧回去把款子凑齐，解决清华的燃眉之急。刘心怡找来糖坊、槽坊的两个会计张小亚和胡明兰，让他们把账簿拿来看看，自己家的生意一直是盈利的。她又让张小亚和胡明兰各自去洋行取五百银元。第三天刘心怡就回县城了。

刘心怡一到县城，就直接去了嘉慧家。小军叫来清华，清华看见刘心怡就像看到了救星，但转而清华脸上又有了一丝羞愧与尴尬。刘心怡问："清华，你找到胡大没有?"清华沮丧地摇了摇头："到哪里去找？小县城，他真故意躲着不见，找一个人也是海底捞针啊!""清华，我给你取了一千银元，你先拿去把账平了，不要惹出乱子来。"清华接过刘心怡让小军搬过来的一个沉甸甸的盒子，他的手抖动得厉害。

刘心怡理解清华此刻的心情，她说："清华，快去洋行把事情先处理好。回头你过来，我们在小军这里喝杯酒压压惊。"清华心中很不是滋味，他无法正视刘心怡的眼睛，低着头说："哦，我这就去，一会儿就过来。"清华低声应着话，出去办事去了。

清华的账是平了，可他的心却无法平静，他对刘心怡的歉意又加深了。两个月过去了，胡大没有一点音讯。清华又开始着急了，他让胡妮静去找她哥哥，却被胡妮静骂了一顿："我哥是死是活都不知道，你还逼着他还那点债。"清华庆幸，胡妮静不知道这笔账已经被补上了，她要知道是刘心怡给想的办法，会吵得不得安宁的。自己算是倒了八辈子的霉，沾上这个肮脏又不讲理的刺猬女人。

这边刘心怡的作坊在生产中，她本来在计划中留出了一些时间等流动资金回笼，这样就不会影响自己家作坊的生产。可是她的银元似乎是石沉大海，有去无回了，清华那边是一点办法都没有。刘心怡的几个作坊都需要流动资金去拿货，这下影响可就大了。

刘心怡来到县城，晚上几个老友又聚在一起。刘心怡问起清华有没有找到胡大，银子有没有眉目时，嘉慧直着嗓子说："别想了，肉包子打狗有去无回了，那是一笔死账、烂账了。"

刘心怡诧异地看着嘉慧问："怎么回事?"嘉慧说："人不死债不烂，人死了，问鬼要去？据说就在一个夜里，胡大回家了，可没几天就听说他死在了家中。说是服毒自杀的，有人说他早就有绝症，只是胡大不知道而已。不过胡大一个洒脱惯了的人，你让他人不人鬼不鬼地到处躲，这日子他也没法过。再加上那个叫林丽的女人本就爱财如命，平时受胡大的宠，骄纵惯了，胡大回来也没有给胡大好脸色看，天天吵着问胡大要钱。胡大也是一个硬汉子，一时气短，了结了自己的命也正常。”

刘心怡面露吃惊：“胡大竟这么脆弱，遇到困难眼睛一闭就走了，这也太消极了吧？”“心怡，这人也算是报应，他本就不算什么好人，抛妻弃子，破坏别人家庭，尽做伤天害理的事。也有人说，他是被汪无庸给索了命。这样的祸害，死不足惜。”

刘心怡忍不住说：“万琳丽就是个害人精，她丈夫汪无庸多好的一个人，说没就没了。她就是一个灾星，到处祸害人。”说着，她又想到了万琳丽害得自己和伊凡家庭破裂。

嘉慧心直口快地问：“心怡，你早知道这女人是祸害精啊！你的嘴巴真严实，怎么从没有听你说过。清华这笔款子收不回来了，你怎么办啊？”刘心怡站起来说：“钱财只是身外之物。人活着，什么都不是问题，活的是内心的安宁。借出去的钱就算是在帮助清华吧！我回去盘掉爆竹店和糖坊，留下一个槽坊经营。好在家里还有窑股份，也够忙的了。”

回到梅花窑，刘心怡一下子盘掉两个店，轻松了许多。她心想：这是老天让我别做其他生意，一心不二用，让我一颗心就放在陶艺上。刚好我可以腾出时间来编写印花、雕花艺术的小册子了。这是我更喜欢做的事情，也是我将要努力的方向。

清华终究还是受到胡妮静的牵连，被洋行知道了这件事情而被开除了。清华愤懑地与胡搅蛮缠的胡妮静分开了。

刘心怡来到心怡瓷馆，苦笑着对嘉慧说：“都是债，是我上辈子欠下的债。我不忍心看他消沉，不忍心看他带着敬明受罪啊！嘉慧，你约一下清华，让他晚上去你家，我们商量一些事情。”

晚饭后，清华带着女儿敬明一起过来了。敬明看到刘心怡，眼里充满着歉疚与渴望。这孩子受了一番胡妮静的罪，倒是记起刘心怡的几分好了。刘心怡一边习惯性地给敬明梳理凌乱的头发，一边开门见山地说："清华，我有个想法，大家一起商量一下。我准备扩大心怡瓷馆的生意，再开几间铺子，你加入，和嘉慧我们三个人一起做。清华你主事，账目都由你来做，这个你也在行，你看怎么样？"

清华支支吾吾地说："这，这个倒是好事情。只是我现在手上没有资金投入。""清华，这个你不要担心，就我们三个人合伙开店。资金我先垫上，赚了钱再扣除。你们两人主要看管店铺，我大部分时间还得管理梅花窑那边的事情。隔壁嘉慧家朝着街面的房子我们一并租来用，打通一扇门即可。另外，在北门也开一家。"

就这样，后来东南西北门都有心怡瓷馆的分店。腌菜不酸、装菜不臭的小货在县城很畅销。清华继续管账，并配合嘉慧一起管理几家店铺的销售。刘心怡主要提供货源，不定期地来心怡瓷馆看看，她穿梭在梅花窑和县城几个铺子之间。

大气的刘心怡心中满是对梅花窑的热情，她出去学习，调整好自己的情绪后带着活力重回梅花窑，重回心怡瓷馆。她心中念念不忘的窑业也在她的思路下走出去了。她在县城多处设立了陶器销售窗口，心怡瓷馆生意红火，后面她准备向周边县城拓展，甚至走得更远。

第三十三章　军营巧遇

念瓷自那日回家后，就再也没有回梅花窑。而念瓷坊的生意没有了念瓷，渐渐冷清下来。念瓷一直不见踪影，梅花窑的人很疑惑，后来听念窑说她和父母在一起，也就没再多想了。可是金锁无论如何也无法接受这个事实，他苦闷不堪，有事没事地找念窑谈心。金锁的话里几乎都是念瓷，似乎看到念窑就能找到一些安慰，看到一丝希望，或者他能透露念瓷的去向。念窑起初并不想告诉金锁真相。一日，念窑被金锁问得急了，一时没有守住秘密，他说："金锁，别再问了，你和念瓷是不可能有结果的，你们是亲兄妹。"

念窑话刚出口，就有些后悔了，这可是天大的秘密。金锁两只眼睛瞪着念窑说："你就在胡说八道，安慰人也不带这样撒弥天大谎的，这八竿子打不着边的事情，我们怎么可能是亲兄妹?"念窑觉得不该再隐瞒下去了，这样对金锁不公平，便说："金锁，我没有骗你，你是我的亲哥哥，千真万确。我们的娘就是传说中那个消失的小梅，梅花仙子。这么多年她一趟梅花窑都不来，就是因为与曹家有着千丝万缕的渊源，我也是才知道的。"

念窑说得有鼻子有眼的，不像撒谎。金锁愣住了，两眼发直地看着念窑，像被谁点了穴一样，一动不动。念窑推了他一把说："金锁，金锁，你没事吧？别这样。"金锁一点声音都没有，似乎这里只有他一个人。他缓缓地蹲下身子，抱着头，他要好好理一理这一团乱如麻的思绪。他无法相信念窑刚刚说的一番话，无法接受突然间就冒出的亲生父母和亲兄妹，天天被自己叫着伯和娘的人突然就成了舅舅和舅娘，自己的亲生母亲竟是那传说中的神奇人物。转而他又开始伤心，父母这些年竟狠心地丢下他就这样不管不问。金锁瞬间被这些复杂的关系弄得困惑了。念窑哪里知道金锁和念瓷发展到哪一步了，他看着金锁痛苦纠结的样子，自顾自地把梅花仙子的故事给金锁细细地说了一遍。

金锁拿出口袋里的烟叶慢慢卷好一根烟，手颤抖着连擦几根火柴都没有擦亮，念窑赶紧上前擦一支火柴给他点了烟。金锁猛地吸了一口，他有些云里雾里的感觉。烟圈随着他不知所措的沉思，一圈一圈地应着他的思绪毫无方向地慢慢散去。他多么想随这团烟雾一同散尽，消失在念瓷出没的地方。没有了念瓷，他的世界突然失去了所有颜色。而这个给了他整个世界色彩的人，却是他的亲妹妹。金锁脑子里这下全乱了，他感觉一下子掉进了万丈深渊。念窑知道金锁心里苦闷，也不便打扰，就借故出去有点事，让金锁独自在屋里先待一会儿。

金锁一段时间根本无心去窑棚做窑坯，他的眼里、脑子里全是念瓷。他心神不宁，更羞愧难当，窑是做不下去了。他要暂时离开这个让他开心、快乐，也让他揪心、郁闷的地方。

对念瓷痴心不改的孙小玉见金锁愁眉不展，知道金锁是失恋了。小玉劝说道："金锁，缘分天定。念瓷不回梅花窑，肯定有她的道理。"小玉嘴上劝说着金锁，可心里也不是滋味。念瓷即便不爱自己，他也不希望她就这么消失了。念瓷突然不告而别，是他无论如何也想不到的。两个月快过去了，念瓷一直没有露面。

一日，金锁悄悄对小玉说："时下日本鬼子侵略中国，外面的局势不太稳定，最近梅花窑的产量没有那么大，我想参加游击队抗日打鬼子去。"小玉一听也来了精神："好，金锁，我和你一道。"两个年轻人都血气方刚，说做就做。他们两个商定，对外只说是结伴出门一趟。

民国二十六年（1937年）十二月，民国县政府派民夫挖毁芜（湖）青

（阳）公路，以阻滞日本侵略军由芜湖南犯，金锁和小玉参与其中。民国二十七年（1938年）一月，驻南陵县三里店的民国政府第五十军一四四师反攻占据芜湖的日本侵略军，在白马山激战七天，伤亡近半。地方游击队也参与打鬼子，金锁和小玉也在其中，幸免于难。他们两人用做窑货的强有力的大手，神不知鬼不觉地缴获了日军的枪支弹药。他们以普通人的身份自发地打鬼子，后来两个年轻人正式参加了抗日游击队。他们把所有心思都放到报效祖国上去了，加入抗日队伍，两个人生龙活虎，像换了个人。他们不再为情所困，一改之前压抑的生活状态，要把大爱献给祖国。

一日，在三里店游击队驻扎地，小玉猛然间看到一个熟悉的背影，他欣喜若狂，但他不敢确认，便试探地叫：“念瓷，是你吗？”念瓷穿着一身白色护士服，带着白色口罩，一副白衣天使的模样，突然听到有人叫她的名字，本能地回头问：“你叫我吗？”念瓷转过身的瞬间，小玉看清楚了，天啊！真的是他日思夜想的念瓷，小玉惊喜得半天说不出话来，他张大嘴巴、瞪大眼睛就定格在那里。念瓷已经很久没有见到家人了，猛然间见到小玉如见到久别的亲人一般，她的眼泪在眼眶中打转。念瓷往回走了几步说：“小玉，你怎么来了？你这是怎么了？”小玉觉得很奇怪，他每每见到念瓷总会发呆，做窑货的时候是这样，今天也是这样。不过，今天也确实令他有些意外。

小玉看着泪眼汪汪的念瓷好生心疼，他一把握住念瓷端着药盘子的手，激动地说：“念瓷，你让我们想得好苦。”这是小玉第二次抓住念瓷的手，第一次是遇到大黄狗时，小玉一直祈祷日后再有机会抓住念瓷的手，而今日在不经意中就实现了。小玉的心跳瞬间加速，和上次一模一样的感觉。此刻，小玉特别庆幸和金锁一道出来了，否则他几乎没有可能再见到念瓷，更别说能抓住这梦中纤细的玉手了。看到小玉如此激动，念瓷看了看四周人来人往忙碌的人说：“小玉，你稍等，我先给伤员换药。”小玉紧跟在念瓷后面，生怕念瓷转眼又不见了。走进伤病员的住处，念瓷手脚麻利地给伤员清理伤口，然后上药包扎。念瓷忙完，赶紧拉着小玉到一旁说话。

念瓷问到了哥哥念窑、小龙、小凤，问到了一些朋友，问到了梅花窑，可偏偏不提金锁，这也让小玉回避了金锁这个话题。小玉也是带着私心的，他暂时不想告诉念瓷金锁也在这里。

“小玉，我一会儿再带你去见两个人，敏敏姐也在这里，朗先生的干姑爷张坤山也在，他可是一名光荣的新四军呢！”“啊，他们也在这里？我好些年没有看到敏敏姐了，念瓷，你快领我去见他们。”

小玉此刻无法再隐瞒金锁也在这里的消息了，于是说：“念瓷，金锁也来了。”念瓷听罢，稍微愣了一下，但情绪在瞬间调整了：“哦，金锁哥也来了，他在哪？”于是，四个人就这样在军营巧遇上了。

敏敏自从嫁给张语翰军官，就随着他到处流离。1938年5月，谭震林率三支队奉命北上，于7月中旬抵达青弋江西河镇一线。当时，侵华日军气焰十分嚣张，为了牢牢控制长江航线，命令驻芜日伪军加强防御攻势。日伪军沿青弋江不断南犯，驻守在此的国民党三十二集团军望风而逃，新四军三支队就是在此情形下抵达青弋江抗日前线的。三支队在皖南抗战、打击消灭日军的同时，还十分重视民运工作。他们建立各种群众抗日团体，动员组织民众积极支援抗战，帮助民众解决生产、生活中的各种困难，建立广泛的爱国统一战线。敏敏悄悄地留了下来，她就是在这种情况下与当地年轻人一起走进了抗日队伍。

第三十四章　国家兴亡，匹夫有责

兵荒马乱的日子，陶器销售自然就停滞了下来，有几家小圆窑的窑主封了窑。两条龙窑偶尔出一些货品。刘心怡学艺归来，也成了英雄无用武之地了。县城里心怡瓷馆的生意因为缺了一些货源搭配，也变得不景气。刘心怡把自己在外面所学的知识编写成册，收藏好，将更多的时间用来打理姨父的槽坊。整个厂子都萧条了，刘心怡的心也随之落寞起来。家家户户几乎都关着门，往日的热闹景象不见了，只有朗先生家里还保持着一如既往的热闹。梅花窑的孩子们继续去朗先生处上学，向文闲暇时跟着朗先生一起教孩子们读书。

一日，敏敏和念瓷回到梅花窑突然出现在刘心怡面前。刘心怡大吃一惊，直愣愣地看着她们说："姐姐，你可回来了。念瓷，你怎么和我姐姐在一起了？"刘心怡一阵犯傻，姐姐自从嫁给那位军官，已经几年没有音讯了，今天怎么突然从天而降，还是同念瓷一道回来的。

敏敏拉着刘心怡的手说："莫着急，听姐姐慢慢跟你说。"念瓷说："心怡，我见到敏敏姐那一刻和你是一样吃惊。呵呵，敏敏姐就是好神奇。哦，对了，你怎么在这边做了新房子，没住原来的家呢？"念瓷有些疑惑地问刘心怡。"这边地方敞亮，空气好，住着舒服。"刘心怡一带而过没作过多解释。念瓷之前就知道刘心怡和伊凡的矛盾，她估摸着刘心怡和伊凡可能分开了。刚见面，刘心怡没说，念瓷也不好多问。

敏敏眼圈红红地问刘心怡："我娘和伯都还好吧？"刘心怡说："姐姐，一会儿我们回家去，娘和姨父这些年想你想得心都碎了。小宝，小宝，你快过来，叫姨。"敏敏看着刘心怡身边的孩子有些不解："心怡，你嫁给谁了，都有孩子了？"刘心怡苦涩地笑了笑："嫁也是白嫁了，不过多了一个小宝。"说着话，刘心怡脸上的喜悦立刻收住了。

念瓷也不知道刘心怡后面与清华的事，她小声地补充了一句："敏敏姐，就是以前追你的那个苏伊凡。"敏敏似乎有些明白，她有意岔开话题："分了就是不合适，有合适的咱以后再说。"刘心怡觉得自己这些年的情感遭遇说来话长，也无从说起，再说，都已经翻篇了，再揭伤疤也没啥意思。

刘心怡埋怨敏敏："姐姐，你一走就与家中失去了联系，这些年我们心里有多煎熬你知道吗？这里发生了太多的事情。唉！还是不说这些琐碎的事了，都过去了！姐姐，快说说你这几年是怎么过的。"敏敏一五一十地说出了婚后的一些变故，以及后来参加抗日游击队的经历。

看着敏敏、刘心怡姐妹俩情绪激动，念瓷插了一句："心怡，这次我和敏敏姐、坤哥回来主要就是动员厂子里的工人一起参加抗日的。哦，光顾着我们说话了，我来给你介绍一下这位打鬼子的英雄，他就是朗先生的干姑爷张坤山坤哥，是土生土长的大工山人。是坤哥把我带进抗日队伍的，他打鬼子可厉害了。"念瓷眉飞色舞地给刘心怡介绍抗日英雄。心怡羡慕地把目光投向张坤山："你们可真厉害，我给你们倒杯茶，慢慢给我说说你们打鬼子的故事。"刘怡拉着念瓷坐下："快，先告诉我，你怎么一声不吭就走了？可想死我了。外面这么乱，你一个女孩子到处跑可不是你的性格啊。"

念瓷的思绪被刘心怡拉回到以前："那次我回一趟大工山，起初听我娘说到我们和曹家的关系，得知金锁和我是亲兄妹，当时我的心里真不是滋味，我们是真心喜欢的，金锁哥都准备迎娶我了啊！这件事我一时无法接受，更无法面对。那日我告诉我娘说回梅花窑，是为了宽我娘的心，其实我是去乌霞寺带发修行了。去寺庙是我当初唯一的选择，当时我认为唯有这样才能够赎罪！"

念瓷说起了在寺庙修行的时光及后来遇见张坤山，张坤山把她带进抗日队伍的经过。念瓷越说越亢奋：“我穿着道袍，俨然就是一个尼姑。清修的日子倒也安静，心中的烦忧在那里也慢慢淡去。遇见坤哥是一个偶然，坤哥早就参加抗日打鬼子了，是一名光荣的新四军。一次他单独执行任务时受伤，在乌霞寺养伤，我帮他清洗伤口。坤哥的腿就是打鬼子时被弹片击到了，现在走路还有一些不太利索。外面实在是太乱了，不把日本鬼子赶走，我们就别想过太平日子。你看窑厂现在都很清冷，再持续下去，大家把家里的积蓄用完，口粮吃完，就生活不下去了。小日本太猖狂了，已经占领了芜湖、当涂、宣州等地，小鬼子一日不走，我们一日不能消停。”

刘心怡皱了皱眉头说：“念瓷，你说得对，日本鬼子侵犯我们的家园，太可恨了，那该怎么办呢?”念瓷振振有词地说：“心怡，县里已经成立抗日民众动员委员会。士绅陈夺声任县长兼主任委员，很多年轻人都参加了抗日游击队。这不，金锁、小玉他们都是游击队员了。你和向文都是有文化的年轻人，厂子里现在窑几乎停烧了，干脆，我们动员厂子里的年轻人去共同抗日，大家捏泥巴做窑货的手有的是力气。咱们有钱的出钱，有力的出力，我们成立抗日团体。等太平了，咱再做窑。”

看着敏敏姐和念瓷满脸亢奋，刘心怡也被感化了。她兴奋地说：“我也参加，保卫家园。”三姐妹把三只纤细白嫩的手合在一起，瞬间感到一股力量在升华。几个年轻人约好晚上在朗先生家见。刘心怡领着敏敏去看伯和娘，念瓷去看小龙和小凤了，张坤山则直奔干爹朗先生处。

夏雨美老远就看见刘心怡牵着小宝往家里走，忽然她眼前一亮，那不是敏敏吗？她太久没有见到敏敏了，根本想不到敏敏会出现在自己的面前。夏雨美一阵惊喜，接着就哭出声来。她泪流满面地拉着敏敏的手说：“你这个不孝的女儿啊！你不要娘了？这些年你都跑到哪儿去了？没良心的闺女，你怎么一点音讯都不给我们?我和你伯是白天盼、夜里想，娘是白养你这个闺女了!”夏雨美一边数落，一边带着哭腔喊：“她伯，佳林啊，你快出来，敏敏回来了。”

刘佳林听到夏雨美的哭喊声，几乎是从屋里跑出来的。敏敏可是他的掌上明珠，就这么失去了联系，怎叫他不心伤？一直以来刘佳林心里的苦不敢表露出来，硬是扛着。他时常安慰夏雨美说：“孩子嫁人了，嫁鸡随鸡嫁狗便随狗，我们的任务算是完成了，剩下来的就看她自己的造化了。”

而现在，刘佳林看到活生生的敏敏突然从天而降，压抑多年的苦闷思念一下子爆发出来。“哎呀！你这个鬼细伢，你还晓得回来啊！”说完，刘佳林眼泪在眼眶里打转，竟哽咽得半天说不出话来。看到如此伤心的父母，敏敏深感内疚。她泪流满面地拉着父母的手说：“对不起，伯，对不起，娘，敏敏让你们牵挂了，我这不是回来了吗？”

梅花窑厂的一些年轻人基本上是晚上跟着朗先生学文化。敏敏、念瓷、刘心怡和张坤山突然都集聚在此，引得课堂上一阵骚动。几位敏敏的好伙伴拉着敏敏的手激动地说：“敏敏，你嫁出去这么久都不回家，我们好想你。”敏敏经不住伙伴们的煽情，连说：“是我不好，让你们牵挂了。今天，我就是来和你们说长相守不分离的事的。”

朗先生走上前来发话了：“同学们，请安静，我来给大家介绍一下。这是我的干姑爷张坤山，先请他给大家说说抗日的事情，大家欢迎！”一阵噼里啪啦的掌声后，张坤山上前作了一番简单的自我介绍，然后就给大家说起了打鬼子的情况：“现在时局这么乱，日本鬼子都打到我们家门口了。他们用飞机轰炸我们的县城，房屋倒塌，学校倒塌，大家居无定所，孩子们无处读书。日本鬼子猖狂嚣张，侵犯我们的家园，我们没有理由不站出来保护家园。再等下去，我们肯定会成为鬼子砧板上的肉，迟早会骨肉分离的。现在我们要做好迎战的准备，众志成城啊！”

“打倒日本帝国主义！”向文情绪激动地大吼一声。课堂上学生们的情绪也被调动起来，齐呼：“打倒日本帝国主义！”大家纷纷要求报名参加抗日，念瓷细心地登记名单。夜深了，大家散去了，但热情还在这间教室里流淌，久久没有散去。朗先生、张坤山、敏敏、刘心怡、念瓷、向文围坐在一起，商量着下一步的计划。

天刚泛白，向文就去厂区告示栏贴了一张告示：今晚六点全体十八岁以上的人员去梅花窑厂会议室参加大会。晚上，其他四家没有封窑的窑主也来了，向文事先已经与他们沟通过了。厂子已经萧条了一些时日，外面的局势不稳，大家人心惶惶，都想去听听又有什么事情发生。

朗先生首先发话了："我先来说几句。时下，外面很乱，日本鬼子已经侵犯到我们的家园了。我们这个窑厂也冷清了一些日子，这个不打紧，重要的是我们要保命，要保住家园。要想不被人打，过太平日子，就得齐心协力地把鬼子赶走。我们几位窑主私下都商量过了，时下我们只烧一条大龙窑，这也是为了确保生存。现在窑烧得再多也没有用，运不出去，卖不了。我们一部分人在家中做窑货，一部分人给游击队员们做鞋帽衣袜，一部分人照顾厂子里的老弱病残。只有这样，我们才能共同一致对外，度过危难期。家宝、永平、佳林、先山、小勇、念窑和我带领着部分窑工尽量维持一条窑的正常烧制。"

朗先生的一席话，赢得了大家的阵阵掌声。他接着说："至于下一步计划，坤山啊，你上来给大家说说。"张坤山一个箭步跨上前去，又是一番激情的发言："国家兴亡，匹夫有责。我们要积极行动起来，参加抗日队伍，支援新四军，军民团结，共同打击日本侵略者。"接着向文、敏敏、念瓷、刘心怡都发表了自己的看法。在大家的共同组织下，梅花窑厂里很多窑工摇身一变成了抗日救国的一分子。1938年6月，一支由窑工组成的抗日服务团体（民运工作队）迅速扩大。曹向文和刘心怡带头负责筹备粮草、衣物鞋帽送给游击队员们。敏敏、念瓷、小玉、金锁依旧战斗在最前线。

第三十五章　一场婚礼催生的孽缘

1945年，抗日战争胜利。敏敏在一场战争中消失得无影无踪，生不见人，死不见尸。敏敏那日与念瓷、小玉他们一道归来，似乎就是为了聊表心意，她终究就像当初消失一样，不见了踪影，这让刘佳林夫妇再度伤心欲绝。金锁、小玉、念瓷、坤山凯旋。曹家宝、朗先生、郑念窑、叶先山、刘佳林等几个窑老板给四位光荣人士举办了欢迎胜利归来大会暨小玉、念瓷婚礼仪式。

婚礼由刘心怡主持，策划人是朗先生。两位新人的婚礼费用完全由几位窑老板共同出资。他们请来一些水准较高的艺人表演节目，吹拉弹唱都有。厂子里的少男少女们也踊跃报名表演节目，这场婚礼几乎成了一场晚会。

让念瓷感觉最幸福的是父母这次都要来参加她的婚礼。其实小梅只有为数不多的老人知道了，现在就算小梅站在年轻人面前，他们也认不出她是小梅，他们只知道她是念瓷的娘。小梅早已成了梅花窑的一个古老传说。

朗先生特别交代多给轿夫一些红包，免得路途远，他们会为难新娘念瓷，有意颤动花轿，让新娘不舒服。几个轿夫抬着花轿，还有锣鼓、唢呐手一行人等，新郎官孙小玉穿着大红喜服坐在一匹马上，舅子瑞安、念窑、金锁，好朋友傅易为、伊凡紧随其后，他们走了几里路，到达大工山脚下的念瓷娘家。

小梅夫妇早就站在门口迎接了。新娘念瓷穿着喜服蒙着红盖头，在高小雅（念瓷的儿时玩伴）的陪伴下，被哥哥念窑背出来送上轿子，在锣鼓唢呐声中，向梅花窑出发。一路上曹瑞安、傅易为他们给新人喷放礼花弹。念瓷的儿时玩伴甄申进、胡兰亭、梅兰珍、花啸天沿途放着欢乐球，喜庆热闹的场面引来路人的好奇与围观。

到达梅花窑厂，下轿前，新郎孙小玉拉弓朝轿门射出三支红箭，用来驱除新娘一路可能沾染的邪气，预示新人婚后合家平安。念瓷下轿迈火盆、跨马鞍，在众人簇拥下进入婚礼现场。

婚礼现场早已布置齐备，刘心怡等早已在这里恭候多时。新郎新娘进入婚礼现场，这里一下子沸腾了。窑工黄梅兰、肖陵宣在两边放着礼炮，婚礼正式开始。刘心怡作为主持人一身粉色衣服上台，一番欢迎客套话之后，邀请证婚人朗先生上台说话。朗先生走到台上，自是把一对年轻人一番夸赞，然后把婚礼事宜继续交给刘心怡。刘心怡说："有请孙小玉携郑念瓷到台上。"她递给孙小玉一杆用红布包着的秤说："来，用这杆秤挑开红盖头，挑一个称心如意！"

为更方便举行婚礼，礼节有一点变化，一开始就让小玉揭开念瓷的红盖头。这是几个窑老板商量后决定的，他们要把这对抗日新人的婚礼，办得热热闹闹的。小玉接过刘心怡递过来的秤，脸上挂满了甜蜜。他就要挑开盖在念瓷头上的红盖头了，就要与心仪已久的梦中女孩念瓷以夫妻面对了。他的心跳得厉害，忽然有些紧张了。小玉闭上眼睛，在心里默念几句后，挑开了念瓷头上的红盖头。喜娘胡兰亭端来一碟花生、一碟枣子，嘴里念叨："早生贵子，百年好合。"一对新人就开始正式拜堂了。

四张大红色木椅上端坐着曹小梅、郑明浩及孙小玉的父母孙明发、秦佳人。一对新人恭恭敬敬地给双方父母行跪拜礼，感谢父母的养育之恩，弄得台下一群人声泪俱下。礼毕，按说应该送入洞房，但几个窑老板改了新花样，让这对新人暂不入洞房，礼成后便坐在台下边吃边观看节目表演。

婚礼上安排了两个特别选送的节目，先是男方特别选送的节目，是苏伊凡经常唱的一首老歌《花弄影》。刘心怡报完幕，苏伊凡一个箭步登上台，绵绵的情歌让人浮想联翩："溪山如画对新晴，雨溶溶，风淡淡，水盈盈。最喜春来百卉荣，好花弄影，细柳摇青……"

刘心怡的思绪随着伊凡的歌声穿越到久远以前，恍如隔世。这一首熟悉的情歌，伊凡曾经多次唱给她听。她想到了他们曾经的柔情蜜意，想到了和伊凡在一起的美好时光，想到了战争的恶劣，想到了在战争中不见了的敏敏姐，想到了如今的太平实在来之不易，刘心怡脸上的喜悦渐渐被愁云覆盖。一阵噼里啪啦的掌声拉回了刘心怡的思绪，她吓出了一身冷汗。她定了定神，然后以欢喜的面容出场报幕："下一个节目是女方特别选送的节目，请大家以热烈的掌声欢迎大工山情歌王子甄申进带来情歌《夜来香》。"

甄申进早盼着登台献歌了，他对刘心怡的主持特别欣赏。他欣赏刘心怡的美貌与落落大方的举止，欣赏刘心怡纯正流利的普通话。他似乎一下子被刘心怡拨动了心里的那根弦。他动听的歌声愈发悠扬地飘荡在梅花窑厂的上空。而这里的天空，此刻也善解风情地送来了一丝温柔的风，刘心怡仿佛看见空中片片飞舞的梅花花瓣。甄申进的歌声让刘心怡心生喜悦，如此美妙的声音实不多见。此刻，她有一种莫名的陶醉。不经意间两人相互对视了一下，似乎有电流瞬间而过。

刘心怡脑中也只是闪过一个念头而已，她深深地知道，痴情空惹闲愁，惹心烦。自从与吴清华再次出现婚变，刘心怡下定决心不再触碰婚姻。她只想安静地把小宝带大，培养成人。她有自己的打算，现在日本鬼子已经投降，一切又归于平静，向文他们又投身到梅花窑的发展上去了，自己可以把珍藏的那本在宜兴学习的笔记拿出来重新整理了，要学有所用。另外，她还要管理好槽坊，再把在县城开的那四间铺子充实起来，最好再发展几家到其他几个县城去。刘心怡稍微计划了一下，就觉得时间不够用了。

第三十六章　偷得芳心

甄申进自那日参加念瓷的婚礼后，刘心怡便走进了他的视野。他来到梅花窑厂，苦苦地央求念瓷："我可能是喜欢上刘心怡了，你的婚礼到现在也有一个月了，这一个月我天天心神不宁地总想着她。求你了，你就行行好，给我们牵线搭桥，让我与刘心怡接触吧！"看着温文尔雅、如此虔诚的甄申进，念瓷心中觉得这两人看起来挺般配的。

念瓷说："申进啊，你这一次把刘心怡给看对了眼，也真不容易。看你休妻后一直还单着，挑剔了这些年也没一个如你意的。刘心怡家境好、人品好。她和你一样也有过婚姻，现在带着七岁的女儿小宝相依为命地过日子。"甄申进惊讶地看着念瓷："啊，你说什么？刘心怡成亲了？还有一个那么大的孩子？如不是你说，我如何也看不出来她已经嫁人，有了小孩呢！"

念瓷感叹地说："嗯，是的。刘心怡本就长得小巧，又天生丽质，加上心态好，她依旧年轻漂亮。也真够难为她，一个痴情总被情伤的好女子，这些年她一直安静地带着小宝。唉！不过话又说回来，她不坚强又能怎么样呢？""念瓷，听你说了这么多关于刘心怡的事情，我更想见她了。你帮我约一下她好不好？""申进，是不是太唐突了？你们不过就在我的婚礼上见过一面而已。"甄申进生怕被念瓷拒绝，忙说："是有些唐突，可是念瓷，我实在是忍受不了相思之苦，才冒昧到你这里来说这件事情的啊！""这么说，申进你是一见到刘心怡就喜欢上她了吗？"

念瓷进一步求证，她要帮好姐妹刘心怡了解清楚。甄申进回道："是的，这可能就是暗恋吧！我对她一见钟情。这暗恋是幸福的，也是煎熬的。暗恋就像一条爬满寂寞的常青藤，在我的心底不停地疯长，缠得我实在没办法呼吸，我真的快窒息了。念瓷，我给刘心怡写了一首诗，你帮我带给她。"说着话，甄申进从口袋里掏出一张折叠整齐的信笺递给念瓷。

念瓷打开信笺，上面工工整整地写着几行诗句：以为外面世界早已枯萎／可一只美丽的蝴蝶飞进了我的画面／从此，这个春天便有了我喜欢的颜色／你是我今世的缘／你的眼神里／藏着一个温暖的世界／你就是那个可等可想可念之人。

念瓷看完甄申进写的情诗，忍不住笑出声来："哈哈，你还挺逗的，说起话像在作诗，还真的就写了一首诗呢！这些年你的变化还真挺大的呢！"甄申进尴尬地笑着："我也就是喜欢舞文弄墨，假斯文罢了，就是玩。"

甄申进想想心里暗自高兴，人生最大的悲哀是当你单身时，你喜欢的人已经不再单身，而此刻他很庆幸他和刘心怡两个人都还单着。他情绪高涨，兴奋得似乎有点儿失控。见念瓷有意帮他，甄申进便迫不及待地又开始催促："念瓷，你去把刘心怡约来嘛！我想马上见到她。"念瓷笑道："好事不在忙中起，你看你老大不小的还像个孩子似的。申进，你在这里和小玉聊聊天，帮着打打下手做菜。我这就去请心怡过来，晚上大家一起吃饭。"

念瓷去刘心怡处，远远地就看见小宝在院子里摇头晃脑地读书。小宝在朗先生的私塾里读书，小小年纪就熟读唐诗三百首，一本《三字经》更是倒背如流。朗先生特别器重小宝，说她将来一定是一个人才。小宝对朗先生也格外敬重，课堂上叫他先生，课下总叫他朗爹爹，常叫得不标准，直叫"狼爹爹"，把朗先生乐得合不拢嘴。

"小宝，在背诗呢，你娘呢？""漂亮念姨，我娘在做饭。"小宝牵着念瓷的手说。刘心怡听到说话声迎了出来："呵呵，新娘子不在家陪着小玉恩爱，怎么有空来我家啦？""心怡姐，你这是不欢迎我来呢！"刘心怡一边用毛巾给小宝擦手，一边说："我高兴还来不及呢！快进屋坐一会儿，马上在这里一起吃饭。小宝，你有没有叫新娘子念姨？“嗯，娘，我叫了漂亮念姨，没叫新娘子念姨。”小宝很可爱，重复着母亲的话，她冲着念瓷笑眯眯地吐了吐舌头。

念瓷摸着小宝的小脸蛋笑着说：“小玉今天在家做了几道菜，我特地来接你和小宝过去。刚好我小时候的玩伴甄申进也来了，大家一起聊聊天。”刘心怡听念瓷提到甄申进三个字，心里颤了一下。她很乐意去念瓷家聚聚，也想见见这位情歌王子。刘心怡那一年就是被伊凡的歌声打动的，而甄申进似乎更有情调。她说：“那好，念瓷你先回去，我把家里收拾一下就带小宝过去。”“心怡，不要收拾了，回家再收拾。小玉做菜很快，估计菜都要上桌了。”

刘心怡换了件衣服就随念瓷出门了。念瓷牵着小宝的手，边走边给刘心怡介绍甄申进。“申进有过一段婚姻，问题是出在他前妻身上，那女人给他戴了一顶绿帽子。申进也是没出息，只知道生闷气，舍不得休妻。申进就是喜欢她长得漂亮才不舍得休的。那个女人也是作得过分，趁申进和他娘都不在家，把男人领回家，被捉奸在床了。申进实属无奈，这才放了手。他也是个可怜的男人，别看他一表人才，彬彬有礼的，可他不会处理家事务。估计也是太惯着那个妻子了，让她蹬鼻子上脸地走到了这一步。”

刘心怡听念瓷介绍这些，心里隐隐作痛，似乎也触痛了她的伤疤。她脑海里又出现了万琳丽勾引苏伊凡的狐媚眼神，还有那个生拉硬扯抢走吴清华的鸦片鬼子女人胡妮静。这两个男人走进自己的生命里，本都是很完美的组合，可或许他们太优秀了，惹得勾魂的、横刀夺爱的排着队地相继出现。说白了，还是自己心气太高了，轻易放手，才让这些狐媚子们有机会得逞。甄申进相貌堂堂，英俊潇洒，怎么也落得如此遭遇？刘心怡想到这里，甩了甩头，在心里说：“没出息，又在自问自答！关于优秀与婚姻的关系自问自答很多回了，真无语。”“唉！”心怡有些郁闷，她没有控制住此刻胡思乱想的情绪，长叹了一口气。

念瓷看了一眼刘心怡问：“怎么了？这一口气叹得吓人。”念瓷继续给刘心怡介绍："申进在大工山那边一所私立学堂里教国学，会吟诗作画。他可是一个大才子。我知道他有一个女儿小美，和小宝差不多大，申进娘在带着。"

刘心怡自顾自地想着心思："抗日战争那一段经历，还有敏敏姐与自己永诀，实在心痛。现在，自己已看透人生，眼下只想带好小宝，管理好窑厂、槽坊和城里的心怡瓷馆，再整理整理在宜兴所学的印花知识以填补心灵的空虚，其他什么也不想多想。我何尝不渴望爱，何尝不知道情爱是人世间最美好的东西，但美好常会伴着疼，我实在不愿再有人来打扰自己那颗已经平复的心了。""心怡，你在听我说话吗?"念瓷见刘心怡半天没有说话，突然叫了一下她。"哦，在听。"刘心怡心不在焉地搭着念瓷的问话。

靠近念瓷家的院子，老远就闻到佳肴飘香的味道。听到念瓷她们说话的声音，孙小玉和甄申进两人迎了出来。甄申进看起来就如一幅画养眼。刘心怡刚刚一路的排他思想，在见到甄申进的那一刻瞬间荡然无存。

饭后，念瓷和小玉给小宝讲故事，把空间留给刘心怡和甄申进。刘心怡天生就是为情而生的温柔似水的女子。感情的闸门虽然关上了，但是若有彼此欣赏的人出现在她面前，甚至主动去触碰她的心弦，她很自然地就走了出来。

甄申进给刘心怡讲了自己的一些教学计划与远大理想，似乎伴有一些不得志的情绪。说着话，甄申进起身站了起来，面对着念瓷家后花园的池塘沉思。那泛着碧绿的池塘景致衬托着眼前这位英俊潇洒男人的背影，刘心怡似乎又被曾经类似的一幅画吸引，她有些神情恍惚，是吴清华的身影，但又不一样。

甄申进回头看见刘心怡愣愣地看着自己，忽然觉有点尴尬："哦，心怡，刚才我想得有些远，把你冷落在一边了。可能我多年养成了独立思考的习惯，一个人独处久了，有时候就不经意地忘记了身边的人。"刘心怡脸上露出很久没有过的红晕："不会，没有啊！我在看念瓷家的后花园，这里的景致确实很美。"

此刻念瓷家留声机里传来温柔的曲子《夜来香》，这是甄申进最喜欢唱的一首歌，估计是念瓷有意播放的。她和小玉带着小宝在外间屋讲故事，播放着一首一首的好歌。甄申进听到这熟悉的歌曲有些兴奋，他说：“来，心怡，我请你跳支舞。”刘心怡站起身，羞怯地说：“我不会跳。”甄申进直接拉起刘心怡的手说：“没关系，你跟着音乐或者就跟着我的步伐走就行。我就是搭好一个架子，你跟着音乐随心所欲地跳就可以了。”两个人的手很自然地搭在一起，身体有了近距离的接触。

刘心怡心里突然有一股热浪在涌，她心想：这样的男人不正是自己想要的吗？有丰富的知识，能吟诗作画，又懂浪漫柔情。此景只应天上有，人间哪得几回见？刘心怡又开始美化眼前的人了，甄申进硬是把刘心怡那颗封存已久的心瞬间给开启了。刘心怡在情绪的云端里陶醉，她已然忘了自己早已是一个孩子的母亲，似乎又回到了少女怀春时候的模样。她眼神微醉，面若桃花，就这样轻易地被甄申进偷得了芳心。

“哎呀，不得了，我忘记小宝了。”刘心怡听到墙上的挂钟敲了十二下突然惊醒，他们聊得起兴竟忘记了时间。刘心怡来到念瓷的房门前，轻声敲着门：“念瓷，小宝睡着了吧?”念瓷轻手轻脚地开了门：“小宝睡了，要不就让她在我这里睡，明天我送她去朗先生那里读书。”“念瓷，我都耽误你和小玉休息了，就不添麻烦了。”念瓷边打哈欠边说：“心怡，你还跟我客气什么。”“心怡，那我送你们回去。”甄申进灵活地开始献殷勤了。”

甄申进背着小宝和刘心怡肩并肩地走着，俨然是一家子。此刻刘心怡的心中有一股暖流在涌动，一家人的感觉真好。

第三十七章　诱惑成灾

甄申进隔三岔五地就来梅花窑找刘心怡，渐渐的他们很熟了。刘心怡告诉甄申进自己的想法：“之前从景德镇、宜兴回来，我一直准备在梅花窑办一个公益女子学习班。后来遇上抗日战争爆发，南陵成了皖南抗战斗争的最前线，一度人心惶惶。而今，日本鬼子已被赶出中国，世道太平了。我想让自己在宜兴学习的知识学有所用，针对雕花、印花这一块儿做一些公益讲座，不能让知识荒废了。梅花窑是方圆几百里出了名的厂子，让陶器更加精美，也是每个梅花窑人的职责所在。”

甄申进抓住一切机会地讨好刘心怡，他用他那富有磁性的嗓音说着迎合刘心怡的话：“心怡，你的想法很好，我十分赞同。我也可以利用周末的时间过来，看能否帮忙上课。”刘心怡见甄申进这样说，心生欢喜：“那最好了，你的嗓音很有特色，学员们能够带着兴趣学习和理解雕花、印花知识。那我把这本小册子给你带回家，上面是我整理的一些陶艺知识，你有空时看一看，增加对雕花、印花的了解。”刘心怡暗自高兴，甄申进熟悉了这些知识就能更好地讲课了。

不过这一切似乎来得有些突然，又那么顺理成章，难道真的是上天赐福给自己吗？刘心怡把心事告诉了夏雨美。夏雨美感叹地说：“如真像你说得那么好，我也就放心了，真不能再出什么岔子了。咱家里很多事情以后还要你来打理，你姐姐敏敏是再也不会回来了。”夏雨美一提到敏敏就会掉眼泪，她的嗓子又哽住了。

“娘，你又想敏敏姐了，我会好好的。家里的事情以后就交给我打理，你和姨父不用操心。”夏雨美叮嘱道：“心怡，这次你一定要把握好。不要被他的外表迷惑，折腾不起啊！”“娘，我看甄申进的样子挺真心的。听念瓷说媒婆给他介绍了好多个，没有一个如他意的。他说两个人在一起要长久，最重要的是要彼此能够相互欣赏。念瓷还说他一眼就相中了我，说我是不可多得的好女子，要好好珍惜我才是。他还说要帮我一起照顾小宝。说得我都不好意思了，我哪有那么好啊。娘，甄申进还说要配合我办女子学习班。”

夏雨美还是担心地说：“他越说得十朵梅花九朵开，我越不放心。甜言蜜语不能当饭吃，人还是要看实在处。心怡，你还是当心一些，多了解才是。不过他帮你搞学习班这个主意倒是不错，你们年轻人就该多做点事情。多交往，也能多了解彼此的脾性。”“嗯，娘，我知道。”刘心怡看着日渐苍老的母亲，感觉有些对不住她。这些年，自己没少让她和姨父担心。

刘心怡让姨父和朗先生商量一下，利用他教室的几个空档时间，让梅花窑厂的女子免费学习，朗先生一口答应了。免费学习雕花、印花艺术，老师是刘心怡，助教是情歌王子甄申进，这下又掀起了一股上课热。这现象在曹爱梅和曹向文上课的时候有过。大家不管有没有兴趣都来上课，只要坐在学堂里就很开心。甄申进有特别好听的嗓音，有很好的讲课经验，而刘心怡天生就是讨人喜欢的美人坯子。

随着学习班的开办，甄申进在梅花窑出现的频率越发高了起来。刘心怡还是喜欢默默地写一写有关陶艺方面的文字，抽空再去县城看看心怡瓷馆的经营情况，两个人貌似珠联璧合的一对。

一日，甄申进特意打扮了一番，手捧一束鲜花来到刘心怡面前。他突然单膝跪地说：“心怡，嫁给我吧！”甄申进这一举动很浪漫，与这里朴实的窑工有些格格不入，似乎有些另类了。十里八乡包括梅花窑这边娶媳妇都是有程序的，至少媒婆少不了。刘心怡见状有点措手不及：“申进，你怎么这么突然？我还没有和我父母说呢。”“心怡，这是我们的事情，只要你同意就可以了。我们都是有文化的成年人了，自己的事情要自己做主啊！”“申进，你快起来，容我考虑考虑好吗？”刘心怡拉起了甄申进，“我还是要和家人说一声。另外，近日我家槽坊那边生意不大好，我要多去看看，你要多花些时间在学习班这里。你说呢？”刘心怡一连说了几句话，甄申进都没有搭腔。

晚饭时，甄申进告诉刘心怡以后他不再提成亲的事了。但没过一个星期甄申进又开始提起这事。“心怡，我们都到了成亲的年龄，你看我们也都不小了，名正言顺地在一起多好。我可以把这边当成家，到大工山那边上课算是工作。这样小宝也多一个人照顾，不是更好吗？心怡，我的心里没有归属感，你要理解我。我都这般年龄了，父母岁数也不小了，到现在他们还在为我的婚事操心，我也想给他们一个交代啊！”

刘心怡拗不过甄申进那不成亲不罢休的劲头，心想：眼前这个男人也算很优秀了，这样的人如不嫁，那还要嫁给什么样的人呢？错过了或许这一辈子就错过了。申进这般穷追不舍，自己何德何能让他如此迷恋？难道这是宿命，是前世的缘，是上天看自己这些年受尽了磨难，让自己感受好人有好报的因果吗？要不然因何横空出世般的，把甄申进送到了自己面前。刘心怡这么一想，脸上不自觉地便挂上了幸福的、美美的笑意。

刘心怡似乎豁然开朗了，她脱口而出：“申进，我答应嫁给你。”说完这话，她自己心里都没有底，不过话已出口，嫁就嫁吧，眼前这个人这样黏着自己，应该值得托付终身。刘心怡的话一说口，可把甄申进给乐坏了。他一把抱起刘心怡在屋子里转了几个圈，他们就这样在短短一个多月的相处后就完婚了。

第三十八章　结着愁怨的女子

甄申进那种谨小慎微的办事作风，与大大咧咧的刘心怡反差很大。刘心怡捉摸不透甄申进的性格，也不知道他的脑子里整天在想些什么。受过挫折的刘心怡本不打算再有什么婚姻，但她相信这是上天的安排。可是婚后，总有一种不祥的预感笼罩着刘心怡。

甄申进对小宝总是看不惯，又说刘心怡没智慧，他一反常态，像变了一个人。他不再赞成刘心怡研究陶艺，让她除了做好家务活，再把槽坊管理一下就好。一日，甄申进又开始指指点点："心怡，你要知道，一个家里，男人就是天。你要把天供奉好，这才算是一个真正的好女人。还有你的那个小宝，这么大的孩子了，做娘的不教她做一些事情，不教她一些礼数，将来会遭人唾弃的。子不教父之过，女不教母之错啊！还有县城里的几家窑货铺子，还是盘给别人去做。你哪有那么多的时间到处跑？再说，现在世道不太平，你到处跑我也不放心。你那个陶艺课，吃力不讨好的事，我劝你也不要再搞了。依我看，你就安安静静地去我那边住，再给我生几个娃，你在家相夫教子，少不了你和娃们的吃喝，也免得我天天跑来跑去的身心都累。"

甄申进的要求越来越多，见刘心怡没说话，他越说越起劲。当甄申进再一次这样不好那样不对地要求刘心怡时，刘心怡没有忍住发火了："申进，你到底有完没完？你想干什么？"刘心怡的一声呵斥，似乎把甄申进给镇住了。甄申进见刘心怡发怒便消停了，他什么也没说，怒目圆睁地看了一眼刘心怡，然后“嘭”的一声重重地摔门走了。这一走竟然半个月音讯全无。刘心怡越来越受不了他的唠叨，尤其他让她盘了县城里的四家心怡瓷馆，不要再搞陶艺课更是激怒了她。刘心怡气坏了，当初说支持她上陶艺课，还帮着讲课的，现在不仅不帮忙，还泼冷水地反对。

甄申进一次次莫名其妙地摔门走人，这似乎变成了他的习惯，时有发生。刘心怡心想，婚姻真的需要彼此宽容、理解与接纳，之前的婚姻破裂主要是自己太过追究完美，感情上不能有一点瑕疵，加上年轻气盛地赌气，就这样白白葬送了一些本该属于自己的美好。

刘心怡觉得，人无完人，总得宽容一些，她实在是不想再折腾了。她希望甄申进能来梅花窑，像前几次一样，就当什么也没有发生。可甄申进一直不见人影，就像从没有这个人一样。一种渐行渐远的陌生感袭击着刘心怡脆弱的心，他们本就缺乏了解，刘心怡是被甄申进谦谦君子的表象给诱惑了。

刘心怡内心沉重，她遭受着无端的精神折磨，头上出现了许多忧愁郁闷的银丝。她需要找个出口，否则会抑郁成疾的。她用写日志来解闷：

十二月二日：罗列你对我的不好，是让我受伤的心能够好过一点，不再去想你。我用你对我的种种荒唐的批评来疗伤，我且把你之前对我的好、甜言蜜语及关照当成你的虚伪，这样或许能更快地把你从我的脑海中慢慢抽去。不能再让你的影子整天在我的脑海和心里晃悠，那样是对我身心巨大的摧残，我需要活出原来的自己。

十二月三日：窑艺本是我生活中重要的一部分，怎么可能为你放弃？

十二月四日：一整天没有走出屋子，幸好家里有粮食和菜。

十二月五日：你本该绕道而行，我已经够苦了，为什么又给我平添烦忧？

十二月六日：情感转了一圈，有意无意间走进了死胡同，或许这就是宿命。

十二月七日：这一天我做了什么，已经没有印象了，不想去想，一阵阵寒气时刻直逼心底。

十二月八日：我知道这段时间的精神伤害是严重的、无端的、莫名的。一场似乎是轰轰烈烈的爱情在上演的过程中，被破坏性地扼杀了。或许，这本就是虚无的假象。

十二月九日：生活，没有绝对的服从，只有相互协商，相互尊重。固执己见的思想只能让你和所有人之间竖起一方墙。

……

半个月过去了，刘心怡停下了所有的工作安排。她一度没有心思管理窑厂和槽坊的事情，好在窑工们和槽坊的工人们都已经上了轨道，窑厂和槽坊都没有受到影响。她需要拯救的是自己。刘心怡用写日志的方式解闷，同时也是给甄申进留一点机会。可是甄申进像断了线的风筝一样没了音讯。刘心怡再也等不下去了，她觉得这样完全是在浪费生命，必须当机立断。她不能一直被甄申进笼罩着，活在被他左右思想的世界里。她必须坚持自己的理想与追求，更何况小宝也需要一个好的成长环境。

念瓷见刘心怡这段时间的状况不妙，便来安慰她："先检讨一下自己，看是否哪里做得不好。怎么会闹到如此不可开交的地步？申进是有些孩子气，要过好日子，你要多担待一些，不要计较太多。""念瓷，你说得对，我明天就带着小宝去一趟大工山申进那里。"

刘心怡领着小宝去大工山甄申进的家里，申进娘正在院子里晒被子，申进的女儿小美正和一位小男孩在一旁玩耍。小美见刘心怡来了，甜甜地叫了一声姨，然后拉着小男孩的手说："哥哥，我们和小宝玩。小宝，我们去院子里面捉蝴蝶。"甄申进正从外面回来，他不温不火的，就当没有看见刘心怡母女。

小美口中的哥哥引起了刘心怡的注意，这个男孩长相酷似甄申进。刘心怡边做家务，边有意向婆婆打听："娘，那小男孩长得挺像申进呢！"婆婆笑着说："是啊，都说是一个模子刻出来的。不过，哪有儿子不像爹的呢？呵呵！"

这句话对刘心怡犹如当头一棒，她可从来没有听申进说起过他还有一个儿子。“娘，你说什么？这孩子是申进的？申进从来没有说过他还有一个儿子啊！”“心怡，你问傻话了，申进有一个儿子你都不知道？他是甄小飞。不过，这孩子也是可怜，有娘生没娘疼的，算是申进的私生子，他娘生下这孩子不久就莫名其妙地跟人跑了。”申进娘说完长长地叹了口气：“唉！真是作孽哦！”

刘心怡此刻有被蒙骗的气愤，她气血上涌，有些不寒而栗。甄申进居然蒙骗自己，没有告诉自己这些实情。刘心怡冲进甄申进的书房问：“申进，你倒是说说这是怎么一回事！”甄申进继续看他的书，就当什么也没有听见。

刘心怡愈加气愤地发问：“甄申进，我问你，为何要隐瞒你还有一个儿子？”甄申进不屑地看了一眼动怒的刘心怡：“你不是都看见了，我又没有把他给藏起来。跟你说了多少次，让你回大工山这边跟我们一起生活，几个孩子也好有个照顾，你都不愿意。我正为这事犯愁，这不，今天你都看到了，要么你就回这边一起过日子。”

刘心怡一阵晕眩，心想：这么大的事从甄申进口里说出来就跟没什么事一样，他太不把自己当回事了。刘心怡把来之前想好的话全部作废了，甄申进突然就冒出这么大一个儿子，说不定哪天再冒出个女儿。我的天，先回家再说，刘心怡生气地拉着小宝逃也似的离开。

甄申进没有阻拦，也没做任何解释。刘心怡本以为甄申进会出来拦住她们，做一番解释或道个歉什么的，可是甄申进虾不动水不跳的，一点声响都没有。只有申进娘跟在后面连喊：“心怡，别走，别走啊！都到饭点了，带小宝留下来吃饭吧！”刘心怡拉着小宝往梅花窑赶，边走边流泪。她不是舍不得这样一个捉摸不透似乎有神经质的人，而是觉得这段本不该发生的事情偏偏在她的身上发生了。这段时间甄申进的表现本就让刘心怡很委屈，今天这一幕更让她感觉瘆得慌。她心想：太可怕了，太虚伪了，家中有这么大的一个儿子也能瞒得住，那还有什么事情不能瞒呢？此刻，刘心怡脑子里只有四个字：赶快逃离。

又一日，刘心怡无意中看到甄申进写的一段文字：刘心怡，我喜欢你的美貌，也喜欢你的才气。据说窑家女个个都倔强，性子刚烈，我就是不信邪。你的心早死了，不想再嫁人，我就不信追不到你。终于，我得到了你。可你为什么就不能顺从我一些呢？为什么就不能接受我对你的重塑呢？

看到这段文字，刘心怡浑身冒着冷汗。她心想：这个人心理有问题，喜欢美女是他的癖好。难怪他的前妻给他戴了绿帽子，他都舍不得放弃。他与另一个女子已经生有一子，那女子为何又要偷偷地跑掉？也许是受不了甄申进变态的性格吧！这不，自己成了他的战利品了。他莫不是拿自己来填补他内心的失落与空虚，维护他那失去的可怜的自尊？

甄申进是个自私且大男子主义者，见刘心怡没有再去大工山找他，知道自己在家等是没有用的，他要主动出击了。一天下午，甄申进来到了梅花窑的家，他这段时间软硬兼施地用尽了招数，可刘心怡也没有把他的话当回事，他越发气急败坏。

甄申进进屋没有看见刘心怡，却看见床头柜上刘心怡整理的一本厚厚的印花、陶艺知识小册子。他似乎来了精神，心想：让你研究印花、陶艺，我烧了这些。他擦亮火柴，在院子的一角边烧边骂骂咧咧地说：“我让你痴迷陶艺，让你再研究，让你无视我的存在。一个女人不懂得相夫教子，整天钻进印花、陶艺里去，拿印花、陶艺当饭吃吗？我看你是印花痴、陶艺迷。日子不当日子过，还像不像话？哼，女子无才便是德，叫你整天跑东跑西，县城、梅花窑的跑，从不把我的话当数，眼中没有我这个大活人……”

院子里乌烟瘴气的，刘心怡刚好从外面回来。她加快脚步跑进院子，只见甄申进正在烧着什么东西。她上前一看，差点气晕过去，是她那花时间记下的一本厚厚的小册子。刘心怡上前打翻了火盆，用脚踩着被烧的小册子。甄申进见状，一把抓住刘心怡把她拖进屋子，关起门来一顿拳打脚踢。这个外表好看的男人终于揭下了那张漂亮的人皮，露出了狰狞丑陋的本来面目。

刘心怡最不能接受的是甄申进一副谦谦君子的模样，一下子成了一个小丑。他似乎是披着人皮的狼，正张牙舞爪地在她的眼前跳舞。刘心怡呼喊救命，凄惨的声音似乎吓住了甄申进。刘心怡气得直发抖，她歇斯底里地喊着："甄申进，我们今天就解除婚约，我们和离。"甄申进毫不含糊地说："刘心怡，今天我就把话放在这，你就死了这条心吧。"甄申进就是个变态，不愿意分开，也不好好珍惜。他带给刘心怡的是从冷战到拳打脚踢，脑子里似乎装不进别人的任何一句话。

甄申进自顾自地还在说："你收拾一下，我去朗先生那里接回小宝，今晚我们就回大工山。"刘心怡看着甄申进英俊的面貌，如虎狼一般在她的眼前绕来绕去，还当作什么也没有发生似的平静地说出这番话。她突然觉得这是一个多么不可理喻的人，这皮囊下的那颗心应该不是红色的。甄申进说话间已经走出了院子。

刘心怡很委屈，她不能再忍受甄申进谦谦君子皮囊下的狰狞面目，以及甄申进喜欢她的美貌，并且以征服和重塑一个女子为快的不健康心理。她下定决心，要让这个虎狼离开，必须要让甄申进不愿意再看到自己的这张脸。刘心怡跑进房间，对着镜子摸着漂亮的脸蛋哭了好半天。可怜的刘心怡在这次被暴打之后，心彻底碎了，她用剪刀在自己漂亮的脸蛋上使劲地划了几道。

一瓣、两瓣、三瓣，这俨然就是几瓣滴血的梅花花瓣。刘心怡在外面学来的手艺，学的那些雕花、印花技艺在自己漂亮的脸蛋上首先开花了。她铁了心地要毁掉自己如花似玉的容貌，她受够了感情的伤害，毁掉自己漂亮的容貌，意在此生不再为情爱这把利剑所伤。

鲜血顺着剪刀滴落，像血色的梅花花瓣一片片地飘落。鞋面上绣的梅花花瓣仿佛也活了起来，一时间散发出苦涩的梅香在屋子里弥漫。刘心怡就算是毁容也要雕花为梅，她要让甄申进知道，她热爱窑艺的决心谁也无法动摇。刘心怡的心也在大面积地滴血，她希望流尽心头血，让心死去，不再复活。眼泪与鲜血顺着刘心怡的脸颊与梅花花瓣融合在一起，满脸是血的刘心怡疼得在床上翻滚。这里一下子成了血色海洋，被单、衣服上到处都是血。

窗外突然雷声大作，几道闪电过后，雨水从天上瓢泼似的下了起来。一阵凄风苦雨飘打在窗棂上，挤进窗户。刘心怡泣不成声，她的心此刻湿漉漉的，她亲手毁了自己的容貌，实在不愿再为情所伤。她让自己断了再去触碰情缘的心思，更让甄申进知道自己与窑艺永不分离。

甄申进领着小宝回来了，远远地他听到了刘心怡的哭声。他边走边唠叨：“多大的人了，遇事还像个孩子，谁又惹你了？”甄申进这个伪君子，若无其事地说着话。小宝飞跑进娘的屋子里，吓得大声哭喊：“叔叔，叔叔，不好了，娘脸上都是血。”甄申进这会儿也吓坏了，赶紧跑进房间。当看到面目全非的刘心怡，他的心既痛又恨：“你这是干什么？非得把自己弄成这个鬼样子，一张漂亮的脸蛋毁了，对你有什么好处？真是不可理喻的愚蠢女人。”刘心怡痛下决心毁了自己的容颜，都没有听到甄申进一句忏悔的话。她心想，这个人的心肠就是铁打的。

小宝转身往外祖母家跑，老远就在喊：“外祖母，外祖母，不好了，我娘脸上流血了！”身体有病的夏雨美听到小宝在哭喊，吓得魂不附体地牵着小宝匆匆跑到刘心怡处。她看到刘心怡这惨不忍睹的模样，当场给气得差点吐血。

刘心怡这样的举动，确实吓到了甄申进。他原本也是不得志，加上他深爱的漂亮前妻无端背叛，这些郁积已久的心事与怒气他从来都没有找到发泄的出口。婚后，新鲜期一过，他便把善良的刘心怡当作靶子，想以变态的心理来征服漂亮、有才气的刘心怡，以改变一个优秀的女子，来弥足自己内心的伤感、失落和对现实的不满。但他也绝不愿刘心怡搞成这副模样。

他就像着了魔的人突然醒悟了一样，心中似乎有了一点悔意。看到刘心怡这个模样，他也不敢多说话。但是以貌取人的他，再也不愿看见眼前这张丑陋的脸了。晚上，甄申进借故母亲生病，家中无人照应，匆匆回大工山去了。这一次，是甄申进想赶紧逃离。之后，他留在大工山很久没有来梅花窑。

一段时间过去了，刘心怡的伤渐渐愈合了，但是她不忍看见自己这副模样。她用丝巾遮住了自己的脸，又遮住家中所有的镜子，如同遮住了自己心口上的伤。一日，甄申进突然来到梅花窑。他看到刘心怡这张带伤的脸，气不打一处来，说话的声音仿佛来自地窖，带着刺骨的寒气。他甚至用恶毒的语言咒骂刘心怡：“你这个女人，为什么这么自私？你嫁给了我，就该对我负责。你把自己弄成这副鬼样子给谁看？你别吓坏了我的儿女，他们还小，别以为是撞见鬼了。”

刘心怡懒得与甄申进多说一句话，把早已写好的和离书递给甄申进说：“你签上名字，我们各走各的路，没人吓唬你的儿女。你倒是模样好看，可那只是一张皮。这皮囊的背后，千万别给你的儿女看见了，会伤及孩子的心灵的。”

气急败坏的甄申进在刘心怡这里没有得到他想要的，他没能改变得了刘心怡，一种无言的失败感挫伤着他自以为是的自尊心。他在和离书上写下自己的名字，并重重地按下了手印。他像一只斗败的公鸡，却依然高昂着头，愤愤地、无奈地离去。

刘心怡，一个死心塌地为梅花窑奉献的窑师之女，差点被婚姻这把利剑给刺死。她终于逃出了甄申进貌似温柔的魔掌，死里逃生般地获得了新生。

第三十九章　那人却在灯火阑珊处

张兰兰、郑念瓷都去安慰刘心怡，就连多年来沉默不语的曹向文也来安慰刘心怡。几个人在刘心怡处碰头了。

兰兰劝说道："一切都过去了。人要为心中的一个信念勇敢地活着，不是所有的失去都是真的失去。你或许时时在失去，但你时时也在得到，就看你怎么去理解。"兰兰说这话时看了一眼她骨子里深爱的向文，"内心的富有才是真正的富有，你要做个内心强大的人。你的孩子，你的家人，你所追求的窑艺、雕花、印花艺术，这些都需要你付出爱。"

向文听兰兰说话跟着直点头："兰兰说得对，要为信念而活。心怡，你在号召大家一起抗日时，那么有主见、有思想。怎么在太平日子里反而犯傻、做事不计后果呢？你伤害自己，让爱你的家人、朋友心里都很难受，知道吗？你要好好振作起来。"

念瓷郁闷地说："我的一场婚礼，让心怡和那个神经病认识了，真是孽缘。甄申进还有一个儿子也瞒了我，不过这不是问题的症结所在。重要的是，甄申进的思想可能真的有问题。唉！都怨我。"刘心怡看着两位闺蜜还有向文，点点头道："放心，我已经下定决心，此生已经关了心门，不再为情所动。我会整理好心情，重新出发。"

向文听着刘心怡喜笑颜开说的几句话，突然一阵心痛，心怡年纪轻轻受到的打击实在太多太多，这一张漂亮的脸蛋被毁，需要付出多大的勇气啊！

夏雨美把刘心怡和小宝接回家中，让刘心怡好好养伤。夏雨美整天以泪洗面，她提心吊胆地照顾着眼下唯一的女儿刘心怡。县城的夏雨荷也过来看刘心怡，她流着泪说：“等伤好了，跟我回县城，免得再在这里受伤。”刘心怡看着夏雨荷、夏雨美两个娘，笑着说：“是福不是祸，是祸躲不过。都过去了，我的娘们请放心。”

经过一段时间的修复，刘心怡很快恢复了状态。她忽然有种掸掉身上灰尘似的轻快感，刘心怡拉住夏雨美的手说：“娘，你放心，你的女儿再也不会受到感情的伤害了。”夏雨美被刘心怡冷不丁的一句话说得有些不解：“怎么突然冒出这句话来？”“娘，你看我这一张脸，这一副德行，没人会再动心思了。”夏雨美看着女儿拿自己这张受伤的脸说笑，心里有说不出的滋味：“你这傻孩子哦，我怎么说你好呢？做事太鲁莽，也舍得划破为娘给你的这张漂亮脸蛋！”刘心怡拿来一条漂亮的丝巾遮住半边有梅花伤痕的脸说：“娘，你看，这样就不难看了！”

刘心怡此刻笑得很美，她那双会说话的眼睛就是一面清澈的镜子，而这一面镜子里，怎么也藏不住她一如既往的真善美。

刘心怡心中有自己的计划。一日，一家人围坐在一起吃饭，她说：“姨父、娘，我想成立陶艺基金会，把槽坊盈利的钱拿来作为前期资金，发展窑文化。朗先生、向文他们也竭力支持并各尽所能地参与。”刘佳林看着这些年吃尽苦头的刘心怡，不假思索地说：“心怡啊，我们年岁大了，家里的大大小小事情都已经交给你在打理，你做主便是。我和你娘都信你。”“谢谢姨父，谢谢娘。”刘心怡笑靥如花，赶紧站起来鞠躬致谢。她的样子很逗，惹得刘佳林夫妇一阵乐。

刘佳林爱怜地看着刘心怡说：“心怡，有个事情跟你说。我和你娘那日去县城和你雨荷娘说过了，我们要认回你。”刘心怡吃惊地问：“什么认回？”“心怡，你本是我们的亲生女儿，自小过继给你雨荷姨娘带大的。不过，他们养育了你，你日后还是要好好地孝顺他们才是。我这边也没什么要求了，你敏敏姐下落不明，如今是死是活也没人知道。我和你娘膝下无子，你就叫我一声伯伯就行了，我听着心里好过一些。”

刘心怡突然听姨父这样说，有些惊讶。但懂事的刘心怡立刻调整过来，心想：反正一直都很亲，本也没有什么区别，自己是姨娘和姨父的亲生女儿，他们心里多少有些安慰。她立刻乖巧地改口叫伯伯，刘佳林连着答应了三声：“哎、哎、哎。”刘佳林老泪纵横，居然泪涟涟地哭出声来。夏雨美见状，跟着后面边抹眼泪边说：“她伯，都老了，还这等得没出息，哭啥？心怡叫你伯伯一直都是你的心愿啊！”

朗先生、向文、刘心怡三个文化人走得很近，他们都为成立陶艺基金会做出了巨大的贡献。成立陶艺基金会，筹得的资金一方面是为了给梅花窑厂里贫困家庭的孩子们买学习用品，另一方面是为了让一些爱好窑艺的年轻人有出去参观学习的资金。梅花窑厂里在朗先生那读书的孩子，家庭条件差的，上学一贯免费。有了陶艺基金，可补贴孩子们购买笔墨纸张。这样一来学生越来越多，后来大家上课都自带板凳。曹家宝本就很赏识朗先生，朗先生德才兼备，不仅会做学问，而且对龙窑的管理也有一套，向文与之走近他也放心。他让向文和朗先生多交流，大家共同把龙窑管理好。

向文这些年一直未娶，前几年上门提亲的人还不断，但每次向文都说不急，先把事业做好再说，后来大家就不给他说媒了。向文内心一直有一个结，这些年无法解开。他除了工作，就是活在内疚中，自己堂堂一个七尺男儿，无法保护爱他的兰兰和女儿思琪，眼睁睁地看着她们与别人生活在一起。当年得知兰兰怀孕，他的第一感觉就是那个孩子是自己的骨肉。后来小龙窑一直平安无事，向文更加确定之前真的是有人搞破坏，而此人正是兰兰所嫁之人傅易为。

那一夜兰兰的反常举动及一些奇奇怪怪的话语，向文后来想明白后恍然大悟。兰兰是为了帮助自己守护小龙窑，才嫁给傅易为的。兰兰有意把最珍贵的初夜给了自己，并且怀上他们的孩子。这是一个小女子具备多大的勇气，才敢于做的啊！

向文感激兰兰的爱，感激兰兰的付出，她为了他做出了巨大的牺牲，这样的付出将是她整个人生，这是怎样的一个奇女子啊？向文一直在揪心与感慨中度日。他做窑货，抽空给大家上课讲陶艺知识，其他大部分时间就躲在家中看书。偶尔去找朗先生谈心是他最愉快的事情。朗先生是一位善解人意的文化人，与之交流他总会豁然开朗。与朗先生的几个儿子下下象棋也是一大乐趣，尤其向文与朗先生的儿子少棠很投缘。少棠一直跟在父亲后面做学问，并帮助管理学生，脾性与朗先生极为相似，这也是向文与少棠很要好的主要原因。

朗先生家的大堂屋就是学堂，向文知道，去那里能看到自己和兰兰的亲生女儿思琪。思琪的眉眼和向文十分神似，向文每次见到思琪心都在疼。他无法与思琪相认，无法好好地爱自己的孩子。而兰兰这些年把所有心思都放到思琪和她的两个弟弟身上了。她不再考虑感情问题，她把最真挚的情爱藏在心底，唯有梦里去相思。

傅易为自从娶了兰兰，整个人都变了。他有了女儿思琪，后来又有了儿子欢欢、乐乐，他已经心满意足了。虽然兰兰像换了一个人似的变得沉默寡言了，但是他无法改变兰兰渐渐变得孤僻的性格。他认为夫妻之间平静地过日子也行，没有烦心事，自己一心一意地做窑货养家，也算踏实。

上课成了刘心怡和曹向文的交集点，本来二人在组织动员抗日人员时对彼此已经有了一些认识。刘心怡与曹向文交流时说起，她立志以印花、雕花、陶艺了此一生，让更多的人了解陶艺，不再被那些儿女情长的事情羁绊了。向文愣愣地盯着刘心怡许久，这又是一位奇女子，为了陶艺、为了走出婚姻的死穴，不惜毁容雕花为梅。他看到了刘心怡身上如梅一般的品质，甚至想到了当初刘心怡姐妹俩为抗日所做的一切。敏敏因此下落不明，生不见人死不见尸地成了一个谜。他忽然嗅到了这奇女子身上特有的梅香，并在日后渐渐不可自拔地陷入这股梅香中。他突然有种要保护眼前这位毁了容颜的奇女子的使命感。

以前每次看到刘心怡的女儿小宝，向文就会想到思琪。不知不觉中，向文把对思琪的爱转移到了小宝身上。相安无事、平静如水的日子过了将近一年，而刘心怡与曹向文的默契在平静中变得不再平静，一湖清澈的水面荡起了微微甜美的涟漪，这一点连刘心怡自己都很吃惊。他们的思想观念都十分相似，带着小宝一道共事俨然是一家子。他们聊得最多的话题，是窑艺和梅花窑的发展方向。向文在不知不觉中把刘心怡放在心里的一个重要位置，而对于兰兰，他的感情已渐渐转化为亲情，只有在内心深处记挂兰兰的好了。他深知，有些事情已经无法再挑明，那样对思琪的成长不好，会引起很多不必要的麻烦。

这些默契，朗先生早就看在眼里。他喜欢这对有事业心、有拼搏精神、有爱国精神的年轻人，他要撮合这一对历经坎坷的年轻人。

一个周日，朗先生让妻子胡大姑做了几道下酒菜。朗先生连喊："少棠，你去叫一下刘心怡和向文过来吃饭。顺便再去一趟窑棚，让你哥美琪今天早点收工回家。"不一会儿工夫，少棠牵着小宝回来了："伯，我带小宝来了，哥在回来的路上，心怡和向文马上就到。""好的，少棠，你带好小宝，先领她去玩。"朗先生脸上露出会心的笑容。

饭桌上，朗先生直截了当地说出了自己的想法："向文，心怡，你们都在，今天我就直说了。你们两个都不容易，你们情投意合我是看在眼里的。你们都杵着不说，这样真的要耽误彼此了。我们也不搞什么繁琐礼节找赵媒婆、李媒婆了。今天我就给你们保个媒，给你们做个月老。"朗先生一席话说得刘心怡脸上一阵羞红。

向文见朗先生把话挑明了，便大大咧咧地说："我对心怡有意，就看心怡的想法了。"向文在多年后终于走出了情感的雾霾区，他是真心喜欢上了刘心怡，喜欢上了这个不被挫折击垮，对梅花窑忠心耿耿的好女子。曹向文，一位老窑师的传人，他没有嫌弃毁了容颜的刘心怡，他爱刘心怡那颗冰清玉洁的心，爱她那种寒梅傲雪的品质。而刘心怡天生就是温柔似水的女人，虽然她曾发誓不再陷入感情的漩涡，但是向文对她的那份情，她还是无法拒绝，更没有理由拒绝。刘心怡没敢直视向文的眼睛，她害羞地把视线投向朗先生说："谢谢先生，全凭您给做主了。"

第四十章　香如故

刘心怡与曹向文牵手，这是谁也没有预料到的。不过刘心怡还是心有余悸，她实在被婚姻折磨得怕了。她心中产生了一个念头，对曹向文说：“我现在越来越相信天意了，我们是因为对窑的执着与坚守才相知相恋的，以后我们努力让两条龙窑一并发展。如果你那边的小龙窑连出三次上品窑，我们就成亲。”

曹向文眉头微蹙了一下，心里有隐隐的触痛感。他想到了曾经的恋人兰兰当初一意孤行地为了保护他守护的窑不被傅易为再次破坏，故意以出得好窑才能拿到自己陪嫁的系列陶器小品为前提，才答应与傅易为完婚的事情。这两位女子冥冥之中的想法竟如此相似，他陷入了片刻的沉思。难道真是天意，他的婚姻总是与窑的品质分不开？他盯着刘心怡好半天没有说话。

刘心怡羞怯地回避着曹向文投来的热辣辣的目光，诧异地问：“你这样盯着我干什么？同不同意啊？”“心怡，你说得有道理，我完全赞同你的想法。后面我们去找朗先生商量一下，对两条窑进行统一的安排。虽然是粗瓷，但争取在质量和外观上都有大的突破，也不枉费这些年来我们对窑艺的执着与坚守，还有你所吃的苦。”

曹向文把自己和刘心怡的想法告诉了朗先生和父亲曹家宝，他们都很赞同。曹向文通知几位窑老板到厂区办公室开会，会上曹向文说了他和刘心怡的想法："窑还是按照原来的股份制不变，制釉、印花等一些技术活我们来过问一下。目的只有一个，为了出品更完美，让粗瓷粗中有细，粗而不俗，让这些坛坛罐罐、大缸小缸等不仅实用，而且美观。"曹向文和刘心怡在梅花窑大家都熟悉，是两个不可多得的人才，有他们这样大公无私地为大家付出，谁也不会说半个不字。

曹向文、刘心怡、郑念瓷、张兰兰、傅易欣，包括朗先生的大儿子袁美琪、二儿子袁少棠都加入了义工小组。他们穿梭在各个窑工的窑棚里和釉缸旁。他们把所学的知识用到实处，让窑文化走得更远。印花、雕花还是以梅花为主，其他如兰草等各色花草为辅。

一件件泥坯上完釉后就像穿上了嫁衣，等着完美呈现，远嫁给有缘人。就这样，一道轰轰烈烈的做窑、装窑、焓窑、烧窑、闭窑、出窑程序在紧张有序中进行。最后一道程序是出窑，这三次出窑与往常意义不同，它关乎刘心怡对曹向文的承诺。三次上品窑，意味着不仅成品外观好看，而且出清货的概率要在百分之九十以上。这是一次大突破，也是所有窑工们都眼巴巴期待的一个成果。

连续两次出品率都很高，曹向文和刘心怡会心地笑了。曹家和刘家商量着把喜宴安排在第三次出窑日。两家都筹办好了婚礼事宜，一切婚礼繁琐礼节从简，就在小龙窑出窑那晚一起办喜酒。曹向文手心里都捏出了一把汗，万事俱备只欠东风，就等着这次窑的高出品率了。刘心怡的嫁妆里有一系列陶器小品，都是曹向文亲手做的，印花是刘心怡亲手刻制的模板印制的。

上午，小工、窑师、烧成组的工人们都等在窑门口，等待出窑。特别显眼的是，曹向文和刘心怡都穿着大红色的喜服，身边的少棠、念瓷、兰兰、傅易欣也穿戴体面地守在窑门口。这几个人今天可不是来帮助出窑的，他们是来看揭宝的，看今天窑的出品率，也是来参加曹向文和刘心怡婚礼的。他们更像是一支迎亲的队伍，等在窑门口，似乎等待的新娘不是刘心怡，而是这一批即将出炉的窑货。熙熙攘攘的人群中，曹家宝、袁光朗、邹永平、钟乐天四位股东站在小龙窑窑门口焚香祭窑神。接着曹向文和郑念窑一同去开窑门，窑师们分别进去搬出窑货。小工们纷纷把窑货挑到窑头上的大货院子里，等待验收师傅赵一鸣的一锤定音，等待他挥毫泼墨地给写上清货、九折、八折五的好字。

一个小时过去了，大部分陶器都是清货，并且色泽饱满，印花鲜活，曹向文面露喜色。看到这次出品率之高，曹向文抑制不住内心的激动，大喊："少棠弟，你把带来的茶水、喜糖拿上来，我和心怡在这里拜堂成亲。"

之前，主婚人朗先生提醒过曹向文，眼下国共内战正打得火热，国民党到处抓壮丁补充兵力，世道尚有些乱，婚礼需低调简单一些，敬茶、散发喜糖、喝喜酒就够了，鞭炮就不放了，免得招来一些不必要的麻烦，顺利完婚便好。一切在按部就班中进行。此刻，几位年轻人把准备好的物品摆放好，又把曹向文给刘心怡做的小品都系上红绸子，大家捧在手上站在两旁。刘佳林夫妇、曹家宝夫妇端坐在椅子上。两个小花童思琪和小宝分别牵着曹向文和刘心怡的手走上前来。一场特别的出窑仪式，一场特别的婚礼，一对特别的年轻人，一个特别、祥和的窑家盛世……曹向文和刘心怡走上前来行三拜之礼，给长辈敬茶，给窑上的人散发喜糖等。礼毕，大家簇拥着一对新人入洞房。

刘心怡嫁到了曹家，入了曹家大院，算是众望所归。两边都请了厨子，喜宴一道办。与以往梅花窑孩子大婚一样，邻居们都来帮忙，傅易为也忙在其中。傅易为有一手的好厨艺，这是兰兰嫁过去后，他练出来的，为的是让兰兰和三个孩子能吃上美味的菜肴，更是为了暖兰兰的心。而对于傅易为，兰兰的心早就麻木了。看到曹向文与刘心怡喜结连理，兰兰心里百感交集。她是既高兴，又心伤。她心里住着的曹向文就要走出去了，就要成为闺蜜刘心怡的丈夫，她必须调整心态，爱他，就要让他得到幸福，不能让他一辈子活在内疚里。此刻，她唯有为这对新人祈福，祝福闺蜜刘心怡和心底永远的爱人曹向文。

一场别具一格的婚礼在喧闹中结束，刘心怡总算有了幸福的归宿。刘心怡，一个被多年风霜雨雪练就出来的女强人，一下子似乎完全松懈了下来，她要做回原来那个小鸟依人的女人。她幸福地躺在曹向文的臂弯里，两人情话绵绵，一夜温存。

第二日清晨，刘心怡睁开眼，没有看见枕边的曹向文，她有些纳闷。“向文、向文，你在哪?”没有听到回应，刘心怡来到小宝的房间喊小宝起床：“小宝，快起床，吃完早饭去朗先生那里读书。”小宝揉着睡眼说：“娘，天还没亮呢!”刘心怡边给小宝整理衣服边说：“快起床洗脸刷牙，今天阴天，天本来就黑。”小宝乖巧地从床上爬起来，吃了一碗刘心怡煮的面条后去朗先生处了。好半天还是不见曹向文，刘心怡愈发纳闷：“这大清早的就不见人影，去哪里了呢?”

刘心怡忙了一会儿家务活，也没有心思吃早饭。一种骤然飘至的失落感让她感到特别孤独、寂寞、困惑。为情所伤了这些年，终于可以安定地享受一份踏实的爱了，曹向文的人品是众人皆知的，昨晚和曹向文两人聊到后半夜，彼此感受着从没有过的幸福感和归属感。想到这里，刘心怡脸上泛起了微微的酡红，露出一丝羞涩的微笑。

刘心怡正在愣神，曹向文手上拎着一个菜篮子进了院子。篮子里面放着几根油条和几个花卷，还有从菜园地里摘来的大葱、韭菜等新鲜蔬菜，看样子蔬菜已经在水塘里洗干净了。曹向文朝着刘心怡笑嘻嘻地说：“今天这第一顿早餐我来给你做，做煎饼。我这手艺可是以前跟我奶奶学的，包你满意。一会儿我们去给长辈送点心，敬茶。”刘心怡内心甜滋滋的，她感受着从没有过的受宠感，心想：向文一声不吭地去买点心，还去菜园地里摘菜做煎饼，真是有心人。这才是自己想要的生活，不需大富大贵，不需甜言蜜语，只要实实在在地过日子，彼此有心就好。

一贯主厨惯了的刘心怡帮着曹向文做早饭，她打着下手，似乎有些不习惯。刘心怡抢着做主厨：“向文，还是让我来做。”“心怡，你嫁给我，是上天赐福于我。这些年，你一个人走过最坎坷的路，尝过最难咽的苦，扛过最沉重的担，现在有我，你只管享福了。”夫妻二人你一言我一语，大清早的秀着恩爱。曹向文把韭菜鸡蛋煎饼做好后用几个盘子装好，又泡上一壶碧螺春茶，放上两个茶杯，带着刘心怡去给长辈敬茶送早饭。刘心怡和曹向文两人都历经过人生坎坷，终于喜结良缘，过上了幸福的生活。

可是好景不长，就在一个月后的一个夜晚，曹向文出门去附近湾里村项大壮家谈事情，夜深了还没有回家。刘心怡坐立不安地等着曹向文回家，忽然一阵枪声打破了黑夜的宁静。接着有鸡鸣狗叫，似乎有鬼哭狼嚎的声音传来。一种不祥的预感笼罩着刘心怡，她赶紧吹灭了灯。她吓得浑身发抖，不敢迈出大门半步。刘心怡把耳朵贴在大门上听着门外的动静，盼着曹向文快点回来。

可是直到天空泛白，也不见曹向文回家。刘心怡安排好小宝去朗先生处，便匆匆赶往项大壮家找曹向文。项大壮是湾里村赵大姐的孙子，赵大姐去世后项大壮就成了孤儿。项大壮人如其名，高高大大，身体壮实。项大壮有个远房叔叔项南方在宜兴是一位民窑建造师，妻子体弱多病，膝下无子。项南方便把项大壮领到宜兴家中养育，从小教其习武，强身健体。项大壮耳濡目染，对建窑、开窑方面有些经验。项南方夫妇过世后，项大壮回到了湾里村。因窑文化结缘，项大壮和曹向文成了好兄弟。曹向文此次去项大壮家，就是商讨请项大壮帮助扩建龙窑，增加八到十个窑眼的事情。

刘心怡走进项大壮家的院子，只见门是虚掩着的。她急步上前，站在门旁轻轻敲打着门：“大……”刘心怡只喊出一个“大”字，便直愣愣地看着被打翻一地的桌椅板凳。她慌了，大喊：“向文，大壮，向文，向文。”屋内静悄悄的，空旷的只有她自己的回声。刘心怡惶恐的声音惊动了隔壁邻居，邻居大爷站在院子外面喊：“姑娘，姑娘，别叫了。昨天夜里我们村来了一批国民党，把大壮和村子里的好几个年轻人给抓走了。听说，隔壁村也被抓了壮丁。我们村农救会会员张二愣还吃了一颗枪子，现在还半死不活的。刘心怡听了邻居大爷的一席话，心凉了半截。

刘心怡在大爷的引路下去了农救会会员张二愣的家，二愣腿部中了一枪，好在没有大碍。二愣告诉刘心怡："现在正是国共内战，世道乱。昨天夜里村里来了一批国民党抓壮丁，我出来阻拦，也险些被带走。"刘心怡听二愣这么一说，心都灰了。难道向文真的被带走了？她不相信睿智的向文会遭此劫难。但若不是被抓走，向文又怎么会无故失踪了呢？刘心怡在湾里村角角落落搜寻着曹向文，可终不见曹向文的影子。

这场圆满的婚姻如昙花一现，有着刹那的美丽，像是上天故意捉弄命运多舛的刘心怡，最终给这段婚姻披上了令人费解的神秘面纱。刘心怡每天以泪洗面，但还是坚持忙着窑上的事情。她认为这就是自己的命，她把她和曹向文在梅花窑两个人的担子扛在一个人的肩上，以忙碌打发痛苦的时光。

一个星期后，刘心怡发现自己怀孕了，她喜忧参半。刘心怡哭着赶紧把这个消息告诉了婆婆："上天恩赐，让我怀了向文的孩子，可孩子他爹就这么不见了！"说完，刘心怡忍不住号啕大哭起来，她边哭边诉："向文，向文啊，你到底去了哪里？你是被国民党抓走了吗？要真是，你该想法子回家啊！你怎么舍得离开家里的亲人，离开你热爱的窑业？我怀了你的孩子啊，你为什么要招惹我，又要离我而去啊？"

刘心怡实在忍不住心中的苦，她撕心裂肺地哭诉着。刘心怡的哭声很凄凉，哭的人心跟着痛楚，曹家大院笼罩在一片阴霾里。曹家大院里健在的长辈们都来安慰她。婆婆余爱英想着儿子曹向文，也为刘心怡伤心。她劝慰道："心怡，你别哭了，小心伤着腹中的孩子。向文一定会回来的，他现在肯定是遇到难事无法脱身，我的儿子是知书达礼又很孝顺的孩子。要相信，我们曹家总会有奇迹发生。"余爱英说完，跟着伤心地哭了起来。刘心怡见状，赶紧安慰婆婆："娘，我们不哭了，我和向文有孩子了，我们本该高兴。不能让孩子孕育在哭声里啊！这样向文知道会心痛的。我会小心保护向文的骨肉，等他回来。"刘心怡情绪似乎有些反常，她突然破涕为笑，反过来安慰婆婆。

十月怀胎，刘心怡为曹向文诞下一子，取名曹思念。曹向文与刘心怡的牵手，就如当初心怡姐姐敏敏归来一样，都像走过场一般。从此，刘心怡除了忙窑上的事情外，就把所有的心思都放在苦苦的等待中，她始终相信她的爱人曹向文终有一天会归来。

梅香飘逸，思念常在，生命的倔强依在。梅花窑，依旧在周而复始的忙忙碌碌中生香……

后　续

1955年，全国掀起农业合作化高潮，梅花窑的股东发展为八大家：钟芳炎、曹庭栋、刘锡伟、袁光朗、郑芳海、邹传敏、余天润和叶立先、叶立庆、叶立文三兄弟。几位股东召集工人们开大会，让大家集体参与陶瓷事业的发展，并报县手工业联合社批准，采用按劳取酬制，当年产量提升百分之三十。1956年，窑厂转为生产合作社，股东制解散，这一年产量达十二万件。

1958年，生产合作社领导班子安排人员帮助创建了工山、五里、山泉、烟墩四处陶瓷厂，产品增至一百多种，除生产生活陶器外，还生产工业、建筑业所需的陶器，生产的瓷器始销于乡里，流入皖南诸县。同年，窑厂发展至芜湖，年仅二十六岁的袁少棠被委派到芜湖先进陶瓷厂任厂长。

1960年，梅花山陶瓷厂改由县商业局包销，派代表驻厂。1961年，梅花山陶瓷厂下放给工山公社管理，包销中断。在那个城乡差别很大的年代，所有厂里的职工被集体下放的事情，让朗先生夜不能寐，他遂让袁少棠出面解决。袁少棠跑前跑后地奔波，将全体职工的户口上调。1962年，梅花山陶瓷厂复归县手工业联合社管理，包销继续，年产量增至十五万件左右。

1963年朗先生去世，1964年袁少棠听从母亲胡大姑的召唤带着妻儿从芜湖先进陶瓷厂回到梅花山居住，工作调动至南陵县土产日杂公司。1966年，梅花山陶瓷厂归土产日杂公司包销，袁少棠顺理成章地成了驻厂包销总经理。1967年朗先生妻子胡大姑去世。几位老窑师年事已高，颐养天年。

1970年，袁少棠让侄女袁掌珠（朗先生大孙女）继续执教，依然在原来的教室（自家堂屋里）开课，供梅花山陶瓷厂的孩子们上学。

后来梅花山陶瓷厂发展到一百多个职工，一度成为南陵县知名企业、皖南地区最大的陶瓷厂。时任梅花山陶瓷厂厂长、书记和主任的分别是张家春、刘生旺和孔祥保。袁少棠作为梅花山陶瓷厂及工山、五里、山泉、烟墩等陶瓷厂的包销总经理，深感责任重大。他常年奔波在外，在那个闭塞的年代，让瓷器进入京、津、沪三大城市及东北三省。一卡车一卡车的产品销往全国各地，豆腐乳坛子则用火车销往天津。新中国成立前，这些陶器走的基本是水路，从南陵漳河上船，进长江，然后销往大江南北。

20世纪六七十年代，厂里组建了篮球队，曾代表南陵县出去参赛。当人们还在普遍为温饱犯愁时，梅花山陶瓷厂人就有如此高的精神追求了。那个年代，到梅花山陶瓷厂参观，几乎是南陵中学学生的一门必修课。来厂参观的师生无不被高超的制陶工艺而震撼，因精美的陶瓷制品而激动不已。

梅花山陶瓷厂发展至1986年，厂子渐衰。袁少棠、袁少信（厂长）、孔祥保（主任）、陈秀胜（会计）、邹先满（看火技师）、叶立鑫（窑师）等又共同担起了振兴陶瓷厂的重任，再度掀起瓷器盛世。1992年，随着社会发展、时代变革，企业纷纷实行个体承包制，集体企业纷纷转为个体企业。梅花窑，这座百年古窑，历经风风雨雨走过了约130年，在改革的浪潮中终于停下了蹒跚的步伐。

2011年10月，我曾和姐妹们陪着年迈的母亲去了梅花山古窑厂的老宅。老宅静静地端坐在那儿，似乎守护着一段历史，沉寂着几代人曾经热火朝天的梦。

厂区，人烟稀少，一排长长的土墙瓦房的窑棚，大面积的墙体已经倒塌。有的仅剩下几根柱子支撑着，仿佛几位瘦骨嶙峋的老窑师，颤颤巍巍却依然坚强地支撑着那古老的作坊。年富力强的年轻人都出去讨生活了，仅有的十几户留守老人，把部分房屋修缮了一下，作为栖身之所。他们守护着荒凉，但倾注了他们一辈子心血与情感的家园。那年，我还无意中采访过最后一任梅花窑看火技师邹先满伯父（现已故）。

一代代窑工及窑工子女们都在美丽的梦境里成长，那一幕一幕景象犹在眼前。出窑的那一天，窑贩子们来抢购自己需要的陶器，最庞大的队伍便是板车队。十几辆板车上总是绑得高高满满的，好大的阵势。那不正是一代窑师曹颜吉的弟弟曹颜利，载着满板车的窑货去天津送货的影子吗？

出窑后的几天，窑洞里还得热闹一阵子。如若是冬天，大人们会带着澡盆、脸盆，领着孩子们去暖暖的窑洞里洗澡。孩子们总是欢呼雀跃地跟随大人们，走进那个有着太多传奇故事的窑洞里。

每当这些事情告一段落，梅花窑厂里的几个管事的，还会请来南陵县城里放电影的人，在工人最大的娱乐场地——篮球场，放露天电影。每次周边都会来很多乡邻，篮球场上总是黑压压的一片。孩子们会早早地搬着凳子、椅子，大人们搬来竹床放到前排，先占个位。

平时，厂子里那棵古老参天的桑树下，也是很多人聚集的地方。据说，这棵古树和梅花窑有着一般大的年龄，是曹颜吉初到梅花山时种下的。古老的桑树下常常围坐着大人和孩子们，年长的人对这棵树特别有感情，总会睹物思人地给孩子们讲起梅花窑的故事，讲一讲梅花窑的创始人和为梅花窑的文化传承做出贡献的先人们，还有那永不乏味的梅花山和梅花窑的来历，以及窑工子女们爱恨情仇的传奇故事。

窑棚的墙缝里，有蜜蜂的窝。几代窑工的孩子们都会带着小瓶儿去掏出蜜蜂放在罐子里，听蜜蜂唱歌。现在想想也是奇怪，那里后来几乎看不见梅树，无花，哪来这么多的蜜蜂来此栖息呢？莫不是梅花的香魂早已渗入这片土壤里，惹得蜜蜂往墙缝里钻？

曾经那些生龙活虎的窑师、窑工及其子女们似乎就在眼前。他们那一股子傲雪寒梅的品性依然历历在目，他们可歌可泣的拼搏精神以及爱恨纠缠的景象，如放电影般在我脑海中回放。

我拿着相机，走在这片荒芜的土地上，拍下了被岁月车轮碾压、已然面目全非的古窑，眼睛酸涩，心中有一种莫名的惆怅。古窑真的老了，常年被火熏烤的洞穴黑漆漆的，尤其显眼。曾经雄伟的古窑似乎落魄了，不再饱满，只剩下一处苍老的遗迹，静静地躺在曾经繁华的土地上，沉浸在梅花岭的悠悠香魂里，只留下一种迹象、一份怀念、一分追忆。

眼前枯黄的杂草上，凝结了霜花，伫立在利似剪刀般的刺骨寒风中，仿佛置身于梅花岭漫山遍野梅花竞相开放的景致中。梅花香自苦寒来，吹拂梅花的不是轻柔的春风，而是刺骨的寒风；滋润它的不是和煦的阳光，而是冬日里的一缕残阳；孕育它的不是松软的泥土，而是掺和着冰雪的硬泥。梅花窑的窑工及其子女们拥有傲雪寒梅的顽强精神，这种精神影响了几代人并一直在传承。

古窑，一座童年的乐园。梅花窑，一个有着美丽传说的地方，一座百年古迹，已渐渐消失。2012年，梅花山陶瓷厂被拆迁，这里被新建的乌霞大道和工一大道穿境而过，被美好乡村及工业区所取代。但是梅的精神早已烙入梅花窑的窑工及其子女们的骨子里，流淌在循环往复的血液里。香的精神，在这片土地上早已长出新绿。如今奋斗在美好乡村建设及其他各条战线上的人民孺子牛不正是一个、两个，甚至成千上万个朴实的窑工的缩影吗？

一代窑师曹颜吉的子孙们在各个领域都很优秀，朗先生、邹窑师等几位窑师及窑工的子孙们也在各条战线上散发着芬芳。叶氏传人、刘氏传人等依然客居他乡，做着老祖宗传下来的手艺。

梅花窑、梅花山陶瓷厂，那壮丽的景致，那让多少代人幸福生活且有着神奇色彩的地方，随着岁月的流逝，渐行渐远，却越来越清晰，已浓缩成一段永恒的历史记忆。梅花窑已不复存在，但那一片绿色将一直滋养我们的记忆，温润我们的生命。记忆还在悠远中漂浮，思绪依然蔓延着旧时光里的欢乐与温馨……

陆游的一首《咏梅》，倒和眼前这片景象相得益彰：驿外断桥边，寂寞开无主。已是黄昏独自愁，更著风和雨。无意苦争春，一任群芳妒。零落成泥碾作尘，只有香如故。

后　记

撰写这篇小说还得特别感谢南陵县文学艺术界联合会罗光成先生的力荐与鼓励。我曾经写过一篇约八千字的散文《百年古窑》，罗光成先生非常赏识，并问我梅花窑里面有没有故事可写，如有，可写一写。正是因为他的这句话，我动了写这部史实性长篇小说的念头。而在之后的日子里这个想法愈发强烈，甚至是一个情结，是一份义不容辞的责任与担当了。窑已经不在，窑工的精神尚存。一代又一代为梅花窑发展的先人及窑工子女们的精神值得后辈们去颂扬，并有必要把那段发展史暨消失的文化记载下来。

《只有香如故》是一部史实性较强的窑的发展史，窑工子女们的爱恨情仇交织其中。本书以事件发展的时间为脉络，以“香”作为窑工子女们的精神贯穿全文。文中部分情感故事虚实结合并做了艺术加工，意在渲染窑工质朴的情感及其对窑文化的热爱与坚守。一段段凄美的爱情故事撕碎、蹂躏并感动着我的心，让我仿佛置身其中，现场感特别强烈。相信只要您静下心来慢慢品读，走近文中人，走进别样的窑家人的情感世界，它同样会感动您。

写这部小说，我曾多次采访母亲金桂年（朗先生的二儿媳，袁少棠之妻），窑师袁少明（朗先生的三儿子）、彭兴寿（朗先生的侄儿）、曹安详（曹颜吉的后人）及梅花窑最后一批窑工程时章（余天润的外甥）、邹丰富、涂金堂等。里面的部分内容是从我儿时听父亲说的故事和我童年的记忆中来。父亲袁少棠曾经在《南陵县志》和《工山乡志》上写有关于梅花窑厂的发展史。小说中很多史实性材料，是我去南陵县档案局查找到父亲的这些文字参考而来的。梅花窑创始人，一代窑师曹颜吉及其弟弟曹颜利，本名曹衍桑、曹衍双。书中本想用其真名，但因小说中有虚构情节和艺术加工，故用了化名。小说中有些地方借用了后来一些窑师们的真实姓名及绰号，目的是想把这些优秀的窑师们的名字留在文中。

时间已经久远，关于史实性与艺术性虚构如有一些出入，敬请读者见谅。小说已接近尾声，我的心却久久不能平静。突然感觉是父亲在说梅花窑的故事，我在执笔，于一本书中感受父亲的气息与温暖。搁笔处，正是与敬爱的父亲袁少棠、未曾谋面的爹爹袁光朗，以及梅花窑的窑师、窑工及其子女们的对话交流告一段落，与之恋恋不舍地挥手作别。

著　者

2019年8月